VERGESSENE REICHE

die Bluthündin

RATGEBER & REGENTEN

BAND 1

W0461944

Elaine Cunningham

Autorin Elaine Cunningham
Deutsch von Ralph Sander
Lektorat Oliver Hoffmann
Korrektorat Angela Voelkel, Bärbel Robisch
Art Director, Satz und Gestaltung Oliver Graute
Umschlagillustration John Foster

ISBN 3-935282-51-6
Originaltitel: The Magehound

1. Auflage 2002.
Die Bluthündin ist ein Produkt von Feder&Schwert.

U.S., CANADA, ASIA,
PACIFIC & LATIN AMERICA
Wizards of the Coast, Inc.
P.O. Box 707
Renton, WA 98057-0707
+1-206-624-0933

EUROPEAN HEADQUARTERS
Wizards of the Coast, Belgium
P.O. Box 2031
2600 Berchem
Belgium
+32-3-200-40-40

Visit our website at http://www.wizards.com
Feder & Schwert im Internet: http://www.feder-und-schwert.com

Halruaa
Banditenwüste
Dschungel von Mhair
Oberer Aluar
Nath
Aluar
Azuth-Tempel
Halar
Akhlaurs Sumpf
Halarahh
Halruaa-see
Khaerbaal
Halagard
Kilmaruu-Sumpf
Taertalbucht
Haus Jordain
Zalazuu
N
W
O
S
Das Große Meer

Widmung

Für meinen Bruder Myron, der sich die Zeit nimmt, diese Bücher zu lesen. Glaub nicht, ich wüßte das nicht zu schätzen... auch wenn du dir Mamas Ausgaben klaust.

PROLOG

Die Schultern des Magiers brannten vor Müdigkeit, als er sich zwang, die Machete noch einmal zu erheben. Er hieb auf die blühenden Ranken ein, doch die eng verflochtene Masse war so dicht, daß jeder seiner Schläge einfach an ihr abzugleiten schien. Gelächter erscholl aus dem Laubwerk über ihm, so gellend und höhnisch, daß es fast an Hysterie grenzte. Mehrere Männer, die bei ihm waren, erstarrten in ihren Bewegungen, ihre dunklen Augen waren angsterfüllt.

„Das war nur ein Vogel", herrschte der Magier sie an, flehte innerlich aber, er möge damit Recht haben. "Was seid ihr? Meistermagier oder verängstigte Milchmädchen? Hat der Schatz Akhlaurs für euch seinen Glanz verloren? Wollt ihr den Rest eurer Tage vielleicht lieber als magisch totes Mädchen verbringen, das sich unter dem Euter einer Kuh zusammenkauert? Ich kann euch versichern", fügte er finster an, "daß ich das für euch einrichten kann. Und jetzt wieder an die Arbeit." Er unterstrich den Befehl mit einem weiteren wütenden Hieb.

Er konzentrierte seinen Zorn auf das Werk, das vor ihm lag, und spornte seine Männer an, es ihm nachzutun. Der Zorn trieb sie voran, während sie die Furcht soweit wie möglich ignorierten, denn in Akhlaurs Sumpf konnte ein noch so kurzes Zögern den Tod bedeuten.

Eine gewaltige, leuchtend grüne Blume schnappte nach dem Magier und verfehlte knapp sein Ohr. Statt dessen überschüttete sie ihn mit Pollen, die schwach leuchteten und wie eine Mischung aus Mango und Moschus rochen. Er mußte mehrmals so heftig niesen, daß er fast schon befürchtete, mit dem nächsten explosionsartigen Niesen seine Leber durch die Nasenlöcher aus seinem Körper zu katapultieren. Nach den letzten Zukkungen trennte er mit einem Schlag die Blüte vom Stiel. So gerne er es getan hätte, er wußte nur zu gut, daß er nicht gegen die riesige Blüte treten konnte.

Dem Magier war der Sumpf mit allem, was dazugehörte, zuwider, aber gegen diese Blumen hatte er eine ganz besondere Abneigung. Sie waren monströs in Größe und Appetit und schnappten ohne erkennbares System völlig unerwartet zu. Die kelchförmigen Blüten waren mit Dornen gesäumt, die wie die Fangzähne einer Viper geschwungen waren, und besaßen ein Gift, das so tödlich wie Tiergift war. Was sie einmal erfaßt hatten, gaben sie nicht wieder her. Aus einer fest geschlossenen Blüte lugten einige leuchtendblaue Schwanzfedern hervor. Auf dem Boden ganz in der Nähe des Magiers wanden sich niedrig wachsende Ranken eng um die fast nur noch aus Knochen bestehenden Überreste eines wilden Keilers. Grüne, spiralförmige Arme hatten sich um blanke Knochen gelegt, und ein Blütenkelch wippte sanft über der Verbindung zwischen einem Stoßzahn von der Größe eines Dolchs und dem wuchtigen Schädel. Der Kelch erinnerte an ein Kind, das das Werk seiner todbringenden Eltern begutachtete.

Der Magier verdoppelte seine Anstrengungen, die Ranken zu durchtrennen. Sein Haar klebte an der schweißnassen Stirn, und seine Finger zuckten vor Verlangen, einen Zauber zu wirken, der die bedrohliche grüne Barriere innerhalb weniger Augenblicke vertrocknen und verkümmern lassen würde.

Aber das wagte er nicht. Er hatte eine ganze Gruppe von Magiern in den Sumpf von Akhlaur mitgenommen, und sie waren mit genügend Zaubern, Tränken und verzauberten Waffen ausgerüstet, um von einem Neumond bis zum nächsten auf keinerlei Widerstand zu stoßen – zumindest hatte er das gedacht. Aber schon jetzt waren die magischen Mittel, die ihnen zur Verfügung standen, auf ein gefährlich niedriges Niveau gesunken.

Wie konnte es sein, daß sie nach nur drei Tagen gezwungen waren, Magie durch Muskelkraft zu ersetzen? Welche anderen, lebensgefährlichen Fehler hatte er noch gemacht? Welche Geheimnisse barg der Sumpf, die ihren schwindenden Kräften vielleicht den Todesstoß versetzen würden?

Zweifel plagten den Magier, während er und seine Männer sich ihren Weg durch das dichte Grün bahnten. Drei Tage im Sumpf hatten an seiner Geduld und seinem Selbstvertrauen gezehrt und seine Gefolgschaft dezimiert. Zwanzig Männer waren ihm in den Sumpf gefolgt, dreizehn lebten noch. Es war schon eine bemerkenswerte Leistung, wenn man bedachte, daß jeder Tag neue, überraschende Gefahren mit sich brachte und das bloße Luftholen schon ein gewaltiger Kraftakt war. Seine Brust hob und senkte sich schwer und schmerzte stechend, wenn er die Luft einatmete, die dick und heiß war wie Suppe.

Der Magier hatte geglaubt, für die Hitze gut gewappnet zu sein, denn Halruaa war ein Land im Süden, wo sich die Jahreszeiten nach der Art des Regens und der Stürme sowie nach dem Stand der Sterne bestimmten. Doch nie im Leben war er einer solche Hitze ausgesetzt gewesen! Der Sumpf war wie Kessel, ein stinkendes, fauliges Etwas, das brodelte und spie.

Überall war Wasser. Es troff von den Blättern, es hüllte die seichten Gewässer in Nebel, es stand den Männern bis zu den Knöcheln. Im Augenblick gingen sie um einen unheimlich wirkenden Fluß herum. An seiner Oberfläche bildeten sich immer neue grünliche Blasen, die, wenn sie platzten, einen unerträglichen Gestank und Dampf in eine Luft entweichen ließen, die zu feucht war, um beides zu verteilen. Gerüche lagen wie unbewegliche Schatten in der Luft und vermischten sich, blieben dabei aber immer noch markant genug, um sie unterscheiden zu können: Sumpfgas, Verwesung, Gift, Schweiß, Angst.

Angst. Der Magier konnte sie scharf und metallisch bitter in der Kehle schmecken, und er fragte sich nach dem Grund. Er, Zilgorn von Halruaa, war kein Feigling. Die Magie war ein fordernder und schwieriger Pfad, den es zu bewältigen galt, und nur ein Magier, der einen eisernen Willen und einen noch stärkeren Magen besaß, konnte Nekromant werden. Zilgorn machte dem Tod den Hof, er kaufte und verkaufte ihn, er formte ihn nach seinem Willen. Es kam ihm nur wie eine vernünftige Erwartung vor, in diesem tödlichen Sumpf, an dem schon so viele andere Magier gescheitert waren, Erfolg zu haben.

Er warf einen Blick auf die alte, mit Schweißflecken übersäte Karte, die er fest umklammert hielt. Sein erster Meister, Chalzaster, hatte das verlorene Dorf seiner Vorfahren als einen Ort auf einem Hügel beschrieben, der ein sanftes Tal überblickte, hinter dem ein Sumpf lag. Das Tal und das Dorf gab es schon lange nicht mehr, das in beunruhigend schnellem Tempo um sich greifende Sumpfland hatte beides geschluckt. Doch ein Hügel war ein markanter Punkt, der es wert war, danach zu suchen. Diese Angabe war alles, was Zilgorn hatte - und die Legenden, die von einem Schatz voller Magie berichteten, und das Wissen, daß viele ihr Leben beim Versuch verloren hatten, das im Sumpf verborgene Vermächtnis an sich zu reißen können.

„Wie lange noch?" rief einer seiner Lehrlinge. Der junge Mann blinzelte nach oben ins Dach aus dichtem Laub. „Wir arbeiten seit Tagesanbruch, und inzwischen muß es fast Mittag sein. Aber wie weit sind wir gekommen? Hundert Schritte? Zweihundert?"

„Willst du lieber durch den Fluß schwimmen?" gab Zilgorn schroff zurück.

Seine Erwiderung hatte nur mißgelaunte Blicke zur Folge. Der Lehrling zuckte die Achseln und holte mit der Machete aus. Er schlug kraftvoll zu und traf mit der Klinge auf Stein, der unter dem Grün verborgen war.

Einige Männer sahen einander hoffnungsvoll an. " Akhlaurs Turm?" fragte einer von ihnen keuchend.

Zilgorn lachte humorlos. "Kaum! Wenn diese Queste so einfach wäre, warum hatte dann noch niemand Erfolg?"

Seine Begleiter sahen ihn zweifelnd an. Einfach? Das sollte einfach gewesen sein? In diesen drei Tagen hatten sie mehr Zeit mit Kämpfen verbracht als mit der Erkundung. Zwei Männer hatten sie im Treibsand verloren, ein weiterer war von einer Riesenschlange zerdrückt und verschlungen worden. Vier von Kämpfen gezeichnete Gestalten folgten ihnen mit dem gedankenlosen Gehorsam der wiederbelebten Toten. Die Anwesenheit dieser Zombies, die zuvor ihre Gefährten gewesen waren, machte einige jüngere Mitglieder der Gruppe nervös, doch Zilgorn wäre niemals bereit gewesen, die Toten unversorgt zurückzulassen.

“Es ist nicht Akhlaurs Turm”, sagte er etwas sanfter. “Dennoch ist es eine Untersuchung wert. Entfernt die Ranken.”

Schnaufend und schwitzend machten sie sich daran, das Laub zu entfernen, indem sie mit Messern und bloßen Händen die Ranken wegrissen. Plötzlich machte einer der Magier einen Satz nach hinten und fluchte.

Zilgorn eilte zu ihm, um besser sehen zu können, und entdeckte das Skelett eines aufrecht stehenden Menschen, der die Arme auf dramatische Weise hochgerissen hatte, als wollte er einen letzten Zauber aussprechen. Ranken hatten sich ihren Weg durch den leeren Brustkorb des Mannes gebahnt, der an einem großen, mit Runen überzogenen Stein lehnte. Inmitten der verkohlten Reste seiner Kleidung lag ein angelaufenes Medaillon. Zilgorn konnte nur mit Mühe die Gravur erkennen: eine aufstrebende Flamme in einem Kreis aus neun Sternen – das Symbol Mystras, der Göttin der Magie. Er drehte das Medaillon um und studierte die Sigel, ein magisches Zeichen, das für jeden Magier individuell gestaltet war und das auf der Rückseite eingraviert war. Es war ein Zeichen, das er gut kannte.

„Chalzaster”, murmelte er und sah in die leeren Augenhöhlen seines ersten Meisters. „So also endete er.”

Schweigen sank über die Gruppe. Der Name Chalzaster war ihnen vertraut, sie hatten ihn auf vielen Zauberschriftrollen gelesen. Er war ein Erzmagus der Schule der Illusionisten und vor allem für seine Verteidigungszauber bekannt gewesen, die gegen Angriffe von See schützen sollten. Viele potentielle Invasoren waren durch seine Trugbilder von Piratenschiffen, Seeungeheuern und Wasserfontänen entmutigt worden. Sein Name hatte sich zum Sprichwort weiterentwickelt: “Chalzasters Schatten” war ein Synonym für alles, was Angst machte, aber keine Substanz besaß.

„Der Sumpf hat den Erzmagus Chalzaster getötet”, flüsterte einer der Männer niedergeschlagen.

„Ja”, pflichtete Zilgorn ihm ruhig bei. “Ein unerwarteter Fund. Du, Hazzle, sammelst die Fingerknochen ein.”

Der junge Mann machte sich zögernd an die Arbeit. Er war auf dem Weg, die Kunst der Nekromanten zu erlernen. Daher war ihm auch klar, daß die Knochen eines Erzmagus sehr wahrscheinlich Bestandteile für einen seltenen und sehr mächtigen Zauber waren. Augenblicke später legte er den finsteren Schatz in die Hände seines Meisters.

Zilgorn verstaute die Knochen sorgfältig in einem kleinen Beutel, den er am Gürtel trug. “Seht euch um. Wer weiß, was Chalzaster vor seinem Tod fand.”

Sie arbeiteten, bis die Schatten lang und tief wurden und in der Ferne die nachtaktiven Geschöpfe begannen, den aufsteigenden Mond anzuheulen. Schließlich hatten sie sämtliche Knochen Chalzasters von Ranken befreit. Der große Magier war gestorben, während er über das Tor zu einem großen zerfallenen Steingebäude gewacht hatte, das vor langer Zeit vom Sumpf geschluckt worden war.

Zilgorn schob das Skelett zur Seite und spähte in die Finsternis. „Licht, rasch!”

Zu spät wurde ihm klar, daß er ausdrücklich eine ganz normale Fackel hätte verlangen sollen, in Öl getränktes Ried, das von den Funken entzündet wurde, die beim Zusammentreffen von Feuerstein und Stahl entstanden. Aus Gewohnheit ließ einer der Magier eine schwebende Kugel aus sanftem blauem Licht entstehen. Die leuchtende Sphäre schaukelte leicht hin und her, dann glitt sie in den Raum.

Zilgorns Tadel blieb unausgesprochen, als ein azurner Lichtschein den Raum erhellte und die Erkenntnis brachte, daß Chalzaster nicht allein gestorben war.

Die Skelette mindestens eines Dutzends Menschen sowie die zierlicheren Überreste dreier Halbelfen lagen auf dem Boden. Skelettfinger umschlossen noch immer wertvolle Waffen – Schwerter, Spieße und Dolche. Diese Leute waren schnell gestorben, und man hatte sie liegenlassen, wo sie gefallen waren.

Der Magier suchte den Raum nach einer Erklärung ab. Die Wände waren zwar uralt und im Zerfall begriffen, doch man konnte immer noch die Überreste von gemeißelten Bildern erkennen, die Legenden über die Göttin Mystra zeigten. Inmitten eines Steinhaufens nahe der gegenüberliegenden Wand konnte Zilgorn mit Mühe einen zertrümmerten marmornen Altar ausmachen. Von einer umgestürzten Säule baumelte ein Gefäß herab, das für das Verbrennen von Weihrauch gedacht gewesen war, in dem sich aber nun das verlassene Nest eines Vogels befand. Das war eindeutig ein Mystra-Tempel gewesen, wahrscheinlich handelte es sich um die antike Stätte, die einst die Heimat von Chalzasters Vorfahren gewesen war. Anscheinend war der Erzmagus ins Dorf seiner Ahnen zurückgekehrt. Aber warum war er gestorben?

Zilgorn blieb stehen, um aus einer zerfallenden Faust ein Schwert zu nehmen. Er betrachtete die Zeichen auf der Klinge. Sie waren magisch, dessen war er sich sicher, doch im Stahl spürte er nichts vom Pulsschlag des Lebens. Ein sehr edles Tigerauge, ein goldener Edelstein, der fast die Größe eines Hühnereis hatte, war in das kunstvoll verzierte Heft eingelassen. Der Stein war matt und milchig, als hätte man das Schwert geblendet.

“Nicht geblendet”, murmelte Zilgorn, als er plötzlich verstand. “Ausgeblutet.”

“Meister, seht!”

Hazzles Tonfall war eine Mischung aus Erregung und Ehrfurcht. Der Nekromant ließ das magisch tote Schwert fallen und schritt durch den Raum. Sein Lehrling wies auf eine Kristallstatue, ein transparentes, lebensgroßes Abbild einer Elfenkriegerin, die sich in kampfbereiter Lauerstellung befand. Ihre Muskeln waren angespannt, um jeden Moment zuschlagen zu können.

Es war eindeutig das Bild einer Frau von außerordentlicher Schönheit, was ihr Erscheinungsbild und das Geschick des Künstlers anging. Zilgorn hatte noch nie etwas Vergleichbares gesehen, doch bereiteten ihm bestimmte Dinge an der Statue Sorge. Die lieblichen Gesichtszüge der Elfe waren im Schmerz erstarrt, und ihr kristallenes Haar hing sonderbar schlaff herab.

Gedankenverloren fuhr er durch sein eigenes feuchtes schwarzes Haar. Ein entsetzlicher Verdacht keimte in ihm auf und krallte sich fest.

"Die Krieger sind mit den Waffen in Händen gefallen", überlegte er. "Chalzaster, ein Erzmagus, starb aufrecht. Aber was ist mit dieser Elfe geschehen?"

"Elfe?" Hazzle reagierte verwirrt. "Aber das ist doch nur eine Statue, ein Schatz aus lang vergessener Zeit."

"Tatsächlich?" gab Zilgorn ruhig zurück. Er ballte eine Hand zur Faust und beschrieb mit ihr einen Haken auf die Kristallkriegerin zu. Wie erwartet tauchte seine Faust tief in das durchsichtige Bild ein, doch er hatte nicht damit gerechnet, daß ihn eine so eisige Kälte überfallen würde. Es war nicht nur die Kälte des Todes, sondern das Fehlen jeglicher Wärme, eine kalte, absolute Leere. Zilgorn riß seine Faust zurück und zeigte seinem Lehrling die bläulich-weiße Haut.

Hazzle atmete heftig ein und gab einen Zischlaut von sich, während einige der Männer Schutzzeichen machten – eine abergläubische, dumme Reaktion auf das Unbekannte, etwas, worüber sich Zilgorn geärgert hätte, wenn Zeit genug dafür gewesen wäre. Aber es gab Wichtigeres.

Der Magier schüttelte die Hand, bis sie wieder warm und das Gefühl zurückgekehrt war. Er riß eine Ecke von der Pergamentkarte ab und ging zurück zu den Knochen seines einstigen Meisters. Er nahm Chalzasters Medaillon in eine Hand und drückte das Pergament auf die Seite, auf der sich die Sigel befand. Während seiner eigenen Ausbildung war er magisch ermächtigt worden, Chalzasters Sigel auf Schriftrollen zu prägen, die er kopiert hatte. So waren sie als authentische Kopien der Arbeit des Erzmagus gekennzeichnet worden. Diese Macht war ihm bis zu seinem Tod verliehen worden, was bedeutete, daß die Sigel einen glühend roten Schatten ihrer selbst in das Pergament brennen würde.

Nichts geschah. Alle Magie, die das Medaillon einst besessen haben mochte, war lange verschwunden.

Zilgorn wippte auf den Fersen vor und zurück und dachte nach. Chalzaster hatte keine Geduld, was Weltliches oder magisch Totes betraf. Also waren sicher alle, die ihn begleitet hatten, Magier oder möglicherweise Kleriker gewesen. Alle waren angesichts ihrer Kräfte schnell gestorben: die meisten von ihnen mitten in einem Angriff, der große Chalzaster bei einem Zauber. Doch der Elfe, einem Geschöpf, dessen Essenz, Körper und Seele so sehr aus Magie bestanden wie ein Regenbogen aus Licht, war so rasch alle Energie entzogen worden, daß nichts von ihr blieb – bis auf ein durchsichtiges, völlig leeres Abbild. Zilgorn hatte so etwas noch nie gehört, aber er kannte den Tod gut genug, um zu erkennen, daß sein eigenes Ende in Chalzasters Knochen vorausgesagt wurde, während der erstarrte Geist der Elfe sein Streben nach magischen Kräften verhöhnte.

Zilgorn versteifte sich. „Raus hier! Sofort! Alle!"

Die Panik in seiner Stimme verlieh den anderen Flügel. Sie rannten fort von der Tempelruine und stolperten blindlings auf dem engen Pfad davon.

Am Ufer kamen sie zu einem abrupten Halt und betrachteten aufmerksam die dunkle, brodelnde Oberfläche, während sie versuchten, den rasselnden Atem und das wild pochende Herz zur Ruhe zu bringen.

Stille.

Mit einem Mal bemerkte Zilgorn, daß im Sumpf unheimliche Stille eingekehrt war. Im Zwielicht der Abenddämmerung pulsierte der Sumpf normalerweise vor Leben, aber aus den flachen Wassern war von den Krokodilen nichts zu vernehmen, die Vögel hoch oben in den Baumkronen zwitscherten nicht, und kein Affe kreischte. Noch nicht einmal das Summen der Insekten war zu hören, und der Sumpf selbst wirkte, als habe er sich zusammengekauert und warte gespannt ab.

Dann zerriß ein entsetzliches, ohrenbetäubendes Brüllen die Luft, das zugleich so tief wie ein Donner und so schrill wie der Schrei eines Falken war. So gelähmt Zilgorn auch war, glaubte er doch, den mißtönenden Chor verlorener Stimmen durch das unmenschliche Brüllen hindurch zu hören. Eine dieser Stimme kannte er gut.

Der Nekromant drückte die Schultern durch und machte sich bereit, sich Chalzaster in dem Jenseits anzuschließen, um das sie sich verdient gemacht hatten. Er beschwor einen Kugelblitz, den mächtigsten Zauber, den er noch besaß, da er hoffte, Magie als Lockvogel würde helfen, um das Ende schneller kommen zu lassen. Er sagte sich, dies sei kein Akt der Feigheit. War schließlich nicht auch Chalzaster aufrecht gestorben, bereit, seinem Gegner einen letzten Zauber entgegenzuschleudern?

Aber die magische Waffe verlor rasch an Wirkung, und der Blitz flackerte in seiner Hand wie ein Lagerfeuer im Monsun. Davon nahm er jedoch kaum Notiz, da seine Augen auf die Kreatur gerichtet waren, die sich langsam und lautlos aus dem dunklen Wasser erhob.

Das Gesicht der Kreatur war gewaltig und unbeschreiblich widerwärtig – es war die Art von Fratze, die Dämonen in ihren Alpträumen plagt. Eingerahmt war das Gesicht von riesigen Elfenohren, die nicht nur spitz zuliefen, sondern auch stachelbewehrt waren. Der wuchtige Schädel war nicht mit Haaren bedeckt, sondern mit einem Gewirr sich windender, um sich schnappender Aale. Die Augen waren schwarz wie Obsidian und zeigten keinerlei Intelligenz, die Zilgorn verstehen konnte. Sie waren so seelenlos und auf ein einziges Ziel gerichtet wie die eines Hais. Während sich die Kreatur aufs Ufer zu bewegte, wurde ein muskulöser Körper erkennbar, der grob einem Mann nachempfunden war, dem es aber an jeglicher Schönheit fehlte. Jede Sehne war angespannt wie bei einem schußbereiten Bogen, und die Bauchhöhle war unterhalb der gewaltigen Brust tief eingefallen. Vier Arme, die alle in Klauen mündeten, streckten sich nach Zilgorn aus.

"Ein... ein Laraken", stieß er atemlos hervor, obwohl dieses Monster größer und kräftiger war als jedes dieser Geschöpfe, von denen Zilgorn bislang gehört hatte. Der nahende Tod brachte eine eigene Klarheit mit sich, und Zilgorn erkannte in dem Monster eine verwandte Seele: ein Geschöpf der Macht und des Hungers. Er erinnerte sich alles, was er über die Jahre getan hatte, und verstand, daß dies der Tod war, den er verdient hatte. Nichts in ganz Halruaa hätte ihm mehr Angst machen können als dieses Wissen.

Zilgorn hatte den Tod in allen Formen gesehen und hatte sich mit dem Tod in Formen befaßt, die die Grenzen des normalerweise Möglichen überschritten. Er hatte Kreaturen beschworen und befehligt, die so fürchterlich waren, daß sie den meisten Menschen das Herz stillstehen ließen. Doch Zilgorn konnte nichts tun, um die Schreie verstummen zu lassen, die aus seiner Kehle drangen.

Aus *seiner* Kehle! Zilgorns Kopf wurde von einer unsichtbaren Macht nach hinten gerissen, während er spürte, wie seine Stimme, die das Instrument seiner Magie war, sich von ihm losriß. Der Schmerz brannte in ihm und verschwand, und er blieb leer und stumm zurück. Instinktiv machte er einen Satz nach vorn, als wolle er versuchen, seine Stimme wieder an sich zu reißen. Er mußte voller Entsetzen mitansehen, wie seine ausgestreckten Hände zu von Haut umhüllten Knochen verkümmerten.

Er wollte fliehen, doch seine Beine gehorchten ihm nicht mehr. Die Kraft und das Leben flossen aus seinem Körper wie Blut aus einer Wunde. Der Laraken, der das Flußufer erreicht hatte und mit der doppelten Größe eines gewöhnlichen Mannes darüber hinausragte, begann allmählich, Fleisch anzusetzen. Sein eingefallener Bauch schwoll an, als er die magische Essenz des Magiers und der sterbenden Männer hinter ihm in sich aufsog.

Der letzte Gedanke des stolzen Nekromanten war von Erleichterung geprägt, denn ohne Stimme konnte er nicht schreiend sterben, und niemand war da, der Zeuge seiner letzten Niederlagen werden konnte.

In beiden Punkten irrte er sich.

In einer Turmkammer, von der aus man die Berge im Westen Halruaas überblicken konnte – einem Ort, der weit von Akhlaurs Sumpf von entfernt war –, beugte sich eine Elfe über eine flache, runde Kristallkugel. Zilgorns Tod wurde ihr in allen Einzelheiten gezeigt, und ihre guten Ohren vernahmen den neuen Ton im Gebrüll des Laraken: die geübte Stimme des Nekromanten, die ein letztes Mal zu einem Schrei voller Schmerz und Entsetzen ansetzte.

Als die magische Vision vorüber war, lehnte sich die Elfe zurück und strich eine strahlend grüne Locke aus dem Gesicht. Sie sah den Wemic an, einen löwenähnlichen Zentaur, der ruhig, aber wachsam an ihrer Seite kauerte.

Weder Elfen noch Wemics waren in Halruaa üblich, und gemeinsam waren sie ein sonderbares Paar, das im Land seinesgleichen suchte. Kiva war eine Wildelfe, und ihr Teint war bei den Waldvölkern in den südlichen Landen häufig anzutreffen. Ihr volles Haar war dunkelgrün, und ihre Haut hatte einen satten kupfernen Ton. Ihr Gesicht war hübsch, aber auch beunruhigend, da die scharf geschnittenen Konturen nichts Freundliches hatten. Ihre Augen waren golden und rätselhaft wie die einer Katze. Sie sah großartig aus in einem Kleid aus gelber Seide und einem Überwurf aus goldbesticktem Grün. Smaragde funkelten an Fingern und Hals. Der Wemic dagegen hatte nichts am Leib als sein braungelbes Fell. Er war ein massiges Geschöpf mit dem Unterleib eines Löwen und dem muskulösen goldhäutigen Torso eines Mannes. Eine dichte Mähne fiel ihm bis über die Schultern, und seine Augen hatten wie die der Elfe einen katzenhaften Bernsteinton. Sein einziger Schmuck waren der Rubinohrring, den er in einem Ohr trug, und das gewaltige Breitschwert, das er über der Schulter hatte.

"Zilgorn war der beste aus der Truppe", sagte Kiva nachdenklich mit glockenheller Stimme. "Ich hatte gedacht, er würde sich besser schlagen."

Der Wemic runzelte die Stirn. "Dachtest du, er würde erfolgreich sein? Den Laraken aus dem Sumpf befreien?"

Kivas Lachen klang wie ein Glockenspiel aus Kristall. "Niemals! Das ist unsere Aufgabe, mein lieber Mbatu. Aber mit jedem Magier, den wir in die Sümpfe locken, werden wir klüger."

Mbatu nickte, seine goldenen Augen flammten auf, als ihm der Gedanke an eine nahe Schlacht kam. "Machen wir uns bald auf den Weg?"

Kivas Gesicht verfinsterte sich. "Noch nicht. Zilgorn war... enttäuschend. Die Magie eines Nekromanten bietet nicht mehr Schutz vor dem Laraken als die jedes anderen Magiers. Wir müssen einen anderen Weg finden."

"Dann war diese letzte Expedition eine Verschwendung von Geld und Zeit", folgerte Mbatu und wies auf die Kristallkugel.

Kivas Lächeln war so scharf gezeichnet, daß sie damit Diamanten hätte schneiden können. "Nein", sagte sie sanft. "Das sind sie nie. Ich würde jeden Preis bezahlen, um den Tod über die Magier von Halruaa kommen zu lassen, und ich würde immer sagen, daß es sich gelohnt hat."

ERSTES KAPITEL

Wenn man die Einwohner von Halruaa darauf anspräche, dann würden viele erklären, daß die Welt in einem Kreis aus Schnee und Himmel endet. Dieses Sprichwort bezog sich auf die Mauern von Halruaa, der fast unbezwingbaren Gebirgskette, die ihr Land wie ein riesiges Hufeisen umschloß. Gesprochen wurden solche Worte voller Stolz und nur zum Teil im Spaß.

Es war für die Halruaaner schwieriger, die Meere jenseits ihrer südlichen Grenze und damit die Schiffe und die Händler, die mit den Gezeiten kamen und gingen, abzutun. Doch den Handel betrachteten sie als bloßen Austausch von Waren, nicht als ihre Kultur. Die Halruaaner erwarben Luxusgüter wie zum Beispiel Seide in den Ländern im fernen Osten, und wenn es um Musikinstrumente ging, kauften sie die, die in der fernen Stadt Silbermond angefertigt wurden. Sie selbst verkauften ihren kräftigen goldenen Wein und die Barren aus Elektrum aus den Stollen, die sich durch die Berge zogen und in denen sich Zwerge um den Abbau kümmerten. Doch das Beste, was Halruaa zu bieten hatte, behielten sie für sich, denn ihr Land war reich an Magie, es war ein Königreich, das von Magiern beherrscht wurde, eine lebende Legende, deren Realität jene Geschichten bei weitem übertraf, die sich faszinierte Kaufleute in Tavernen erzählten.

Natürlich konnte kaum einer dieser Kaufleute die Wunder Halruaas wirklich begreifen, und die Magier von Halruaa gaben sich größte Mühe, sie dauerhaft im Ungewissen zu lassen. Fremde hatten nur Zugang zu den Hafenstädten, und sie wurden mit magischen und militärischen Mitteln streng überwacht. Viele weitgereiste Besucher waren der Ansicht, Halruaa hätte die verschlossenste Kultur und die mißtrauischsten Einwohner, denen sie je begegnet waren. Wenn dies stimmte, dann war dem nicht ohne Grund so. Die Geschichte Halruaas war die einer oft belagerten Burg, da viele benachbarte Völker in dem Land eine Schatzkammer voller einzigartiger Zauber und unvergleichlicher magischer Artefakte sahen.

Die Gefahren von innen – die aus magischen Fehlschlägen oder maßlos ehrgeizigen Erfolgen entstanden – waren mindestens so tödlich wie die Bedrohungen, die von Piraten, Drachen oder den von den Dunkelelfen abstammenden Crinti-Plünderern ausgingen, die die Einöden jenseits der nordöstlichen Gebirge durchstreiften. Die herrschenden Magier wußten, daß einzig harte Entscheidungen und unablässige Wachsamkeit Halruaa davor bewahrten, zu enden wie Netheril und Myth Drannor und hundert andere legendäre Länder, die nur noch in den Geschichten der Barden lebten.

Doch das Leben in Halruaa war nicht unangenehm, ganz im Gegenteil! Das Klima war mild, der Boden brachte in jeder Jahreszeit reichhaltige Ernten, die Wildnis bot denjenigen eine Fülle von Abenteuern, die danach strebten, in den Städten gab es den Luxus für alle, die nicht von Abenteuerlust erfüllt waren, und Magie war allgegenwärtig.

Nirgendwo entsprach das so sehr der Wahrheit wie in Halarahh, der Hauptstadt und Heimat des Magierkönigs Zalathorm. Geschwungene Bauwerke ragten gen Himmel, die an grazile, vor dem Hintergrund der Wolken erstarrte Tänzer erinnerten, Konstruktionen, die so phantastisch waren, daß sie ohne Magie keinen Halt hätten finden können. Exotische Tiere, die man nirgends sonst kannte, streiften durch öffentliche Gärten und Parks und zierten die Häuser von Magiern und wohlhabenden Kaufleuten. Die Inhaber von Geschäften hatten wie selbstverständlich seltene Zauberzutaten und magische Objekte im Angebot, die einen Drachenhort in den Schatten stellen und Magier aus dem hohen Norden vor Neid in Tränen ausbrechen lassen konnten. Viele Normalsterbliche konnten ein oder zwei magische Gegenstände ihr eigen nennen, zumeist praktische Dinge, die bei der täglichen Arbeit halfen oder für eine wenig Luxus sorgten. Sogar die, die weder das Talent besaßen, Magie einzusetzen noch über die Mittel verfügten, um etwas derartiges zu erwerben, konnten sich bei den häufigen Feiern in der Stadt mit der Elite zusammenschließen.

An diesem Abend versammelten sie sich an den Ufern des Halruaasees, um die Frühlingsregatta zu feiern. Nachdem die Regenfälle und Winterstürme nachgelassen hatten, konnten die Himmelsschiffe wieder aufsteigen. Ihr Anblick entlockte neidischen Erzmagi immer wieder Seufzer und ließ die Brust des kleinen Mannes vor Stolz und Faszination anschwellen.

Es gab kein magische Geheimnis, das argwöhnischer gehütet wurde als das der fliegenden Schiffe von Halruaa. Auf den ersten Blick wirkte ein Schiff, das im Trockendock lag oder im Hafen festgemacht hatte, wie ein ganz gewöhnliches, breites Segelschiff mit drei Masten. Die Himmelsschiffe waren nicht besonders beweglich und stiegen auch nicht hoch genug auf, um die Gebirgskette zu überfliegen. Himmelsschiffe mußten unablässig magisch erneuert werden und waren zu langsam und zu schwerfällig für einen Luftkampf. Aber das war alles bedeutungslos, und einen Halruaaner auf diese Tatsachen hinzuweisen war so überflüssig, als würde man den künstlerischen Wert des Wappenschilds einer Familie kritisieren wollen. Die Himmelsschiffe waren ein Vermächtnis der Vorfahren, der Magier des alten Netheril. Damit waren sie ein bedeutendes Symbol dafür, was es hieß, Halruaaner zu sein.

Der Start der Himmelsschiffe erfolgte am Ende des Tag der Herrin, einem Frühlingsfest zu Ehren Mystras. Jeder trug an diesem Tag festliche rote Kleidung, die die Menschenmenge am Ufer wie ein ausladendes Feld voller scharlachroter Blumen aussehen ließ. Während die Sonne sank, verstummten die Melodien der Straßenmusiker, und das ausgelassene Stimmengewirr wurde zu einem leisen, erwartungsvollen Summen. Alle Blicke wanderten hinaus auf den Halruaasee.

Ganz allmählich begannen die großen Schiffe, sich aus dem Wasser zu erheben. Das Licht der Sterne schien sich in ihren weißen Segeln zu fangen und wurde um so strahlender, je dunkler der Himmel wurde und je weiter die Schiffe in die Lüfte stiegen. Es waren zehn an der Zahl, die sich in einer vollkommenen Formation bewegten: Neun Schiffe bildeten einen Kreis rund um das zehnte, das sich durch seine Größe abhob und gelegentlich von König Zalathorm persönlich geflogen wurde.

Plötzlich schien Zalathorms Schiff in karmesinroten Flammen aufzugehen. Das Sternenlicht, das von den anderen Schiffe aufgefangen wurde, begann in einem Muster zu blinken, das den Anschein erweckte, als drehe sich der Kreis der Schiffe schneller und schneller um die tanzende Flamme in seiner Mitte– das Symbol Mystras und damit das Symbol Halruaas.

Die Menschen reagierten, indem sie jubelten und in einem schneller werdenden Rhythmus mit den Füßen aufstampften, tanzten und die Arme dem Licht entgegenstreckten. Die Vorführung endete mit einer gleißenden Explosion, eine Wolke aus funkelnden Teilchen sank auf die jubelnde Menge nieder. Diese winzigen Lichter blieben bis zum Sonnenaufgang an der roten Kleidung haften und bildeten Muster, die der Tradition nach verrieten, was Mystra für die Zukunft vorgesehen hatte.

Lachend und laut redend verteilten sich die Menschen, um die Feste zu genießen, die an diesem Abend überall stattfanden und sich überwiegend darum drehten, die Zukunft vorauszusagen. Einige gingen in die Tempel, um den fröhlichen Riten zu Ehren Mystras beizuwohnen, während andere bei Erkenntniszauberern Rat suchten, die solche Zeichen mit Hilfe von Beschwörungen lasen. Das gemeine Volk veranstaltete kleine Feiern für Wahrsagerinnen aus der Nachbarschaft, die mit ein wenig simpler Magie und einem Leben voller Erfahrungen für die Menschen, die ihren Rat suchten, glaubwürdige Geschichten sponnen. Die meisten von ihnen waren mit dem zufrieden, was sie zu hören bekamen. Unerfreuliche Weissagungen waren am Tag der Herrin so selten wie Schnee im Sumpf.

Am Himmel über dem See wurden die inzwischen wieder dunklen Schiffe auf die Rückkehr in den Hafen vorbereitet. Procopio Septus, Oberbürgermeister von Halarahh und Kapitän der Flotte aus Himmelsschiffen, nickte seinem Steuermann zu. Ehe der Mann die Befehle aber an die Mannschaft weitergeben konnte, begann die Kristallkugel neben dem Ruder pulsierend zu leuchten.

Procopio strich mit den Fingerspitzen über den Kristall. Auf der Oberfläche der Kugel nahm ein Gesicht Gestalt an – rund, gutgelaunt und unangenehm vertraut. Der Magier unterdrückte einen Seufzer, als er Basel Indoulur erkannte, Nemesis und alter Freund zugleich.

“Wir haben eine gute Vorstellung *beschworen*, nicht wahr?

“Dir auch einen schönen Tag der Herrin, Basel”, sagte Procopio zu seinem Magierkollegen, ignorierte aber den unterschwelligen Humor in den Worten des Mannes. Basel Indoulur war ein Magier der Beschwörerschule, die nicht so hoch angesehen war wie die der Erkenntniszauberer, Procopios Disziplin. Aber Basel ließ nie eine Gelegenheit aus, um den Erkenntniszauberer mit der Meinung aufzuziehen, Beschwören bewirke etwas, während Erkenntniszauberei sich lediglich in das einmischte, was andere Magier taten oder zu tun beabsichtigten.

Die Schule der Magie war aber nicht der einzige Unterschied zwischen den beiden. Procopio war ein kleiner Mann mit hervorstechender Hakennase und starken, groben Händen. Sein dichtes weißes Haar trug er kurz. Sein Erscheinungsbild war stets auf das äußerste gepflegt, und seine Kleidung war dezent, auch wenn die traditionelle rote Seide zu Ehren des Tags der Herrin Pflicht war. Basel Indoulur dagegen war eine fette, heitere Seele, und er war ein bekennender Genießer der schöneren Dinge, die Halruaa zu bieten hatte. Er trug eine Tunika aus hochroter Seide mit perlenbesetztem Saum und weiten Ärmeln.

Wie immer hatte er Duftöle in sein schwarzes Haar gegeben und es zu winzigen Zöpfen flechten lassen. Wenn er lachte – und das kam oft vor –, begannen die Perlen an der Spitze der Zöpfe heftig zu vibrieren. Procopio beurteilte Basel nicht nach seiner Erscheinung, sondern nach seinem Ehrgeiz. Der Beschwörer hatte ein hohes Maß an magischem Geschick erreicht, und er war der Senatssprecher seiner Heimatstadt Halagard. Es war Procopio nicht entgangen, daß Basel nur selten eine Gelegenheit ausließ, um Veranstaltungen am Hofe König Zalathorms beizuwohnen. Was er sich davon versprach, war Procopio nicht klar. Schließlich war der König Erkenntniszauberer, so wie die meisten herrschenden Magier. Es war weithin bekannt, daß nur ein Erkenntniszauberer sich Hoffnungen machen durfte, dem Magierkönig auf den Thron zu folgen.

"Der Tag der Herrin war ein großer Erfolg, alles lief hervorragend, wie ich es auch *erwartet* hatte", fügte Procopio an und stichelte nun seinerseits ein wenig.

"Guter Konter!" Basel warf den Kopf zurück und lachte von Herzen.

Das Kompliment dämpfte die Selbstzufriedenheit des Erkenntniszauberers, allerdings nicht lang. Procopio hatte andere Mittel und Weg, um seine Meinung kundzutun und seine Kräfte zu demonstrieren.

"Eine wunderbare Nacht", sagte er mild. "Eine Schande, die Himmelsschiffe so früh wieder zu Wasser zu lassen."

Basel schürzte die Lippen, vermutlich, um zu verhindern, daß er wie ein Balg grinste. "Es weht eine lebhafte Brise", stimmte er zu. "Ich schätze, ein gutes Schiff mit einem erfahrenen Kapitän könnte es in einer solchen Nacht im Wettflug mit einem Drachen aufnehmen."

Procopio gestattete sich ein Lächeln. "Du liest meine Gedanken. Natürlich nur im übertragenen Sinn. Sagen wir tausend Skie?"

Es war eine stattliche Summe, da die Münzen aus Elektrum so kostbar waren wie Gold, aber Basel verzog keine Miene. “Über das Westufer des Halar hinaus”, schlug er vor. “Wer als erster den grünen Obelisken erreicht, gewinnt.”

Procopio nickte und erklärte sich mit dem hohen Einsatz einverstanden. Die Nachtwinde waren launisch, und die Schiffe konnten sich nicht sehr weit auf die wilde See hinauswagen. Hinzu kam, daß an der Stelle, an der der Fluß mündete, oft Windhosen entstanden. Hier traf das Wasser des Flusses, das wegen der Schneeschmelze in den Bergen kühl war, mit der heißen, feuchten Luft zusammen, die vom Sumpf nordwärts zog. Es war im harmlosesten Fall eine explosive Mischung, und im Frühjahr war die Region besonders gefährlich.

“Kapitän?” fragte der Steuermann zögerlich.

Der Magier wartete, bis Basels Bild auf der Kugel verschwunden war, dann gab er ein Zeichen. “Hart achtern, auf mein Zeichen.”

Der Steuermann griff nach dem Horn und schrie der Mannschaft Befehle zu, dann wiederholte er Procopios Anweisung. Er riß das Steuerrad hart herum, und das Schiff begann, am Himmel langsam einen weiten Bogen zu beschreiben. Die Segel waren einen Moment lang schlaff, dann blähten sie sich, als sie sich mit Wind füllten.

„Wird es heute Nacht Wirbelstürme geben, Herr?” fragte der Steuermann mit nachdenklicher Gelassenheit. “Ihr habt sozusagen vorausgeschaut?”

Procopio drehte sich um und betrachtete den Mann. “Hätte ich mich sonst auf den Einsatz eingelassen? Es wird allerdings schlechtes Wetter geben, wenn wir die Windstille der Stadt hinter uns lassen. Basels Schüler wollen Zauber wirken, um Wind aufkommen zu lassen. Das könnte für jemanden, dessen Schiff und Mannschaft nicht gut vorbereitet sind, unerfreulich ausgehen.” Er hielt inne und lächelte kühl. “Schade um den Achtermast des armen Basel.”

*   *   *

Als würde er auf die Worte des Erkenntniszauberers reagieren, begann der dritte Mast der *Avariel* – des Himmelsschiffs Basel Indoulurs – im kräftiger werdenden Wind zu ächzen. Der Beschwörer drehte sich um und betrachtete leicht verwirrt den Mast. Das Holz war flexibel, immerhin stammte es von den Dattelpalmen, die an der stürmischen Bucht von Taertal wuchsen. Die Masten waren mit Zaubern belegt worden, damit sie standhielten, und Farrah Noor, eine der Fähigsten unter seinen Lehrlingen, war damit beauftragt worden, die Zauber zu erneuern, sobald es notwendig wurde.

Der Magier zuckte die Achseln und wandte sich wieder dem grinsenden Lehrlingstrio zu, das auf seinen Befehl wartete. “Bereit?”

Die drei nickten und begannen, gemeinsam zu singen, während ihre Hände die eleganten Gesten beschrieben, die die Magie herbeiriefen und formten. Basel überließ sie ihrer Aufgabe und drehte sein Gesicht in den Wind, um die aufkommende Brise zu genießen.

Auf einmal erfaßte ein heftiger Windstoß das Schiff und ließ es bedrohlich auf eine Seite kippen. Die den Zauber wirkenden Magier verloren den Halt und rutschten weg, bis sie in einem Gewirr aus Gliedmaßen gegen die Planken der Bordwand schlugen. Holz begann beunruhigend zu knarren, und die Segel flatterten knatternd im Wind. Basel stellte sich breitbeinig hin und übernahm selbst das Ruder, während er sich mit Magie und Geschick bemühte, die *Avariel* aufzurichten.

Das Schiff kämpfte gegen ihn an wie ein bockendes Pferd, gleichzeitig begann der Achtermast zu krachen und zu splittern. Resignierend erkannte Basel, was getan werden mußte. Mit einem Lösungszauber durchtrennte er auf magische Weise die Seile, die die Segel an die Masten banden. Das schwere Leinentuch wurde fortgerissen, und das Schiff richtete sich wieder auf.

Sie waren gerettet, aber sie hatten auch keine Hoffnung mehr auf ein Weiterkommen.

Basel sah, wie sich seine Lehrlinge erhoben und ihre karmesinrote Kleidung abwischten und ordneten. Sie wirkten zerzaust, aber der verwirrte Ausdruck auf Farrahs hübschem Gesicht bestätigte Basels Verdacht. Er winkte die junge Frau zu sich.

“Zeig mir die Gesten für den Windzauber”, sagte er ruhig. “Aber bitte ohne Gesang.”

Die Schülerin ging den Zauber bis zur Hälfte durch, als sie plötzlich errötete und zu stammeln begann. “Mir scheint, ich habe den dritten Vierzeiler vergessen”, gab sie zu. “Noch heute morgen habe ich jede Geste gewußt. Bei meinem Leben, Meister Basel, ich weiß nicht, wie mir so etwas widerfahren konnte.”

Basel aber hatte einen recht konkreten Verdacht. “Und die Verzauberung des Masts? Du hast heute morgen den Bindezauber gesprochen, wie es dir auftrug?”

Farrah sah ihn verständnislos an. “Ihr habt mir das aufgetragen? Herr, ich kann mich daran nicht erinnern.”

Basel nickte. Gedächtnisverlust war eine häufige Nebenwirkung bei magischer Einmischung. Wahrscheinlich hatte Procopio seine Diener darauf angesetzt, Basels Lehrlingen den Tag über zu folgen, um beim ersten, den sie entdeckten, Erkenntniszauber zu wirken. Zum Unglück der *Avariel* hatten sie zuerst Farrah entdeckt.

Basel schluckte seinen Ärger herunter, allein schon, um seiner Schülerin nicht den Eindruck zu vermitteln, er sei gegen sie gerichtet. “Hast du deinen fliegenden Teppich dabei, Farrah? Gut! Beruhige dich, nimm einen Schluck Wein und bitte den Schiffszahlmeister, dir tausend Skie in einen Sack zu packen. Folge Procopio bis zum grünen Obelisken und gib ihm die Siegprämie.”

“Aber Herr, die Gesetze sagen, Ihr müßt für eine manipulierte Wette nicht bezahlen ”, protestierte Mason, ein Gemeiner mit ungewöhnlichem Talent und der Angewohnheit, ungefragt seine Meinung kundzutun. “Ich habe heute mit Farrah zusammen den Zauber geübt. Nein, mehr als das, sie brachte ihn mir bei. So wahr Mystra lebt, Farrah hat den Windzauber nicht vergessen.”

„Natürlich nicht”, erwiderte Basel ruhig. “Ich weiß, worauf du anspielst, aber hast du auch nur die leiseste Ahnung, wie schwierig es wäre, deinen Verdacht zu beweisen?

Der junge Mann verschränkte die Arme und sah grollend drein. “Bestimmt nicht zu schwer. Wenn eine Gans gestohlen worden ist, sucht man nach einem Mann, der Eier ißt.”

„Ich bezweifele nicht, daß dieses Sprichwort in vielen Fällen nützlich ist”, sagte der Magier. “Aber du kannst Procopio keinen Erkenntniszauber vorwerfen. Das wäre, als würdest du einen Vogel beschuldigen, weil er fliegt. Vielleicht hat er die Tradition ein wenig gebeugt, aber er hat kein Gesetz gebrochen. Wenn wir uns beklagen, machen wir uns nur lächerlich. Nein, schlimmer. Denn wer war es, der das Rennen gewinnen wollte, indem er einen Windzauber beschwor?”

„Also machen wir nichts?” fragte der junge Mann ungläubig.

Basels Lächeln war freundlich, aber seine Augen nahmen einen stechenden Ausdruck an. “Wenn das alles ist, was du siehst, dann solltest du vielleicht weniger Zeit damit verbringen, deinen Blick auf Farrah zu richten, und mehr auf deine Kollegen achten. Halruaa ist mehr als Zauber und Himmelsschiffe. Glaubst du, du bist nur zu mir gekommen, um Magie zu lernen?”

Er schloß seine Ausführungen in einem untypisch düsteren Tonfall. „Hör zu. Procopio Septus‘ Ehrgeiz reicht weiter, als ein Rennen zu gewinnen, und wenn er Erfolg hat, dann haben wir mehr zu verlieren als ein Himmelsschiff.”

*　　　　*　　　　*

Ein alter Elf stand auf dem Deck der *Sternenschlange* und sah zu, wie sich die Ereignisse abspielten, die sein Patron vorhergesagt hatte. "Es nähert sich ein kleines Schiff", sagte er ruhig und wies auf ein Objekt, das die beschädigte *Avariel* verließ. "Wie es scheint, ist Basel Indoulur ein Mann, dessen Ehre ihm gebietet, einen Wetteinsatz zu zahlen."

Wenn Procopio der Tadel in der Stimme des Elfen aufgefallen war, ließ er es sich nicht anmerken. "Das ist kein Schiff, sondern ein fliegender Teppich. Deine Augen werden schlechter, Zephyr. Wie erfreulich für uns beide, daß das nicht auch für deinen Ratschlag gilt."

Der Elf hörte die unterschwellige Drohung. "Seid Ihr zufrieden mit dem neuen Jordain, den ich ausgesucht habe? Ruалli macht sich gut?"

Procopio lächelte. "Nicht so gut, daß ich dich durch ihn ersetzen möchte, wenn du darauf anspielst. Aber laß uns über deine Rekrutierungsbemühungen sprechen."

Einen Moment pochte Zephyrs Herz schmerzhaft, dann wurde ihm klar, daß sein Patron unmöglich von Kiva und von Zephyrs heimlichen Anstrengungen zu ihren Gunsten wissen konnte.

„Am Kolleg gibt es mehrere vielversprechende Studenten", sagte Zephyr behutsam. "Erzählt mir genauer, was Ihr von Euren neuen Beratern erwartet, dann kann ich eine engere Wahl treffen. Ich könnte Euch vor allem dann einen besseren Rat erteilen, wenn ich wüßte, warum Ihr so viele von ihnen anzuheuern wünscht. Die meisten Magier geben sich zufrieden mit dem Rat eines einzigen Jordains."

Procopio wies mit dem Kopf auf den herannahenden Teppich und die zierliche Frau, die darauf saß. "Wer zum Schwert greift, kommt durch das Schwert um. Und das läßt sich auch über die Magie sagen. Du hast gesehen, welche Probleme auftreten können, wenn sich ein Magier mit weniger fähigen Magi umgibt. Es läßt ihn verwundbar werden, und das kann ich nicht gebrauchen."

Der Elf verstand, da er selbst Jordain war, ein ausgebildeter Berater, den man nicht nur wegen seines scharfen Verstands ausgewählt hatte, sondern auch, weil er über keinerlei magische Fähigkeiten verfügte. Die Jordaini waren gegen Magie höchst resistent, und eine Vielzahl von Regeln sorgte dafür, daß sie mit den normalen Abläufen im Leben der Halruaaner nichts zu tun hatten. Sie genossen eine rigorose Ausbildung und legten heilige Eide ab, nämlich ihrem Land, ihrem Magierpatron und der Wahrheit zu dienen. Der Tod war die Strafe, wenn sie Magie anwandten oder logen. Es war eine harte Bestrafung, aber sie trug mit dazu bei, daß die Jordaini stets ehrlich blieben. Verstöße gab es äußerst selten. Zephyr kannte keinen einzigen lebenden Jordain, der sich über diese Regeln hinweggesetzt hatte – von ihm selbst abgesehen.

"Es ist schön, offen sprechen zu können", sagte Procopio. "Niemand kann dir meine Geheimnisse entreißen. Ein Mann in meiner Position kann es sich erlauben, sich mit so viel Annehmlichkeiten zu umgeben, wie er sich leisten kann."

"Das ist bestenfalls zum Teil wahr, Herr", sagte der Elf ernst. "Ihr heuert Jordaini an, die sich in der Kunst der Kriegsführung hervortun. Warum das? Ihr seid der Oberbürgermeister dieser Stadt und Kapitän ihrer Flotte von Himmelsschiffen, doch das Militär wird von König Zalathorm befehligt."

Der Magier sah Zephyr an. "Und das trifft auch auf den zu, der Zalathorm nachfolgt."

Einen Moment standen sie schweigend da. "Das ist es also", sagte der Elf leise.

"Das ist es", stimmte Procopio zu. "Ich könnte König sein. Sag mir wie. Du hast lang genug gelebt, um Königreiche aufsteigen und fallen zu sehen."

"Das ist wohl wahr", murmelte Zephyr und wunderte sich, daß der Magier nicht die Verbitterung in seiner Stimme bemerkte.

"In der Kunst des Erkenntniszaubers bin ich sehr bewandert", sprach Procopio weiter und war so sehr in seine eigenen Träume versunken, daß er gar nicht daran dachte, welche Alpträume sein Jordain möglicherweise miterlebt hatte. "Aber viele Magier können ein Himmelsschiff so gut befehligen wie ich, und die Wissenschaft des Militärs ist nie meine Disziplin gewesen. Ich brauche Männer, die sich damit so gut auskennen, wie ich mein Fach beherrsche." Dann fügte er mit einem verschlagenen Lächeln an: "Und das Basel Indoulurs."

Zephyr nickte nachdenklich und verdrängte seine eigenen Überlegungen, um sich auf die Situation seines Patrons zu konzentrieren. "Dann benötigt Ihr einen Rittmeister, um Iago zu ersetzen. Bedauerlicherweise hat der Außenposten der Miliz, die in der Region von Nath stationiert ist, von ihm keine Spur entdeckt. Wir vermuten, daß er von Plünderern verschleppt wurde. In den Bergen hat man in jüngster Zeit Schattenamazonen der Crinti beobachtet", sagte er und spielte auf das Volk der grauhäutigen und grauhaarigen Reiterinnen an, die das Land Dambrath beherrschten und die wilden östlichen Grenzregionen von Halruaa heimsuchten.

Der Magier gab einen mißgelaunten Ton von sich. "Dann werden wir diesen Jordain nicht wiedersehen? Haben wir alle Pferde verloren, die er angeschafft hatte?"

„Nur eins, Herr. Es scheint, als hätte Iago einen vielversprechenden Hengst auf einen Ausritt mitgenommen, dann hat man ihn nicht mehr gesehen."

„Bedauerlich. Was ist mit seinem Nachfolger?"

„Einige vielversprechende Kandidaten, Herr. Aus der diesjährigen Klasse würde ich Andris empfehlen, dessen Auffassungsgabe hinsichtlich militärischer Strategien wahrhaft erstaunlich ist. Matteo ist im Umgang mit Waffen geschickt und ein extrem guter Reiter. Beide sind vielversprechende Führer, und jeder von ihnen würde sich bewundernswert auf diesem Posten machen."

Procopio dachte nach. "Aber will ich wirklich schon wieder einen Jordain, der hinter den Ohren noch nicht trocken ist? Was ist mit denen, die schon im Dienst eines Kriegsherrn stehen? Warum nehmen wir nicht einen erfahrenen Ratgeber, der bei einem anderen Patron Dienst tut? Das wird doch oft gemacht."

„Das stimmt, aber diese Methode ist nicht frei von Risiken", warnte der Elf. "Ihr seid nicht der einzige, der mehr als einen Jordain beschäftigt. Aber wenn Ihr Euch zu offensichtlich darauf verlegt, einen Stab um Euch zu versammeln, wird das Euren Rivalen nicht lange verborgen bleiben. Die jungen Männer, die ich erwähnte, verfügen alle auch über andere Fertigkeiten, die von dem eigentlichen Zweck ablenken, den sie für Euch erfüllen sollen."

„Ein wirklich weiser Rat", erwiderte der Magier. „Gut, dann erledige das. Such die aus, die du für die Besten hältst."

Der Elf verbeugte sich. "Ich werde Boten zum Kolleg schikken, sobald wir wieder im Landhaus sind. Es ist wichtig, sich so früh wie möglich um die besten Studenten zu bemühen."

In Wirklichkeit begann Zephyr den Prozeß lange, bevor das Himmelsschiff wasserte. Er ließ seinen Patron zurück und begab sich unter Deck. Nachdem er die Tür hinter sich verbarrikadiert hatte, nahm er eine lose Planke aus dem Boden und holte aus dem Versteck eine kleine milchige Kugel hervor. Er blies sanft auf die Oberfläche. Die wirbelnden Wolken teilten sich und gaben den Blick frei auf das Gesicht einer hübschen Waldelfe.

„Kiva", sagte er leise.

Sie zog die jadefarbenen Brauen zusammen. "Sprich. Stimmt etwas nicht? Bist du allein?"

„Welcher Jordain würde sonst einen magischen Gegenstand benutzen? Es könnte mich das Leben kosten, wenn mich jemand dabei erwischt." Der alte Elf lächelte traurig. "Und ich habe nicht all diese Jahre ausgehalten, um die Vollendung unseres Lebenswerks zu versäumen."

Kiva nickte kurz, eine Geste des Verstehens und der Solidarität. "Was hast du?"

„Ich habe Procopio Septus zwei Jordaini empfohlen. Beide werden ihm zusagen. Ich muß noch einige Erkundigungen einholen, ehe ich weiß, welcher von beiden für Eure Zwecke am besten geeignet ist."

„Warum nicht beide?" fragte Kiva. "Brauchen könnte ich sie sehr gut."

„Zu riskant", warnte der alte Elf. "Ihr könnt einen aus der Gruppe nehmen, und der Rest wird froh sein, daß Eure Entscheidung auf einen anderen gefallen ist. Aber wenn zwei der vielversprechendsten Studenten verschwinden, wird es Gerede geben. Euer Orden könnte eine Untersuchung einleiten."

„Die Azuth-Kirche?" gab sie verächtlich zurück. Dann wurde ihr sein Argument klar. Sie zuckte die Achseln und sprach weiter: „Du wirst mit mir Kontakt aufnehmen, sobald du weißt, welcher dieser Jordaini mir am nützlichsten sein wird."

„Jawohl. Wie kommt Ihr mit Iago voran?"

„Er ist trotzig, sogar für einen Jordain", gab die Elfe zu. „Kannst du mir noch einen beschaffen?"

„Es ist unwahrscheinlich, daß Procopio glaubt, die Crinti würden gleich zwei seiner Jordaini entführen", sagte Zephyr. "Habt Ihr keine Hoffnung, mit Iago arbeiten zu können?"

„Kaum. Er läßt sich nicht von meiner Behauptung überzeugen, ein bedeutender Magier habe ihn für den Dienst am Land und der Wahrheit rekrutiert. Das ist das Problem mit den Jordaini – sie sind verdammt schwer umzudrehen! Magie führt bei ihnen zu nichts, man kann sie nicht bestechen, und sie lassen sich nicht unter Druck setzen. Sie haben einen brillanten Verstand, aber keine Leidenschaft. Was ich brauche", überlegte sie, „ist ein Jordain mit einer Schwäche. Finde einen."

„Ihr solltet besser sagen: ‚Finde noch einen'", merkte Zephyr an.

Kivas Augen bekamen einen fast zärtlichen Glanz. "Der Wunsch nach Rache ist keine Schwäche, alter Freund", sagte sie. "Wir kommen unserem Ziel näher, das verspreche ich. Wir werden die Dinge richten."

„Habt Ihr das Geheimnis entdeckt?" fragte Zephyr voller Eifer. "Ihr wißt, wie man den Laraken vernichten kann?"

Einen Moment lang sagte Kiva nichts, dann wiederholte sie: „Wir werden die Dinge richten." Abrupt verschwand ihr Gesicht von der Kugel.

Zephyr legte die Kugel rasch zurück in sein Versteck und begann, die Briefe an das Jordaini-Kolleg vorzubereiten. Erst als das Himmelsschiff am Dock festmachte, kehrten seine Gedanken zum Laraken zurück. Er überlegte, ob er und Kiva tatsächlich das gleiche Ziel verfolgten.

ZWEITES KAPITEL

Der Kampfmagier grinste und beschrieb mit den offenen Händen eine kreisförmige Geste. Eine winzige Sonne erschien in der Luft über seiner nach oben weisenden Handfläche. Sie explodierte und schleuderte einen Blitz aus strahlendem flüssigen Feuer nach Matteo.

Der junge Mann verlagerte sein Gewicht, um den Aufprall zu absorbieren, und hob seine Zwillingsdolche zu einem gleißenden X. Der magische Blitz traf das Kreuz aus Silber, zuckte an den Dolchen entlang und verging in verstreuten Teilchen, die von den rasiermesserscharfen Rändern der Klingen herabregneten.

Matteo ließ der klassischen Abwehr den empfohlenen Angriff folgen. Mit einer fließenden, geübten Bewegung warf er einen der Dolche in die Luft, fing ihn an der Spitze auf und schleuderte ihn auf seinen Widersacher.

Der ältere Mann riß die Augen auf, als die Klinge auf ihn zu geschossen kam. Er regte sich aber nicht von der Stelle, sondern begann, hektisch zu gestikulieren. Matteo lief los, ohne abzuwarten, wie Angriff und Gegenzauber ausgehen würden. Er hörte das Geräusch von Metall, das auf Stein traf, dann schirmte er seine Augen vor dem raschen Aufflackern der Funken ab, aber lief immer noch weiter.

Im letzten Augenblick ließ er sich fallen und wirbelte herum, holte mit einem Bein weit aus und trat mit großer Wucht gegen den Knöchel des Magiers. Matteo verzog das Gesicht, als sein Schienbein massiven Stein traf, aber er riß sich zusammen und zog sein vor Schmerz pochendes Bein unter sich. Er machte einen Satz auf den gefallenen Magier zu und bekam einen seiner steinharten Knöchel zu fassen. Mit dem verbliebenen Dolch hieb er auf die Sohle des Magiers ein. Die silberne Klinge schnitt durch das Leder und ließ den zu Boden gegangenen Mann überrascht aufheulen.

Der Steinhautzauber war eine übliche Verteidigungsmaßnahme, aber wie die meisten anderen Zauber machte auch dieser nicht unverwundbar. Ihr Erfinder hatte eine Eigenschaft der natürlichen magischen Welt übersehen: Gleich und gleich verträgt sich nicht. Der echte Stein unter den Füßen des Magier wehrte sich die Nachahmung durch die Steinhaut, wodurch die Fußsohlen des Zauberwirkers verwundbar blieben. Die Schwächen eines jeden Zaubers zu erlernen, magische Angriffe auf kurze Distanz abzuwehren und zum Gegenangriff überzugehen – das waren nur einige der wichtigsten Strategien, die ein Jordain während seiner Ausbildung lernte. Matteo könnte ein Gefühl großer Befriedigung nicht unterdrücken, als er aufstand und seinem gefallenen Meister eine Hand reichte.

Der Magier blieb aber im Schneidersitz auf dem Trainingsfeld sitzen, hielt seinen verletzten Fuß und betrachtete mißmutig seinen aufgeschlitzten Schuh.

„Was der letzte Teil wirklich nötig, Junge? Du kannst auch klarmachen, was du willst, ohne es zu tun."

„Führe stets das Schwert der Wahrheit, denn es ist die schärfste Waffe", zitierte Matteo fröhlich.

„Und das Bein aus Stein ist das härteste, das es gibt", sagte ein ironische Stimme hinter ihm.

Grinsend wirbelte Matteo herum, um seinem besten Freund ins Gesicht zu sehen. Andris war ein Jordain der fünften Stufe, ein Student der gleichen Stufe wie Matteo. Beide würden Ende des Sommers ihren Abschluß machen. Sie waren von Kindheit an Klassenkameraden und Freunde und befanden sich in allen Dingen im Wettstreit, wie unter Brüdern.

Kein neutraler Betrachter wäre auf die Idee gekommen, die beiden für echte Brüder zu halten, denn körperlich hätten sie sich nicht stärker voneinander unterscheiden können. Andris war groß, schmal und für einen Halruaaner sehr hellhäutig. Seine eng beisammen stehenden Augen waren von grünlich-brauner Farbe, und sein langes, geflochtenes Haar hatte den Ton dunkler Roßkastanie. Egal wie lange er der Sonne ausgesetzt war, seine Haut bekam einfach nicht das satte Goldbraun, das das gute Dutzend Jordaini aufwies, die auf dem Übungsplatz trainierten. Sie trugen keine Hemden, schwitzten, und ihre Körper glänzten in der heißen Sonne wie aus Bronze gegossen.

Matteo sah den anderen Männern ähnlich. Ihm fehlte vielleicht ein Fingerbreit, um es auf einen Meter achtzig Körpergröße zu bringen, seine Haut hatte den olivfarbenen Ton, und sein dunkles Haar entsprach ebenfalls dem eines Halruaaners von gutem Geblüt. Seine Augen waren fast schwarz, seine Gesichtszüge scharf gezeichnet, und seine feine, schmale Nase wies den Schwung der Klinge eines Krummsäbels auf. Obwohl mehr als ein Handbreit die beiden Männer in der Größe voneinander trennte, hatten sie etwa das gleiche Gewicht. Deshalb waren sie oft Sparringspartner auf den Wippen und den Wolkenkarren, zwei Geräten, mit denen die Jordaini lernen sollten, unter magisch herbeigeführten Umständen zu kämpfen. Magier waren dafür bekannt, daß sie sich mit ihrem Widersacher gen Himmel bewegten, weil sie glaubten, im Luftkampf einen Vorteil zu haben. Den Jordaini fehlte es zwar völlig an magischen Fähigkeiten, aber vor Taktiken von Magiern wichen sie auf dem Schlachtfeld keinen Schritt zurück.

Matteo verschränkte die Arme und grinste den Freund schief an. „Ein steinernes Bein ist eine harte Waffe, da gebe ich dir Recht. Aber dir wird nicht entgangen sein, daß der gute Meister Vishna eine bequeme Sitzposition gefunden hat und auf einmal ein neues Paar Schuhe benötigt."

„Mir ist auch nicht entgangen, daß dein Schienbein sich allmählich unangenehm blau verfärbt", erwiderte Andris trocken. „Es gibt eine bessere Methode."

Sofort verlor Matteo das Interesse an dem Geplänkel. „Zeig sie mir."

Der große Jordain sah Vishna an. Der nickte und stand auf. Andris lief auf den Magier zu, ließ sich zu Boden fallen und riß ihn weitestgehend so von den Beinen, wie Matteo das zuvor auch gemacht hatte. Doch als Andris in die Hocke ging, sah er Vishna nicht an, wie es das Angriffsmuster vorschrieb, sondern er präsentierte ihm seine rechte Seite. Als sein Bein den Magier traf, geschah das mit dem angespannten Muskel der Wade, nicht mit dem recht ungeschützten Schienbein.

Matteo verstand den Sinn. Der Schmerz würde nicht so stark sein, und das veränderte Angriffsmuster beseitigte fast die Gefahr, sich die Knochen zu brechen, was bei dieser Sequenz sonst häufig vorkam. Gegenwärtig waren zwei Studenten der zweiten Stufe im Krankenzimmer, wo sie eingegipst lagen und finster die Pflege durch die Schwestern der Mystra über sich ergehen ließen. Sie würden in wenigen Tagen wieder einsatzbereit sein, doch bis dahin mußten sie sich zahlreiche spöttische Bemerkungen von ihren Kameraden gefallen lassen.

„Es gibt ein Problem", stellte Matteo fest. „Der erste Angriff ist deutlich besser, das muß ich einräumen. Aber sobald der Magier liegt, bist du nicht mehr in der Lage, das Messer gegen ihn zu führen."

„Aber nein", erwiderte Andris. „Ich zeige es dir."

„Aber ohne mich", protestierte Vishna und erhob sich. „Ob Steinhaut oder Fleisch, meine Knochen sind genug durcheinandergewirbelt. Ich nehme ein Bad."

„Möget Ihr im Licht der Wahrheit wandeln", sagten beide Studenten gleichzeitig - die förmliche Verabschiedung der Jordaini. Der Magier erwiderte sie mit einer gar nicht förmlichen, flüchtigen Handbewegung, während er wegging.

„Ich werde dein Magier sein", bot Matteo an und sprach mit der Unbekümmertheit, wie sie nur Jordaini verstehen konnte.

Andris reagierte reflexartig mit einem Schutzzeichen. „Hüte deine Zunge, du Narr!" sagte er leise und eindringlich. „Du hast mehr Dreistigkeit als Verstand."

„Eine Metapher", wandte Matteo ein. „Nur eine Metapher. Wenn man sich gelegentlich beim Stil der Barden bedient, erhöht das die Redegewandtheit eines Jordains."

„Mag sein, doch Metaphern können gefährlich sein. Es gibt viele unter uns, die die Wahrheit für eine ernste, wörtlich gemeinte Angelegenheit halten. Es gibt manche, die dich falsch verstehen könnten, wenn sie eine solche Aussage mitbekommen."

Matteo seufzte. „Greif an."

Sein Freund nickte und kam auf ihn zugestürmt. Bevor Matteo sich darauf gefaßt machen konnte, spürte er, wie er auf den Boden schlug, und dann sah er am Morgenhimmel Sterne tanzen. Er zwinkerte, bis die Sterne vor seinen Augen verschwunden waren, und sah, wie Andris seine Drehung fortsetzte. Dann packte der rothaarige Jordain Matteos Fußgelenk, benutzte diesen Halt, um abrupt zu stoppen. Er riß hart an ihm, wechselte die Richtung seiner Bewegung und holte mit der freien Hand nach Matteos Fuß aus.

Andris rammte die Faust in den Fußballen seines Widersachers. In einem richtigen Kampf hätte er ein Messer gehabt. An der Sohle gab es Schmerzpunkte, die ein Jordain gut kannte. Obwohl der Angriff ohne Waffe ausgeführt worden war, sorgte der Treffer dafür, daß sich ein eisiger Blitz durch Matteos Bein nach oben bewegte. Er biß die Zähne zusammen, um einen Schmerzensschrei zu unterdrücken.

„Das klappt", bestätigte er mit gepreßter Stimme.

Andris erhob sich und hielt ihm die Hand hin. Matteo hielt sich am Handgelenk des Freundes fest und richtete sich auf. Sein Bein war fast bis zur Taille taub, und er beschrieb humpelnd kleine Kreise, während er darauf wartete, daß das Blut in das getroffene Glied zurückkehrte.

„Das erinnert mich daran, wie es mir nicht gelang, die Aura von Vishnas Eiskegel zu durchbrechen", sagte Matteo wehleidig.

Er sah den Freund mit großer Bewunderung an. „Du hast den Angriff verbessert."

Der große Jordain zuckte die Achseln. „Die Taktik funktioniert nicht bei jedem. Man muß schnell sein, und es schadet auch nicht, daß ich mehr wie eine Schlange als wie ein Stier gebaut bin. Ein muskulöserer Mann könnte nicht schnell genug stoppen."

„Jedenfalls nicht, ohne dem Magier das Bein auszureißen", sagte Matteo. Er schnippte mit den Fingern und grinste. „Das wäre eine interessante Variante. Themo könnte deinen Angriff ausführen und dann das versteinerte Bein des Magiers als Knüppel benutzen!"

Sie mußten beide grinsen, als sie sich ihren Klassenkameraden in Aktion vorstellten. Themo war noch größer als Andris, dabei massig gebaut und so stark wie einer der großen haarigen Nordmänner, die gelegentlich in die Hafenstädte kamen, um zu handeln oder ein Abenteuer zu erleben. In seinem Herzen war Themo mehr Krieger als Gelehrter, und er war bereits mehr als einmal in Schwierigkeiten geraten, da er sich davongeschlichen hatte, um in Tavernen Kämpfe zu provozieren.

„Genau eine solche Waffe hätte er im Kometen gebrauchen können", stimmte Andris. Seine Augen leuchteten bei der Erinnerung.

Dann wurde Matteo wieder ernst. „Stimmt. Wärst du nicht dagewesen, um eine Kampftaktik zu entwickeln, hätte es durchaus sein können, daß seine Freunde in jener Nacht gestorben wären."

Der Jordain zuckte abwehrend die Achseln. „Wenn es um Gedächtnisleistung oder Debatten geht, kann ich es nicht mit dir aufnehmen", sagte er frei heraus. „Mich interessieren mehr Strategien."

„Sie interessieren dich nicht, du bist von ihnen besessen", korrigierte sein Freund gutgelaunt. „Bist du mit dem Kilmaruu-Paradox weitergekommen?"

Das war als rhetorische Frage gemeint. Matteo wählte die Worte gezielt, um Andris' Faszination für die schwierigsten und unverständlichsten militärischen Rätsel auszudrücken. Daher war er erstaunt und fasziniert, als er sah, wie die Augen seines Freundes aufleuchteten.

Ein bewußt gelassener Ausdruck machte sich auf Andris' Gesicht breit. „Es ist ein klassisches Dilemma", sagte er. „Die halruaanische Marine hat sich jahrelang damit beschäftigt. Diese Frage nimmt nicht nur die klügsten Köpfe auf dem Stützpunkt in Zalasuu in Anspruch, sondern auch die zweitausend Soldaten, die das Fort dahinter halten."

„Ganz zu schweigen von dem guten Dutzend Abenteurer und Magier, die Jahr für Jahr im Sumpf verschwinden", fügte Matteo an. „Wie heißt es doch so schön: Der Sumpf von Kilmaruu sorgt dafür, daß es in Zalasuu nie zu viele Narren gibt."

„Ja, aber darin liegt das Paradox", sagte sein Freund listig. „Es steht geschrieben, daß die Magi und Abenteurer, die im Sumpf verschwinden, lediglich den Appetit der Untoten weiter anregen, von denen der Sumpf heimgesucht wird, und sie so in das umgebende Land hinaustreibt. Schwere Angriffe auf den Sumpf haben sich für die Stadt und die umliegenden Dörfer als verheerend entpuppt. Wenn das Militär nichts tut, werden die Untoten in die Azuth-Bucht vordringen und die Schiffe angreifen. Ob man in Aktion tritt oder nicht, in jedem Fall ist eine Katastrophe die Folge."

Matteo nickte. Geschichte und insbesondere Militärgeschichte waren jahrelang Bestandteil ihres Studiums gewesen, doch in diesem Moment interessierte er sich weniger für dieses alte Rätsel als dafür, was sein Freund mit seinen Ausführungen andeuten wollte.

„Das Paradox ist immer so verstanden worden, daß ein Einschreiten genauso vergeblich ist wie Untätigkeit. Deine Worte klingen nach einer anderen Deutung."

Andris legte die Hände auf den Rücken und betrachtete gedankenverloren eine Flugechse, die am Himmel ihre Bahnen zog, während er seine nächsten Worte sorgfältig wählte. „Angenommen, jemand hat eine Angriffsformel. Angenommen, er hat ausgiebig recherchiert und zu jeder nur denkbaren Situation, die das Schicksal präsentieren kann, eine Strategie. Angenommen, jemand hat diese Lösung seinen Meistern als seine Abschlußarbeit für die fünfte Stufe vorgelegt. Würdest du sagen, ein solcher Mann könnte einen Platz als Berater an der Seite eines Kampfmagiers bekommen?" Er sah ihn an, dann fuhr er sehnsüchtig fort: „Vielleicht könnte ein solcher Mann die Tradition umwerfen und nicht nur Berater werden, sondern sogar ein eigenes Kommando erhalten."

Matteos Mund stand offen. Einen Augenblick lang rang er mit sich, um die Offenbarung zu verarbeiten. „Ist das wahr? Du hast das Kilmaruu-Paradox gelöst?"

„Ich denke schon", sagte Andris bescheiden.

„Du ‚denkst' schon?" wiederholte Matteo tadelnd. Diese Sache konnte über das gesamte weitere Leben seines Freundes entscheiden, und das war viel zu wichtig, als daß er sich so unpräzise ausdrückte. „Ein Jordain denkt zunächst, erst dann spricht er."

„Ja, ja, ich habe einen Strategie entwickelt, die den Sumpf von den Untoten befreien wird."

Matteo stieß einen Freudenschrei aus und umarmte den Freund, wirbelte ihn herum und hob ihn hoch. In einem Gewirr aus Armen und Beinen gingen sie zu Boden, wo sie spielerisch wie Welpen umhertollten.

Nach einer Weile hatten sie davon aber genug, lösten sich voneinander und lagen nur einfach auf dem Boden. Vor angenehmer Erschöpfung schnappten sie japsend nach Luft. Andris warf Matteo einen sehnsüchtigen Blick zu. „Glaubst du wirklich, daß mir das eine Position bei einem bedeutenden Patron einbringen wird?"

Matteo verschränkt die Hände hinter dem Kopf und lächelte. „Es würde mich nicht wundern, wenn Grozalum persönlich dich haben will", sagte er und meinte damit den mächtigen Illusionisten, der über die Hafenstadt Khaerbaal herrschte, die zugleich der wichtigste Marinestützpunkt von Halruaa war.

„Jordaini aufgepaßt", forderte plötzlich eine tiefe, sonore Stimme aus der Pförtnerloge. „Höchste Ehren. Magier im Haus."

Die beiden sprangen auf und eilten zum Rand des Übungsplatzes, um ihre Position einzunehmen. Dort versammelten sich auch die anderen Studenten und bauten sich respektvoll auf, die Füße so weit auseinandergestellt, daß der Abstand der Breite ihrer Schultern entsprach, die Hände auf dem Rücken verschränkt, die Augen geradeaus gerichtet, während sie die Ankunft des zu Besuch kommenden Würdenträgers erwarteten.

Das Leben in Halruaa verlief in geordneten Bahnen, geregelt wurde es durch Gesetze und Bräuche, die umfassend und detailliert waren. Das Protokoll war ein wichtiger Teil jeder höheren Ausbildung, denn jede Gesellschaftsschicht verfügte über bestimmte Privilegien und Ehren. Magier bekleideten die höchsten Positionen, hatten damit auch die höchsten Ehren. Die Haltung, die die Jordaini einnahmen, bezeugte den Respekt, den der Anstand verlangte, aber sie ließ auch ihren eigenen hoch angesiedelten Status erkennen. Sie standen nur eine Stufe unter den Magiern und stellten eine bestens ausgebildete Elite dar. Schließlich repräsentierten sie die Wahrheit, eine Macht, die sich zwar erheblich von der Magie unterschied, der aber in ihrem eigenen Wirkungskreis genauso große Bedeutung zukam. Gesetze und Gebräuche legten fest, daß nur ein Jordain einem Magier jederzeit sofort in die Augen sehen durfte, während alle anderen, die einen niederen Rang bekleideten, ihre Blick respektvoll senkten, ehe sie einen fremden Magier ansprechen durften.

Matteo riß die Augen auf, als die magische Gefolgschaft das Gelände betrat. Sofort zwang er sich, seinem Gesicht den Ausdruck scheinbarer Gelassenheit zu verleihen, aber er konnte dennoch nicht anders, als die ungewöhnlichen Besucher anzustarren.

Ein Trupp bewaffneter Männer marschierte in zwei Reihen auf das Feld und rahmten dabei zwei außergewöhnliche Geschöpfe ein. Das größere von ihnen war ein Wemic, ein Wesen, das einem Zentauren ähnlich war und halb nach einem Menschen, halb nach einem Löwen aussah. Das Tier hatte einen massigen Leib und erreichte fast die Größe eines kleinen Pferds. Der goldhäutige Torso war so dick und muskelbepackt wie der Themos. Matteo nahm sich vor, bei nächster Gelegenheit für seine Klassenkameraden eine Satire zu diesem Thema zu verfassen.

Bei einem Mann hätte man das Gesicht des Wemic als attraktiv bezeichnet, auch wenn seine Nase etwas größer und breiter war, als es bei Menschen üblich war. Außerdem waren die Pupillen seiner goldenen Augen vertikale Schlitze, wie man es von Katzen her kannte. Eine dichte Mähne glänzend schwarzen Haars fiel ihm auf die Schultern, und ein Ohrring, in den ein großer roter Stein eingefaßt war, schmückte eines der runden Löwenohren.

Aber es war das andere Geschöpf, von dem Matteos Augen sich viel schwerer lösen konnten. Elfen waren in Halruaa selten. Wenige, vorwiegend Halbelfen kamen wegen ihrer Liebe zur Magie nach Halruaa. Einige von ihnen stiegen sogar in den Senat auf und zählten zu den vierhundert angesehensten Magiern im Land. Doch Matteo hatte noch nie von einer Elfe gehört, die es zur Inquisitorin gebracht hatte.

Sie war auf eine so exotische, fremdartige Weise hübsch, daß sich Matteos Kehle vor Faszination zusammenschnürte und in ihm ein seltsames Verlangen weckte. Ihre Haut hatte eine kupferne Färbung, und ihr volles Haar, das geflochten um ihren attraktiven Kopf gelegt war, hatte eine grüne Färbung, die tiefer und leuchtender war als die von edler Jade. Ihr Augen hatten die gleiche goldene Farbe wie die des Wemic an ihrer Seite und waren auch fast so katzenhaft. Obwohl sie so klein war, daß ihr Kopf gerade mal bis zu Matteos Schultern reichte, kam er nicht für einen Moment auf den Gedanken, sie für zerbrechlich zu halten. Ihre schlanke Statur war von Kraft erfüllt wie bei einer Katze, in deren Muskeln sich flüssiger Stahl befand. Sie war in helles Gelb gekleidet, womit sie als Inquisitorin im Dienste Azuths zu erkennen war, des Gottes der Magier, dessen Anbetung allmählich bei den Halruaanern Anklang fand, und der neben Mystra, der Herrin der Magie, der einzige andere Gott war, dessen Verehrung im Land gestattet war.

Der Blick der Elfe wanderte über die jungen Männer. „Ich habe über die Stufe dieses Jahres viel Gutes gehört", sagte sie mit einer auffallend hellen, glockengleichen Stimme. „Auch wenn die Zeit eurer abschließenden Prüfungen noch nicht gekommen ist, haben mich einige potentielle Patrone gebeten, euer Kampfgeschick zu beurteilen."

Sie wies auf den Wemic: „Das ist Mbatu. Er wird euch im Gefecht testen, in der Reihenfolge, die ich festlegen werde. Ich bin Kiva, Inquisitorin des Azuth." Sie lächelte. „Da wir alle wissen, wie ich gemeinhin genannt werde, können wir es auch sagen. Ich bin eine Bluthündin. Ich ziehe diesen Titel vor. Ihr habt meine Erlaubnis, mich so zu nennen."

Sie ging an der Reihe entlang, den Kopf leicht angehoben, um dem Blick jedes Jordain zu begegnen. Themo war der dritte. Sein Blick war nach unten auf die Elfe gerichtet, wanderte dann aber rasch zu dem edlen Schwert, das der Wemic über der Schulter trug. Seine Miene war die eines besonders hungrigen Halblings, der einen Krug voller Bier und einen Teller mit Honiggebäck betrachtete.

„Du zuerst", sagte sie. Ein Ausdruck der Vorfreude huschte über die Augen des Mannes. Das schien der Elfe zu gefallen. Sie streckte die Hand aus und tätschelte seine Wange, wie man es bei einem Kind machte, dann ging sie weiter. Nachdem sie an mehreren Männern vorbeigegangen war, blieb sie vor Matteo stehen.

Eine Zeit lang sah sie ihn an, dann sagte sie: „Du als zweiter." Die Ehre schmeichelte Matteo, aber er nickte nur kurz. Ein Jordain-Student mochte zwar einem fremden Magier in die Augen sehen, aber sprechen durfte er nur, wenn er dazu aufgefordert wurde oder wenn besonders gravierende Umstände es erforderten.

Kiva blieb vor Andris stehen. Ihre seltsames, hübsches Gesicht verriet, daß sie irritiert war. Es verging einige Zeit, ehe sie fordernd die Hand ausstreckte. Sofort eilte der Hauptmann ihrer Wache herbei und legte ihr einen goldenen Stab in die Hand, der mit grünen Edelsteinen besetzt war und an der Spitze einen großen grünen Kristall trug.

Die Bluthündin streckte den Arm aus und legte den Stab auf Andris' Stirn. Sofort begann der Kristall zu vibrieren und sang in einer hohen, geisterhaften Tonlage. Kiva nickte, als hätte sie dies erwartet. Sie trat einen Schritt zurück und wandte sich den Meistern der Schule zu, einem erhabenen Ensemble aus Jordaini, Gelehrten, Kriegern und Magiern. Wie es die Gebräuche erforderten, waren sie gekommen, um den hohen Besuch zu begrüßen. Es war ein bunt gemischtes Völkchen, das vom nur scheinbar gebrechlichen Vishna bis zu der stämmigen und hakennasigen Frau reichte, die in ihrer Jugend die Marine in der nahe gelegenen Hafenstadt Khaerbaal befehligt hatte. Im Augenblick jedoch betrachteten sie alle die Bluthündin mit dem gleichen ungläubigen Ausdruck.

„Für gewöhnlich würde ich eine Inquisition dieses Jordain einberufen, aber es sind keine weiteren Prüfungen erforderlich. Die Antwort ist klar."

„Das kann nicht sein! Andris ist ein hervorragender Student", warf Vishna ein und trat vor Aufregung zitternd nach vorn. „Er wurde in den vorgeschriebenen Intervallen getestet, wie es mit allen Jordaini in diesem Haus geschieht. Niemals hat er irgendein Anzeichen für latente magische Fähigkeiten erkennen lassen!"

„Wenn er ein so hervorragender Student ist", gab Kiva kühl zurück, „ habt Ihr vielleicht nicht so genau auf diese gefährlichen Anzeichen geachtet, wie es sonst vielleicht der Fall gewesen wäre."

Der Vorwurf besaß etwas Unwiderlegbares, aber Vishna gab keine Ruhe. „Wenn Andris dieser Vorwurf gemacht wird, hat er das Recht auf eine Inquisition. Führt sie durch."

„Das ist das Gesetz", stimmte Dimidis in seinem leisen, verdrossenen Tonfall zu. Der alte Jordain sprach nur selten, aber wenn, dann gewichtige Worte. Das war auch kein Wunder, wenn man berücksichtigte, daß Dimidis als Richter am Runden Tisch diente, dem Gericht, das Meinungsverschiedenheiten zwischen Jordaini beilegte und angemessene Strafen für Regelverstöße festsetzte.

„Das reicht, und damit meine ich Euch beide", erklärte Ferris Grail, der die Schule leitete. „Die Bluthündin hat über einen falschen Jordain geurteilt. Das ist ihre Pflicht, und das ist Gesetz." Der Schulleiter sprach leise, aber seine tiefe Stimme kam über die betroffenen Jordaini wie ein Todesurteil, was es auch war.

Vishna senkte geschlagen den Kopf und trat zurück.

Nachdem die Opposition verstummt worden war, wandte sich Kiva wieder Andris zu. Ein sonderbares Feuer glomm in ihren goldenen Augen. „Ich beschuldige dich, Andris, des Vergehens, über magische Kräfte zu verfügen und dieses deinen Meistern verschwiegen zu haben."

Ihr Blick wanderte von einem Mann zum nächsten und sah, wie jedes der Gesichter sich unter dem Einfluß von Unglauben und Entsetzen veränderte. „Wie ich sehe, muß ich keinem von euch sagen, welche Strafe auf dieses Vergehen steht."

DRITTES KAPITEL

In den Straßen Khaerbaals herrschte Ruhe, da die Sonne glutheiß hoch am Himmel stand und jeder, der konnte, Zuflucht suchte in schattigen und mit etwas Glück sogar magisch gekühlten Räumlichkeiten.

Tzigone war solchen Komfort nicht gewöhnt, daher konnte er ihr auch nicht fehlen. Der einzige Luxus, den sie sich gönnte, waren ein oder zwei Stunden relativer Einsamkeit. Ein paar Menschen drängten sich im Schatten, den schmale Gassen oder Bäume spendeten. Besucher aus anderen Ländern wischten beständig ihre schweißnassen Gesichter ab, während ihnen bewußt wurde, was sie verkehrt gemacht hatten, und sich in eine kühle Taverne zurückzogen. Nur wenige von ihnen hatten einen Blick übrig für die kleine, schlanke Gestalt, die eine weite braune Tunika und hohe Gamaschen trug, die ein beträchtliches Stück über ihren bloßen Füßen endeten. Ihr zerzaustes, kurzes braunes Haar und ihr schmutziges Gesicht ließen sie mehr nach einem Straßengör als nach einer jungen Frau aussehen. Wenn sich ein Beobachter die Zeit nahm, sie genauer zu betrachten, dann konnte er feststellen, daß sie sehr wohl hübsch aussehen konnte, wenn sie es wollte. Ihr Gesicht verlief in einem spitzen Winkel von den hohen Wangenknochen hin zu einem kleinen spitzen Kinn, ihre Augen waren groß und braun, sie sprühten vor Intelligenz und waren ungewöhnlich ausdrucksvoll.

Im Augenblick lag ein dunkler Schatten um diese Augen, da sie wegen des dreifach verdammten Wemic erneut eine ganze Nacht lang keine Schlaf gefunden hatte.

Tzigone nahm den Beutel von der Schulter und sah sich nach einem potentiellen Abnehmer des Inhalts um. Sie bewahrte nichts lange auf. Habseligkeiten hatten es an sich, den zu verraten, dem sie zu sehr am Herzen lagen. Das letzte, was sie in Ehren gehalten hatte, war eine silberne Bürste gewesen, und die war auch der Grund gewesen, daß man sie gefaßt und fast umgebracht hatte.

Ihr Blick fiel auf eine alte Frau, die in den Schatten eines Mandelbaums gekauert saß. Sie trug dicke Kleidung, die im tiefsten Winter angenehm gewesen wäre. Tzigone zog eine lange rote Seidentunika hervor.

"Einen schönen Tag, Großmütterchen", sagte sie fröhlich - die freundliche Begrüßung, die unter dem Bauernvolk üblich war. "Der Tag der Herrin ist gekommen und gegangen."

"Mystra sei gelobt", murmelte die Alte, blickte aber nicht auf. "Voll war's. Und laut."

Tzigone ließ das einfache Kleidungsstück los, so daß es der Frau in den Schoß fiel. Der zarte Stoff sank sanft wie ein Schatten herab. "Kannst du das gebrauchen, Großmütterchen? Ich kann es nicht mehr tragen, nachdem der Tag der Herrin vorbei ist. In der Stadt sind zu viele Reisende, die auf seltsame Gedanken kommen könnten, wenn sie eine einsame Frau im roten Kleid sehen." Als die Alte ihr einen fragenden Blick zuwarf, legte Tzigone ihre Hände auf die Hüfte und stolzierte so umher, wie es die Dirnen machten.

"Die Zeiten sind lang vorbei", sagte die Frau mit unerwartet trockenem Humor. Sie befühlte den Stoff mit den Gichtfingern. "Das bringt sie zwar auch nicht zurück, aber ich nehme es dir ab, Mädchen, und", fügte sie verschlagen an, "ich werde keinem, der danach fragt, sagen, woher ich's hab."

Tzigone nickte und wollte weitergehen, als die Frau sie am Saum der Tunika festhielt. Mit einem Mal war Leben in ihrem Gesicht. "Was ist mit den Sternen, Mädchen? Haben die Sterne Mystras, die dieses Kleid berührt haben, für die Zukunft Gutes oder Schlechtes geweissagt? Versteh's nicht falsch, aber ich werde mir kein böses Omen anziehen."

Tzigone lächelte. "Keine Sorge. Mir wird immer das Gleiche geweissagt."

Das schien der Alten zu genügen, da sie sich aufrichtete und davoneilte, ihren Schatz fest an sich gedrückt.

In diesem Fall hatte Tzigone die ungeschönte Wahrheit gesagt. Magie glitt an ihr ab wie Wasser am Federkleid eines Schwans. Die winzigen magischen Lichter, die zum Ende der Festlichkeiten am Tag der Herrin vom Himmel herabgeregnet waren, hatten sich geweigert, sie zu berühren. Sie schloß die Augen und seufzte, als sie daran dachte, wie die Menschen vor ihr zurückgewichen waren, deren eigene rote Kleidung von Mystras Sternen funkelte, und wie sie sie angesehen hatten, als würden sie einer Beerdigung beiwohnen. Aus gutem Grund – keine Sterne, keine Zukunft. "Du bist tot", hatten ihre Augen gesagt. "Du weißt es nur noch nicht."

"Hetzt mich nicht", hatte Tzigone gemurmelt.

Was sie noch mehr gestört hatte als die Reaktion der Menge war ihr eigener kleiner Fehltritt gewesen. Sie hatte sich in einem Geschäft am Ort heimlich ein rotes Kleid ausgeliehen, damit sie sich unbemerkt durch die Menge bewegen konnte. Dabei hatte sie vergessen, was am Ende der Feier geschehen würde, und nicht darüber nachgedacht, wie sehr ihr von den Sternen gemiedenes Kleid den Wemic auf sie aufmerksam machen würde, der ihr in der letzten Zeit folgte.

Das war das eigentliche Problem. Sie hatte so lange überlebt, weil sie nichts vergaß. Das war das Gesetz, das ihre Tage beherrschte. Keine Nachlässigkeit blieb ungesühnt, jede freundliche Geste, ganz gleich, wie beiläufig oder unabsichtlich, zog eine Belohnung nach sich. Doch für sie war der Schlaf immer die wahre Zeit des Erinnerns gewesen. Manchmal, wenn sie tief in ihre Träume versunken war, konnte sie sich fast an ihren wahren Namen und das Gesicht ihrer Mutter erinnern.

Der Schlaf lockte, woraufhin sie sich ihren Weg durch die engen Seitengassen bahnte, um zu einem ihrer liebsten Verstekke zu gelangen. Sobald sie sich hingelegt hatte, fiel sie in tiefen Schlummer.

Obwohl sie erschöpft war, begann sie zu träumen. Es war ein vertrauter Traum, reich an Bildern und Erlebnissen aus der Kindheit. Es war dämmrig, und der leichte Wind war schmeicheln und sanft, wie immer, wenn die Nacht den Wind vom Halruaasee ins Landesinnere lockte und die schwüle Sommerluft wie die Röcke einer Magierkönigin wehen und wirbeln ließ. Die Brise war auf jenen Dächern besonders angenehm, von denen aus man die Hafenstadt Khaerbaal überblickte. Auf dem schindelgedeckten Dach einer am Hafen gelegenen Kneipe jagten das Mädchen und seine Mutter schwebenden Bällen aus Licht nach, die vor dem purpurnen Himmel hüpften und tanzten.

Viele halruaanische Kinder in ihrem Alter konnte Lichter beschwören, doch ihre waren etwas ganz Besonderes: Sie hatten die Farbe von Edelsteinen und waren fast lebendig, da sie jedem Versuch, ihnen nachzustellen, wie geschickte Glühwürmchen auswichen.

"Das da!" kreischte sie fröhlich und deutete auf eine strahlend orangefarbenne Kugel – einen Erntemond in klein.

Gehorsam raffte ihre Mutter die Röcke und eilte der Kugel nach. Das Kind lachte und klatschte in die Hände, weil sich die Kugel einfach nicht fangen lassen wollte, doch die Augen des Kindes ruhten länger auf der Frau als auf dem tanzenden Licht.

Ihre Mutter war ihre ganze Welt. In den Augen des Kindes war die kleine, dunkle Frau die allerschönste und allerklügste Magierin in ganz Halruaa. Das Lachen ihrer Mutter war Musik und hell wie ein Feenlied, und wenn sie lief, dann wehte ihr langes braunes Haar wie ein seidener Schatten hinter ihr her.

Andere Kinder hatten sich diesem Spiel nie angeschlossen, aber sie fehlten dem Mädchen nicht wirklich. In der Stadt unter ihnen wurden mit den Kindern Lobgesänge zu Ehren Mystras gesungen, dann wurden sie für die Nacht unter Moskitonetze gesteckt. Es kam nur selten vor, daß die Tochter der Zauberin sie beneidete oder bei ihnen sein wollte.

Ihr hatte es nie an Gesellschaft gefehlt, denn alle Geschöpfe kamen auf Geheiß ihrer Mutter herbei. Noch an diesem Morgen hatte sie mit einem geflügelten Kätzchen herumgetollt, und ihr Mittagessen hatte sie in der Gesellschaft zweier sonnenschläfriger Echsen zu sich genommen, deren Schuppen wie eine Mischung aus Smaragden und Topasen geleuchtet hatten. Ihr liebster Geselle war ein Feengeist, der nicht größer war als ihre kleine plumpe Hand. Er tauchte immer so rasch auf, das sie den Verdacht hatte, er würde ihr ständig folgen in der Hoffnung, ihre Mutter würde ihn beschwören. Sie konnte diesen Impuls nur zu gut verstehen, denn es gab keinen Klang, der angenehmer und lieblicher war als Mutters Stimme.

Dennoch hatte sie den Feengeist seit vielen Tagen nicht mehr gerufen; die Gründe dafür wollte sie nicht allzu eingehend erforschen.

Nachdrücklich verdrängte sie den Gedanken und lief auf eine kleine karmesinrote Kugel zu. Sie blieb abrupt stehen, als die Kugel auswich. Dann hockte sie sich hin und stürzte sich auf sie, wie sie es am Morgen bei dem Flatterkätzchen beobachtet hatte. Sie fing den Ball aus der Luft und zog ihn mit sich zu Boden. Dort schlug sie hart auf, und die Kugel platzte mit einem zufriedenstellenden Schmatzen unter ihr. Sie sprang auf, ein siegessicheres Lächeln im Gesicht, während ihre rote Tunika mit leuchtend roten Spritzern übersät war.

Ihre Mutter applaudierte begeistert, dann machte sie mit der Hand eine kleine, elegante Geste. Die roten Flecken lösten sich vom Kleid des Mädchens und schossen in die Nacht, wobei sie einen langen, leuchtenden Strang bildeten.

Das Mädchen grinste vor Vorfreude und wartete auf die nächste Phase. Der Strang würde zucken und tanzen, dann würde er vor dem dunkler werdenden Himmel wunderbare Bilder in die Luft malen. Manchmal ließ ihre Mutter exotische Tiere entstehen, manchmal ein kleines Himmelsschiff, und einmal war es sogar eine Treppe zu den Sternen gewesen, auf der das Mädchen tatsächlich nach oben hatte steigen können – was es auch getan hatte, bis ihre Mutter ängstlich geworden war und es zurückgerufen hatte. Meist zeichnete der leuchtende Strang jedoch Karten, auf denen er Wege durch die Gäßchen und über die Dächer jener Stadt beschrieb, die sie zu dem Zeitpunkt erkundeten.

In jener Nacht formte der Strang aber nichts derartiges. Statt dessen irrte er ziellos umher und verstrickte sich hoffnungslos in sich selbst. Schließlich verblaßte er zu einem Schein aus schwach leuchtenden, rasch verglühenden rosafarbenen Teilchen.

Verwirrt sah Tzigone ihre Mutter an. "Ich bin müde, Kind", sagte die Frau sanft. "Wir machen in einer anderen Nacht wieder Bilder."

Das Mädchen nahm die Antwort mit einem Nicken hin und eilte einem Paar smaragdfarbener Lichter nach. Da es heute keine Bilder geben würde, dachte sie sich selbst ein Spiel aus. Irgendwann hatte sie einen kurzen, dicken Stock an ihrem Gürtel festgebunden, der sich hervorragend als Schwert eignete, mit dem sie gegen die Kugeln antreten konnte. Die waren in ihrer Phantasie zu einem Schwarm bunter Blutmücken geworden – zu riesigen, durstigen, moskitoähnlichen Geschöpfen, die makabre kleine Melodien summten, während sie Schläfer aussaugten. Sie sang nun in einem kindlichen Sopran ein Blutmückenlied, dessen bedeutungslose Worte sie sich während des Singens ausdachte. Jedes imaginäre Monster fand in einer Fontäne aus farbigem Licht ein Ende. Es war ein schönes Spiel, das sie vom kurzzeitigen Versagen der Magie ihrer Mutter ablenkte. In solchen Nächten konnte sie viel vergessen.

Sie konnte fast vergessen, daß sie ein Leben auf der Flucht führten.

Ihre Mutter hatte sich sehr bemüht, daraus ein Spiel zu machen, und das kleine Mädchen spielte mit, wie Kinder es nun einmal tun. Sie verstand aber mehr, als ihre Mutter ahnte. Dennoch gab es viele Dinge, die sie nicht begriff. Seit einiger Zeit hatten diese Fragen begonnen, sich in ihr aufzustauen, wie das Anschwellen magischer Kraft während einer Beschwörung. Sie war sicher, daß sie platzen würde wie eine der Kugeln, wenn sie diese Fragen nicht bald stellen konnte. Sehr bald. Heute!

Sie wartete, bis alle tanzenden Lichter erloschen waren. Sie verließen beide das Dach und zogen sich für die Nacht in den überfüllten Raum im Obergeschoß der Kneipe am Dock zurück. An solchen Orten fühlte sich das Mädchen am sichersten. Nächtliche "Abenteuer" schienen sich vorwiegend zu ereignen, wenn sie allein waren. Das sonore Schnarchen eines Trios von Bierhändlern, die sich ein Bett am mit Fensterläden versehenen Fenster teilten, gab ihr ebenso ein Gefühl der Sicherheit wie das Schwert, das sich strahlend und einsatzbereit in Reichweite eines ernsten jungen Mannes befand, über den ihre Mutter gesagt hatte, er sei ein Paladin auf einer Queste.

Sie wartete geduldig, während ihre Mutter die gemeinschaftliche Waschschüssel in der Gasse hinter dem Haus ausschüttete und aus einem Krug frisches Wasser nachfüllte. Sie saß völlig ruhig da, während ihre Mutter eine Ecke eines Leinentuchs ins Wasser tauchte, um den Schmutz abzureiben, den das Kind anzog wie ein Zauber Katzen. Sie wartete, bis ihre Mutter ihre größte Kostbarkeit hervorholte – eine kleine Bürste mit einem silbernen Griff, in den hochrankende Rosen eingraviert waren – und das zerzauste Haar ihrer Tochter kämmte.

Normalerweise liebte sie dieses Ritual. So sehr, daß sie sich oft wünschte, sie könnte so schnurren wie eine Katze, die es sich gutgehen ließ. Doch heute wollte sie Antworten hören, ehe sie wirklich platzte.

"Wer ist hinter uns her?" fragte sie unumwunden.

Ihre Mutter hielt in der Bewegung inne. "Bei der großen Herrin Mystra!" rief sie mit erstickter Stimme. "Du weißt es?"

Sie reagierte mit einem ungeduldigen Schulterzucken, da sie nicht wußte, was sie antworten sollte. "Wer ist es?" fragte sie noch einmal.

Ihre Mutter sagte einen Moment lang nichts. "Es sind viele Werkzeuge, doch die Hand, die sie führt, ist die meines Gatten."

Das Mädchen bemerkte einen seltsam dissonanten Tonfall im Klang der Stimme der Mutter. Ihr wurde klar – auch wenn sie den Grund nicht verstehen konnte –, daß ihre Mutter ihren schattenhaften Verfolger nicht als Vater ihres Kindes bezeichnet hatte. Vielleicht war der Grund der, daß die beiden in Halruaa immer ein und dieselbe Person waren. Kinder kamen in Ehen zur Welt. Ehen wurden vom örtlichen Ehestifter arrangiert, der stets ein niederer Magus der Schule der Erkenntniszauber war. Sie war noch keine fünf Sommer alt, doch das wußte sie schon. Der rätselhafte Instinkt, der auch das Zögern ihrer Mutter bemerkt hatte, veranlaßte sie dazu, die offensichtliche Frage unausgesprochen zu lassen.

Statt dessen entschied sie sich für eine andere Frage.

„Ist dein Mann ein großer Magier?"

„Er ist Magier."

„Wie du?"

Die Bürste strich ihr wieder übers Haar, aber sie hatte keine besänftigende Wirkung mehr. Das Mädchen nahm mit jeder Bewegung die Gefühle der Mutter auf: Trauer, Sehnsucht, Furcht. Die Versuchung, ihr auszuweichen, war verlockend, aber sie weigerte sich, dem Impuls nachzugeben. Sie wollte Antworten. Vielleicht war der Schmerz Teil dieses Wissens.

„Er war einst mein Schüler ", sagte ihre Mutter schließlich. „Es gibt ein Sprichwort, das Meister auffordert, sich vor dem Ehrgeiz ihrer Schüler in Acht zu nehmen. Unsinn kann so oft wiederholt werden wie Weisheiten, aber dieses Sprichwort hat sich bewahrheitet."

Das Mädchen nahm die Lektion mit einem Schulterzucken zur Kenntnis. Seine Gedanken kreisten noch immer um die falsch gewirkten Zauber der jüngsten Zeit. "Du bist immer noch die Meisterin", sagte sie trotzig, als könne sie leugnen, was sich mit jedem Tag deutlicher abzeichnete.

Das Lächeln ihrer Mutter war traurig und wissend. "Wie lang ist es her, daß du mich batest, den Feengeist herbeizurufen? Ein schwieriger Zauber, das weißt du ja."

Das Mädchen senkte den Blick und schob die Unterlippe vor. "Er zieht mich bloß auf."

"Wirklich? Das hat dich bisher nie gestört."

"Ich mag ihn nicht mehr", sagte sie stur. "Und ich mag nicht mehr über diesen dummen Feengeist reden. Sing mir ein anderes Lied, das etwas Wildes, Starkes beschwört. Eine Sternschlange!"

„Die fliegen nachts nicht, Kind."

Sie verschränkte die Arme. "Dann ist das ein dummer Name."

Die Mutter lachte leise. "Könnte sein, daß du Recht hast. Welches wilde Geschöpf möchtest du haben? Einen Roch, der des nachts fliegt? Eine Dschungelkatze?"

Die Stimme der Mutter hatte etwas Spielerisches. Sie nahm ihre Tochter nicht ernst, und das gefiel ihr nicht. "Einen Behir", sagte sie düster und stellte sich ein Tier mit vielen Beinen vor, mit dem sehnigen Körper einer Schlange, einem furchterregenden Krokodilskopf und einem Maul voll schrecklicher, durchscheinender Zähne. "Er kann uns folgen und hinter uns lauern. Wenn dein Mann vorbeigeht, dann springt er hervor und beißt ihm... "

„... den Fuß ab", führte die Mutter den Satz rasch fort. Sie hatte völlig zu Recht vermutet, daß das kleine Mädchen den Behir eigentlich viel weiter oben hatte zubeißen lassen wollen.

"Den Fuß", stimmte das Mädchen zu. Es hatte im gleichen Augenblick das Interesse an der imaginären Rache verloren.

Die Augen der Mutter hatten einen bedachtsamen Ausdruck angenommen, und die Hand des Mädchens wanderte zu dem Amulett, das die Mutter um den Hals trug.

Diese schob die Hand fort. "Dein Haar ist so glatt und glänzend! Du siehst viel zu gut aus, um schon zu Bett zu gehen. Wie wäre es, wenn wir über die Dächer laufen, bis wir eine Taverne finden, die offen hat? Wir könnten Kuchen und süßen Wein bestellen, und wenn ein Barde im Haus ist, singe ich. Und... ich werde für dich ein wildes Tier beschwören. Einen Behir, einen Drachen – was du willst."

Sie ließ sich nicht von der aufgesetzten Fröhlichkeit der Mutter täuschen, und die konnte sie auch nicht mit dem Ausflug auf die Dächer bestechen. Auch wenn sie beide es nie aussprachen, verstand das Mädchen, daß die verborgenen Wege sicherer waren als die Straßen. Rasch schnürte sie ihre Schuhe aus weichem Leder. Es wäre nicht gut, zu stolpern und im Griff des Mannes der Mutter zu landen.

"Fertig", verkündete sie.

Ihre Mutter öffnete einen Fensterladen und hob sie aufs Fenstersims dahinter. Das Mädchen drückte sich gegen die Mauer und begann, sich geschickt wie ein Lemur um das Gebäude herum zu bewegen.

Etwas, das sich einige Straßen weiter östlich befand, erregte ihre Aufmerksamkeit. Eine magische Ranke, so mächtig, daß ihre Augen sie als glühendes grünes Licht wahrnahm, das sich durch die Straßen hindurch auf sie zu bewegte.

Ein Blitz durchfuhr sie und stürzte sie fast vom Sims.

Tzigone runzelte irritiert die Stirn. Das war nicht dem Kind widerfahren, das sie einmal gewesen war, und es war auch noch nie Teil eines ihrer Träume gewesen. Ein zweiter Blitz schlug ein, und im nächsten Moment war der Vorsprung verschwunden. und sie stürzte in die Tiefe.

Tzigone fuhr aus dem Schlaf hoch, schnappte nach Luft und ruderte mit den Armen, um Halt zu finden. Ein fast panischer Moment verstrich, ehe sie sich erinnerte, wo sie war.

Sie hatte den sichersten Ruheplatz ganz Khaerbaals ausgesucht. Sie war dem Flug der geflügelten Sternschlange zu diesem Baum gefolgt, einem gewaltigen Bilboa, der den öffentlichen Park beherrschte und viel Schatten spendete. Sie war in ihm umhergeklettert, bis sie diese Ecke gefunden hatte, und dann hatte sie es sich auf einem breiten Ast bequem gemacht. Die Schlange schlief noch immer. Ihre zarten Flügel hatte sie gefaltet, die blauen und weißen Schuppen ihres langen, aufgerollten Körpers glitzerten wie Mondstein.

Tzigone zwang sich, sich aufzusetzen, dann fuhr sie sich mit der Hand durch ihr kurzes, schweißnasses Haar. Das Seil, das sie am Ast festhielt, hatte sich fest um ihre Taille gezogen – ein Beweis für ihren unruhigen Schlaf. Sie hatte wahrscheinlich die Schlange berührt, während sie sich umhergewälzt hatte.

Wäre sie irgend jemand anderer gewesen, dann würde sie jetzt wohl an ihrem Seil baumeln und qualmen wie die zu lang gebratene Keule einer Rothe – nicht, daß sie viel über diese wohlschmeckenden, zotteligen Bestien wußte, ob nun zu lang gebraten oder nicht. Mit Sternschlangen kannte sie sich besser aus.

Der Schlaf dieser geflügelten Reptilien wurde von mächtigen magischen Verteidigungen bewacht. Ein umherziehender Gelehrter hatte ihr einst gesagt, die Geschöpfe veränderten sich im Lauf der Jahrhunderte – als eine Reaktion auf ihre Umgebung und um ihren Feinden keine Angriffsfläche zu bieten. In Halruaa waren Magier die gefährlichsten Wesen. Sie waren potentielle Feinde für alles, was glitt, flog oder auf zwei oder mehr Beinen ging. Nur wenige Menschen hatten gelernt, sich gegen Magier zu verteidigen, doch die Sternschlange war erfindungsreicher als die meisten Menschen. Kein Magier hatte es je geschafft, ihren Schlafschild aufzuheben, auch wenn von Zeit zu Zeit in Tavernen Spottgeschichten über Magier verbreitet wurden, die es versucht hatten und gescheitert waren. Niemand, der im Vollbesitz seiner geistigen Kräfte war, würde sich den schlafenden Kreaturen nähern, ganz zu schweigen davon, sie anzufassen. Das machte den Ast zum sichersten Ort ganz Halruaas, vorausgesetzt, Tzigone brach auf, bevor das Geschöpf erwachte. Dieses Arrangement war ihr sehr angenehm, zumal sie schon oft mit einer Sternschlange das Lager geteilt hatte.

Die Flügel der Schlange raschelten, als hätte eine nächtliche Brise sie bewegt. Tzigone zog ihre Beine an und nahm die Haltung einer wachsamen Katze an, eine Hand auf dem Griff ihres Messers, die andere am Seil, an dem sie kräftig ruckte, um sicher zu sein, daß es gut festgemacht war. Manchmal wurden die Reptilien von der Freisetzung ihrer eigenen tödlichen Magie geweckt, vor allem, wenn sie hungrig waren. Der Ausbruch der Magie bescherte ihnen üblicherweise eine warme Mahlzeit.

Tzigone konnte nicht sagen, ob die Schlange schlief oder wach war, da ihre blauen Augen immer offen waren. Plötzlich drehte die Schlange den Kopf, was sie auf eine absurde Weise nach einer Person aussehen ließ, die eben etwas Überraschendes entdeckt hatte. Die vertikalen Pupillen der himmelblauen Augen verengten sich zu schmalen Schlitzen, und einen Moment lang sah die Sternschlange Tzigone mürrisch an.

"Du hast uns berührt. Warum lebst du?" flüsterte sie.

Tzigone zuckte die Achseln. "Es ist zur Angewohnheit geworden."

"Einer lästigen", gab die Schlange zurück. "Wir können dir helfen, mit ihr zu brechen."

Die Attacke war ein plötzliches Wirrwarr aus Flügeln, Fangzähnen und Strängen aus Mondstein. Tzigone tauchte zur Seite weg, hinunter vom Ast und fort vor der nach ihr schnappenden Kreatur. Während sie fiel, holte sie mit dem Messer aus. Die Klinge schnitt durch einen der wunderschönen Flügel und trennte ihn fast ab. Tzigone wollte kein Risiko eingehen und griff nach dem Geschöpf. Ein heftiger Ruck genügte, um es vom

Ast zu reißen. Als sie zum Stillstand kam, ließ Tzigone den Flügel los. Das Aufheulen der Sternschlange hallte in der Baumkrone nach, während die Kreatur ins Grün unter ihnen stürzte.

Tzigone schaukelte leicht, während sie auf das Geräusch lauschte, das der Aufprall der Schlange verursachte. Schließlich steckte sie das Messer weg, packte das Seil mit beiden Händen und kletterte nach oben, bis sie ein Bein über den Ast schieben und sich setzen konnte. Rasch löste sie das Seil, wickelte es auf und befestigte es am Gürtel. Ein Blick zum Mond verriet ihr die Zeit. Selune war halb voll und damit am Tag zu sehen, wenn sie wie ein einzelnes Auge unter einem schweren, halb geschlossenen Lid auf die Stadt zu blicken schien. In einer halben Stunde würde sie hinter den Turmspitzen der Augurenschule verschwinden. Tzigone hatte sich weit oben in der Baumkrone einen Ruheplatz gesucht, und sie ging davon aus, daß sie diese halbe Stunde brauchen würde, um vom Baum nach unten zu klettern. Während des Abstiegs schloß sie leise wispernd eine Wette mit der Mondin ab.

Sie war schneller als Selune und sah kurz schelmisch grinsend zur Schule der Magier, dann wandte sie sich ihrer Beute zu.

Die Schlangenhaut war kostbar und würde sie viele Tage lang mit Geld versorgen. Das Fleisch war bitter und ungenießbar, trotzdem schnitt sie ein Stück heraus. Die Sternschlange hatte sie fressen wollen, da hielt Tzigone es nur für gerecht, sich bei ihr auf die gleiche Weise zu revanchieren.

Eine Stunde später verließ sie durch den Hintereingang eine kleine Apotheke. Der Mann besaß nur wenig Talent für Zaubertränke und Verwandlungen, und seine Kunden waren im allgemeinen recht gewöhnliche Leute: Kaufleute, Bauern, Söldner, Bergarbeiter und dergleichen. Tzigone verkaufte ihm von Zeit zu Zeit seltsame Dinge, Zauberzutaten, die er gern nahm, ohne Fragen zu stellen.

Sie ging durch die Seitenstraßen, die sie sich als Kind eingeprägt hatte und in denen völlige Ruhe herrschte, vom erfreulichen Klimpern der glänzenden halruaanischen Skie in ihrem Beutel abgesehen. Die Schlangenhaut hatte ihr ein Dutzend Portraits von König Zalathorm eingebracht, die auf jede Münze aus Elektrum geprägt waren.

"Tzigone, du bist ein Bastard, aber wenigstens ein reicher ", sagte sie leise.

Sie nickte. Das Geräusch gefiel ihr. Das Klimpern der Münzen war ein angenehmer Kontrast zum Klang des Namens, den sie für sich ausgesucht hatte. Sie mochte den Klang des Wortes. "T-Sig-o-nee", wiederholte sie und betonte jede Silbe einzeln. Wieder nickte sie.

Es war eine Verballhornung des Wortes "Zigeuner", das aus irgendeiner sonderbaren Sprache des Nordens kam. Es hatte ihr gefallen, als sie es vor einigen Monaten zum ersten Mal gehört hatte, und sie hatte sich es sich zu eigen gemacht. Ihr jüngster Name beschrieb, was sie war, wenn auch nicht, wer sie war.

Für den Augenblick und noch für eine Weile würde das genügen müssen.

VIERTES KAPITEL

Über dem Übungsplatz der Jordaini hing die Stille wie ein Sumpfnebel. Die Wasseruhr in der Bibliothek schlug die Stunde, aber niemand machte sich die Mühe, die Zahl der Schläge zu zählen, und niemand eilte für die nächste Unterrichtsstunde ins Gebäude. Niemand sprach. Niemand rührte sich.

„Nein!"

Es platzte aus Themo heraus wie das Aufheulen eines verwundeten Panthers. Der große Jordain schob sich durch die Reihe der Männer, um zwischen die Bluthündin und seinen verurteilten Freund zu treten.

„Das muß ein Irrtum sein!" brachte er vor. „Es kann nicht anders sein! Andris ist der Beste von uns. Ich werde diesen Disput vor den Rat bringen, wie es mein Recht ist."

„Ein Disput?" Kiva wirkte eher amüsiert als vor den Kopf gestoßen. „In solchen Angelegenheiten ist das Wort einer Bluthündin endgültig. Es gibt keine Berufung und keine Disputation. Aber da du mit einer Leidenschaft sprichst, die für die Jordaini untypisch und damit erfrischend ist, bin ich bereit, dir zuzuhören."

Sie wandte sich von Themo ab und betrachtete die mit einem Mal hoffnungsvollen Gesichter der Freunde Andris'. „Hat einer von euch gesehen, wie dieser Mann Magie anwendete? Ihr dürft es ruhig sagen."

Ein lauter Chor aus Verneinungen ging durch die Reihe, in den meisten Fällen von einer Bemerkung begleitet, die ein Jordain benutzte, um zu unterstreichen, daß seine Worte weder Satire noch Parabel waren, sondern die Wahrheit.

Kiva sah sich gelangweilt um, war aber entschlossen, ihren Pflichten nachzukommen. „Vielleicht verfügt er über ungewöhnlichen Fähigkeiten? Oder vielleicht bewerkstelligt er Dinge, die sich ohne Magie schwer erklären lassen?"

„Er ist in Kampfstrategien sehr geschickt, Herrin", sagte Vishna. „Ungewöhnlich geschickt. Aber dahinter steckt nur der Einsatz eines disziplinierten Geistes, der natürliche Begabungen fördert."

„Noch ein Sprichwort", bemerkte Kiva trocken. „Müßt ihr Jordaini immer in Floskeln und Formeln sprechen? Das ist ermüdend."

„Die Wahrheit ist selten so interessant wie eine Lüge", murmelte Matteo.

Kiva wirbelte herum. Ihr Gesicht war von Unglauben geprägt. Matteo erkannte, welchen Fehler er begangen hatte. Wenn die Elfe glaubte, er unterstelle ihr, nicht die Wahrheit zu sagen, dann war sein Leben verwirkt.

Aber nach einem Augenblick lächelte Kiva und nickte. „ Ich stimme dir zu. Im Gegensatz zur Wahrheit müssen Lügen Sinn ergeben. Sie erfordern eine innere Logik und eine Detailfülle, die die Wahrheit in ihrer unschuldigen Arroganz nicht immer erreicht. Verstehst du, Jordain?"

Matteo antwortete so, wie er es immer tat: ehrlich. „Nicht ganz, Herrin."

Sie hob erstaunt die jadefarbenen Brauen. „Ah! Hier haben wir ein seltenes Exemplar – einen Mann, der zugibt, etwas nicht zu wissen, statt ein falsches Wort zu sagen. Du machst deiner Art Ehre, Jordain."

Ihr Tonfall war lobend, doch Matteo sah am Funkeln ihrer Augen, daß sie sich über ihn lustig machte. Verwirrt antwortete er: „Ich danke Euch für Eure *Worte*, Herrin." Mit der unterschwelligen Betonung nahm er das Sticheln in ihrem Kompliment zur Kenntnis.

Die Bluthündin wirkte fasziniert. „Du sprichst gut – für einen Mann, dessen Verstand von Sprichwörtern und Platitüden beengt wird. Vielleicht möchtest du mir etwas über deinen jordainischen Freund erzählen. Was hat er an sich, daß der Kristall zu singen beginnt?"

„Ich weiß nichts über den Kristall und dessen Eigenschaften, Herrin, daher kann ich die Frage nicht beantworten."

„Das ist eine gute Antwort", sagte sie anerkennend. „Du weißt nichts über den Kristall. Gut. Aber du weißt etwas über diesen Mann und seinen Charakter?"

Matteo zögerte, dann nickte er.

„Und du kennst ihn gut?" bohrte sie nach.

Er sah zu Andris, dessen Gesicht ihm vertrauter war als sein eigenes. „So gut, wie ein Bruder einen anderen kennt", sagte er leise.

„Du hast nie etwas Ungewöhnliches an ihm bemerkt? Keine Handlung, die über die Fähigkeiten eines magisch toten Beraters hinausging?"

Die Diskussion über das Kilmaruu-Paradox vom Morgen kam ihm sehr ungelegen in den Sinn. Rasch verdrängte er den Gedanken, aber in seinen Augen mußte etwas davon zu sehen gewesen sein.

Kiva lächelte. „Da ist also etwas. Sag es."

Matteo warf dem Freund einen ängstlichen Blick zu. „Du bist verpflichtet, die Wahrheit zu sagen", meinte Andris leise. „Ich möchte nicht, daß du etwas anderes macht, ganz gleich, welche Folgen es haben mag."

„Andris ist in der Tat ausgezeichnet auf dem Gebiet der Kampfstrategie", begann Matteo zögernd. „Er hat sich ihrem Studium intensiver gewidmet als jeder andere. Er hat einen einzigartigen Verstand und kann über die Einzelheiten der Geschichte hinausblicken und dabei erkennen, was hätte sein können und was erst noch werden könnte. Wie ein meisterlicher Weber nimmt er die Fäden und läßt aus ihnen neuen Stoff entstehen."

„Sehr poetisch", sagte Kiva kühl. „Vorbemerkung zur Kenntnis genommen. Nun zur Sache."

„Heute Morgen hat mir Andris offenbart, er habe das Kilmaruu-Paradox gelöst."

Die anderen Jordaini gaben Laute des Erstaunens von sich. Die Soldaten, die die Bluthündin begleitet hatten, machten einen entsetzen Eindruck, und selbst die Meister tauschten ungläubige Blicke aus. Matteo bemerkte, daß alle Meister über diese Neuigkeit überrascht zu sein schienen. Warum war dem so, wenn Andris angedeutet hatte, daß er sich mindestens einem von ihnen anvertraut hatte?

Doch darüber konnte Matteo jetzt nicht nachdenken. Kiva trat näher an ihn heran. Ihr Gesicht war bedrohlich.

„Weißt du, wie viele Magier es sich zur Lebensaufgabe gemacht haben, dieses Rätsel zu lösen?" fragte sie mit leiser, wütender Stimme. „Wie viele in den Sümpfen starben? Niemand außer einem Magier oder einem Narren würde es wagen, so etwas zu versuchen! Sag, Jordain, ist dein Freund ein Narr?"

Matteo erkannte die Falle. Zum ersten Mal in seinem Leben bedauerte er die Eide, die ihn zwangen, die Wahrheit zu sagen. „Nein", sagte er leise.

„Dann sieht es so aus, als sei er ein Magier." Kiva wandte sich Mbatu zu. „Andris ist ein falscher Jordain und damit eine Gefahr für seine Art. Erledige das."

Die Kreatur kauerte sich zusammen und klopfte mit den Hinterläufen auf den Boden. Ehe Matteo Luft schnappen konnte, war der große Katzenmann bereits gesprungen. Das rauhe Fell des Löwenkörpers scheuerte über Matteos Arm, als der Wemic an ihm vorbeischoß. Matteo kniff die Augen fest zu und versuchte, die ungewohnte Feuchtigkeit zu verdrängen, die sich in ihnen sammelte.

Aber die Dunkelheit konnte nicht die Geräusche von ihm fernhalten – den schrecklichen Aufprall, als Andris unter dem Gewicht des massigen Wemic auf dem Boden aufschlug, und das kurze, durchdringende Knacken von Knochen, die zermalmt wurden. Matteo erkannte das Geräusch, das entstand, wenn ein Genick bricht, und richtete eine stummes Lebewohl an den Freund. Er sah hoffnungslos schweigend zu, wie der Wemic Andris' schlaffen Körper mit seinen menschlichen Armen hochhob und sich über die Schulter legte.

Kiva wandte sich den Meistern zu, die so sprachlos und ungläubig dastanden wie die Studenten. „Es wird heute keine weiteren Prüfungen geben. Nach den langen Gesichtern zu urteilen, wäre es vergeudete Zeit. Ich komme wieder, wenn eure Studenten in Höchstform sind."

Die Bluthündin drehte sich auf dem Absatz um und ging, gefolgt vom Wemic mit seiner unheilvollen Last und schließlich auch von ihrer Wache.

Als sich die Hufschläge ihrer Pferde in der Ferne verloren, sah der Schulleiter seine Studenten traurig an. Der Magier schluckte mehrmals, ehe er etwas sagen konnte. „Die Flut wird gegen Mitternacht am höchsten sein, und viele Schiffe werden heute von den Docks von Khaerbaal ablegen. In der Stadt wird viel Ausgelassenheit herrschen, und die Tavernen werden miteinander darum wetteifern, die Seeleute anzulocken. Bier und Wein werden während der nächsten Monde nicht mehr so billig sein. Da Wirtschaftlichkeit eine jordainische Tugend ist, rate ich euch allen, euch dort unters Volk zu mischen", sagte er mit gespielter Leichtigkeit.

Niemand sprach ein Wort, niemand regte sich von der Stelle. Mit lautem Seufzen gab der Magier seine Bemühungen auf. „Pferde und Münzen werden jedem zur Verfügung stehen, der sie wünscht", sagte er eine Spur leiser und deutlich bestürzter. „Geht, ihr habt Mystras und meinen Segen. Kauft euch ein paar Stunden des Vergessens."

Viele Studenten zogen sich zurück, aber keiner so schnell wie Themo. Matteo bemerkte die Tränen, die dem großen Mann in den Augen standen, und seinen finsteren Gesichtsausdruck. Das verhieß nichts Gutes.

Vishna schien Ähnliches zu denken. Der alte Kampfmagier ging zu Matteo, der allein dastand und immer noch von den Folgen seines unfreiwilligen Verrats zutiefst schockiert war.

„Geh mit Themo. Achte darauf, daß er nichts anstellt."

Matteo verzog den Mund zu einem Lächeln. „Und wie soll ich das machen? Mit dem scharfen Schwert der Wahrheit?"

Die Bitterkeit und der Zorn in seinen Worten ließen Vishna vor Mitgefühl zusammenzucken. Er seufzte und legte Matteo eine Hand auf die Schulter. „Es war nicht deine Hand, die Andris tötete. Dieser Gedanke ist falsch und überdies arrogant."

„Arrogant? Wieso das?" wollte Matteo mit Verzweiflung in der Stimme wissen. „Wie sollte ich damit prahlen können, daß ich am Tod meines Freundes beteiligt war?"

„Du mußt keine Freude empfinden, um bei einer Sache Stolz zur Schau zu stellen. Verantwortung zu übernehmen, wo sie nicht existiert, ist Arroganz. Ein Kind glaubt, es sei der Mittelpunkt aller Dinge und alles ginge nach seinem Kopf. Aber du bist kein Kind. Denk daran."

Der Tonfall des Magiers war schneidend. Matteo nickte und erkannte den Zweck und die Wahrheit der Worte. „Danke, Meister", sprach er automatisch die Worte, die zum Ende jeder Lektion erklangen.

Vishna seufzte erneut. „ Lektion beendet. Geh."

Matteo ging, aber nur zögernd. Die Aussicht auf einen Abend in der lärmenden Hafenstadt war selbst unter den besten Umständen nichts, was ihn ansprach. Dennoch badete er und legte die traditionelle Kleidung an, eine weite, ärmellose Tunika, die aus weißem Leinen genäht war und zu passenden langen Gamaschen getragen wurde. Um den Hals legte er sich das Zeichen seiner Klasse, ein rundes Silbermedaillon mit dem Jordaini-Emblem als Emaillearbeit: die linke Hälfte des Feldes grün, die rechte gelb, getrennt von einem gezackten Blitz in kobaltblau. Er legte den Gurt um, der seine Dolche hielt, dann strich er sein dunkles Haar zurück und band es mit einem Lederbändchen zusammen. Diese Dinge – die Kleidung, die Waffen, das Medaillon und die Dinge, die für die Körperpflege erforderlich waren – stellten die Summe seiner Habseligkeiten dar. Einem Jordain wurde außer seinem Wissen, seinem Ruf und seinen Freunden nichts zugestanden.

Heute hatte Matteo erfahren, wie unbedeutend sein Anspruch auf dieses letztgenannte, kostbarste Gut war. Er bewegte sich wie ein Schlafwandler, so tief traf ihn Andris' Verlust. Der hatte ihn auch erkennen lassen, auf welch wackligen Beinen er selbst stand.

Sein ganzes Leben lang war Matteo von Stolz erfüllt gewesen, wie es zu einem Mann von seinen Begabungen und seiner Stellung paßte. Er war von Geburt an, nein, sogar schon vor seiner Geburt handverlesen worden. Er war im kollektiven Luxus des Hauses Jordain erzogen worden und hatte die beste Ausbildung genossen, die einem in diesem zivilisiertesten aller Länder zuteil werden konnte. Er hatte hart gearbeitet und erwartete, dafür gut entlohnt zu werden. Die Jordaini wurden per Gesetze daran gehindert, Eigentum zu besitzen und zu Reichtum zu gelangen, aber sie lebten ausgesprochen gut und konnten hoch aufsteigen. Ein wahrhaft begabter Berater war bei den Magierfürsten und -fürstinnen von Halruaa gefragt, und ein solcher Mann konnte davon ausgehen, daß er seinen eigenen Weg gehen und sich den Posten auswählen würde, der seinen Ambitionen am besten gerecht wurde.

Aber in diesem Moment sah Matteo, wie hohl dieses Versprechen einer strahlenden Zukunft war. Ein Wort einer Bluthündin genügte, und der Verlust des Besten der Jordaini wurde mit dem gleichen Zögern oder Bedauern kommentiert, mit dem Vishna sich von seinem ruinierten Schuh trennte.

Er hatte nur wenig Zeit, darüber nachzudenken. Matteo hatte heute einen Freund verloren und war entschlossen, nicht noch einen zu verlieren. Themo war vermutlich schon unterwegs, und Matteo wagte es nicht, den Trauernden zu lange sich selbst zu überlassen.

Der Ritt nach Khaerbaal, der nächstgelegenen Stadt, dauerte zwei bis drei Stunden, da Haus Jordain sehr isoliert lag. Es befand sich mitten auf einer Halbinsel, die in die Bucht von Taertal hinausragte, und war ein riesiger Komplex aus einer Vielzahl von Gebäuden, Plätzen und Trainingsanlagen. Die Studenten verbrachten jedes Jahr einige Zeit mit sorgfältig überwachten Reisen, die einen wichtigen Teil ihrer Studien ausmachten. Doch alles, was Matteo je benötigt hatte, war im Haus zu finden gewesen. Alles, was es zu lernen gab, alle Künste und Wissenschaften des zivilisiertesten aller Länder standen ihm zur Verfügung. Dies hatte ein Gefühl erzeugt, sicher und privilegiert zu sein, das Matteos Leben bestimmt hatte. Seine sämtlichen Studien waren darauf ausgerichtet, ein Berater zu werden, der auf vielen Wissensgebieten bestens versiert war, eine eigenständige Persönlichkeit, loyal gegenüber den Magiern, denen er diente, aber davon ausgeschlossen, mit irgendeinem Beherrscher der Magie eine persönliche Beziehung einzugehen.

Vielleicht, so überlegte er, hatte dieses Leben ihn schlecht darauf vorbereitet, mit Freundschaften umzugehen, und noch schlechter darauf, einen Freund zu verlieren. Er war nicht einmal sicher, wie er trauern sollte. Sein Geist und Körper waren zwar scharf die wie Klinge eines guten Schwertes, doch sein Herz war ihm ein Rätsel.

Er eilte in die Stallungen und stellte erleichtert fest, daß sein bevorzugtes Reittier noch nicht von einem anderen ausgesucht worden war. Kein Pferd in den großen Stallungen von Haus Jordain paßte besser zu seiner finsteren Stimmung. Das Tier war ein schwarzer Hengst, das mindestens eine Hand größer war als jedes anderen Pferd, das Matteo je gesehen hatte. Von seiner Herkunft hieß es, es stamme aus dem fernen Amn, einem Land, das für seine Pferde berühmt war. Auch wenn der Hengst das beste Tier im Stall war, wunderte es Matteo nicht, daß es noch da war. Irgendein gotteslästerlicher Stallbursche hatte dem Pferd den Spitznamen „Cyric" gegeben, und der Name war haften geblieben. Der Hengst war so aufbrausend und möglicherweise genauso verrückt wie der böse Gott, dessen Namen er trug.

Matteo wies einen ängstlichen Stallburschen an, das Pferd bereit zu machen, dann schickte er einen anderen Diener los, damit der ihm ein Paket mit Reiseproviant holte. Wenn er sofort aufbrach, würde er das Nachmittagsmahl versäumen. Er wollte das Essen nicht und hatte den schweren Verdacht, daß sein Magen rebellieren würde, doch er war in solchen Dingen zu gut geschult worden, als daß er sein Wohlergehen vernachlässigte. Jordaini wurden wegen ihrer ungewöhnlichen geistigen und körperlichen Stärke ausgewählt und wegen der Tatsache, daß sie für Magie fast völlig unempfänglich waren. Schwere Bestrafungen sorgten dafür, daß die jungen Männer die Regeln einhielten, die all ihre Begabungen schärften. Auch wenn der Besuch von Tavernen nicht verboten war, galt ein nicht überwachter Ausflug in das von Versuchungen überbordende Khaerbaal als ein seltenes Ereignis.

Nachdem er das marmorne Tor des Jordaini-Komplexes hinter sich gelassen hatte, ließ Matteo Cyric freien Lauf. Der Hengst schien froh darüber zu sein, nicht gebremst zu werden, und raste in halsbrecherischem Tempo los, das perfekt zu Matteos Stimmung paßte. Er roch den Tang in der Bucht von Taertal, während die Sonne ihrem Zenit entgegenstrebte, und er erreichte das Nordtor von Khaerbaal rechtzeitig, als die Glocken des Tempels vor der Hochsonne warnten. Wer in Halruaa geboren war, wußte, daß er vor der direkten Sonnenstrahlung Schutz suchen mußte, doch Khaerbaal war eine Hafenstadt, in der sich viele Fremde aufhielten, von denen viele nicht an die Sonne im Süden gewöhnt waren. Die meisten verstanden die Warnung sofort, und so zerstreute sich die Menge rasch, als Matteo durch die Straßen zu den an den Docks gelegenen Tavernen ritt.

Themo zu finden war leicht. Matteo ordnete sich einfach hinter einer Gruppe örtlicher Miliz ein, die zielstrebig auf die Taverne zum Kometen zumarschierte.

Kampfeslärm drang an seine Ohren, bevor die Taverne selbst in Sichtweite kam: der Aufprall von Fäusten auf Fleisch, das

Bersten und Zerbrechen der Einrichtung, die gebrüllten Flüche, die derber waren als das, was man fast nebenan in der Fischerei am Dock zu hören bekam.

Matteo stieg ab und machte das Pferd an einem Pfahl fest. Er machte sich keine Illusionen, daß diese Maßnahme Cyric wirklich würde aufhalten können. Wenn Cyric lange genug gewartet hatte, würde er das Holz mit den Hufen zertrümmern und das auch mit dem Schädel eines jeden tun, der dumm genug wäre, sich ihm in den Weg zu stellen. Das Pferd drehte die Ohren, als es die Kampfgeräusche hörte, und verabschiedete sich von seinem Reiter mit einem neidischen Wimmern. Matteo überlegte, ob es möglich wäre, den Hengst Gefechtstaktiken zu lehren. Cyric wäre ein besserer Gegner als viele der Magier, denen sich Matteo während seiner Ausbildung hatte stellen müssen.

Die Schlägerei war in vollem Gange, als Matteo eintrat. Er duckte sich, als eine vertraute Faust auf sein Gesicht zuschoß, dann streckte er die Arme aus und bekam Themos Arm mit beiden Händen zu fassen. Während er sich aufrichtete, drehte er den Arm auf den Rücken des großen Jordain und drückte sein Gesicht auf den Tisch, der am nächsten stand.

Er beugte sich vor und flüsterte Themo ins Ohr: „Ich lasse dich jetzt wieder hochkommen, dann gebe ich dir einen leichten Klaps ins Genick. Du gehst zu Boden, als wärst du bewußtlos, und du bleibst unten, bis der Kampf vorüber ist. Sonst schwöre ich dir bei Mystras Wahrheit, daß ich dich wirklich zu Boden schicke. Einverstanden?"

Themo reagierte mit einem kurzen, kaum wahrnehmbaren Nicken. Matteo ließ seinen Arm los, und als sich Themo erhob, versetzte er ihm einen harten Schlag. Der Mann ging zu Boden und blieb wie angewiesen liegen. Aber er warf Matteo einen vorwurfsvollen Blick zu. Matteo war nicht sicher, ob sich sein Freund über die übertriebene Gewaltanwendung ärgerte oder darüber, dass ihm sein Vergnügen verdorben worden war. In jedem Fall verriet Themos Blick, was wirklich vor sich ging, so daß Matteo ihn mit dem Fuß unsanft in die Rippen stieß. Daraufhin schloß Themo murrend die Augen.

Erst dann sah Matteo den kleinen magischen Sturm, der in der Taverne wütete. Eine dichte Rauchwolke erfüllte den Raum. Lichtfunken schossen in unregelmäßigen Abständen hindurch. Matteo erkannte in dem magischen Werk einen Helligkeitszauber aus Obolds seltenem Buch der Zauber, das er im Winter zuvor hatte studieren müssen. Die Funken waren in Wirklichkeit Blitze, die willkürlich zuckten und den erschrokkenen Raufbolden überraschte Ausrufe entlockte. Themo war natürlich unempfindlich für so harmlose Geschosse, und sein massiger Leib hatte etliche der Kämpfenden abgeschirmt. Nachdem der große Jordain zu Boden gegangen war, trafen immer mehr Blitze ins Ziel. Einige Raufbolde kamen aus der Rauchwolke gestolpert und versuchten, der um sich greifenden Magie zu entkommen.

Ein wirkungsvoller Zauber, und wenn Matteo ihm freien Lauf ließ, dann würde die Schlägerei sehr bald ein Ende haben. Doch jeder Schaden, der der Taverne und ihren Gästen zugefügt wurde, würde Themo angelastet werden, und das würde wiederum auf den Ruf von Haus Jordain abfärben. Matteos Aufgabe war es, den Kampf schnellstmöglich zu beenden.

Er nahm einen kleinen grauen Stein aus der Tasche und warf ihn dort in die Wolke, wo der Rauch am dichtesten war. Der Stein hatte nichts Magisches, sondern war ein Magnetit, der aus einer besonders starken Gesteinsader gewonnen worden war. Magier benutzten solche Steine, um Blitze anzuziehen, die oft dabei halfen, einen Zauber an ein zu verzauberndes Objekt zu binden. Ein heftiges Knistern war zu hören, als der Magnetit die Funken auf sich zog, und dann begann die Wolke sich aufzulösen, da ihr die meiste Energie entzogen worden war.

Die Schlägerei reduzierte sich auf gemurmelte Beleidigungen und ein paar halbherzige Schubser. Matteo bahnte sich einen Weg durch das Chaos und ging hinüber zum Hausmagier, einem kleinen dunklen Mann, dem er auf seiner einzigen früheren Reise nach Khaerbaal schon einmal begegnet war. Er bückte sich, hob den Magnetit auf, steckte ihn ein und hoffte, dass der Magier sich nicht an Themos letzten Besuch in dieser Taverne erinnerte.

Doch der kleine Mann sah Matteo finster an, als sei die Auseinandersetzung allein dessen Schuld gewesen. Matteo hielt zwar dem Blick stand, deutete aber mit dem Kopf eine leichte Verbeugung an. Der Magier schien von dieser unnötig höflichen Geste ein wenig geschmeichelt zu sein.

„Dein Freund macht Probleme", sagte er verärgert, aber nicht so schneidend, wie Matteo es mit Fug und Recht hätte befürchten können.

„Er ist jung und hat Probleme", sagte Matteo besänftigend. Er war versucht, dem Magier zu widersprechen, aber es erschien ihm weiser, die Worte des Alten zu wiederholen und in Richtung Wahrheit zu lenken. „Aber er ist Jordaini, und darum sind seine Taten meine. Vielleicht können diese Münzen die Nachsicht deines Meisters erwerben."

Der Magier öffnete den kleinen Beutel, den Matteo ihm reichte. Schulmeister Ferris Grail, der wahrscheinlich etwas derartiges hatte kommen sehen, hatte den Zahlmeister der Jordaini angewiesen, Münzen großzügig zu verteilen.

Die Lippen des Magiers bewegten sich, während er tonlos zählte. „Das wird für den Schaden ausreichen", stimmte er zu.

„Und Themos Ausgaben? Ich nehme an, er hat einiges getrunken", sagte Matteo trocken. Seine Worte waren zugleich ein Vorwurf, da es verboten war, einem Jordain irgend etwas zu servieren, das stärker war als Wein. Die Anstrengungen, die Jordaini von den Einflüssen der Magie fernzuhalten, würden vergebens sein, wenn ihr Geist von Getränken oder anderem getrübt wurde.

Der Magier war zu sehr damit beschäftigt, die Münzen noch einmal zu zählen, um Matteos unterschwellige Anschuldigung überhaupt wahrzunehmen. Da der Inhalt des Beutels weit mehr wert war, als Themo innerhalb von zwei Wochen aus Trauer hätte trinken oder zertrümmern können, war der Magier mehr als glücklich, die Angelegenheit als erledigt zu betrachten. Er legte dem jungen Jordain gar einen Arm um die Schultern.

„Trink mit mir", sagte er. „Es ist zwar kein Barde da, aber ein oder zwei Unterhalter sind geblieben, als ihre Truppe in der Stadt war. Es könnte dir gefallen."

Matteo hatte Zweifel daran, doch ihm fiel kein höflicher Grund ein, um das Angebot des Magiers auszuschlagen. Er ließ sich an einen Tisch führen, und er nippte an einem Glas mit blassem Wein, den der Magier aus einer silbernen Karaffe eingeschenkt hatte. Der Magier begann von anderen Kämpfen zu erzählen, die er beigelegt hatte. Matteo hörte höflich zu, aber nur mit äußerlichem Interesse, während er zusah, wie die Kellnerinnen in der Taverne rasch wieder die Ordnung herstellten.

Einige Gäste wankten nach draußen, vermutlich, um Heiler aufzusuchen oder um einer schimpfenden Ehegattin gegenüberzutreten, doch die meisten setzten sich einfach wieder hin und scherten sich kaum um ihre anschwellenden Wangen und die blaugeschlagenen Augen. Matteo konnte davon ausgehen, daß der Zwischenfall für die meisten nichts Neues und erst recht nichts Unerfreuliches war.

Interessiert betrachtete er das bunte Völkchen, die hier zusammengekommen war. Viele Gäste trugen die blaugrüne Uniform der halruaanischen Marine, und ebenso viele gehörten den Uniformfarben nach zu den verschiedenen örtlichen Milizen. Matrosen, die man mühelos an ihrer farbenfrohen, salzverkrusteten Kleidung erkennen konnte, waren in großer Zahl anwesend. Matteo vermutete, daß eine nicht unerhebliche Zahl von ihnen Piraten waren. Aber Nachsicht war die gültige Regel in den Tavernen an den Docks. Hier gab es nichts, was als harmlose Frage durchging. Fragte man einen der Männer, was er machte, konnte die Folge eine Herausforderung zum Duell sein.

Die meisten Tavernen in Khaerbaal hatten hinter dem Gebäude eine Gasse, die für solche Zwecke saubergehalten wurde.

Viele verschiedene Gäste kamen in den Kometen. Matteo sah ein paar Kaufleute, eine Hufschmiedin, die noch die Arbeitsschürze trug, außerdem ein griesgrämiges Trio zwergischer Minenarbeiter, die über ihre Krüge gebeugt saßen, zusammengekauert und stumm wie große Pilze. Er machte auch Fremde aus. Der große Mann mit hellem Haar auf der gegenüberliegenden Seite des Raums war ganz gewiß ein Barbar aus einem Land hoch oben im Norden. Die Frau bei ihm war Klerikerin. Matteo konnte auf die große Entfernung nicht das Symbol der Gottheit ausmachen, aber er bemerkte das schwache rötliche Glimmen, das von der Tätowierung auf ihrer Stirn ausging. Priester aller fremden Gottheiten mußten sich so kennzeichnen lassen, wenn sie nach Halruaa einreisen wollten. Unter strengen Auflagen war es ihnen erlaubt, die Hafenstädte zu betreten, aber sie durften weder ins Landesinnere vordringen, noch war es ihnen gestattet zu bekehren. Ein Verstoß würde bewirken, daß die Magie in der nur vorübergehenden Tätowierung ausgelöst wurde und sich das Zeichen durch die Stirn des Klerikers bis in dessen Gehirn brannte. Matteo hatte genau das bei seinem letzten Besuch in dieser Taverne mit eigenen Augen gesehen. Der unerfreuliche Vorgang hatte lange gedauert, und selbst die hartgesottensten Stammgäste der Taverne waren mit grünem Gesicht nach draußen gestürmt. Dieser Vorfall hatte Themo damals noch besser als Andris‘ ausgefeilte Kampfstrategie geholfen, der Schlägerei zu entkommen und nichts weiter davonzutragen als einen gebrochenen Kiefer und einen Tadel Dimidis’.

Plötzlich leuchteten die Augen des Magiers auf. Er deutete auf einen Tisch im hinteren Teil des Lokals. „Jetzt werden wir einen Vortrag bekommen, der es wert ist, gehört zu werden!”

Matteo runzelte die Stirn. Jordaini hielten oft öffentliche Debatten oder Monologe ab, aber stets nur auf Geheiß ihrer Patrone und niemals an einem so gewöhnlichen Ort. Seine Verwunderung nahm noch gewaltigere Züge an, als ein kleiner, schmaler Junge auf den Tisch stieg und den traditionellen Salut an die Wahrheit vollführte, jedoch mit dem Mittelfinger, nicht mit dem vorgeschriebene Finger. Ganz offensichtlich war er mit den Gebräuchen der Jordaini nicht gut vertraut.

Die Gäste trampelten, johlten und schlugen mit ihren Krügen auf die ramponierten Tische. Der Möchtegern-Jordain nahm den Applaus zur Kenntnis und verbeugte sich auf die traditionelle Weise, indem er den Oberkörper von der Taille an vorbeugte, dabei den Blick aber nicht nach unten richtete. Er beschrieb die Bewegung fehlerfrei, dennoch war sie unterschwellig von Hohn und Spott erfüllt. Seine Miene und seine Bewegungen erzeugten eine Atmosphäre, die herablassend wichtigtuerisch war und auf eine überzogene und grelle Weise Schwäche demonstrierte. Einige Matrosen lachten, und ein Mann mit schwarzem Bart warf ihm eine derbe Beleidigung an den Kopf.

Der Junge ließ das nicht auf sich sitzen und reagierte mit einem Zwinkern, das aus seiner Beleidigung eine Einladung machte. Darauf lief der Mann dunkelrot an, während seine Kameraden vor Vergnügen wieherten und auf den Tisch schlugen.

„Bedenkt die Sternschlange", sagte der Junge mit einer kraftvollen Altstimme. „Dies ist ein Rätsel, das sogar Königin Beatrix persönlich in Verwirrung stürzen würde."

Die Bemerkung löste erneutes Gelächter aus, während sich Matteo am Kinn kratzte und über das Rätsel nachdachte, das sich vor seinen Augen abspielte – nicht über das Rätsel der Sternschlange. Der Junge war ein Straßenbalg, doch er sprach in kraftvollen, wohlmodulierten Tönen, die zu erlernen und zu üben man Jahre brauchte. Noch mehr irritierte ihn aber, daß ihm die Stimme sonderbar vertraut vorkam. Es gab nur wenige weibliche Jordaini, und dieser Junge imitierte perfekt die Stimme und den Tonfall der berühmtesten Jordain: Cassia, Beraterin König Zalathorms persönlich.

Das erklärte auch das Lachen der Gäste. Es kursierte ein Gerücht, daß die Liebe zwischen dem Magierkönig und Beatrix, seiner Königin, etwas von ihrem Glanz verloren hatte. Zweifellos hatte die Jordain einige dieser Gerüchte in Umlauf gebracht. Sie war stolz auf ihren Posten, doch manche sagten, ihr Stolz sei, ebenso wie ihr Ehrgeiz, zu groß.

Was daran stimmte, konnte Matteo nicht sagen, aber ihm war zu Ohren gekommen, daß die Jordain alles tat, um an der Seite des Königs zu sein. Sie hatte im Haus Jordain gesprochen, und Matteo würde eher seinen Namen vergessen als den Klang ihrer Stimme. Und hier war sie wieder, aus dem Mund dieses unpassenden Sprechers!

Der Junge machte weitere Bemerkungen und zog über die Schwächen am Hof und die Anmaßungen der Jordaini her. Der Hausmagier nickte lächelnd, doch allmählich verfinsterte sich seine Miene, als das Thema zu Magiern und ihren Schrullen schwenkte.

„Das gefällt mir nicht", murmelte er.

Matteo spielte mit dem Gedanken anzumerken, der Vortrag werde nun allmählich amüsant, aber er kam zu der Ansicht, daß eine solche Bemerkung die Diskretion hätte vermissen lassen, die sein Rang erforderte. „Der Junge hat Talent", sagte er, weil er das für eine neutrale Bemerkung hielt.

Aus irgendeinem Grund erheiterten seine Worte den Magier, der den Kopf in den Nacken warf und herzhaft und grell lachte. In seinen Augen funkelte boshafte Zufriedenheit, als er seinen Gast ansah. „Dann stimmt es also, was man über euch sagt?"

Matteo wünschte sich, mit einem Schlag das gehässige Lächeln von den Lippen des Magier verschwinden zu lassen. „Ihr seid mir gegenüber im Vorteil, mein Herr", sagte er förmlich. „Mir ist nicht klar, auf welchen Tratsch Ihr Euch bezieht."

Das Lachen verschwand vom Gesicht des Mannes. Tratsch wurde als vulgär angesehen, und Matteos höfliche Worte waren nichts weiter als eine notdürftig getarnte Beleidigung.

Ehe der Mann etwas sagen konnte, erfüllte ein dröhnendes Knurren den Raum. Stille machte sich in der Taverne breit, und als sich Matteo zur Tür umdrehte, entwich ihm ein Fluch, der ihm einen respektvollen Blick des Matrosen am Nebentisch einbrachte.

In der offenen Tür kauerte Mbatu. Sein Schwanz zuckte wie eine Peitsche, sein wütender Blick fixierte den Jungen. Blitzschnell hatte der den Tisch verlassen und stürmte auf die Hintertür zu, als Mbatu loseilte und den Schankraum durchquerte.

In dem Moment reagierte Matteo. Ohne über angemessenes Verhalten oder die Folgen nachzudenken, sprang er von seinem Stuhl auf und kippte den Tisch in dem Augenblick um, da der Wemic zu einem weiteren kraftvollen Sprung ansetzte.

Matteo paßte genau den richtigen Augenblick ab. Der Kopf des Wemic kollidierte mit voller Wucht mit dem dicken, verwitterten Holz der Tischplatte, und er sank wie ein vom Pfeil getroffener Vogel zu Boden. Um sicherzugehen, nahm Matteo einen Stuhl und ließ ihn mit aller Kraft auf den Schädel des benommenen Wemic herabsausen. Der Stuhl zerbrach, und die Kreatur erschlaffte.

Aber damit begannen für Matteo die Probleme erst. Seine Aktion hatte auch seinen Gastgeber zu Boden geschickt. Der Magier erhob sich gerade langsam, wischte sich über seine Kleidung und bekam große Augen, als sein Blick auf den gewaltigen und bewußtlosen Wemic fiel.

„Du hast den persönlichen Bewacher einer Bluthündin angegriffen", sagte er fassungslos und wiederholte die Worte dann mit unüberhörbarer Begeisterung. Er murmelte noch immer, während er davoneilte. Ohne jeden Zweifel wollte er den schweren Verstoß gegen die Gesetze der Jordaini auf schnellstem Weg den Behörden melden. Matteo hoffte, daß sich kein Behördenvertreter unter den Gästen der Taverne befand, sonst würde noch an diesem Abend das Urteil über ihn gefällt und vollstreckt.

Kurz darauf kam der Magier zurück. Er war allein und wirkte verärgert. Die örtliche Miliz war gekommen und wieder gegangen, wobei sie einige Raufbolde mitgenommen hatte, doch wie es aussah, war es dem Magier nicht gelungen, einen Vertreter von Recht und Gesetz zu finden. Jetzt war er wieder da und wollte die Sache selbst in die Hand nehmen.

Ein Stück Brot prallte von Matteos Kopf ab, und er sah verärgert in die Richtung, aus der es gekommen war. Der junge Unterhalter spähte durch die Hintertür ins Lokal und gestikulierte.

„Psst! Hier entlang, los!"

Als Matteo zögerte, rollte der Junge ungeduldig mit den Augen. „Dein Freund ist hier. Er braucht dich!"

Matteo sah zu der Stelle auf dem Boden, an der er Themo „schlafend" hatte liegenlassen. Natürlich hatte sich der große Jordain längst aus dem Staub gemacht, sicher in der Absicht, woanders einen Streit anzufangen. Seufzend begab er sich schnell zur Hintertür und lief auf die Straße hinter der Taverne.

Er folgte dem Jungen bis zum Ende der langen Duellgasse, dann blieb er stehen. Bis auf den Jungen und ihn selbst war der Korridor so leer wie die Straße dahinter.

„Wo ist Themo?" wollte er wissen.

„Woher soll ich das wissen?" gab der Balg zurück. „Wenn es stimmt, was man über Jordaini sagt, sollten wir besser die Beine in die Hand nehmen."

Das war das zweite Mal, daß er eine solche Bemerkung zu hören bekam, und diesmal gefiel sie Matteo noch weniger. Er hatte aber keine Zeit, eine Frage zu stellen, da in dem Moment der Magier aus der Taverne stürmte. Seine Gesichtszüge ließen seine Verärgerung erkennen, und auf einer offenen Handfläche flammte ein Licht auf.

„Verdammt", stieß der Junge aus und steckte eine Hand in den Beutel an seinem Gürtel.

Matteo zog die Dolche und machte sich bereit, den magischen Angriff abzuwehren. Wie erwartet nahm der Sonnenpfeilzauber tödliche Gestalt an und schoß auf ihn zu. Mit gleitenden, geübten Bewegungen ging er in die klassische Abwehrhaltung.

Doch der Junge war schneller. In der Hand hielt er ein glänzendes Stück Glas. Ehe Matteo den Jungen aus dem Weg stoßen konnte, traf der Blitz das dargebotene Ziel. Er prallte direkt auf den kleinen Spiegel und wurde auf den Magier zurückgeworfen.

Einen Moment lang herrschte Stille, dann stieß der Magier einen hohen Schmerzenslaut aus und begann langsam, zur Seite wegzukippen, während er beide Hände an der Stelle auf seine Kleidung preßte, die seine Lenden bedeckte.

Matteo sah den Jungen ungläubig an. Das Balg zuckte nur die Achseln, hob den Spiegel hoch vor sein eigenes Gesicht, putzte sich etwas heraus und fuhr sich mit überraschend feingliedrigen Fingern durch das kurze braune Haar.

„Du hast mich vorsätzlich belogen", sagte Matteo erstaunt.

Jetzt war es am Straßenbalg, überrascht zu sein. „Ich habe eine ganze Menge getan. Und *das* fiel dir auf?"

Matteo sah zu dem Mann, der sich auf dem Pflaster krümmte, und dachte an die geschickte, gefährliche Darbietung des Jungen in der Taverne. Die Logik des Burschen hatte etwas Unwiderlegbares. Doch die nächsten Worte überraschten Matteo selbst, als er sie sagte.

„Was sagt man denn so über die Jordaini?" wollte er wissen.

Der Junge lachte laut. „Viel, das ist mal sicher! Ich sprach von eurer Fähigkeit, gegen Magier zu kämpfen. Warum fragst du?"

„Der Magier hat so ziemlich das gleiche gesagt, als ich mich über dein Talent äußerte."

Ein wissendes Funkeln keimte in den Augen des Balg auf. „Und was hast du gesagt?"

Matteo blinzelte, da ihn die Frage irritierte. „Ich habe gesagt: ‚Der Junge hat Talent.' Sonst nichts."

„Oh, das erklärt alles."

Er verschränkte die Arme. „Für mich nicht."

Mit einem breiten Grinsen streifte der „Junge" einen brauen Umhang ab, unter dem ein Hemd aus dünnem Leinen und eine schlanke, aber unverkennbar weibliche Statur zum Vorschein kam.

„Man sagt auch, daß die Jordaini wenig Erfahrung mit Frauen haben." Sie zwinkerte und streckte ihm die Hand hin. „Ich bin Tzigone und bin hier, um das zu ändern."

Von gewohnheitsmäßigem Gehorsam gegenüber dem Protokoll geprägt erwiderte Matteo den Händedruck, weigerte sich aber, das zu akzeptieren, was mit der Geste verbunden zu sein schien.

„Du irrst dich. In meinem Leben ist kein Platz für eine Frau."

„Dann mach Platz", sagte sie. „Du hast mir gerade den Arsch gerettet, also stehe ich in deiner Schuld, und ob es dir nun gefällt oder nicht, ich werde dir solange folgen, bis diese Schuld beglichen ist."

„Ich versichere dir, das ist unnötig."

Sie sah in Richtung Taverne und nahm seinen Arm. „Schon wieder falsch. Sieht aus, als würde ich die erste Rate früher als erwartet zurückzahlen."

Matteo folgte ihrem Blick und sah, daß der Wemic in die Gasse stürmte und ein wenig unsicher auf den Beinen, aber fest entschlossen in ihre Richtung gelaufen kam. Die Kreatur schien mit jedem Schritt an Kraft und Zielstrebigkeit gewinnen.

Tzigone stampfte ungeduldig auf und zog ihn am Arm. „Willst du stehenbleiben und ‚Komm her, Kätzchen' rufen? Mach schon, ehe es noch schlimmer kommt."

Er dachte an das finstere, gierige Leuchten im Gesicht der Bluthündin, als sie das Todesurteil über Andris sprach. Es konnte wahrhaftig noch schlimmer kommen.

Mit einem Seufzer wandte er sich ab und folgte seiner neuen Gefährtin aus der Gasse hinaus zur Straße.

FÜNFTES KAPITEL

Matteo mußte schon bald erkennen, dass es kein einfaches Unterfangen war, Tzigone zu folgen. Der Junge – nein, berichtigte er sich, nicht der Junge, die junge Frau – konnte so schnell laufen wie eine Echse und fast so gut klettern.

Sie rannten, so schnell sie konnten, durch die Sultansstraße und schlug die dünnen Seidenbanner zur Seite, die den Geschäftsinhabern als Ladenschilder dienten. Plötzlich war Tzigone weg. Nach zwei Schritten sah Matteo, wo sie abgeblieben war: in einem schmalen Gäßchen, das im Schatten der hohen Gebäude zu beiden Seiten lag und durch die Kletterpflanzen, die die Wände überzogen, fast nicht zu erkennen war. Er stoppte so abrupt, daß er ein Stück weit rutschte, und eilte ihr nach.

Zu spät. Als er um die Ecke bog, hörte er hinter sich die Stimme Mbatus, der einen triumphierenden Laut von sich gab, der zum Teil Knurren und zum Teil gutturales Lachen war.

Tzigone hörte den Laut auch. Sie warf Matteo über die Schulter einen unheilvollen Blick zu und begann, an den Ranken hochzuklettern. „Versuch wenigstens, dich zu beeilen", murmelte sie.

Matteo riß an einer Handvoll der zerbrechlich wirkenden Ranken und stellte fest, daß sie sein Gewicht tragen würden. Die grob gehauenen Steine unter den Ranken boten genügend Stellen, an denen seine Füße Halt fanden. Es war wie eine der Übungen, die er im Haus Jordain machte, und er schaffte es fast, mit Tzigone mitzuhalten.

Das Dach war glatt und breit. Tzigone sprang auf und marschierte los. Sie wies auf den öffentlichen Park. „Wenn wir von Dach zu Dach gehen, können wir von hier aus den Bilboabaum erreichen. Wenn wir erst einmal auf dem Baum sind, wird Mbatu uns nicht mehr finden."

Matteo war einen Moment lang irritiert, als er hörte, daß sie den Namen des Wemic aussprach. „Du hattest mit diesem Wemic schon zu tun?"

Tzigone sah ihn an. „Wie viele Löwenmenschen hast du in diesem Teil der Welt bisher gesehen? Man erzählt sich Geschichten, und ich habe Ohren."

„Ah, Gerüchte."

„Bislang haben sie mein Überleben gesichert", gab sie zurück. Sie drehte sich um und stemmte die Fäuste in die schmalen Hüften. „Was stehst du da so? Kommst du oder nicht?"

„Nein, ich komme nicht." Er verschränkte die Arme und sah die ungläubige Tzigone an. „Glaub nicht, ich wäre dir nicht für die Hilfe dankbar, aber ich war lange genug auf der Flucht. Geh deinen Weg, und ich gehe meinen."

„Und der wäre?"

„Ich werde mich dem Wemic stellen", sagte er nur.

Die junge Frau zischte wutentbrannt: „Hast du den Waffengurt des Wemic gesehen? Das Schwert, das er über der Schulter trägt?"

Matteo warf ihr einen verwunderten Blick zu. An beides konnte er sich haargenau erinnern: Das Gehenk war ein breiter braungelber Ledergurt, der über die breite Brust des Wemic lag und mit dem Gürtel verbunden war, der um den humanoiden Torso gelegt war. Das Gehenk hielt eine Scheide, die schräg über den Rücken des Wemic lag, nach oben hin gut festgemacht und am unteren Ende mit einem kurzen Gurt gesichert, so daß sie nach außen wegkippen konnte, wenn der Wemic sein Schwert zog – eine notwendige Anpassung, wenn man die Länge der Klinge berücksichtigte. Kein erfahrener Krieger würde sich so verwundbar machen. Ein schneller Stich oder Wurf mit einem Dolch konnte die Lungen durchbohren und den Wemic in seinem eigenen Blut ertrinken lassen. Durch die Ergänzung um den unteren Gurt mußte der Wemic einfach nur über die

Schulter greifen und das Heft umfassen, womit er seine Waffe in der halben Zeit und nur mit einem Bruchteil des Risikos ziehen konnte. All das hatte Matteo mit einem Blick erfaßt.

„Klar habe ich Gehenk und Schwert bemerkt. Wieso?"

„Wieso?" wiederholte Tzigone fassungslos. „Das Heft ragt über die Schulter des Wemic hinaus, und die Klinge ist so lang wie sein Rücken breit. Selbst ohne die Waffe hat Mbatu eine größere Reichweite als du. Mich interessiert nicht, wie gut du zu sein glaubst. Wenn du nichts hast als diese Dolche, wirst du dich gegen ihn nicht lange behaupten können."

Ihre Worte waren herablassend, aber er konnte sich ihrer Logik nicht entziehen. „Das mag sein, aber ich habe kein Schwert."

„Ich schon. Komm."

Sie machte sich auf den Weg über das Dach und sprang dann über eine enge Schlucht in den Dachgarten eines Nachbarhauses.

Matteo folgte ihr bis zum Dachrand und warf einen Blick nach unten, wünschte sich aber sofort, er hätte es nicht getan. Er ging ein paar Schritte zurück, atmete tief durch und wagte den Sprung. Er landete in einem Kräuterbeet. Minzgeruch erfüllte protestierend die Luft, während er Tzigone folgte.

Als sie den Rand des Dachgartens erreicht hatte, nahm sie das Seil vom Gürtel und befestigte rasch und geschickt einen kleinen Haken mit drei Zacken daran. „Bleib zurück", warnte sie ihn und wirbelte das Seil einen Moment lang durch die Luft, um es dann losfliegen zu lassen.

Das Seil schoß bis zu den äußersten Ästen des großen Bilboabaums und wickelte sich fest um einen Ast. Tzigone zog am Seil und nickte. „Hilf mir, ihn heranzuziehen."

Matteo packte das Seil und zog, bis der Ast in Greifweite war. Sie umfaßten ihn beide, und auf Tzigones Kommando hin ließen sie sich vom Dachrand fallen.

Der Ast bog sich so weit nach unten, daß Matteo hätte schwören können, er würde unter ihrem Gewicht abbrechen. Als er sich dann wieder nach oben zu bewegen begann, sah er zu Boden. Der Wemic war direkt unter ihnen und verdrehte in der Luft seinen goldbraunen Körper in dem Bemühen, die Füße unter sich zu bekommen, um auf ihnen zu landen. Offenbar war er hochgesprungen, um einen von ihnen oder sogar sie beide zu fassen zu bekommen. Matteo fröstelte bei dem Gedanken daran, wie knapp er gescheitert war.

Einige Augenblicke lange wippte der Ast, bis er allmählich wieder zur Ruhe kam. Als Tzigone erklärte, es sei sicher, sich zu bewegen, hangelten sie sich am Ast entlang, bis er nach gut 30 Metern breit genug war, um hinaufzuklettern und auf ihm weiterzugehen. Tzigone zog sich mühelos hoch und reichte Matteo eine Hand, um ihm zu helfen.

Sie gingen vorsichtig weiter, bis sie den Stamm erreicht hatten. Während Matteo die sonderbare Anordnung der Zweige betrachtete, wurde ihm bewußt, daß die Äste und Zweige in Schichten wuchsen, so wie Etagen in einem hohen Gebäude. Die nächste Lage bildete gut drei Meter über ihnen ein Dach. Die Äste waren dicht bewachsen, und die Blätter stellten eine schier undurchdringliche Barriere dar. In einem Punkt hatte Tzigone auf jeden Fall Recht: Mbatu würde sie hier nicht finden.

Er sah nach unten und entdeckte Mbatu, der um den Baum lief. Frustration und Wut waren ihm anzusehen.

„Ein Baum scheint mir ein untypischer Ort zu sein, um sich vor einer Katze in Sicherheit zu bringen", merkte er an.

Tzigone rümpfte die Nase. „Wemics auf allen Vieren sind schnell, aber klettern können sie nicht. Zu viele Beine, von der Taille ab aufwärts zu groß. Ihr Gleichgewicht ist gestört."

Er dachte darüber nach und kam zu dem Schluß, daß sie vermutlich Recht hatte. Was er aber nicht recht glauben wollte, war ihre Behauptung, ein Schwert zu besitzen. Es gab strenge Vorschriften, welche Klasse welche Waffen tragen durfte, und auch wenn es ihm schwerfiel, den genauen Status der jungen Frau zu bestimmen, bezweifelte er, dass sie zu Adelsstand, Militär oder Miliz gehörte.

Zweifelhaft war auch die Wahl des Ortes, an dem sie die Waffe versteckt haben wollte. Sie hatte gelogen, um ihn aus der Taverne zu locken, und es war anzunehmen, daß sie es ein weiteres Mal getan hatte, um ihn vor einem Kampf zu bewahren und in die Sicherheit des riesigen Baums zu bringen.

„Du hast ein Schwert in einem Baum versteckt?" fragte er skeptisch.

Sie bohrte die Finger in die Rinde und begann zu klettern. „In diesem Baum sind viele Dinge versteckt. Wenn du mir folgst und die Augen offenhältst, wirst du die meisten von ihnen überleben."

Der Stamm hatte einen größeren Umfang als so mancher Magierturm, und seine Rinde bildete Muster aus Wülsten und Windungen. Matteo mußte feststellen, daß das Klettern gar nicht so schwierig war, wie es ausgesehen hatte. Wenig später zogen sie sich bereits auf einen dicken Ast.

Matteo richtete sich auf sah sich fasziniert um. Die Hauptäste waren breit, und ihre Oberseite war fast eben. Sie griffen ineinander und bildeten ein Netzwerk aus Gängen mit nahezu planen Ebenen. Einige Schritte weiter überspannten Bretter den Freiraum zwischen zwei Ästen. Ein abgerissenes Stück Segeltuch bildete ein bemerkenswert gemütliches Zelt, und obwohl der Sonnenuntergang noch Stunden entfernt war, ragten zwei Paar Füße darunter hervor, die in robusten Stiefeln steckten.

„Sie arbeiten nachts", sagte Tzigone beiläufig und kletterte weiter.

Auf der nächsten Ebene passierten sie eine Reihe weiterer Unterkünfte, von denen einige auf den Ästen des Baums befestigt waren, während andere die Hohlräume des Stamms nutzten. Matteo nahm voller Erstaunen zur Kenntnis, wie vielfältig das pflanzliche und tierische Leben war, das im Bilboabaum Unterschlupf gesucht hatte. Winzige Spinnen, so durchsichtig wie Glas und nahezu unsichtbar, wenn da nicht der schwache rosige Schimmer in ihrem Körper gewesen wäre, sponnen feine Netze aus roter Seide – Netze, die es nur in Halruaa gab und die von Magiern als Zauberbestandteile hoch geschätzt wurden. So wunderbar gefärbte Vögel schliefen im Gewirr der Zweige, daß Matteo weder in Büchern noch in Legenden auf ihre Existenz gestoßen war. Eine geflügelte Katze war in ihre Körperpflege vertieft, und Insekten summten so aufgeregt hin und her, als müßten sie eine wichtige Botschaft überbringen.

Matteo fragte sich, für wie viele Geschöpfe dieser Baum ein Heim war. Hier und da war ein Ast vom Sturm abgerissen worden und hatte ein Loch hinterlassen, das groß genug war, um einer kleinen Familie von Baumbewohnern Raum zu bieten. Matteo hätte es nicht verwundert, wenn Tzigone von Zeit zu Zeit hier selbst Zuflucht suchte. Sie schien sich in der Vielzahl von Ästen und Zweigen so gut auszukennen wie in der Stadt tief unter ihnen. Genau genommen war der Baum eine kleine Gemeinschaft innerhalb der Stadt, in der es vor Leben wimmelte, das weit über die zu erwartenden Vögel und Insekten hinausging. Matteo nahm sich vor, sich mit den Möglichkeiten von Baumstädten auseinanderzusetzen. Es könnte sich als nützlich erweisen.

„Vorsicht hier. Komm dem großen Netz nicht zu nah", warnte Tzigone.

Als Matteo um einen gewaltigen Ast herumkletterte, sah er, was sie gemeint hatte. Vor einem tiefen, engen Hohlraum spannte sich ein Spinnennetz, das vor Tautropfen glitzerte, deren Farbe von Silber über Rot bis hin zu Blau reichte – den Farben, die der dahinter verborgenen Schatz hatte. Matteo sah den sehnsüchtigen Blick, den Tzigone auf den Fund warf, aber sie war klug genug, nicht den Versuch zu unternehmen, ihn zu plündern. Die Spinne, die Wache hielt, war so groß wie Matteos Handfläche. Er erkannte die Art als eine, die von einem eigensinnigen Magier erschaffen worden war, den man vor langer Zeit verbannt hatte, nachdem seine Schöpfungen in die freie Natur entkommen waren. Die Kreatur war größer und viel gefährlicher als normale Spinnen. Der dicke Leib war nicht mit einem Pelz überzogen, sondern mit winzigen, aber unglaublich widerstandsfähigen Schuppen. Trotz dieser Panzerung war das Tier, dessen Biß ein tödliches Gift injizierte, sehr flink.

„Ich beginne zu verstehen, warum du diesem Ort ein Schwert anvertrauen würdest", bemerkte Matteo. „Haben wir es noch weit?"

Tzigone zuckte die Achseln und kletterte weiter. Ihre Reaktion bestärkte Matteos Verdacht, doch er folgte ihr, während sie auf einem breiten Ast zur anderen Seite des Baums lief. Sie zählte die Zweige, die vom Ast abgingen, dann nickte sie zufrieden.

„Hier gehen wir runter. Sieh zu, wie ich es mache."

Sie sprang von dem Ast und umfaßte den dünnen Zweig. Das starke, aber biegsame Holz gab unter ihrem Gewicht nach und kam erst dann zum Stillstand, als ihre Füße gerade die Mauer berührten, die an die Nordseite des Stadtparks grenzte. Als sie losließ, kehrte der Zweig sofort in die Ausgangsposition zurück. Sie bedeutete Matteo ungeduldig, ihr zu folgen.

Er betrachtete die Situation und erkannte ein Problem. Da er mehr wog, würde er entweder mit großem Schwung auf die Mauer auftreffen oder sie völlig verfehlen. Rasch kalkulierte er den Gewichtsunterschied zwischen seinem muskelbepackten Körper und Tzigones zierlicher Statur, dann betrachtete er den Winkel und die Widerstandskraft verschiedener Zweige zu beiden Seiten des von ihr gewählten Astes.

Zum Glück waren die Zweige nah genug beieinander, um beide packen zu können. Er sprang zwischen ihnen hindurch, dann legten sich seine Hände um sie.

Die Zweige glitten durch seine Hände, als er fiel. Er ignorierte es, daß die Rinde seine Handflächen wundscheuerte, und als er den ausgewählten Punkt erreicht hatte, packte er fester zu. Seine Berechnung war punktgenau. Er landete genau an der ausgewählten Stelle neben der jungen Frau, die vor Erstaunen den Mund weit aufgerissen hatte.

Sie betrachtete ihn mit neuer Achtung: „Hoppla!"

„Es ist schon gut, daß einer von uns das unterschiedliche Gewicht bedacht hat", erklärte Matteo.

Sie ging mit einem Schulterzucken darüber hinweg. „Es ist schon eine ganze Weile her, daß ich auf jemand anderen als mich Rücksicht neben mußte. Erstaunlich, wie schnell man aus der Übung kommt."

„Gibt es hier wirklich ein Schwert?" wollte Matteo wissen.

„Ja", sagte sie und imitierte perfekt seinen Tonfall. Sein ärgerliches Seufzen amüsierte sie, und sie kicherte, als sie vor ihm auf der Mauer des Parks entlanglief.

Sie kletterten nach unten und befanden sich in der Riffstraße. Matteo mußte unwillkürlich seine Umgebung anstarren, während sie durch die Straße liefen. Obwohl dieser Teil der Stadt weit im Landesinneren lag, war der Geruch des Meers intensiv. Über Aquädukte wurde Meerwasser von der Bucht hergebracht, und mit ihm kamen auch jene Geschöpfe, die für den Bau der Häuser und Geschäfte benutzt wurden.

Alle Gebäude in dieser Straße bestanden aus Korallen, deren Farbe von einem blassen Rosa bis hin zu einem tiefen, düsteren Rosé reichte. Überall herrschten Meeresmotive vor, angefangen bei den wellenförmigen Eisenzäunen bis zu blühenden Formbäumen in Gestalt von Fischen und anderen Meeresbewohnern. Das Tor eines besonders beeindruckenden Geschäfts war von einem Paar steinerner Sahuagin eingerahmt, abscheulichen Fischmännern, die mit gezücktem Dreizack und gebleckten Haifischzähnen Wache hielten. Matteo hatte davon gehört, daß

Seeleute diese Art von Schmuck als schreckliche Geschmacksverirrung betrachteten. Eher würden Elfen die heitere Gelassenheit ihrer Tempel durch Statuen von räuberischen Dunkelelfen verunstalten, als daß ein Seemann an Sahuagin erinnert werden wollte.

Trotz solcher Fehlgriffe waren derartige Häuser bei den wohlhabenden Gemeinen beliebt. Ein Korallenhaus wachsen zu lassen dauerte viele Jahre und erforderte einen immensen Aufwand an kostspieliger Magie. Ein neues Bauwerk war gerade am Entstehen, und Matteo war sehr daran interessiert, mit eigenen Augen zu erleben, wie dieser Prozeß ablief.

Ein stabiler Holzrahmen bildete das Gerüst, an dem Gebäude von oben nach unten wuchs. Die Handwerker der Stadt stellten Pumpen zur Verfügung – kleine Wunderwerke aus Metall und Magie –, die das Meerwasser durch Rohre aufs Dach leiteten, von wo es wie ein kleiner Wasserfall in den darunter liegenden Zisternengraben stürzte. Winzige Korallen, die man durch Magie herbeigerufen hatte, waren mit dem Wasser nach oben gelangt und hatten im Lauf der Zeit ein Riff entstehen lassen, das bereits bis auf halbe Höhe in Richtung Boden gewachsen war. Mehrere Handwerker waren damit beschäftigt, die Rahmen für die unteren Fenster und die Tür zu bauen. Ein Magier schwebte in der Luft, gestikulierte ausholend und warf Hände voll fremdartiger Substanzen in die Portale, die bereits umrahmt worden waren. Die Partikel verschwanden, als sie hindurchflogen, und hinterließen eine Art magische Abwehr in den Fenstern, die die Korallen davon abhielt, dort weiterzuwachsen. Die Magie, die sie erzeugten, war durchsichtig wie feines Glas, aber weit stabiler.

Es war ein wunderbarer Prozeß, den Matteo zugleich aber auch als unerklärlich traurig empfand. Ganze Generationen winziger Geschöpfe wurden veranlaßt, die offene See zu verlassen, um sich in dieses enge, künstliche Gewässer zu begeben, wo man sie dann dazu brachte, ihre Riffe in der ungastlichen Luft zu bauen.

Matteo fragte sich einen Moment lang, ob es irgendwo in diesen Konstruktionen aus winzigen Körpern Prophetenkorallen gab, die das tödliche Muster durchschauten und versuchten, die anderen davon zu überzeugen, nicht den gleichen Weg zu gehen wie unzählige Generationen vor ihnen. Wenn dem so war, hatten sie offensichtlich keinen Erfolg, aber vielleicht waren sie auch nichts weiter als Teil dieses Musters.

„Hier entlang", sagte Tzigone und zeigte auf ein kleines Geschäft, das im Schatten einer seegrünen Markise lag. Niemand war da, was an sich nichts Ungewöhnliches war. Viele Kaufleute nutzten die Mittagshitze zu ausgedehnten Mahlzeiten und kurzen Nickerchen, während sie auf mächtige magische Abwehrvorrichtungen vertrauten, die ihre Ware beschützen sollten.

Tzigone schritt zielstrebig auf das Geschäft zu und betrachtete die ausgestellten Waffen. Sie ging hindurch und nahm ein einfaches, aber gut gearbeitetes Kurzschwert, das deutlich länger war als ein Dolch, aber nicht so lang, daß ein Jordain, der mit Duellwaffen nicht vertraut war, Probleme mit dem Gleichgewicht haben würde.

„Du bewahrst dein Schwert bei einem Schmied auf?" fragte Matteo zweifelnd.

Sie sah sich um, dann drückte sie ihm die Waffe in die Hand. „Eine Zeit lang hatte ich es in einer Parfümerie untergebracht, aber jedes Mal, wenn ich mich umdrehte, ist irgendein Kristallfläschchen zu Boden gefallen. Verdammt unpraktisch."

Matteo verengte die Augen zu schmalen Schlitzen. „Du bist im spielerischen Umgang mit Worten sehr schnell. Ist das wirklich deine Waffe?"

„Könnte ich sonst die Abwehrmaßnahmen des Schwertschmieds passieren?" erwiderte sie ungeduldig. „Nimm es, und dann laß uns gehen."

Matteo machte sich auf den Weg zum Hafen und der Stelle, an der er Cyric angebunden hatte. Er ging zügig, weil er das Pferd und Themo finden wollte, um mit beiden in die relative Sicherheit Haus Jordains zurückzukehren.

Sicherheit.

Das Wort verhallte in der großen Leere, die sein Herz erfüllte. Andris hatte dort keine Sicherheit erfahren.

Matteo war nicht auf die Trauer vorbereitet, die ihn überflutete. Noch nie hatte er einen solchen Sturm von Gefühlen erlebt. Er fühlte sich überwältigt, als versuche jemand, ihn von seiner Vertäuung loszureißen.

Einige Augenblicke verstrichen, ehe ihm bewußt wurde, dass Tzigone ihn interessiert betrachtete. Er bemerkte ihren Blick und machte sich auf die Fragen gefaßt, die sie ihm sicher stellen würde.

Doch zu seiner Überraschung nickte sie. In ihrer Geste steckte wenig Mitgefühl, aber viel Verständnis. Was immer sie auch in seinen Augen entdeckt hatte, es war etwas, das sie gut kannte.

Aus irgendeinem unerklärlichen Grund fand Matteo diese simple Anerkenntnis tröstender als jede der Phrasen, die ein Jordain in dieser Situation zum Besten gegeben hätte.

Er kramte in seinem benommenen Verstand nach etwas Bedeutendem, das er sagen konnte, fand aber nichts. „Ich muß zurück zu meinem Pferd", brachte er schließlich nur heraus.

„Gut", sagte sie zustimmend. „Ich hatte schon befürchtet, du würdest nach Mbatu suchen oder eine andere Dummheit dieser Art begehen wollen."

„Der Wemic wird mich wohl finden. Wenn er unsere Spur verloren hat, ist es nur logisch, daß er an den Ort zurückkehrt, an dem wir uns begegnet sind. Ich habe Cyric vor der Taverne angebunden."

Sie hob eine Augenbraue und sah ihn an. „Cyric?"

„Ja, der Hengst ist benannt nach... "

„Ich weiß, wer Cyric ist, obwohl es mich wirklich wundert, daß du es auch weißt. Was hat das Pferd getan, um einen solchen Namen zu verdienen?"

„Es ist sehr aufbrausend."

„Darauf wette ich." Tzigone verzog den Mund. „Weißt du, ich dachte immer, alle Jordaini seien langweilig, weil es euch nicht erlaubt ist, die Fakten ein wenig auszuschmücken. Es ist schön zu wissen, daß Untertreibungen nicht gegen eure Regeln verstoßen."

Ihr trockener Kommentar ließ Matteo erstaunt auflachen. Sie gingen in gemächlichem Tempo nebeneinander her, während Tzigone den Weg durch die Stadt vorgab.

Ihre Schatten eilten ihnen weit voraus, als sie um eine Ecke gingen und in eine weitere schmale Straße bogen. Die Stadt begann sich zu regen, je weiter die Siesta voranschritt. Auch wenn die Sonneneinstrahlung nicht so direkt war, kühlte es nicht ab. Matteo fiel auf, daß es an diesem Tag für die Jahreszeit untypisch warm war. Die Luft über den gepflasterten Straßen flimmerte vor Hitze und verzerrte die Sicht. Eine vier Mann starke Patrouille ging an ihnen vorbei, die Gesichter verschwitzt, ihre Augen brannten von der Hitze.

Matteo bemerkte, dass Tzigone sich auf einmal stark für die Auslage in einem Geschäft interessierte, die aus Angelködern, kleinen Hämmern, Drahtspulen und zierlichen Objekten aus Metall bestand.

„Hast du einen Grund, den Stadtwachen aus dem Weg zu gehen?" fragte er.

„Üblicherweise ist das deren Meinung", erwiderte sie. „Ich finde, es ist nur höflich, wenn ich gehorche."

Der Jordain wollte diese zweifelhafte Logik in Frage stellen, als auf einmal die Schatten auf der gegenüberliegenden Straßenseite verwischten und sich zu einem bedrohlichen Schemen formten, der sich rasch näherte.

Matteo schob Tzigone zur Seite und drehte sich mit dem Schwert in der Hand um, wobei er sich instinktiv zwischen sie und den Wemic stellte.

Der Löwenmann griff über die gewaltige Schulter. Der Stahl zerschnitt geräuschvoll die Luft, als Mbatu das Schwert zog. Der Wemic ging in die Hocke, dann machte er einen Satz und holte mit der Klinge zum vernichtenden Schlag aus.

Matteo hob sein geborgtes Schwert, um den brutalen Angriff zu parieren. Die beiden Waffen trafen mit einem hellen, metallischen Kreischen aufeinander. Der Jordain unternahm keinen Versuch, den heftigen Schlag wirklich abzuwehren, sondern verlagerte sein Gewicht auf den rechten Fuß, um die Wucht, mit der die beiden Klingen aufeinandergeprallt waren, in den Boden abzuleiten. Geschickt sprang er zur Seite und tänzelte ein Stück zurück, während er sein Schwert unter der Klinge des Wemics wegzog. Er holte aus und stach ein Stück tiefer zu, als er es beim Angriff auf einen Menschen getan hätte.

Der Wemic parierte und wich zurück, wobei er versuchte, sein Schwert für einen neuen Angriff von oben zu heben. Das wollte Matteo nicht zulassen. Er stach und hieb immer wieder nach dem Wemic, der damit gezwungen war, flach zu kämpfen.

Noch nie hatte Matteo gegen einen Wemic gekämpft, aber er hatte sich überlegt, welche Strategie die Kreatur am ehesten anwenden würde. Wenn die Klingen hoch erhoben waren, konnte er seine Vorderpranken ins Spiel bringen. Nach Matteos Einschätzung konnten die Krallen an Mbatus Füßen einen Mann mit drei schnellen Hieben enthaupten und ihm mit einem einzigen Schlag die Kehle durchtrennen.

Immer wieder versuchte der Wemic, sich zurückzuziehen und seine Klinge lange genug zu befreien, um sie für einen tödlichen Schlag in Position zu bringen. Matteo folgte ihm auf dem Fuße, blieb in der Offensive und suchte seinerseits nach einer Lücke in der Verteidigung seines Gegenübers.

Der Kampf zog sich. Die Hitze der Sonne war mörderisch, und Matteos Arme schmerzten wegen des ungewohnten Gewichts seiner Waffe. Wie in Trance hörte er Tzigone etwas von dem verdammten Pferd murmeln und davon, daß die Miliz nie in der Nähe war, wenn man sie wirklich nötig hatte. Aus dem Augenwinkel sah er, daß sie einen Eimer mit Regenwasser heranschleppte und den Inhalt in hohem, glitzerndem Bogen über ihn und den Wemic schüttete.

Matteo lächelte flüchtig, als er das Wasser aus den Augen schüttelte. Seltsamerweise verstand er Tzigones Absicht. Das Wasser kühlte ihn ab, war aber weder eine Ablenkung noch unpraktisch. Mbatus glänzende schwarze Mähne hing ihm naß und schwer ins Gesicht, und seine Ohren waren nach hinten gelegt, da er - für ein Katzenwesen typisch - Wasser verabscheute.

Der Wemic warf Tzigone einen tödlichen Blick zu. „Fang sie lebend ", murmelte er, als müsse er sich an eine beschwerliche Aufgabe erinnern.

Ein gespanntes, vertrautes Schnauben lenkte Matteos Blick zum anderen Ende der Straße. Sein schwarzer Hengst kam zielstrebig auf den Schauplatz der Auseinandersetzung zugetrabt. Seine Augen glommen seltsam, seine Zügel hingen herab, und in seiner Mähne hatten sich einige Holzsplitter verfangen. Zum ersten Mal verstand Matteo, was die Helfer im Stall meinten, wenn sie schworen, sie hätten noch nie dieses Schnauben gehört, aber sie seien sicher, daß Cyric gleichzeitig eine nach Schwefel riechende Wolke ausstieß.

Matteo wirbelte herum, damit er Cyric hinter sich hatte. Der aufmerksamen Tzigone warf er einen kurzen Blick zu und hoffte, daß sie seine Kampfstrategie verstand. Zu seiner Überraschung nickte sie und näherte sich Mbatu. Sie zog ein langes Messer aus ihrem Stiefel und ging in die Hocke.

Als das Trappeln des herannahenden Hengstes verhallte, tänzelte Matteo zurück. Der Wemic sah endlich seine Gelegenheit gekommen und hob das Schwert hoch über den Kopf. Matteo bewegte sich mit ihm und hob sein Schwert in Erwartung des Hiebs. Wie erwartet ging Mbatu auf die Hinterbeine und fuhr die Krallen aus.

Tzigone stürmte los und rammte die Klinge ihrer Waffe in die Flanke des Wemic. Mbatu brüllte auf und wandte sich instinktiv der neuen Bedrohung zu. Dabei schaffte er es aber nicht, die begonnene Bewegung zu stoppen, so daß sein großes Schwert in einem todbringenden Bogen herabfuhr. Matteo warf sein geborgtes Schwert weg und rollte aus dem Weg.

Er hatte die Aktion fast perfekt geplant. Cyric hatte sich ebenfalls erhoben und schlug mit den Vorderhufen nach dem Wemic. Einer von ihnen traf Matteo schmerzhaft an der Schulter, aber der andere prallte mit einem unangenehmen Geräusch gegen den Schädel des Wemic. Sein Kopf wurde nach hinten gerissen und schlug hart auf die Pflastersteine. Er lag reglos da. Ein Blutrinnsal zog sich durch sein langes Haar.

Einen Moment lang war nichts anderes zu hören als der schnaubende, fast fröhliche Atem des Hengstes.

Matteo rollte herum und sprang auf, dann ging er zu Cyric und tätschelte dessen Hals. Tzigone zog mit einem Ruck die Klinge aus Mbatus Seite und ging um den Wemic herum, um sich neben dessen Kopf zu hocken. Sie hob erst das eine, dann das andere Augenlid und betrachtete aufmerksam die Augen.

„Er wird überleben", sagte sie. „Aber du mußt nicht hinter dich blicken, er wird sich an nichts erinnern."

„Du klingst sehr überzeugt", erwiderte Matteo. Ihr Tonfall hatte etwas von dem eines Magiers nach dem Wirken eines Zaubers. „Sag ehrlich: Hast du bei dem Wemic Magie gewirkt?"

„Ich und Magie? Soll ich eine Magierin sein?" Sie schnaubte verächtlich und stand in einer glatten, fließenden Bewegung auf. „Der Wemic hat einfach einen schlechten Tag. Er hat bereits zweimal Schläge auf den Kopf erhalten, und die Hochsonne ist gerade erst vorbei. Wenn das so weitergeht, kann er bei

Sonnenuntergang froh sein, wenn er sich an seinen Namen erinnert. Sehr froh."

Ihre letzten Worte hatten einen so verbitterten Unterton, daß er überrascht aufhorchte. Einen Moment lang überlegte er, ob und wie er diesen Punkt ansprechen sollte. Es kam ihm keine gute Idee, also beschränkte er sich auf das, was er verstand.

„Ohne deine Hilfe hätte ich Mbatu nicht besiegt", sagte er. „Die Schuld ist beglichen."

Er stieg auf Cyric, der erstaunlich fügsam war.

Nein, korrigierte er sich, nicht fügsam. „Befriedigt" war das bessere Wort. Es war, als hätte sich der Hengst schon immer nach einem Kampf gesehnt und sei nun zufrieden, daß sich eine Gelegenheit ergeben hatte.

Matteo hielt der jungen Frau die Hand hin. „Kann ich dir anbieten, dich dorthin mitzunehmen, wo du wohnst?"

Tzigone betrachtete das Pferd mit leichtem Unbehagen. „Reite du voraus. Wir sehen uns."

Ihre Worte waren so absurd, dass Matteo fast lachen mußte. „Ich kehre ins Haus Jordain zurück, um meine Ausbildung abzuschließen. Die Jordaini dienen der Wahrheit. Verzeih, wenn ich so offen spreche, Tzigone, aber dort ist kein Platz für dich."

Seine Worte schienen Tzigone nicht zu entmutigen. „Es gibt eine Schuld zwischen uns. Das kann ich nicht vergessen, ich vergesse nie etwas."

„Ich habe gesagt, die Schuld ist beglichen."

„Nur weil du es sagst, ist es auch so? Feilschen wir um die Schuld?" fragte sie herausfordernd. „Decken und Melonen haben keinen Festpreis, aber bei manchen Dingen ist das anders."

Matteo bemerkte den Klang ihrer Stimme und den kalten Blick. Sie sprach von Ehre, wenn auch auf eine Weise, die er nicht verstand. Er reagierte höflich.

„Nun denn, wenn wir uns wiedersehen, werde ich mich um Hilfe und Freundschaft an dich wenden", sagte er. „Du kannst das Gleiche von mir erwarten, ohne deine Ehrenschuld aufzustocken."

Einen Augenblick sah sie ihn beunruhigt an, dann huschte ein nachdenklicher Ausdruck über ihr Gesicht. „Du sagst, ich ginge zu leichtfertig mit Worten um, und vielleicht stimmt das auch. Aber mir scheint, du sprichst etwas schnell von Freundschaft."

Noch nie hatte Matteo auf eine freundliche Bemerkung eine so verwirrende Reaktion erhalten. Ihm dämmerte, sie könnte annehmen, er deute etwas Unziemliches an. „Ich wollte dich nicht beleidigen."

„Ich bin nicht beleidigt. Ich sage nur, daß du schnell Vertrauen faßt. Vielleicht ist das keine gute Sache."

Amüsiert sah Matteo sie an. „Willst du mich vor dir warnen?"

„Ich möchte dich an zwei Dinge erinnern", sagte sie ungerührt. „Du hast geglaubt, ich sei ein Junge, und hast angenommen, daß alle Katzen klettern können. Es ist nicht alles so, wie es scheint, Jordain."

In diesen Worten steckte ein wahrer Kern, und auch wenn es schmerzte, das anzuerkennen, reagierte er mit einem respektvollen Nicken. „Danke für deine Worte", sagte er und bezeugte ihr den Respekt, den er auch einem Meister nach einer dringend benötigten Lektion entgegengebracht hätte. „Und ich danke dir dafür, daß ich dein Schwert benutzen durfte."

Sie zuckte die Achseln und ging vorsichtig um Cyric herum, wobei sie das große Pferd mit großem Interesse betrachtete. Cyric drehte den Kopf, sein Ausdruck war ebenso zurückhaltend.

Matteo bemerkte die Blicke, die die beiden austauschten, und fand, daß es zu ihnen paßte. Er hob die Zügel und stellte fest, daß das Schwert des Wemics einen von ihnen durchtrennt hatte. Er stieg wieder ab, um das andere Ende aufzuheben und festzuknoten. Cyric war selbst unter den besten Bedingungen kaum zu beherrschen, und er wagte es nicht, den Versuch zu unternehmen, ihn nur mit den Knien zu steuern.

Tzigone sah zu, wie sich der junge Mann der Reparatur des Zügels widmete. Sie bewegte sich schattengleich, als sie das Schwert aufhob, das Matteo fortgeschleudert hatte. Einen Moment lang betrachtete sie es und überlegte, was sie tun sollte. Sie konnte es nicht an sich nehmen, das war sicher. Die Strafe dafür, wenn man sich über seiner Stellung kleidete oder bewaffnete, war drastisch, und ein weiterer Konflikt mit dem Gesetz war das Letzte, was Tzigone brauchte. Schwerter waren wertvoll, und in Halruaa sorgten Suchzauber dafür, daß wertvolle Objekte nicht lange „ausgeliehen" blieben.

Aber sie haßte den Gedanken, die Waffe hier auf der Straße liegenzulassen. Wer wußte schon, wer sie möglicherweise an sich nahm und was er mit ihr anstellte? Angesichts des Tages, den Matteo bislang erlebt hatte, war anzunehmen, daß er schon bald wieder ein solches Schwert würde brauchen können. Auf jeden Fall war er besser damit zurechtgekommen, als sie erwartet hatte. Es würde für sie beide von Nutzen sein, wenn er das Schwert griffbereit hatte, wenn sie sich ihre Wege das nächste Mal kreuzten.

Tzigone machte sich nicht die Mühe, ihn zu überreden, sondern nahm einen Lederriemen aus der Tasche und band das Schwert rasch am Sattel fest. Zum Glück hatte das Pferd einen breiten Rücken, und das Schwert war so kurz, daß sie es mühelos verstecken konnte. Sie zog die Satteldecke über den Griff und bemerkte den verschlagenen, zustimmenden Ausdruck in Cyrics Augen. Sie war sicher, daß das Pferd einen Weg finden würde, seinen Reiter auf das Vorhandensein des Schwerts aufmerksam zu machen, wenn ein Situation das erforderlich machte.

Sie war gerade fertig, als Matteo von dem nun reparierten Zügel aufblickte. „Friede sei mit dir, Tzigone", sagte er und stieg auf.

„Und mit dir ", erwiderte sie ernst.

Sie sah dem jungen Mann nach, wie er davonritt, und war zufrieden. Friede war ein schönes Wort und ein Zustand, den zu erstreben sich lohnte. Doch nach ihrer Erfahrung zu urteilen, war Friede seltener anzutreffen als Reichtum. Wenn aber der Friede schon flüchtig war, hatte sie zumindest dafür gesorgt, daß Matteo angemessen bewaffnet war.

Und er war angemessen mit Abwehrzaubern ausgestattet. Der Wemic begann sich zu regen und zu stöhnen, würde sich aber an keines der Ereignisse des Tages erinnern können.

Nur um sicherzugehen, kniete sie sich neben den Wemic und wiederholte den kleinen Zauber. Es war ein Zauber, den sie gelernt hatte, während sie ihr Leben lang auf der Suche nach einem Heilmittel für ihre eigene Vergeßlichkeit gewesen war.

Ihre Finger juckten und kribbelten noch, nachdem das Zaubern abgeschlossen war, doch es überraschte sie nicht. Magier schienen zu glauben, jegliche magische Energie müsse mit einem Zauber verschwinden. Ihr war das immer lächerlich vorgekommen. Magie war allgegenwärtig. Das Einzige, was Magier taten, war, Teile dieser Magie zu nehmen und sie zu etwas Neuem zusammenzuführen. Sie waren so von sich eingenommen, was ihre „großartige Kraft" anging, als erzeugten sie die Magie, die sie einsetzten, tatsächlich selbst. Als könnte das irgend jemand!

Aber es schien ungewöhnlich viel Magie im Spiel zu sein. Und da war auch noch ein Schatz. Tzigones Finger streckten sich aus eigenem Antrieb nach dem Ohrring des Wemics aus. Der Stein war zu groß, um ein Rubin zu sein, aber auch wenn er ein Granat oder Karneol war, würde man an der Hintertür manches Edelsteinhändlers dafür einen guten Preis erzielen. Sie machte sich keine Sorgen, daß der Wemic schneller aufwachen könnte. Ihre Finger waren so geschickt, daß sie ihm den Ohrring sogar abnehmen konnte, wenn er hellwach war, ohne ihn den Verlust bemerken zu lassen.

Aber kurz vor dem Stein hielt sie inne und riß instinktiv die Hand zurück, die sie zur Faust ballte. Dem Instinkt folgte die Erkenntnis. Der Rubin war ein Lockvogel gewesen, so wie es wohl auch bei dem roten Kleid der Fall gewesen war. Es war viel zu auffällig ausgestellt gewesen, sie hatte es viel zu mühelos stehlen können, und es hatte ihr viel zu gut gepaßt. Der letzte Punkt überzeugte sie davon, daß sie richtig lag. Das Kleid war aus teurer Rohseide geschneidert worden, aber es war viel zu klein, um einer der Damen von Reichtum und Stil zu passen, die alle üppigen Kurven zur Schau stellten. Sie verwettete Skie gegen Sand, daß es speziell für sie in Auftrag gegeben worden war und daß man es mit einem Suchzauber belegt hatte. Kein Wunder, daß der Wemic sie beinahe zu fassen bekommen hätte.

Mit einer einzigen Bewegung richtete Tzigone sich aus der Hocke auf. Sie widerstand der Versuchung, dem Wemic einen Tritt zu versetzen, sondern wurde eins mit den länger werdenden Schatten des Nachmittags. Sie mußte einen Weg finden, um die Schuld vollständig zu begleichen, die sie dem jungen Jordain gegenüber hatte.

SECHSTES KAPITEL

In einem gemieteten Turmzimmer in der Nähe saß Kiva über die Kristallkugel gebeugt und beobachtete den Kampf zwischen Mbatu und dem jungen Jordain, der ihr schon früher am Tag aufgefallen war.

Matteo faszinierte sie. Sie hatte sich Zephyrs Berichte vorgenommen und selbst Nachforschungen angestellt. Alles sprach dafür, daß er zu den vielversprechendsten Jordaini-Studenten zählte. Doch bis zum Morgen hatte sie ihn nicht als möglichen Rekruten in Erwägung gezogen. Er war von seinen Ansichten überzeugt, war von Geburt darauf vorbereitet worden, ein Jordaini zu sein, und er hatte alles über den Glanz des Jordaini-Mythos gelernt. Männer wie er waren nie leicht umzudrehen.

Das hätte sie jetzt immer noch geglaubt, wenn sie nicht gesehen hätte, wie groß seine Trauer um seinen verlorenen Freund war. Matteo hatte vielleicht sein Leben der Wahrheit verschrieben, aber Kiva vermutete, daß Regeln und Fakten über kurz oder lang für ihn eine zu blutleere Geliebte sein würden.

Im Augenblick war er ein so ordentlicher und hochmütiger junger Mann wie jeder andere in seiner Eliteklasse. Aber wenn sich das ändern ließ, würde er zum nützlichen Werkzeug werden. Seine Worte ließen auf Scharfsinn schließen, der Kiva gefiel. Er war noch viel zu jung und zu naiv, als daß diese Scharfsinnigkeit eine Bedrohung hätte darstellen können. Aber sie würde den Prozeß der Eroberung interessanter und lohnenswerter machen.

Vom Bett war ein leises Stöhnen zu hören. Kiva zeigte gedankenverloren mit dem Finger auf ihren jüngsten Rekruten und erhöhte den Ausstoß an aromatisiertem Rauch, der aus dem Weihrauchbehälter neben seinem Bett quoll und ihn wieder tiefer schlafen ließ. Es war nicht ihre bevorzugte Anästhesiemethode. Lieber war ihr der Zauber, der offenbar und völlig unerklärlich bei dem Wemic zur Anwendung gekommen worden war.

Kiva studierte das Bild in der Kristallkugel. Nachdem sie die Illusion erzeugt hatte, durch die es ihr möglich gewesen war, Andris aus Haus Jordain zu schaffen, war sie der Gruppe trauernder Jordaini-Studenten nach Khaerbaal gefolgt. Damit hatte sie zwei Absichten verfolgt. Zum einen hatte sie gehofft, mehr über Matteo zu erfahren, wenn er nicht von den strengen Regeln der Schule und dem wachsamen Blicken seiner Meister eingeengt wurde. Außerdem war es ihr Bestreben gewesen, Mbatu die Arbeit vom Vortag zu Ende führen zu lassen und endlich Keturahs Tochter aufzuspüren.

Das Mädchen war vor einigen Tagen in Khaerbaal gesehen worden, und die Feiern zum Tag der Herrin hatten sich als Mittel zum Zweck erwiesen, um sie ausfindig zu machen. Aber das Mädchen hatte es geschafft, Mbatu abzuhängen, und Kiva hatte sich gezwungen gesehen, die Stadt zu verlassen, weil sie nicht das Risiko hatte eingehen wollen, Andris an einen hoch bietenden Magier zu verlieren.

Tzigone stellte eine Komplikation dar, daran gab es nichts schönzureden, doch ihre Anwesenheit in Khaerbaal war auch eine Gelegenheit, die sich Kiva nicht entgehen lassen konnte. Drei Monde waren gekommen und verstrichen, seit sie zum letzten Mal etwas über das Mädchen gehört hatte, das sich ihr beständig entzog. Also hatte der Wemic den schlafenden Andris in Kivas Obhut gegeben, den Ohrring gegen ein identisches Teil ausgetauscht, das mit ihrer Kristallkugel verbunden war, und sich dann daran gemacht, Tzigone ausfindig zu machen.

Rubin und Kugel waren mächtige Werkzeuge, älter als die Zeit der Abrechnung. Angeblich hatte ein ilythiirischer Magier sie vor dem Zerbrechen des einen Landes geschaffen. Kiva hatten gründliche Nachforschungen angestellt, um die Behauptungen des Abenteurers zu prüfen, der ihr die Kugel verkauft hatte. Als sie sicher war, daß der Mann die Wahrheit sprach, hatte sie ihm die Kostbarkeit abgekauft – und ihn dann umgebracht. Heute nannte man die Ilythiirianer bei einem anderen Namen: Dunkelelfen. Diese dunklen Elfen riefen soviel Angst und Schrekken hervor, daß Kiva niemanden – weder Elfe noch Mensch – kannte, der bereit war, ein Artefakt zu benutzen, das sie geschaffen hatten, nicht einmal dann, wenn es sich um das mächtigste Objekt seiner Art handelte, dem Kiva in zwei Jahrhunderten begegnet war, die sie dem Studium solcher Schätze gewidmet hatte.

Doch aller Macht zum Trotz ließ die Kristallkugel kein Zeichen des eigensinnigen Mädchens erkennen. Kiva unterdrückte Wut und Frustration, während sie durch Mbatus Augen sah, ohne dessen Beute sehen zu können. Ihre Enttäuschung hatte sich in Faszination verändert, als Matteo zwischen den Wemic und die Flüchtige getreten war. Ein Jordain war verpflichtet, dem Gesetz zu dienen, doch Matteo hatte seine Zukunft aufs Spiel gestellt, um sich vor ein unbekanntes Mädchen zu stellen, damit es vor der persönlichen Wache einer Bluthündin sicher war. Kiva bemerkte die Mischung aus Ritterlichkeit und Zorn, die die uncharakteristische Reaktion des Jordain ausgelöst hatte. Damit hatten sich ihre Pläne für den jungen Matteo plötzlich geändert.

Sie sah zu, wie das junge Paar gemeinsam floh, und behielt Tzigone auf dem Umweg über Matteos verärgerte Reaktionen auf die nicht zu sehenden Handlungen und die nicht zu hörenden Worte des Mädchens im Auge. Die Abschirmung des Mädchens gegen magische Ermittlungen war vollkommen –sogar noch stärker als die der Jordaini, die sich durch ihre magische Widerstandskraft auszeichneten.

Das Mädchen wäre eine der stärksten Jordaini in der Geschichte Halruaas gewesen, wenn sie den Regeln entsprechend aufgezogen worden wäre. Eine solche Verschwendung – all die sorgfältigen Tests und die minutiösen Aufzeichnungen, die die Ehe zwischen zwei Magiern ermöglicht hatten, ganz zu schweigen von den Zaubertränken, die der Frau jahrelang verabreicht worden waren. Wer hätte ahnen sollen, daß Keturah den Aufzuchtprozeß unterbrechen und die Dinge selbst in die Hand nehmen würde?

Kiva mußte eingestehen, daß die Initiative der Frau sie überrascht hatte. Es stimmte, daß Keturah schon immer ein willensstarkes Mädchen gewesen war, doch die Menschen Halruaas waren selten zu einer so offen Rebellion fähig. Leben und Verstand wurden von Gesetzen, Regeln, Bräuchen und Magie bestimmt und eingeschränkt.

Immer wieder Magie, sagte Kiva sich. Dafür konnte sie viel ertragen. Sie konnte fast zwanzig Jahre Ausbildung in ihren Schulen beiseite wischen, die forschende Hände ihrer Gefährten, die Idiotie der Regeln. Was bedeuteten solche Dinge schon einer Elfe, die Geburt und Tod von drei Jahrhunderten miterlebt hatte? Wenn es noch einmal dreihundert Jahre dauern sollte, würde sie die Magie Halruaas benutzen, um sich zu nehmen, was ihr gehörte - und Matteo würde ihr helfen, dieses Ziel zu erreichen. Dessen war sich Kiva sicher. Er besaß das Geschick, einen kampferfahrenen Wemic zu besiegen, und ihm war die Unabhängigkeit zu eigen, sich mit einem scheinbaren Straßenbalg anzufreunden. Natürlich würde sich diese Toleranz wie Tau in der Morgensonne verflüchtigen, wenn er herausfand, daß dieses Mädchen mit Magie so sorglos umging wie eine plattfüßige Bedienung in einer Taverne, die Suppe verschüttete, ohne sich daran zu stören.

Doch dieses Wissen konnte Matteo durchaus noch lange verborgen bleiben. Kiva hatte erfahren müssen, daß Tzigone ihre Geheimnisse gut vor anderen verbergen konnte.

Sie beugte sich über die Kristallkugel. Matteo ritt zum Nordtor. Sie betrachtete aufmerksam seine Haltung und seine Position auf dem Sattel, um zum Schluß zu kommen, daß er allein ritt.

Die Bluthündin bewegte eine Hand über die Kugel, um das Bild verschwinden zu lassen, dann stand sie auf. Sie ging zum

Bett und beugte sich über ihren Gefangenen, schob die Lider seiner braun-grünen Augen zurück und blickte tief hinein, um sicher zu sein, daß sein Schlaf fest und tief war.

Sie wirkten rasch einen Zauber, der sie in die stille Straße bringen würde, in der Mbatu schlafend auf dem Pflaster lag. Vor Ort nahm sie aus ihrem Beutel eine kleines Quadrat aus schwarzer Seide, das sie so viele Male aufklappte, bis es ein Vielfaches seiner ursprünglichen Größe erreicht hatte, und legte es dann über den Wemic. Der zarte Schleier sank zu Boden und paßte sich an Mbatus Statur an, dann sank es plötzlich weiter, bis es platt auf dem Kopfsteinpflaster lag.

Kiva nahm das Tuch, hielt es hoch, wirbelte es im Kreis und ließ es dann los. Die dünne Seide knisterte leise, als sie um sie herum zu Boden glitt. Dann fühlte sie das rasche, heftige Ziehen der Magie, die sie zurückbrachte in ihr gemietetes Zimmer. Im letzten Moment griff sie geübt nach der Ecke des Portals und nahm das kostbare Objekt mit.

Sie warf das seidene Portal weg und schritt zu dem verschlossenen Kästchen, das sie auf dem Nachttisch zurückgelassen hatte. Mbatu würde die Seide später zusammenfalten, wenn er sich von Tzigones Zauber und der noch bevorstehenden magischen Inquisition erholt hatte.

Kiva nahm einen kleinen Stab aus dem Kästchen, nicht das verzierte, mit Edelsteinen besetzte Spielzeug, das sie benutzt hatte, um die Jordaini und ihre Meister zu verwirren, sondern das tatsächliche Werkzeug ihres Amtes. Der Stab war schmal und silbern, aber er war nicht aus Metall, das man dem Boden und dem Gestein entrissen hatte, sondern war ein eingefangener Blitz, pure Energie, die eine feste Form erhalten hatte. Sie kannte nichts anderes, das Magie so gut leitete – nicht Wasser, nicht Bernstein, nicht einmal Mondstein. Wenn es in einem Lebewesen auch nur eine Spur von Magie gab, würde sie es erfahren. Der Stab konnte auch andere nützliche, wichtige Dinge ans Tageslicht bringen, aber dafür benutzte Kiva ihn nur selten.

Blitze waren nie leicht zu bändigen, und der Prozeß war für die Bluthündin so schmerzhaft wie informativ.

Sie führte den Zauber zu Ende, der den Wemic aus Tzigones Fängen befreite. Mbatu reckte und streckte sich schmerzerfüllt. Er öffnete die bernsteinfarbenen Augen, dann kniff er sie zusammen, um den Stab in Kivas Hand scharf sehen zu können.

„Hat die Kristallkugel nicht funktioniert?" fragte er mit verschlafener, rauher Stimme.

„Doch, aber ich muß mehr wissen. Ich muß alles wissen."

Der Wemic sah sie an. Er setzte sich auf, klappte die Vorderpfoten unter sich zusammen und benutzte seine humanoiden Arme, um sich abzustützen, damit er die bevorstehende Tortur besser ertrug. Es kam ihm gar nicht erst in den Sinn, zu fragen, ob die magische Inquisition wirklich nötig war. Wenn Kiva glaubte, die Sache sei es wert, den Schmerz zu ertragen, dann konnte er nicht anders darüber denken.

„Ich bin bereit", sagte er mit kräftigerer Stimme.

Die Bluthündin kniete sich vor ihm auf den Boden und streckte langsam die Hand aus, die den Stab hielt, bis die Spitze ganz sanft Mbatus Stirn berührte.

Sofort wurde sie von einem heftigen, lautlosen Wind mitgerissen, einem psychischen Taifun, der an ihrem Geist zerrte, an ihrer Identität, ihrer Seele. Es war keine Kleinigkeit, in den Geist eines anderen intelligenten Wesens einzudringen, auch nicht in den eines Freundes. Manche Bluthündin war nach dem ersten Versuch kreischend gestorben, da die geistige Gesundheit beim Eindringen ebenso fortgerissen werden konnte, wie es möglich war, daß ein Herz unter der Last zweier verschiedener Rhythmen zerplatzte, die sich weigerten, eins zu werden.

Doch Kiva war stark genug, und Mbatu ebenso. Der Augenblick des Schmerzes ging schnell vorüber, und sie fand rasch auf die vertrauten Pfade von Geist und Herz des Wemic. Einen Moment lang hielt sie inne und war wie eine Besucherin in einem wundervollen Tempel von der völligen Loyalität gefesselt, die sie dort vorfand. Es war eine Eigenschaft, die Kiva hoch einschätzte, aber nicht verstand.

Sie holte aus dem Geist ihres Freundes die Tavernenszene und unterdrückte ein Lächeln, als sie die respektlosen Bemerkungen hörte, die Mbatu von Tzigone aufgeschnappt hatte, ehe er losgestürmt war. Durch die Augen des Wemic sah sie, was auch Mbatu gesehen hatte, und bemerkte auch Details und Nebensächlichkeiten, die ihm gar nicht bewußt geworden waren. Sie sah Matteos Gesicht, als er aufsprang und den Tisch umwarf. Dabei erkannte sie auch die Saat der Rebellion in den wilden schwarzen Augen des jungen Jordain. Als die Vision vorüber war, wußte Kiva, daß sie sich richtig entschieden hatte.

Langsam und behutsam löste sie die magischen Verbindung, die sie mit Mbatu einte. Der Wemic betrachtete sie mit schmerzerfülltem, aber in keiner Weise vorwurfsvollem Blick.

„Den wirst du auch haben wollen, schätze ich? Er kämpft gut", fügte Mbatu ironisch an.

„Matteo wird noch früh genug für mich kämpfen", stimmte sie ihm zu. „Derzeit habe ich anderes mit ihm vor. Sein Weg wird den des Mädchens wahrscheinlich schon recht bald wieder kreuzen. Das können wir nutzen und fördern. Wenn die Zeit gekommen ist, können wir beide erwischen, wenn sie nichts ahnen."

Mbatu schnaubte. „Die Jordaini können wenig mit Frauen anfangen. Laß ein paar Monate verstreichen, und es wird ihn nicht mehr interessieren, ob Keturahs Tochter lebt oder stirbt."

„Das kann ich ändern."

Der Wemic deutete das plötzliche Strahlen in Kivas Augen falsch. „Ist das klug? Tändelei mit einem studierenden Jordain wird man nicht gern sehen, auch bei jemanden, der so weit oben ist wie du. Vielleicht gerade bei dir nicht. Bluthündinnen und Jordaini passen nicht zusammen. Persönliche Einmischung kann die Klarheit und Reinheit deines Urteils trüben und der Sache Azuths einen schlechten Dienst leisten", zitierte er.

Sie mußten bei diesem Gedanken beide lachen. Ihre Einmischung war zutiefst persönlich, und ihre Urteile hatten nur wenig mit Azuth zu tun.

Kiva wurde als erste wieder ernst und erklärte Mbatu ihren Plan. „Kannst du dich um das Pferd kümmern, sobald wir Matteo haben? Kannst du dafür sorgen, daß es zum Jordaini-Kolleg zurückkehrt?"

„Das werde ich", knurrte Mbatu. „Dieser Bastard hat ein schwarzes Herz."

„Gut. Der Mond nimmt ab, in drei Tagen ist Neumond. Dann wird das Läuterungsritual vollzogen. Wir müssen Matteo solange festhalten, damit er den Unterschied nicht merkt."

„Glaubst du wirklich, er wird nicht merken, ob das Ritual vollzogen wurde oder nicht? Menschen werden nicht einfach zu Eunuchen!"

„Die Jordaini wissen nicht, was sie erwartet. Was er nicht weiß, kann er nicht fürchten. Die Studenten werden allein und unter einer Kapuze verborgen zum Ritual gebracht. Der Magier, der das Ritual vornimmt, weiß nicht, wer unter sein Messer kommt. Wenn es erledigt ist, werden die Jordaini zur Verschwiegenheit verpflichtet und isoliert, bis sie sich erholt haben. Es wird eine Kleinigkeit sein, einen Gemeinen zu finden, der Matteos Platz einnimmt, vor allem, wenn der Mann dabei gesehen wird, wie er auf Matteos Pferd zum Komplex geritten kommt."

„Die Meister des Hauses Jordain werden sich nicht so leicht zum Narren halten lassen. Sie werden das niemals gestatten!" warf der Wemic ein.

Kiva lächelte. „Du wärst erstaunt, was die Jordaini alles gestatten. Die Wahrheit ist bemerkenswert wankelmütig. Geh nun und tu deinen Teil."

Sie verließen das Zimmer im Turm. Mbatu machte sich außerhalb der Stadtmauern auf die Suche nach einem jungen Mann, der beim Ritual der Läuterung Matteos Platz einnehmen würde, jemandem, der flüchtig betrachtet als Jordain durchgehen würde. Kivas Aufgabe war leichter. Sie mußte dem Hauptmann der örtlichen Miliz nur ihren Verdacht melden. Tzigone trug nie ein Schwert und auch sonst recht wenig bei sich. Sie wußte, daß sich magische Gegenstände aufspüren ließen, daher trennte sie sich häufig von ihren Habseligkeiten. Doch Kiva war bereit, eine Wette darauf abzuschließen, daß die junge Diebin ein so edles Schwert nicht weggeben würde. Es befand sich zweifellos noch in Matteos Besitz.

Kiva fand recht schnell einen Trupp der örtlichen Miliz. Der Hauptmann hörte sich die Meldung der Bluthündin an und schickte einen Trupp zum nordwestlichen Tor, der Matteo verfolgen sollte.

Zufrieden ritt Kiva zu einem kleinen Gut außerhalb der Stadt und ließ sich nieder, um auf Mbatu zu warten. Sie war sicher, daß der Wemic schon bald mit Matteos Hengst und – noch viel wichtiger – dessen Ersatzmann eintreffen würde.

SIEBTES KAPITEL

Ein Gefühl des Unbehagens verfolgte Tzigone auf dem Weg zum Behirnest. Während die Sonne gen Westen wanderte, füllten sich die Straßen allmählich wieder mit Leben. Sie bewegte sich durch die Menge und achtete weniger als sonst auf ihre Umgebung.

Solche Schwächen war oft tödlich, immer aber gefährlich. Furcht und Unachtsamkeit schienen Jäger auf die gleiche Weise anzulocken wie auf eine Blutspur im Wasser Haie. Aus dem Augenwinkel heraus sah Tzigone, daß ein Straßenbalg ihr folgte. Er ging einige Schritte hinter ihr und hielt sich aus ihrem normalen Gesichtsfeld.

Einen Moment lang schnürte sich Tzigones Kehle zu. Das Kind mit den tiefliegenden Augen erinnerte sie an ihre frühen Jahre, es war ein Spiegel dessen, was aus ihr geworden war. Doch das hielt sie nicht davon ab, die schmale, forschende Hand zu packen, die nach ihrem Beutel griff.

Tzigone wirbelte den Jungen herum und schleuderte ihn gegen die Rückwand eines Putzmachergeschäfts. Erst als sie ihn fest an die Wand drückte, wurde ihr bewußt, daß der Junge genauso groß und vermutlich fast so kräftig war wie sie. Doch diese Erkenntnis änderte nichts an ihren Absichten.

Sie drehte seine schmutzige Hand mit der Innenfläche nach oben und legte eine Münze hinein, einen von etlichen Skie, die die Haut der Sternschlange ihr eingebracht hatte.

„Du brauchst noch einige Lektionen", zischte sie. „Gwillon drüben in der Unteren Straße sucht noch einen Schüler. Gib ihm das und erwähne meinen Namen... "

Sie mußte einen Moment nachdenken, ehe sie sich an den Namen des stehlenden Kinds erinnerte, das sie einst gewesen war. „Sag ihm, Sindra hätte gesagt, du könntest es zu was bringen."

Der Junge betrachtete die Münze, dann sah er Tzigone ungläubig an. Dieser Skie war womöglich ein größerer Reichtum, als er in fünf Monaten würde zusammentragen können, doch der Name war für ihn viel wertvoller. Gwillon war ein meisterlicher Taschendieb und eine Legende in den Schatten der Stadt. Der Mann wurde allmählich alt, aber seine Ausbildung mochte genügen, um diesen Jungen am Leben zu halten. Recht wurde in Halruaa schnell gesprochen, und nur wenige Diebe wurden ein zweites Mal gefaßt. Sie hatte dem Jungen eine seltene zweite Chance gegeben, und das wußte er.

Der Junge schloß die Hand um die Münze, die sein Lehrgeld sein würde, und lief Richtung Untere Straße davon. Tzigone nickte und ging durch die Gasse weiter zu dem Geschäft, in dem sie zur Zeit arbeitete.

Glocken ließen eine Melodie erklingen, als sie die Tür öffnete. Tzigone sah nach oben und staunte abermals darüber, daß man etwas so Schönes aus den Abfällen herstellen konnte, die ein Metzger streunenden Hunden hinwarf. Behirknochen. Wer würde beim Anblick eines so häßlichen Geschöpfs schon glauben, daß solche Schönheit in ihm verborgen war?

Halruaaner gaben sich nie damit zufrieden, ein Geschöpf so zu belassen, wie die Natur es vorgesehen hatte. Behire waren dabei ein ganz besonderes Ziel ihrer Zuchtprogramme. Miniaturausgaben in verschiedenen Größen wurden gezüchtet, um als Grabenwächter oder auch exotische Haustiere zu dienen. Doch wie Schweine und Dichter heimsten sie das größte Lob erst nach dem Tod ein. Ihr Hauptzweck war, Komponenten für Zauber zu liefern.

Es schien, als sei wirklich alles an einem Behir für irgend etwas gut. Die langen, schlanken Hörner, die vom Kopf nach hinten wiesen, wurden zu Pulver zermahlen und der Tinte beigemischt, mit der Zauberschriftrollen für die diversen Blitzzauber niedergeschrieben wurden. Krallen und Herz wurden zu Tinte verarbeitet, mit der man Zauber schreiben konnte, die vor Giften schützten. Selbst die weltlichen Verwendungsmöglichkeiten ihrer Exkremente waren unglaublich. Ihre Knochen waren kristallin und wurden für feinste Schnitzarbeiten benutzt. Wie musikalische Geister sangen die Behirknochen an den Türen und Fenstern in den halruaanischen Heimen noch lange, nachdem das Fleisch, das sie einst getragen hatten, nichts weiter war als eine verblassende Erinnerung. Ihre Zähne jedoch fanden die kreativste Verwendung. Sie waren durchscheinend und bunt, wobei sie oft die Färbung und das Funkeln von Edelsteinen imitierten und es mit ihnen aufnehmen konnten.

Tzigone schlich leise zu einer großen, seltsam geformten Holzkiste, die auf einem dreibeinigen Ständer ruhte. Es war ein Musikinstrument, eine ganz besondere Kreation Justins, des Kunsthandwerkers, dem das Geschäft gehörte. In der Kiste befanden sich Saiten aus Behirdarm und Elektrumdraht, am breiten Ende der Kiste fand sich eine Reihe von hübschen Elfenbeintasten. Wenn man eine dieser Tasten drückte, sorgte eine komplexe Reihe von Hebeln dafür, dass ein geschwungener Fangzahn so weit angehoben wurde, bis er die Saite anriß. Je nach Instrument, an das sich der Musiker erinnerte, unterschied sich der Ton erheblich. In der ganzen Stadt waren diese Instrumente gefragt, und Justin baute soeben am nächsten. Tzigone hatte er den Rücken zugewandt, seine Aufmerksamkeit galt seiner Arbeit.

Sie wählte einen Ton aus und schlug die Taste an, die mit der untersten, dicksten Saite verbunden war. Der Reißzahn des Behirs schoß hoch, und der Elektrumfaden vibrierte. Ein tiefer, volltönender Klang machte sich im Raum breit – es war kein Musikinstrument, sondern das Grollen eines Wemic.

Justin machte einen Satz und wirbelte herum. Sein wütender Blick schmolz zu einem widerwilligen Lächeln, als er Tzigones gutgelaunten Gesichtsausdruck sah.

„Witzig", räumte er ein. „Aber du solltest daran denken, Junge, daß es nicht jedem gefällt, Opfer deines Schabernacks zu sein. Mach so weiter, und es wird dir früher oder später Kummer bereiten."

Tzigone hatte früh gelernt, daß es geringfügig besser war, die Leute glauben zu lassen, sie sei ein Junge, keine junge Frau, die ganz auf sich gestellt war. „Was kann ich heute tun?"

„Die Behire müssen gefüttert werden. Es gibt auch noch einen Wurf junger Behire aufzuzeichnen. Drei Stück an der Zahl, alles feine Tiere. Ethans Brut, Nachkommen der Blauen Bess."

Sie folgte ihm nach hinten, wo die Geschöpfe in einer Reihe langer, schmaler Becken untergebracht waren. Drei neue Behire, keiner größer als eine Katze, aalten sich auf den sonnenbeschienenen Steinen. Sie hatten alle die weichen Schuppen in der Farbe hellen Topas', die Justin bevorzugte, und jeder von ihnen hatte sechs Beine. Vor ihrer Reife würden sie noch drei oder vier weitere Beinpaare bekommen. Auch die Hörner mußten ihnen erst noch wachsen, und von ihrer Länge und Größe abgesehen erinnerte ihr Aussehen sehr an himmelblaue Krokodile.

Justin sah zu, wie Tzigone Fisch und Aale kleinhackte. Sie schnalzte mit der Zunge, und die kleinen Monster kamen zu ihr geeilt wie wohlerzogene Hunde und drückten sich an die Wand, als sie ihnen das Fressen zuwarf. Die Babys mußten fast aus der Hand fressen, was für jeden eine ausgesprochen gefährliche Aufgabe war, dessen Finger nicht so flink waren wie die von Tzigone. Die Zähne der Jungen, die bereits edelsteinfarben und spitz wie Nadeln waren, blitzten auf, während sie fraßen.

Der Baumeister nickte zustimmend. „Du hast mit den Tieren eine sichere, schnelle Hand. Ich könnte einen Schülern brauchen, vor allem, wenn es ans Schlachten geht. Das Sammeln und der Umgang mit Zauberkomponenten kann knifflig sein. Bist du je auf Magie getestet worden?"

Es war eine rhetorische Frage. Jedes Kind in Halruaa wurde vor dem fünften Geburtstag zum ersten Mal auf Magie getestet, und später wurden diese Tests häufig wiederholt, bis über das Talent und damit über das Schicksal entschieden wurde. Tzigone hatte den förmlichen Verlauf umgangen und alles erlernt, was sie brauchte oder was ihr gefiel.

„Ich besitze weniger Magie als ein Stein", log sie in bedauerndem Tonfall.

„Oh." Justin wirkte enttäuscht – und als sei ihm etwas unangenehm. Es war nicht gerade unehrenhaft, wenn es einem in Halruaa an magischem Talent fehlte, doch außer im Fall der Jordaini war es auch keine Ehre. „Tja, irgend jemand muß die Suppe kochen", sagte er versöhnlich und verfiel auf ein vertrautes Sprichwort.

Tzigone biß die Zähne zusammen und zwang sich zu einem Lächeln. Sie haßte Sprichwörter, und nichts ärgerte sie mehr, als Leute, die so faul oder phantasielos waren, daß sie ihre Worte nur auf ausgetretenen Pfaden wandern ließen. Jordaini waren dabei die Schlimmsten, und ausgerechnet sie stand jetzt in der Schuld eines Vertreters dieser Brut.

Tzigone zuckte die Achseln. Es konnte sein, daß morgen alles viel schlimmer war.

Nachdem sie alle Behire gefüttert hatte, ging sie ins Hinterzimmer, um die Geburten zu notieren. Ihr Herz schlug schneller, als sie den schweren Folianten aus dem Regal zog und pochte wie die Kriegstrommel der wilden Elfen, während sie die komplexen Stammbäume durchsuchte.

Genealogie spielte ein Halruaa eine wichtige Rolle. Die Aufzeichnungen wurden mit großer Sorgfalt in Büchern vorgenommen, die voller komplizierter Linien und Muster waren. Tzigone war entschlossen, die Bedeutung der Kennzeichnungen zu erlernen. Das war auch der Grund, warum sie ihre Finger für Justins Behire riskierte. Sich um Behire zu kümmern, war eine

Aufgabe, die nur wenige übernehmen wollten. Daher war er zufrieden gewesen, sie zu bekommen, und hatte sie in die wenigen Dinge eingeweiht, die sie wissen mußte, um seine Aufzeichnungen fortzuführen. Den Rest würde sie sich selbst beibringen.

Als das Licht, das durch das einzige kleine Fenster fiel, schwächer zu werden und ihre Augen bei dem Bemühen zu tränen begannen, die winzigen Markierungen zu entziffern, verließ Tzigone das Hinterzimmer, um sich ihrer nächsten Lektion zu widmen, die eng mit ihrem Studium der Herkunft der Behire zusammenhing.

In jedem Dorf und jedem Stadtviertel gab es einen Ehestifter. Bei ihnen handelte es sich um niedere Magi der Schule der Erkenntniszauberer, und mit Hilfe der Geburtsaufzeichnungen in ihrem Register konnten sie weit genug in die Zukunft sehen, um zu entscheiden, wer wen heiraten sollte.

Da Ehestifter mit einer Frau anfingen, für die sie den passenden Mann suchten, mußte Tzigone ihr Erscheinungsbild verändern, bevor sie sich ihnen präsentierte. Zwei farbenfrohe Schals, die fast schon trocken waren, als sie sie von einer Wäscheleine stahl, würden ihr bei der Verwandlung helfen. Einen Schal legte sie sich um die Taille, damit er die Funktion eines Rocks erfüllte, während sie den anderen über dem Leinenhemd trug. Doch zunächst mußte sie an einem öffentlichen Brunnen haltmachen und Gesicht und Arme schrubben. Ein wenig Dreck war zwar nützlich, um sie mehr nach einem Straßenbelag aussehen zu lassen, doch paßte er nicht zum Bild einer begehrenswerten, heiratsfähigen jungen Frau, das sie vermitteln wollte.

Der Diebstahl und die Täuschung belasteten ihr Gewissen kaum. Solange sie zurückdenken konnte, hatte sie auf der Straße gelebt und hatte bereist früh gelernt, wie man überlebt. Aber noch grundlegender als das war der Zigeunercode, den dieses Leben in Geist und Seele eingebrannt hatte. Sie hatte keine Besitzempfinden, jedenfalls nicht in dem Maß wie der größte Teil der Halruaaner. Besitz war für sie nicht heilig, sondern vergänglich. Eine Münze war schnell für etwas hergegeben, das sie lieber haben wollte, zum Beispiel eine warme Mahlzeit oder ein paar Stiefel, gut eingelaufen und nicht zu ramponiert. Sie gab so schnell, wie sie nahm, und so hielten es die meisten, die lebten wie sie. Die Schals, die sie jetzt um ihren schlanken Leib gewickelt hatte, würden morgen vielleicht schon das Gesicht eines Kleinkinds vor der Sonne schützen oder – wenn auch nur vorübergehend – die Eitelkeit irgendeiner alten Koketten wiedererwecken. Nach Tzigones Meinung funktionierte das gut. Nichts, was aus Holz, Stoff oder Metall bestand, war so wichtig, daß es das Aufhebens rechtfertigte, das die Leute darum machten.

Sie hatte sich gerade fertiggemacht, als eine Wasserfontäne auf sie zuschoß. Sie machte zwar einen Satz nach hinten, doch das Wasser traf die geborgten Stoffe und tränkte sie so sehr, daß sie auf ihren Beinen klebten.

Sie sah hoch und entdeckte ein vertrautes dunkles Gesicht, das von einem langen, gewachsten schwarzen Schnäuzer und einem spöttischen Grinsen belebt wurde. Gio war ein reisender Schausteller und das, was für sie einem Familienmitglied am nächsten kam, woran sie sich erinnern konnte, wenn sie wach war. Lachfältchen rahmten die Augen des Mannes ein, und auch wenn er die Mitte seines Lebens überschritten hatte, war er immer noch ein Kind, das gerne spielte und dessen Streiche bei denen Lachen auslöste und Kindheitserinnerungen weckte, die solche Dinge schon lange vergessen hatten. Das hatte etwas Magisches an sich, und Tzigone hatte die Jahre genossen, die sie mit Gio und seinem Partner auf Reisen verbrachte.

Sie lachte und spritzte ihn ihrerseits naß. „Immer noch in der Stadt, Gio? Ich dachte, du wolltest mit Viente nach Sulazir weiterziehen. War das nicht der Plan?"

Er legte eine Hand auf die Brust und tat so, als wäre er soeben zutiefst beleidigt worden. „Der Plan? Seit wann hat die Truppe Gioviente einen Plan? Sind wir Kaufleute oder Gemüsebauern, daß wir unsere Tage auf so jämmerliche Weise einteilen müssen?"

„Ich werde dich nicht beleidigen, indem ich mich entschuldige. Für solche Worte sollte ich mir die Zunge herausschneiden und sie den Raben zum Fraß vorwerfen!" sagte sie und legte den Handrücken auf ihre Stirn, um seine extravagante Darbietung nachzuahmen.

Gio störte sich nicht an dem milden Spott. „Sulazir ist so lange ohne Gioviente ausgekommen, da werden ein paar Tage mehr oder weniger auch nichts ändern."

Tzigone formulierte ihre Frage um, um ihm einen Information zu entlocken. „Was hat dich hier gehalten?"

Gio sah zum Himmel und drohte mit der Faust einer unsichtbaren Macht. „Carmelo ist das ‚was', und ich verfluche den Tag, an dem ich mich dieses Jungen angenommen habe. Er schlägt immer über die Stränge und bringt uns alle vor die Inquisition. Wir sind sauber, wie du weißt, aber einer von uns mußte wegen Unruhestiftung einige Zeit in der Zelle verbringen. Er war dran."

Tzigone verzog den Mund. Es machte Gio nichts aus, seine Freunde im Gefängnis zu besuchen und den gelangweilten Wachen ein paar Tricks vorzuführen, aber wenn es daran ging, eine öffentliche Schuld zu begleichen, traf es immer einen der anderen. Sie selbst hatte auch schon einige Zeit in verschiedenen feuchten, vergitterten Räumen zugebracht.

Die Unterhaltungen, die die Schausteller darboten, war nicht wirklich illegal, aber irgend jemand behauptete immer wieder mal, ihre Behauptung, ihre Tricks und Illusionen entstünden ganz ohne Einsatz von Magie, entspräche nicht den Tatsachen. Magie war in Halruaa eine vertraute Größe, und wenngleich Tzigone nicht gerade sagen wollte, ihre Landsleute hätten die Kunst des Staunens verlernt, schienen sie auf alles beeindruckt und skeptisch zugleich zu reagieren, was ohne den Einsatz von

Magie erreicht wurde. Betrug mußte bewiesen werden, und wenn der Vorwurf erst einmal ausgesprochen worden war, brachte man die ganze Truppe weg, damit der örtliche Bluthund eine Inquisition vornahm. Tzigone war dabei natürlich immer als vollkommen magisch tot erschienen – eine Tatsache, die ihre Vertrauen in Magier in keiner Weise bestärken konnte.

Magier verfolgten seit Jahren jeden ihre Schritte, legten Fallen und heckten Hinterhalte aus. Nichts, was sie bislang gegen sie hatten vorbringen können, war von Bestand gewesen. Es war ein schlechter Augenblick für sie gewesen, als sie um ein Haar den Ohrring des Wemic an sich genommen hätte. Doch da war dieses eindringliche Gefühl gewesen, es wäre ein schwerer Fehler, den Edelstein zu berühren. Zum Glück reagierte sie genauso empfindlich auf Magie, wie sie gegen ihre Auswirkungen immun war.

„Und wie geht es Carmelo?" fragte sie rasch, weil sie an angenehmere Dinge denken wollte.

„Alles in allem erträglich. Morgen ist sein letzter Tag in der Zelle, und der wird schnell vorbeigehen. Sie haben in der Zelle gegenüber gerade einen Jordain untergebracht, und du kennst ja Carmelo. Er hat aus dem Mann jede Geschichte und jedes Lied herausgeholt, noch ehe der Tag um ist."

Sie wurde hellhörig. „Einen Jordain? Wie sieht er aus?"

Der Zigeuner zuckte die Achseln und spuckte auf die Straße. „Wie alle anderen, die mir begegnet sind. Allerdings sieht er besser aus als die meisten anderen. Dunkles Haar, weißes Gewand, beides ein wenig ramponiert. Sieht aus, als hätte sich die Miliz erst mal ihren Lohn verdient, ehe sie ihn in die Zelle steckten."

„Das bezweifele ich", sagte sie überzeugt. Matteo hatte schon ziemlich mitgenommen ausgesehen, als sich ihre Wege getrennt hatten, und wahrscheinlich war er noch in der gleichen Verfassung. „Falls wir denselben Mann meinen, dann würde er in die

Zelle gehen und sich selbst einsperren, wenn jemand auch nur andeuten würde, daß er gegen ein Gesetz verstoßen hat."

„Wenn er ein solcher Paladin ist, warum hat man ihn dann eingesperrt?" fragte Gio zu Recht.

Was das anging, hatte Tzigone eine recht gute Vorstellung. Es sah aus, als würde sich ihr die Chance bieten, ihre Schuld noch am selben Tag zu begleichen, an dem sie entstanden war. Sie dachte nach. „Wenn ich in diese Zelle kommen möchte, was muß ich dann machen?"

„Reinzukommen ist kein Problem, aber das Rauskommen bereitet mir immer Kopfzerbrechen", gab der Mann zurück. „Was hat dieser Jordain mit dir zu tun, Mädchen, daß du überhaupt so etwas Verrücktes von dir gibst?"

„Ich bin ihm etwas schuldig", antwortete sie.

Der Zigeuner nickte. Eigentum war eine Sache, die keiner von ihnen begriff, aber sie kannten den Wert dessen, was wirklich zählte. „Nun, dann habe ich genau das Richtige für dich. Du kannst noch auf Stelzen laufen?"

Sie schnaubte. „Wenn du mich beleidigen willst, dann nenn' mich einfach einen häßlichen Bastard, und dann ist es gut."

„Erst die schwersten Waffen", sagte er zustimmend. „Nicht die übliche Strategie, aber sie sollte es wohl sein. Könnte die Zeit verkürzen, die für den Kampf verschwendet wird."

„Du hast etwas von Stelzen gesagt?" fragte sie.

Gios Augen funkelten vor Schadenfreude. „Wenn du das Gesetz wärst und sähest an der Innenwand einer Zelle ein Paar Stelzen, was würdest du dann denken? Daß jemand auszubrechen versucht, genau. Aber eine Stelze? Darüber würde sich niemand Gedanken machen."

„Das würde ich selbst auch nicht", gab sie zurück. Sie konnte mit Hilfe von Gios Stange eine Mauer überspringen, und das sagte sie ihm auch.

„Ja, aber nicht mit dieser ", sagte Gio grinsend. Er nahm den Rucksack ab und zog ein Bündel seltsam geformter Stöcke heraus. „Zusammengesetzt bilden sie einen einzigen langen Stock", erklärte er und demonstrierte es.

„Wofür sind diese Kerben?"

„Für die Füße. Du kannst auf dem Stab balancieren und gleichzeitig nach oben klettern. Aber achte darauf, daß du dich von den Mauern fernhältst. Blitzschichten überziehen die Innenwände fast bis oben hin. Wenn du das Gleichgewicht verlierst und an die Wand kommst, wirst du wie ein Stück Speck brutzeln."

„Von den Mauern fernhalten? Und wie soll ich dann herauskommen?"

„Von dem Kirschnußbaum an der südlichen Mauer hängt Moos herunter. Es ist sehr robust und im Dämmerlicht schwer zu sehen. Du wirst es in den Baum geschafft haben, ehe eine der faulen Wachen etwas davon mitbekommt, was du eigentlich vorhast."

Tzigone betrachtete die Anordnung der Kerben und kam zu dem Schluß, daß es mit dem Gleichgewicht funktionieren konnte. Um sich gelenkig zu machen, beugte sie sich nach hinten, bis ihre Handflächen gleich hinter den Füßen den Boden berührten. Langsam verlagerte sie ihr Gewicht auf die Hände und hob die Beine an, dann ließ sie sie wieder herabsinken, um erneut einen engen Bogen zu bilden. Sie richtete sich auf und stand an genau der gleichen Stelle wie vor der Übung.

Gio nickte und reichte ihr ein Stück Stab. Sie nahm ihn und plazierte ihre Füße in der untersten Kerbe. Sie schwankte sekundenlang, dann hatte sie das Gleichgewicht gefunden und stellte fest, daß sie tatsächlich hinaufklettern konnte. Sie kletterte gut einen Meter achtzig nach oben, dann ließ sie die Stange kippen und hielt sie, während sie leichtfüßig auf den Boden sprang. Selbst wenn sie jemand dabei beobachtete, wie sie die diese Übung machte, würde sie bereits im Baum sein, ehe jemand erkannte, welche Absicht sie verfolgte.

„Das wird helfen", sagte sie dankbar.

„Es ist kein einfacher Trick, aber du läßt es so aussehen", sagte der Zigeuner bewundernd. „Es sieht aus, als klettertest du an einem Seil nach oben. Wenn du immer noch bei unserer Truppe wärst, würdest du uns so sicher eine Inquisition bescheren, wie die Sonne aufgeht."

Ein Gedanke schoß ihr durch den Kopf und sorgte für ein tiefe Falte auf ihrer Stirn. „A propos - das Klettern wird noch die leichteste Übung sein", murmelte sie.

Gio wirkte ein wenig beleidigt, als hätte sie sich abfällig über sein neuestes Spielzeug geäußert. „Weißt du vielleicht einen besseren Trick?"

„Ich meinte, daß es viel schwieriger werden wird, einen Jordain davon zu überzeugen, aus der Zelle auszubrechen."

Gio dachte darüber nach, dann legte er ihr mitfühlend die Hand auf Schulter. „Noch ein Wort von einem alten Freund?"

„Versuch gar nicht erst, mir zu sagen, daß er die Mühe nicht wert ist. Ich bin noch nie einem Jordain begegnet, bei dem das der Fall gewesen wäre."

„Ich würde nicht einmal im Traum daran denken, dich umzustimmen, da du dich schon längst entschieden hast", wandte Gio ein. „Tu mir nur einen Gefallen. Wenn man dich schnappt, dann versuch wenigstens, den Stab über die Mauer zu mir zu werfen. Ich würde ihn ungern verlieren."

„Besitzerstolz, Gio?" zog sie ihn auf.

Gio sah sie irritiert an. „Nur gesunder Menschenverstand. Es gibt in den Zellen niemanden, der wüßte, war er mit dem Ding anfangen sollte. Es wäre eine Schande, wenn er als Feuerholz endete."

ACHTES KAPITEL

Die Sonne stand tief über den Bergen, als Mbatu in das Haus zurückkehrte, das er mit Kiva teilte. Der Wemic hatte einen Bauern über die Schultern geworfen wie ein Jäger ein erlegtes Tier. Er verlagerte das Gewicht des Mannes und ließ ihn vor Kivas Füße fallen. Der Gefangene stöhnte, als er auf dem Boden aufschlug, und rollte sich zusammen.

Kiva konnte an dem Bauern keine Kampfspuren entdecken, aber sie hatte auch nichts derartiges erwartet. Mbatu war zu erfahren und klug, um seine Beute zu zeichnen, es sei denn zum Vergnügen.

Die Elfe betrachtete den Gefangenen nachdenklich. Er war jung und hatte in etwa Matteos Größe. Seine Muskeln waren von harter Arbeit gestählt, die Sonne hatte seine Haut gebräunt. Damit endeten aber auch die Ähnlichkeiten zwischen beiden. Das Gesicht des Bauern war schmerzverzerrt, aber selbst wenn dem nicht so war, würde er nicht sonderlich attraktiv aussehen. Seine Hände waren breit, die Finger dick, die Nägel waren eingerissen und schmutzig von der Erde. Sein Haar hatte eine ähnliche Farbe, doch es war struppiger als das des Jordains und nicht ganz so lang und glänzend. Die Dunkelheit würde solche Einzelheiten überdecken. Magie und einfache weltliche Erpressung würden den Rest erledigen.

„Wird man ihn vermissen?" wollte sie wissen.

Der Wemic zuckte die Achseln. „Nicht sehr. Er ist ein Tagelöhner auf den Feldern eines anderen. Solche Männer kommen und gehen mit der Ernte."

„Gut, dann laß es uns zu Ende bringen."

Kiva wirkte einen Zauber, um die Schmerzen des Mannes zu lindern und ihn gefügiger zu machen. Auf ihren Befehl hin entledigte sich der Bauer seiner groben Kleidung und zog statt dessen eine weiße Leinentunika und lange Gamaschen an, wie sie ein Jordain trug, der im Begriff war, sich dem Ritual der Läuterung zu unterwerfen.

Ihn auf Matteos schwarzen Hengst zu bekommen erwies sich als die weitaus mühseligere Aufgabe. Das Pferd wich aus, bockte und schnaubte, da es sich weigerte, den Bauern auf seinen Rücken zu lassen. Nicht einmal Kivas Magie konnte den Willen des Hengstes beugen.

Schließlich mußte die Bluthündin ihre Niederlage eingestehen und den Bauern auf einem einfacheren Tier losreiten lassen. Um den Hengst in seinen Stall zurück zu locken, ritt Kiva auf ihrem bevorzugten Wallach voraus, machte aber an einem Seil eine rossige Stute fest. Sie legte eine verschärftes Tempo vor und stellte zufrieden fest, daß der schwarze Hengst mehr als bereit war, mit ihnen Schritt zu halten.

Sie ritten bis ins Dorf am Rand von Haus Jordain, zu der schön anzusehenden Reihe von kleinen Häusern, in denen die Meister lebten. Kiva hatte Zephyrs Recherche gut genutzt, doch sie verfügte außerdem auch über eigene Quellen. Einer der Meister des Jordaini-Kollegs hatte allen Grund dazu, seine Geheimnisse ganz für sich zu bewahren.

Der Mann war nicht erfreut, sie zu sehen, doch er empfing sie mit der gebotenen Höflichkeit. Nachdem sie die üblichen ermüdenden Höflichkeitsfloskeln ausgetauscht hatten, sagte Kiva ihm, was sie vorhatte.

Die Augen des Meisters huschten zu dem jungen Ersatzmann, der draußen auf sie wartete. Er saß immer noch auf dem geborgten Pferd, und seine matten, verzauberten Augen starrten ins Leere.

„Bei allem Respekt, Herrin, aber ich muß protestieren. Vergessen wir für einen Augenblick die Ehre der Jordaini und die Gesetze dieses Landes", bat er. „Aber denkt doch an diesen jungen Mann, der nie Kinder wird zeugen können. Das ist ein schwerer Verlust. Die Männer und Frauen, die das Feld bestellen, sind von den kleinen Händen ihrer Kinder abhängig. Die Aufgaben, die die Kinder auf den Bauernhöfen erledigen, sind keine schweren Arbeiten und sie imitieren auch nicht einfach die Erwachsenen, sondern leisten einen wichtigen Beitrag in der Familie. Ein Bauer, dem es an kräftigen Kindern fehlt, gilt als armer Mann, und das völlig zu Recht!"

Die Bluthündin wischte alle Einwände mit einer ungeduldigen Handbewegung weg. „Haus Jordain ist unermeßlich reich, allen Beteuerungen von persönlicher Armut zum Trotz. Wenn ihr so besorgt um diesen Bauern seid - entschädigt ihn. Er wird keine Kinder haben. Gut, ein Esel und ein Milchmädchen werden die Lücke schließen."

„Aber was ist mit seiner Frau?" fragte der Mann leise. „Wenn Ihr je den Wunsch verspürt habt, ein Kind in den Armen zu halten, dann könnt Ihr nicht einmal von einer unbekannten Frau verlangen, dass sie diese Leere erdulden muß."

Zorn ließ die goldenen Augen der Elfe aufflammen, wich dann aber einem völligen Fehlen jeglicher Gefühle, das noch erschreckender war als ihre plötzliche Wut.

Doch der Alte ließ nicht locker. „Was ist mit Matteo? Ihr seid eine Dienerin Azuths. Ihr kennt die verborgenen Geheimnisse des Landes. Er kann nicht vom Ritual ausgenommen werden. Ich muß Euch wohl nicht erinnern, was geschehen kann, wenn Jordaini Nachwuchs zeugen."

Als Reaktion darauf gab sie ihm einen kleinen, juwelenbesetzten Gegenstand. Es war nicht größer als der Nagel ihres kleinen Fingers und entpuppte sich als winzige, mit Schuppen in den Farben von Topas und Granat besetzte Kapsel, die von Magie erfüllt war. Es war das Zeichen der Königin, und Urteil und Erlaß zugleich war.

„Ich habe meine Befehle", sagte Kiva. „Und nun hast du deine."

Der Mann betrachtete die juwelenbesetzte Pille, aber nicht, um ihre Schönheit zu bewundern. Schließlich schluckte er sie in dem Wissen, daß es seinen Tod bedeutete, wenn er über das sprach, was an diesem Tag geschehen war.

„Kommt ", sagte er rauh. „Bringen wir diese Farce hinter uns."

Kiva schüttelte den Kopf. „Ich muß in geschäftlicher Angelegenheit in die Stadt zurückkehren. Ihr könnt das wohl selbst übernehmen. Eins noch. Ich habe einen schwarzen Hengst draußen, Matteos bevorzugtes Reittier. Nehmt ihn mit, um die Täuschung perfekt zu machen. Ihr könnt meine Stute für einige Monde in Euren Stallungen unterbringen und das Fohlen behalten, das der Hengst ihr zweifellos beschert hat, während wir uns hier unterhielten", sagte sie großzügig. „Das Fohlen dürfte recht kostbar sein und eine Art Entschädigung darstellen."

„Entschädigung wofür?" gab der Mann mißgelaunt zurück. „Meine Ehre? Die Fruchtbarkeit dieses Mannes? Oder Matteos Leben? Wo ist er? Was ist mit ihm?"

„Das ist genau die Angelegenheit, um die ich mich kümmern muß. Ihr müßt wissen, daß Matteo in der Stadt inhaftiert worden ist. Irgendeine Unannehmlichkeit im Zusammenhang mit einem Jordain namens Themo, glaube ich. Eine Kneipenschlägerei mit unangenehmen Folgen", sagte sie und tischte dem Meister eine halbe Lüge auf, die er fraglos schlucken würde.

Dieser seufzte. „Könnt Ihr ihn zurückbringen? Was hat es mit dieser ‚Unannehmlichkeit' auf sich? Könnt Ihr das regeln?"

„Natürlich. Allerdings wäre es am besten, wenn Euer Student nichts von dem erführe, was wir besprochen haben."

„Es ist unwahrscheinlich, daß er irgend etwas darüber erfährt. Den Jordaini wird zwar vom Ritual der Läuterung erzählt, aber die meisten glauben, es sei nichts weiter als eine Zeit der einsamen Meditation. Danach werden sie zur Verschwiegenheit verpflichtet, und bislang hat auch niemand diesen Eid gebrochen.

Und", betonte er, „bislang hat auch noch niemand ein Kind gezeugt oder zur Welt gebracht, vor dem sich das ganze Land fürchten müßte. Denkt gründlich über das nach, was Ihr tut."

Kiva verzog den Mund. „Versuche nicht, den moralisch Überlegenen zu spielen. Du wüßtest nicht einmal, was Moral ist, wenn du darüber läsest. Wie kannst du es da wagen, mir Vorhaltungen zu machen? Dir wäre es doch lieber, wenn dein eigener Sohn kastriert würde, bevor einem Bauern etwas zustößt, dessen Namen du niemals wissen mußt."

Der Magier wurde blaß. „Die Elternschaft eines Jordain ist eine geheime Angelegenheit, über die niemals offen gesprochen wird."

„Dann tut, was ich Euch sage, und wir werden niemals darüber sprechen müssen", gab Kiva platt zurück. „Matteo muß nie erfahren, was unternommen wurde, um seine beeindruckenden Talente und seine hohen Status zu wahren. Ich sah, wie er den Tod seines Freundes aufnahm. Wie würde er die Wahrheit über seine Mutter aufnehmen? Wie über den Mann denken, der darin verwickelt ist?"

Einen Moment lang herrschte Stille, dann sagte der Mann mit erstickter Stimme: „Geht. Es wird wie immer alles so gemacht, wie Ihr es sagt."

* * *

Matteo ließ sich gegen die kalte Wand sinken und starrte durch das einzige Fenster in der Zellentür, während er zu erfassen versuchte, was alles geschehen war. Andris war tot. Mystra allein wußte, was aus Themo geworden war. Und er, Matteo, saß in Haft, weil man ihm vorwarf, eine Waffe mit sich zu führen, die nicht nur unangemessen war, sondern zudem noch gestohlen.

Er seufzte und begutachtete das Gefängnis. Die Zelle an sich war schon eine Seltenheit in Halruaa, einem Land mit schneller Rechtsprechung und wenigen Gefängnissen. In der Hafenstadt Khaerbaal ging es rauher zu als in den meisten anderen Städten, und auch wenn kleinere Verstöße mit einigen Tagen Haft bestraft wurden, dienten die Zellen vorwiegend der Unterbringung von Kriminellen, bis der örtliche Magus sich um den jeweiligen Fall kümmern konnte. Schuld wurde durch magische Verhöre rasch ermittelt, und das Urteil wurde den Gesetzen entsprechend vollstreckt.

Matteo fürchtete sich nicht vor dem Ausgang des Verfahrens. Der Bluthund des Gefängnisses würde seine Unschuld feststellen, doch was wirklich auf ihm lastete, war die unwürdige Situation, in der er sich befand.

Ein Schatten huschte an dem kleinen Gitterfenster vorbei, eine Silhouette vor dem flackernden Schein der Fackeln, die in metallenen Halterungen an den Wänden festgemacht waren. Matteo blickte leidenschaftslos nach draußen, da er mit dem Auftauchen einer Wache rechnete, doch dann sprang er auf. Das Licht war schwach, aber Tzigones Gesicht hatte sich so unauslöschlich in seine Erinnerung eingebrannt, daß er es immer und überall wiedererkennen würde.

„Du!" sagte er in einem Tonfall, der von Zorn erfüllt war, während er anklagend einen Finger auf die junge Frau richtete.

Sie verdrehte die Augen. „Und ich dachte, Gios Darbietung sei überzogen. Spar dir das Drama für die Abendvorstellung, denk lieber darüber nach, wie ich dich hier herausbekomme."

Obwohl es kaum möglich erschien, sorgten ihre Worte dafür, daß Matteo noch wütender wurde. „Ich bin Jordain und an die Gesetze dieses Landes gebunden. Du beleidigst mich, wenn du mir unterstellst, ich würde mich der Gerechtigkeit durch Flucht entziehen."

„Gerechtigkeit?" wiederholten sie ungläubig. „Glaubst du wirklich, dir würde hier so etwas widerfahren? Ich kenne den hiesigen Bluthund. Er ist ein häßlicher kleiner Affe, der jeden haßt, der besser aussieht als er. Ein Blick in dein hübsches Gesicht, und er wird auf einer Inquisition bestehen. An deiner

Stelle würde ich auf deren Ausgang nicht meine Zukunft setzen."

Matteos erster Impuls war, gegen diese Blasphemie zu protestieren. Das Wort eines Bluthunds war endgültig und gerecht. Das war eine Grundvoraussetzung seiner Kultur, die Gewißheit des Status und der Macht eines Jordain.

Doch er selbst hatte schon mit solchen Gedanken gespielt. Wieso auch nicht? Andris, sein bester Freund, war tot. Das genügte, um jeden Mann den Glauben verlieren zu lassen.

Angesicht einer so dunklen und unergründlichen Leere klammerte sich Matteo an das, was er kannte. „Ich fürchte mich nicht vor dem Urteil. Die Wahrheit ist ein Schwert, das alle Bande zertrennt."

Tzigone warf die Hände in die Luft. „Die ‚Wahrheit' ist, daß man dich mit einer Waffe gefaßt hat, die von Zanfeld Yemandi gefertigt wurde, dem ersten Schwertschmied der Stadt."

„Du hast gesagt, das Schwert gehöre dir!" protestierte er.

„Meins, seins", sagte sie ungeduldig. „Ich brauchte es in dem Moment nötiger. Wer hatte damit den größeren Anspruch?"

Matteo stöhnte leise und vergrub den Kopf in seinen Händen. Auch wenn Tzigone ihm offenbar helfen wollte, informierten ihn ihre Worte nicht nur, sondern verdammten ihn zugleich auch. Wenn das magische Verhör begann, dann würde man herausfinden, daß er zum Zeitpunkt der Inquisition ohne jeden Zweifel wußte, daß das Schwert gestohlen war.

„Ich bin erledigt", murmelte er und sackte zusammen.

„Dann steh auf und reiß dich zusammen", sagte sie. „Ich hole dich hier schon raus."

Matteo sah sie fassungslos an. „Muß ich dich daran erinnern, daß du diejenige bist, die mich überhaupt erst hier reingebracht hat?"

Sie ließ seine Worte mit der gleichen ungeduldigen Sorglosigkeit an sich abgleiten, als hätte er die politische Lage im fernen Cormyr kommentiert. Ihr Gesichtsausdruck ließ die Frage erkennen, die sie nicht aussprach: Was hat das denn damit zu tun?

Tzigone sah zur Decke, dann verschwand sie. Ein leises metallisches Klimpern verriet ihm, dass sie sich mit Stiften und Klingen am Schloß zu schaffen machte.

Matteo stand auf und trat zur Tür. „Ich werde nicht mit dir gehen", sagte er ruhig und entschlossen. „Wenn du die Tür aufmachst, werde ich dich hereinziehen und sie hinter dir wieder schließen."

Tzigones Gesicht tauchte wieder vorm Fenster auf, und sie grinste süffisant. „Welche Frau könnte einem so poetischen Antrag widerstehen? Sieh mich an, ich bebe schon!"

„Ich meinte nicht... "

Sie tippte mit dem stumpfen Ende des Werkzeugs an ihre Stirn und brachte Matteo zum Schweigen. „Wie dumm sehe ich aus? Ich weiß, was du meintest. Jetzt sei ruhig und laß mich arbeiten."

Wieder verschwand sie, als Matteo in einiger Entfernung Schritte hörte. „Da kommt jemand! Verschwinde, ehe man dich wirklich einsperrt!"

Diese Logik drang zu ihr durch. Die junge Frau erhob sich, warf einen kurzen Blick über die Schulter und sprang zu der Eisenhalterung hoch oben an der Wand. Sie zog sich am Ring der Fackel hoch und richtete sich auf. Von dort aus faßte sie den untersten Rand des Dachsparrens und holte Schwung, um hinaufzugelangen. Rasch überquerte sie den breiten Balken. Das einzige, was noch auf ihre Anwesenheit hinwies, waren ein silberner Staubregen und ein paar verärgerte Spinnen, die gestört worden waren und wie Pendel an zarten Fäden hin und her schwangen.

Matteo atmete erleichtert aus. Auch wenn Tzigone eine völlig andere Auffassung vom Leben hatte als er, rührte ihn die Tatsache, daß sie versucht hatte, ihn zu retten. Er war seinerseits aber froh, daß sie davon abgehalten worden war, ohne ertappt zu werden.

Er ließ sich wieder auf dem Zellenboden nieder, als ein Schlüssel in das Schloß seiner Zelle gesteckt wurde. Er sprang wieder auf und bereitete sich darauf vor, eine wütende Tirade auf die hartnäckige junge Frau loszulassen.

Doch das Gesicht, das in der Türöffnung auftauchte, hatte nicht Tzigones spitzes Kinn, nicht die großen dunklen Augen, sondern die exotische und gefährliche Schönheit einer wilden Elfe.

Die Bluthündin hob eine jadefarbene Augenbraue. „Du mußt sehr darauf aus sein, hier herauszukommen, Matteo. Seltsam nur, daß du nicht davon begeistert zu sein scheinst, mich zu sehen."

Matteo konnte nichts erwidern. Statt dessen begegnete er dem festen, goldenen Blick des Wemic an Kivas Seite. Nach dem Gesichtsausdruck zu urteilen wußte Mbatu wohl sehr gut, was sich zwischen ihm und Matteo abgespielt hatte. Tzigones Aussage, er würde alles vergessen, war nichts weiter als eine weitere ihrer Schwindeleien gewesen.

Kiva legte einen Arm um die Taille des Wemic, eine Geste, die Matteo mehr als Warnung denn als Zärtlichkeit deutete. Sie sah über die Schulter zum Magistrat des Gefängnisses, der händeringend dastand.

„Verzeiht, Herrin, aber Ihr könnt nicht einfach mit diesem Gefangenen fortgehen."

„Ach? Warum nicht?"

„Er muß vom Inquisitor des Gefängnisses befragt werden. Ihr kennt die Vorschriften."

Kiva lächelte eisig. „Ich kenne auch Chartain. Ihm wurde dieser Posten zugeteilt, weil er keinen anderen bekam. Vertraust du ihm mehr als mir? Wenn ich sage, daß dieser Jordain kein Dieb ist, dann soll dir das genügen."

Der Magistrat machte einen letzten Versuch. „Ihr wandelt im Licht Azuths, Herrin, und Ihr sprecht durch die klare Sicht der Magie. Wenn Ihr sagt, dieser Mann ist kein Dieb, dann werde ich mein eigenes Leben gegen seine Unschuld verpfänden! Aber Ihr könnt nicht leugnen, daß er ein Schwert mit sich führte, obwohl die örtlichen Gebräuche einem Jordain das untersagen."

„Welchen Nutzen sollte ein solches Schwert für einen Jordain haben, wenn er mit dem Schwert der Wahrheit bewaffnet ist?" fragte sie süßlich, ohne sich konkret zu dem Vorwurf zu äußern.

Wieder vernahm Matteo einen Hauch von Ironie in ihrer Stimme, einen Unterton, die an die sanften Klänge des Finsteren Volks erinnerte, dunkler Feen, die die Gebirgspässe rund um Halruaa heimsuchten und verführerische Melodien spielten, um Männer von den bekannten Wegen in die Wildnis zu locken.

„Er war im Besitz des Schwerts, als die Miliz ihn anhielt", erklärte der Magistrat.

„Aber wußte er zu dem Zeitpunkt davon, daß er dieses Schwert mit sich führte? Wußtest du davon?" fragte sie und drehte sich abrupt zu Matteo um.

„Ich wußte nichts von dem Schwert. In diesem Punkt lügt die Bluthündin nicht", antwortete Matteo mit der ihm eigenen Betonung.

Sie sah ihn wütend an. Matteo erinnerte sich an eine Kobra und ihren Dompteur, die er in genau dieser Haltung erstarrt gesehen hatte. Wie der Schlangenbeschwörer vermutete er, daß ein falscher Schritt das todbringende Geschöpf zum Zuschlagen veranlassen würde.

Dann aber lächelte Kiva erfreut und wandte sich wieder dem Magistrat zu. „Du hast es gehört. Wir alle wissen, dass für Jordaini die Wahrheit das höchste Gut ist. Laß ihn sofort gehen."

NEUNTES KAPITEL

Matteos Probleme waren noch nicht vorbei, als hinter ihm die Gefängnistür laut scheppernd ins Schloß fiel.

Kiva wünschte ihm in ihrem süßlichen, ironischen Tonfall alles Gute, dann verschwand sie. Der Wemic warf ihm einen letzten langen, herausfordernden Blick zu und folgte der Bluthündin, während Matteo völlig sich selbst überlassen blieb.

Er begann, nach Cyric zu suchen, mußte aber schon bald erkennen, daß dieses Unterfangen nicht nur vergeblich, sondern auch kostspielig war. Der Hengst hatte den Pfosten an der Taverne zum Kometen zertrümmert, um sich loszureißen, und der Kneipenwirt wollte für den Schaden bezahlt werden. Matteo hatte bereits all seine Münzen dafür hergegeben, daß die Schlägerei in der Taverne keine unangenehmen Folgen für Themo haben würde. Er mußte seine ganze Überzeugungskraft ins Spiel bringen, damit der Mann einen Schuldschein annahm, den er jederzeit im Haus Jordain einlösen konnte.

Von da an wurde es aber nicht leichter. Unter normalen Umständen wären viele Pferdeknechte in Khaerbaal bereit gewesen, ihm ein Pferd zu leihen, da sie sicher sein konnten, vom Orden der Jordaini für ihren Dienst entlohnt zu werden. Doch niemand wollte Matteos Erklärung Glauben schenken, daß er wirklich ein Mitglied dieses Hauses war. Seine Kämpfe, sein Ausflug mit Tzigone in den Bilboabaum und durch verdreckte Gassen sowie sein Aufenthalt in der schmutzigen Zelle hatten seine weiße Kleidung so schmuddelig werden lassen, daß sie nicht mehr als die eines Jordain zu erkennen war. Schlimmer noch war, daß er irgendwann den Anhänger verloren hatte, der ihn als Jordain auswies.

Ihm blieb nur, zu Fuß zu gehen, also machte sich Matteo auf den Weg und schlug ein hohes Tempo an. Bei Sonnenuntergang ließ er das Stadttor hinter sich und ging so lange durch die Nacht, wie er sich traute. Dann machte er sich eine Lektion zu Nutze, die er von Tzigone gelernt hatte, und suchte Schutz in einem von Ranken überzogenen Mazganußbaum.

Einschlafen konnte er nicht, da er die zahllosen Geräusche der Nacht um sich herum viel zu bewußt wahrnahm. Er erkannte das Schnaufen und Grunzen wilder Eber wieder, die am Fuß des Baums nach Nüssen suchten. Nicht allzu weit entfernt war das Fauchen eines Panthers auf der Jagd zu hören, das Summen und Schnattern der winzigen, oft bösartigen Feengeister, die in den obersten Ästen ihr Zuhause hatten.

Schlimmer noch war das leise, unirdische Echo der Musik der Finsteren Feen. Matteo hatte Geschichten über die dunklen Nymphen gehört, die Gebirgspässe heimsuchten und gegen den Lauf der Sonne in den Ruinen uralter Städte und auf seit langem vergessenen Gräbern tanzten. Er hatte auch gelesen, daß sie sich manchmal sogar in die zivilisierten Gebiete vorwagten. Seine Studien halfen ihm, all diese Dinge zu erkennen, gleichwohl konnte ihn sein Wissen nicht auf den Gänsehaut erregenden Klang der Lieder vorbereiten. Nach einer Weile begann er, Selbstgespräche zu führen, zitierte Geschichte und Geschichten und königliche Genealogien – alles nur, um die leise und auf eine unangenehme Art verlockende Musik zu übertönen.

In dieser Nacht und während der Wanderschaft am darauffolgenden Tag wurde ihm mehr als einmal bewußt, daß Tzigone mit ihrer Warnung Recht haben mochte, er lasse sich viel zu sehr vom ersten Eindruck leiten. Sein ganzes Leben hatte er im Haus Jordain verbracht. Seine Studien umfaßten die ganze Welt und hatten sich mit den verschiedenen Wissenschaften befaßt, mal mehr, mal weniger intensiv. Doch es stellte sich tatsächlich die Frage, wie gut er auf die Welt außerhalb der Schule vorbereitet war.

Es war Halbmond, als Matteo in der nächsten Nacht die Schule erreichte. Er war total verdreckt, und seine Füße schmerzten. Er wußte sofort, daß die Nachricht von seiner Schande ihm vorausgeeilt war. Der mißbilligende Gesichtsausdruck des Wachmanns am Eingang ließ daran keinen Zweifel.

“Das Ritual der Läuterung fand letzte Nacht statt. Begib dich sofort zu den Meditationshütten.”

Matteo ächzte. Durch alles, was in den letzten paar Tagen geschehen war, hatte er dieses bedeutende Ritual vergessen. Kein Jordain verließ das Kolleg, ohne dieses Ritual vollzogen zu haben. Er ging die Namen der Meister durch und fand darunter einen, der ihm am ehesten helfen konnte, diese Situation zu lösen.

“Kannst du Vishna eine Nachricht von mir bringen?”

“Keine Nachrichten”, sagte der Wachmann unerbittlich. “Wenn sie dich brauchen, lassen sie es dich wissen.”

Matteo nickte und begab sich sofort mit erheblicher Verspätung in die Einsamkeit. Die Meditationshütten standen in den Obstgärten am Westrand des Geländes. In Matteos Hütte standen ein Bett, ein Tisch und ein großer Krug Wasser. Da ihm keine andere Wahl blieb, setzte er sich hin, um nachzudenken und zu warten.

Am dritten Tag nach seiner Rückkehr klopfte ihm der Diener, der jeden Morgen ein Tablett mit Essen brachte, an die Tür und gab Matteo einen Stapel frischer Kleidung. “Mach dich fertig. Du wirst gebeten, vor dem Runden Tisch zu erscheinen.”

Zwar hatte Matteo damit gerechnet, doch die Aufforderung schnürte ihm die Kehle zu. Man hatte ihn aus der Haft entlassen, man würde ihn nicht wegen Diebstahls belangen, aber er hatte dennoch gegen einige Jordaini-Vorschriften und -Gebräuche verstoßen. Und nun hatte er das letzte Ritual versäumt. Wahrscheinlich würde er die fünfte Stufe wiederholen müssen, ehe er die Schule verlassen konnte. Oder – was noch viel schlimmer sein würde – man verwies ihn der Schule und nahm ihm Rang und Titel ab.

Er zog sich rasch an und begab sich zügig zum Gebäude mit dem großen Kuppeldach, in dem der Jordaini-Hof untergebracht war. Die Eingangshalle war rund, im Boden eingelassen war ein Mosaik aus Fliesen, die das Emblem der Jordaini bildeten: einen Kreis, der zur Hälfte gelb und zur Hälfte grün war, beide Farben getrennt durch einen blauen Blitz. Matteo rieb über die Stelle seiner Brust, an der normalerweise das Medaillon auflag, dann ging er mit weiten, gleichmäßigen Schritten durch die Halle in Richtung Ratskammer.

Der Runde Tisch war nicht nur der Name des Hofs, sondern ein echter Tisch, eine riesige Konstruktion, bestehend aus zwei sehr langen Tischen, die an ihrem von ihm abgewandten Ende durch einen kleineren, leicht erhöhten Tisch verbunden waren. An diesem erhabenen Platz saß Dimidis, der Richter, der das Urteil fällen würde. Die anderen Meister und Jordaini-Studenten saßen an der Außenseite der langen Tische und betrachteten ihn finster.

Matteo hatte an vielen solchen Sitzungen teilgenommen, da der Hof ein belebter Ort war und oft angerufen wurde, um den Rat eines Jordain an seinen Patron zu interpretieren sowie sich mit gelegentlichen Meinungsverschiedenheiten zwischen Jordaini und den noch viel seltener auftauchenden Regelverstößen zu befassen.

Aber der gewaltige, weite Raum war ihm dabei noch nie so unheilvoll wie jetzt vorgekommen. Matteo ging hoch erhobenen Hauptes durch den langen Mittelgang bis zu Dimidis. Bei jedem Schritt spürte er die Blicke der anderen auf ihm ruhen.

Der alte Richter war einer der wenigen Jordaini, dessen Status nicht durch den Dienst für einen Patron definiert wurde. Dimidis war für seine harten und oft unflexiblen Urteile genauso bekannt wie für seine Neigung zu übereilten Ansichten und Abneigungen. Nach dem mürrischen Gesichtsausdruck des Mannes zu urteilen, hatte Matteo sich wohl den Zorn des Richters zugezogen.

Dimidis raschelte mit einem Pergament. "Wir haben gelesen, welche Vergehen dieser Mann sich hat zuschulden kommen lassen: eine Kneipenschlägerei, Zerstörung von Eigentum, Angriff auf die Wache einer Bluthündin. Er hat an einer Darbietung teilgenommen, die sich über die Jordaini lustig gemacht hat, und dann dem Darsteller dieser Darbietung zur Flucht verholfen. Er trug mit Hilfe einer Waffe ein Duell aus, die seine Klasse nicht gestattet – zudem eine gestohlene Waffe, die später in seinem Besitz gefunden wurde. Als er in der Haft befragt wurde, widersetzte er sich dem Magistrat und weigerte sich, den Namen des Diebs zu nennen. Dieser Name wäre ihm im Rahmen der Inquisition entlockt worden, doch die wurde durch das Einschreiten von Inquisitorin Kiva vereitelt."

Der Alte hielt inne und sah die Versammelten an. "Das sind die Vorwürfe gegen Matteo aus dem Haus Jordain. Wer will für ihn sprechen?"

"Ich."

Matteo war dankbar, aber es überraschte ihn nicht, daß sein bevorzugter Meister, der Kampfmagier Vishna, aufstand, um etwas zu sagen.

"Wie viele der Studenten begab auch Matteo sich schweren Herzens nach Khaerbaal. Wie Ihr wißt, wurde Andris, der ein enger Freund Matteos war, an jenem Morgen auf Befehl von Bluthündin Kiva getötet."

"Was ihrer Rolle entspricht und ihr Recht ist", bemerkte Dimidis. "Weiter."

"Ich habe Matteo in die Stadt geschickt, weil ich wußte, dass einige Studenten die Trauer verarbeiten mußten. Wenn sich daraus Unannehmlichkeiten ergeben haben, liegt ein Teil der Schuld bei mir. Ich habe Matteo ausdrücklich angewiesen, ein Auge auf seine Kameraden zu haben, was er auch bewundernswert tat. Der andere Student ist rechtzeitig und völlig unversehrt zurückgekehrt und ist für seine Handlungen nicht zur Rechenschaft gezogen worden. Dieser andere war es, der die Schlägerei anfing, Matteo dagegen setzte ihr ein Ende."

"Die Taten eines Jordain fallen auf uns alle zurück. Darum existiert dieser Hof. Matteo hat nur seine Pflicht erfüllt."

"Und genau darum geht es mir", fuhr der Magier fort. "Dieser junge Jordain hat seine Pflicht getan, und das gut, auch wenn er von persönlichem Leid betroffen war. Wenn er bei den nachfolgenden Handlungen ein wenig zu impulsiv gewesen ist, sollten wir die gesamten Umstände in Erwägung ziehen."

Der Richter blickte zu dem Kampfmagier, als hätte er Turmisch, Handelssprache oder irgendeine andere Barbarensprache gesprochen. "Ist das alles? Habt Ihr nichts Bedeutendes beizusteuern?"

Einen Moment lang starrte Vishna ihn ungläubig an. "Offenbar nicht", sagte er dann knapp und setzte sich so abrupt wieder hin, daß deutlich wurde, wie verärgert er über die Bemerkung war.

Zu Matteos Überraschung meldete sich als nächster Ferris Grail. Er war ebenfalls Magier und zudem der Schulleiter von Haus Jordain, doch mit ihm hatte Matteo bislang wenig zu tun gehabt. Der Schulleiter war offensichtlich mit Matteo gut vertraut, da er lobend über dessen Bildung, Intellekt und makellose Akte sprach.

"Wir haben elf Anfragen, die um die Dienste dieses Jordain ersuchen", sagte er abschließend. Er legte ein Pergament vor Dimidis auf den Tisch. Der Richter nahm es und sah es sich an, während sein Gesichtsausdruck zunehmend mürrischer wurde.

"Ich möchte auch etwas sagen", erklärte Annalia Grau, die Professorin für Logik und Rhetorik. Sie war die einzige weibliche Jordain in der Einrichtung und in Streitgesprächen so begabt wie jeder andere. Normalerweise achtete Matteo auf jedes Wort, das sie sagte, damit er es sich einprägen konnte. Doch obwohl seine Zukunft von ihrem Vortrag abhing, konnte er nicht zuhören. Statt dessen wurden seine Blicke unweigerlich von der Figur in Gold und Grün angezogen, die den Mittelgang entlang auf den Richter zukam. Er bekam kaum mit, als Annalia Grau ihre Ausführungen beendete, und das, obwohl die anderen heftig applaudierten, als sie wieder Platz nahm.

Auch Kiva, die Bluthündin, war gekommen, um sich für ihn zu verwenden.

Matteo hatte weder damit gerechnet, noch war er besonders glücklich darüber, sie als seine Verbündete zu haben. Mit wachsendem Unbehagen hörte er, wie Kiva das wiederholte, was bereits gesagt worden war, und dabei die Dinge ausließ, die bislang keine Erwähnung gefunden hatten: Matteos Kampf mit dem Wemic in der Gasse in Khaerbaal und den Namen der jungen Frau, die er verteidigt hatte. Tzigone nannte sie mit Blick auf das Schwert nur "die Diebin", und sie war "die Unterhalterin", als Kiva von Matteos Angriff auf Mbatu in der Taverne zum Kometen berichtete. Wenn man Kiva reden hörte, konnte man meinen, sie meine zwei verschiedene Personen.

Schließlich wurde Matteo aufgerufen, für sich zu sprechen. Er verbeugte sich zuerst vor Dimidis, dann vor dem versammelten Hof.

"Alles, was Ihr gehört habt, stimmt. Ich danke Meister Vishna für seine Worte und sein Mitgefühl, aber ich muß mich für meine Handlungen rechtfertigen und kann mich nicht hinter den Umständen verstecken, die ihnen vorausgegangen sind. Ich bedauere meine Verstöße gegen die Gesetze der Jordaini und werde demütig jede Strafe akzeptieren, die dieser Rat über mich verhängt. Ich bitte lediglich um die Erlaubnis, der Inquisitorin eine Frage zu stellen, die mich sehr berührt."

Dimidis schien über Matteos Verhalten erfreut zu sein und sprach: "Du darfst sprechen."

Matteo warf der Elfe einen festen, herausfordernden Blick zu. "Ein Drache verläßt nicht den Himmel, um einem Hasen ins Dickicht zu folgen. Warum hat dann der Wemic Mbatu, die rechte Hand einer Bluthündin und ihr persönlicher Leibwächter, eine junge Frau verfolgt, die als nichts weiter als eine Unterhalterin in einer Taverne und gewöhnliche Diebin beschrieben worden ist?"

Alle Anwesenden reagierten verblüfft, dann fasziniert. "Eine gute Frage", stimmte Dimidis zu und sah Matteo zum ersten Mal wirklich interessiert an. "Herrin Kiva, wir würden gern Eure Antwort hören. Sehr gern sogar. Eure Worte hatten bei mir den Eindruck geweckt, Matteo habe sich mit zwei Schurken abgegeben, nicht aber mit ein und derselben jungen Frau."

Zorn flammte in Kivas Augen auf, gefolgt von einem kurzen Aufblitzen von Unsicherheit. Aber ihre kühle Fassade kehrte so rasch zurück, daß Matteo an Einbildung auf seiner Seite geglaubt hätte, wenn er sie nicht so eindringlich beobachtet hätte.

"Da gibt es nichts zu erklären", sagte Kiva in ihrem kühlen, an Glöckchen erinnernden Tonfall. "Das Mädchen hat den Ruf, eine scharfe, spitze Zunge zu haben, und die Jordaini waren nicht die einzigen Zielscheiben ihres Spotts. Sie beleidigte am Tag zuvor Mbatu. Er ärgert sich schnell, und noch schneller geht er zum Angriff über. Er war in eigener Sache unterwegs, nicht in meiner. Dafür wurde er gebührend getadelt. Was das Mißverständnis wegen der Identität des Mädchens angeht, so mag ich Euch daran erinnern, daß Eure Sprache nicht meine Muttersprache ist und ich daher nicht so präzise formulieren kann, wie es einem Jordain möglich ist. Ob eine Schurkin oder zwei, der Wemic hatte etwas mit dieser Frau zu begleichen, nicht ich. Ich weiß nichts über sie, und das ist schon mehr, als ich wissen will."

Dimidis sah angesichts dieser banalen Erklärung leicht enttäuscht aus. "Dann darf ich annehmen, daß wir hier fertig sind. Mir bleibt keine andere Wahl, als die Angelegenheit auf sich beruhen zu lassen. Unter den Eingaben, die um die Dienste Matteos bitten, befindet sich eine, die wir wohl kaum ignorieren können. Procopio Septus, Oberbürgermeister von Halarahh, benötigt einen Ratsherrn."

Matteo riß angesichts dieser unerwarteten Neuigkeit die Augen weit auf. Procopio war ein mächtiger Erkenntniszauberer, er war der Oberbürgermeister der Hauptstadt Halruaas und der Kapitän der Himmelsschiffflotte dieser Stadt. Das war ein begehrter Posten, der Matteos Bestrebungen bei weitem übertraf.

Einen Moment lang durchflutete ihn Stolz und spülte eine Teil der Erniedrigungen der letzten Tage fort. Dann wurde ihm klar, daß dieser Posten wahrscheinlich an Andris gegangen wäre, wenn er noch gelebt hätte.

Dennoch war es ein weit besseres Schicksal, als er es sich ausgerechnet hatte. Matteo verbeugte sich tief. "Ich nehme diesen Posten voller Ehrfurcht an, Lord Dimidis, wenn das der Wunsch des Rats ist."

"Meine Wünsche haben damit wenig zu tun", erwiderte Dimidis säuerlich. "Sieh nur zu, daß du keinen Grund lieferst, der dich wieder vor den Runden Tisch führt. Dann bin ich zufrieden."

* * *

Einige Tage verstrichen, in denen Matteo die Strecke nach Halarahh zurücklegte, der Hauptstadt des Landes und der Heimat des Magierkönigs Zalathorm. Es war keine so weite Strekke, wie sie ein Rabe im Flug zurücklegt, vorausgesetzt, man konnte einen Raben dazu überreden, über den tieferen Randbereich des Sumpfs von Akhlaur zu fliegen und sich den Stürmen über dem Halruaasee entgegenzustellen.

Die beste und sicherste Art zu reisen war zu Schiff. Matteo ging vor Khaerbaal an Bord und fuhr an der Küste der Bucht von Taertal entlang und weiter am westlichen Ufer des Halruaasees.

Die Tage verstrichen schnell, obwohl seine Vorfreude immer mehr wuchs. Matteo war seit seinem 12. Lebensjahr nicht mehr in Halarahh gewesen, aber sein erster Blick auf die Stadt wurde seiner Erinnerung gerecht.

Ein großer Teil der Stadt war um die Docks herum angeordnet. Aber Halarahh war nicht wie Khaerbaal, wo die geordneten Reihen aus hölzernen Docks hinaus ins Wasser ragten und zu geschäftigen Lagerhäusern, Gasthäusern und Tavernen führten. Die Königsstadt hatte natürlich Docks, und Schiffe legten an und ab. Doch hinter dem Hafen fand sich ein weiter, offener Bereich, der mit farbigen Steinen gepflastert war und im Schatten von Bäumen und verspielten Pavillons lag. Dies war der Schauplatz farbenprächtiger Feste, jahreszeitlicher Messen und von Märkten unter freiem Himmel.

"Welche Messe läuft zur Zeit?" fragte Matteo einen der Mitreisenden, einen Kaufmann aus dem östlichen Gebirge.

Die Augen des Mannes leuchteten. "Die Monstermesse. Das wird ein ganz besonderer Augenschmaus, wenn Ihr Euch Zeit dafür nehmen könnt. Auerochsen für Bauern, die das Weideland haben, um Wollelefanten zu ernähren. Ich kann damit nicht viel anfangen. Das Fleisch ist viel zu zäh. Da ist mir ein gutes Stück aus der Lende einer Rothe schon lieber."

Matteo verspürte eine leichte Enttäuschung, als er die banale Beschreibung hörte. "Dann ist es ein Viehmarkt?"

"Und alles andere dazu. Die schicken Echsen, die sich die Damen heute als Schoßtiere halten. Vögel aus dem Mhair-Dschungel. Greifenkätzchen, Dracheneier. Wenn man es essen, einsperren, anleinen oder für einen Zauber in Scheiben schneiden kann oder auch nicht, dann findet man es dort. Ich habe gehört, sie sollen dort sogar ein Einhorn feilbieten."

Matteo lag die Frage auf der Zunge, welches dieser Schicksale auf das Einhorn wartete, aber dann kam er zu dem Schluß, daß er das lieber nicht wissen wollte. Er dankte dem Mann und holte seine Habseligkeiten.

Das Schiff legte sanft am Dock an, und als Matteo über die Planke an Land ging, warteten Männer in der weißen Kleidung der Jordaini auf ihn, die einen mißgelaunten Eindruck machten.

“Du bist Procopios Neuer?” fragte einer der Männer.

“Ich bin Matteo, und ich bin gekommen, um in den Dienst Procopio Septus’ zu treten”, bestätigte er.

“Dann komm mit”, sagte der Mann mürrisch.

Die Männer wandten sich um und gingen fort, ohne abzuwarten, ob Matteo ihnen folgte.

Zwar überraschte ihn dieser alles andere als begeisterte Empfang, aber er war so sehr von seiner Umgebung begeistert, daß er sich nicht allzu sehr daran störte. Halarahh war eine wunderbare Stadt, die größte im ganzen Land und Zuhause von fast achttausend Seelen. Doch als Matteos Eskorte ihn über den Marktplatz zum Haus Procopio Septus’ führte, hatte er nicht einmal das Gefühl, sich an einem überlaufenen Ort zu befinden.

Die Häuser, an denen sie vorübergingen, waren weitläufig und großzügig. Selbst die Heime der kleinen Leute waren überaus komfortabel und verfügten über einen Garten. Öffentliche Parks und Gärten waren fast an jeder Ecke zu finden. Breite Straßen mündeten in ausladende Höfe, die oft Märkten Platz boten, die nur geringfügig kleiner waren als der auf dem Platz am Dock.

Die Stadt war angenehm kühl, was einen willkommenen Unterschied zu der sengenden Sonne darstellte, die Matteo auf seiner Reise hatte erdulden müssen. Am Nordrand des Halruaasees gelegen, befand sich die Stadt am Zusammenfluß der zwei größten Ströme des Landes, Halar und Aluar. Eine angenehme Brise wehte vom Wasser her und fing sich an vielen erfindungsreichen magischen Gegenständen, die den Wind zum Teil noch verstärkten.

Zwar hatte Matteo keine magischen Fähigkeiten, aber er hatte den größten Teil seines Lebens damit verbracht, Magie zu studieren. Doch nie zuvor hatte er so viel Magie an einem einzigen Ort konzentriert gesehen. Fast die Hälfte der Einwohner dieser Stadt verfügte über die Fähigkeit, Zauber zu wirken, und mindestens dreihundert Bewohner verdienten mit Magie ihren Lebensunterhalt. Magiertürme ragten in den azurnen Himmel auf und verliehen der Stadt ein Aussehen, das an einen Wald aus Marmor, Kristall und Stein erinnerte. Magische Lampen säumten die Straßen und erfüllten Häuser und Geschäfte mit Licht. Als sie an den offenen Türen einiger großer Geschäfte vorübergingen, wurden sie von einem sanften, aromatisierten Hauch erfaßt, der den Händlern und ihren Kunden auf magische Weise Abkühlung verschaffte. In regelmäßigen Abständen fuhren flache Karren vorüber, auf die man magisch geschaffene Eisblöcke gelegt hatte, die auch den nicht so begüterten Bewohnern Abkühlung verschaffen sollten.

Was Matteo aber am meisten erstaunte, waren die Himmelsschiffe. Halruaa war zwar für diese wunderbaren Himmelsgefährte bekannt, aber so nah hatte er noch nie eines von ihnen betrachten können. Seine letzte Reise nach Halarahh hatte im Winter stattgefunden, als die meisten Himmelsschiffe an Land geblieben waren. Er hatte die Frühlingsregatta bei der Feier zum Tag der Herrin gesehen, die in jeder Stadt überall im Land stattfanden, doch die Himmelsschiffe hatte er immer nur aus der Ferne gesehen. Es hatte für einen Jordain als unziemlich gegolten, in einen Regen aus weissagender Magie zu geraten.

Daher war er sehr zufrieden, als der Weg, den die mit ihm reisenden Jordaini nahmen, auf jene Docks zuführte, wo die Schiffe anlegten. Einige der eleganten Schiffe zogen ihre Bahnen am Himmel, während sie dem Uferverlauf des Sees so folgten, wie es edle Damen beim Spaziergang an einem Sommerabend machten. Alle Schiffe besaßen drei Masten, dazu einen Außenklüver und zwei Segel achtern an den Backspieren. Der Schiffsrumpf war mit den Panzern riesiger Meeresschildkröten verkleidet, so daß sie diesen von unten betrachtet recht ähnlich sahen. Den Segeln aber hatte man große Aufmerksamkeit zukommen lassen, was Muster und Farben anging.

“Du starrst wie ein Bauer”, bemerkte einer der Jordaini kühl. “Hast du noch nie ein Himmelsschiff gesehen?”

“Noch nie aus der Nähe. Was für eine erhabene Anmut”, sagte Matteo begeistert. “Sie sehen eher aus wie Drachen, die riesige, mächtige Kinder steigen lassen.”

“Eine gute Art, deinen neuen Patron zu beschreiben”, bemerkte eine ironische Stimme hinter ihm.

Matteo drehte sich um. Ein kleiner, dünner Mann stand hinter ihnen, die Arme verschränkt, den Kopf ein wenig schiefgelegt, während er Matteos Blick erwiderte. Der Neuankömmling war ein auffälliger Mann, einer, der in einer Menge Blicke auf sich zog, obwohl es ihm an Statur fehlte. Seine Nase war gebogen wie die eines Falken, und sein dichtes, schneeweißes Haar war so extrem kurz geschnitten, daß es stand. Sein Medaillon verriet, daß er ein Magier der Schule der Erkenntniszauberei war, und in den Ring an seiner Hand war das Siegel der Stadt eingraviert: ein nach unten zeigendes Dreieck mit einem Stern auf der Spitze, um das Aussehen des Landes zu repräsentieren, auf dem Halarahh gelegen war. Wellenlinien, die über dem Ganzen eingeätzt waren, vervollständigten das Wappen der windigen Stadt.

“Lord Procopio.” Sofort verbeugte sich Matteo formvollendet.

Der Magier machte eine Handbewegung, als sei ihm die Ehrbezeigung lästig. “Du hast dir mit der Reise Zeit gelassen, junger Mann. Die Mannschaft des Himmelsschiffs hat auf dein Eintreffen gewartet... ”

Damit hatte Matteo nicht gerechnet. Seine Augen leuchteten. Dann schoß sein Blick zu den anderen Jordaini, und seine Gedanken bestätigten sich. Sie warfen ihm aus zu schmalen Schlitzen verengten Augen böse Blicke zu. Verwirrt wandte sich Matteo wieder an seinen neuen Patron. “Ihr wollt, daß wir Euch auf dem Himmelsschiff begleiten?”

"Nur du. Komm an Bord, wenn du nicht aus eigener Kraft fliegen kannst ", sagte der Magier spitz. Er wandte sich um und schritt auf eines der angedockten Schiffe zu.

Matteo folgte ihm und betrachtete das Schiff interessiert. Das Bild einer langen, wellenförmigen Schlange, die sich bis zum vordersten Segel wand, war in Regenbogenfarben auf die Seite gemalt worden. Auf den anderen Segeln sah man die Flügel einer Sternschlange, und die kunstvoll geschwungenen Runen am Rumpf ließen erkennen, daß das Schiff den passenden Namen *Sternenschlange* trug.

Procopio ging voraus zum Vorderdeck und drehte an dem Stab aus Gold und Silber, der dort befestigt war. Das Himmelsschiff erhob sich mühelos und viel schneller in die Lüfte, als Matteo für möglich gehalten hätte.

Der Magier sah ihn scharf an. "Du scheinst überrascht. Hast du nichts über die Eigenschaften dieser Schiffe gelernt?"

"Doch, Herr. Etwas zu wissen ist eine Sache, etwas zu erleben eine grundlegend andere."

"Wohl wahr. Wie schnell bewegen wir uns?"

Matteo ging durch, was er über die Schiffe wußte, und zog in seine Berechnung den Wind mit ein, der vom Halruaasee kam. "Siebzehn Knoten", sagte er dann und sah zum Steuermann, um seine Berechnung bestätigt zu bekommen.

Der nickte, aber Procopio zuckte nur unbeeindruckt die Achseln, während er zur Mitte des Sees deutete. "Bring sie raus. Wollen wir doch mal sehen, was unser neuer Ratgeber taugt."

Der Mann am Steuer machte keinen zu glücklichen Eindruck, aber er führte den Befehl aus und stemmte sich mit seinem ganzen Gewicht gegen das schwere Rad.

Das brachte Matteo in die unangenehme Situation, einen Rat erteilen zu müssen, ehe er um einen solchen gebeten wurde. Er überlegte, was er tun sollte, da die Winde über dem Halruaasee aus gutem Grund als gefährlich galten. Kein Schiff segelte zur Mitte des Sees, weder zu Wasser noch in der Luft.

“Lord Procopio, wenn ich meiner Pflicht Genüge tun soll, dann muß ich Euch raten, nicht auf den See hinauszufliegen”, sagte Matteo respektvoll.

Procopios einzige Reaktion war ein Fingerzeig auf ein anderes Schiff, das sich am Ufer entlang bewegte und rasch näher kam.

“Dies ist die *Avariel* des Beschwörers Basel Indoulur ”, sagte er dann. “Er ist ein tollkühner Mann, der stolz genug ist, sich als mein Rivale anzusehen. Wenn wir ihn herausfordern, wird er nicht nein sagen.”

Procopio wandte sich einer blauen Kristallkugel zu, die auf einem Podest festgemacht war, und gestikulierte kurz. Wolken zogen über das Himmelsgewölbe und teilten sich dann, um das Gesicht seinen offensichtlichen Rivalen zu zeigen. Der Mann war stämmig, pausbäckig und hatte kleine, listige Äuglein. Sein schwarzes Haar hatte er geölt und zu zahlreichen kleinen Zöpfen geflochten, die ihm fast bis auf die Schultern hingen. Die Magier tauschten die üblichen Höflichkeitsfloskeln aus, dann kam Procopio zur Sache.

“Die Winde stehen heute gut, Lord Basel.”

Das Bild des Magiers nickte glücklich. “Ja. Und die *Avariel* macht fast fünfundzwanzig Knoten. Hätte nicht gedacht, daß das alte Mädchen so etwas noch schaffen könnte.”

“Kein Wunder. Du segelst hart am Wind über dem See.”

“Nicht härter als du”, gab Basel zurück. “Wenn du etwas vorhast, Mann, dann sag es.”

“Eine Herausforderung. Ein Wettstreit für Geist und Nerven.”

Basels Augen traten hervor, dann lachte er schallend. “Mit anderen Worten: ein Spiel für Feiglinge. Komm schon, Procopio – ein Kinderspiel?”

“Mit einem Einsatz, wie ihn nur Männer machen. Sagen wir 2000 Skie? Und ich bin nicht so dumm, einen Kollisionskurs vorzuschlagen. Sieger ist vielmehr der, dessen Schiff als erstes dreißig Knoten erreicht.”

Die kleinen Augen des Magiers funkelten. “Ich bin wiederum kein so guter Freund, daß ich dein Geld nicht annehmen würde”, stimmte er zu, dann verschwand sein Gesicht von der Kugel.

Procopio drehte sich zu Matteo um. “Stell dir vor, dies sei dein erster Feldzug. Du wirst den General beraten, der angewiesen wurde, auf deine Empfehlungen zu hören. Der Ausgang dieses Kampfs liegt in deinen Händen.”

Matteo wollte erwidern, es handle sich um eine alberne Wette, um keinen Kampf, der es wert war, ausgetragen zu werden. Um solche Geschwindigkeiten zu erreichen, mußten sich die Schiffe viel weiter auf das Wasser hinauswagen, wo die Winde kräftig und unvorhersehbar waren.

Doch der Magier hatte diese Situation provoziert, und jetzt war es Matteos Pflicht, das Beste daraus zu machen. Er betrachtete die Wolken und das Ufer, während er das Gewicht der *Sternenschlange* in Erwägung zog.

“Wie groß ist die Mannschaft der *Avariel*?”

Procopio nickte. “So groß wie die der *Sternenschlange*. Sechsundzwanzig. Die Himmelsschiffe wurden vom selben Schiffsbauer konstruiert, die Schwebestäbe vom selben Magier verzaubert. Die Schiffe sind Schwestern. Dieser Wettstreit wird nicht durch das Schiff entschieden, sondern durch die Weisheit des Kapitäns.”

Matteo fühlte sich versucht zu sagen, ein weiser Mann ginge kein so großes Risiko ein, nur weil sein Sportsgeist oder sein Stolz das so wollten. Doch auch wenn er noch jung war, wußte er, daß nicht jede Wahrheit ausgesprochen werden sollte. Er wandte sich dem Steuermann zu, einem schmalen Mann mit schütterem Haar, der fast einen Kopf kleiner war als er. “Wie heißt Ihr, Herr?”

Der Mann zwinkerte, sichtlich überrascht über die Frage und die höfliche Art, wie sie vorgetragen wurde. “Spalding, Herr.”

“Zu viel der Ehre”, entgegnete Matteo lächelnd. “Procopio Septus ist der einzige Herr hier. Ich bin Matteo.”

“Wie Ihr wünscht, H... Matteo.”

“Dreißig Grad steuerbord, Spalding.”

Procopio warf ihm einen finsteren Blick zu, als er merkte, daß das Schiff wendete und bremste. “Du kehrst zum Ufer zurück! Das ist der Kurs eines Feiglings, er führt in die Niederlage. Kehr zurück in die Strömung über dem See, wenn du den Schneid dafür hast.”

Als Feigling bezeichnet zu werden, versetzte dem Jordain einen Stich, aber er schüttelte nur den Kopf und betrachtete den Verlauf des Ufers. “ Kurs halten, Spalding. Auf mein Zeichen gehen Sie hart steuerbord. Fliegen Sie auf dem kürzesten Weg Richtung Ufer und halten Sie den Kurs. Trimme die Segel nach Bedarf, um die Geschwindigkeit zu halten.”

Der Steuermann erbleichte, doch er gab den Befehl getreulich an die Mannschaft an den Seilen weiter. Matteo wartete den richtigen Moment ab, dann ließ er den Mann wenden. Das Schiff beschrieb einen langsamen, umständlichen Bogen und verlor dabei weiter an Geschwindigkeit.

“Ein mutiger Schachzug”, zog Procopio ihn auf.

Einen Moment lang hingen die Segel schlaff herunter, doch dann blähten sie sich, wie Matteo erwartet hatte, und das Schiff machte einen Satz nach vorn.

Der Magier hob erstaunt die Augenbraue. “Auf diesem Kurs geraten wir genau in die Flugbahn der *Avariel*.”

“Das ist meine Absicht.”

Procopio starrte ihn an, sein Mund stand vor Staunen weit offen. Er schüttelte den Kopf und sagte: “Du bist verrückt geworden. Ich habe so etwas schon erlebt. Manche Männer können einfach nicht fliegen - die dünne Luft verwirrt ihr Denken. Ich übernehme das Kommando, Spalding.”

“Nein”, erwiderte Matteo ruhig. Er bemerkte das spekulative Glitzern in den Augen seines neuen Patrons und verstand, daß es sich hier nicht um eine sinnlose Spielerei handelte, sondern um einen Test. Wenn er sich Procopios Respekt verdienen wollte, dann mußte er das hier zu Ende führen. "Ihr habt mich gebeten, diesen Kampf für Euch zu gewinnen, und genau das werde ich."

"Der Sieg ist eine schöne Sache, aber mir wäre es lieber, wenn mein Schiff ganz und himmelstüchtig wäre."

"Dann wartet es ab. Jetzt beizudrehen wäre gefährlich." Um seinen Worten zusätzliches Gewicht zu verleihen und zu zeigen, wie ernst es ihm war, stellte sich Matteo zwischen den ungläubigen Magier und Spalding. Er hielt dem Blick des kleinen Mannes stand, ohne auch nur mit der Wimper zu zucken. Es war ein Blick, der eine andere Art von Herausforderung darstellte.

So etwas hatte Procopio ganz offenbar nicht erwartet. Sein Gesicht lief vor Wut und verletztem Stolz rot an. Er konnte Matteo nicht mit magischen Mitteln bändigen, und mit Körpereinsatz würde er seinen Willen auch nicht durchsetzen können. Procopio machte ein paar Schritte zurück, die Augen finster vor Zorn, und dann begann er mit den Gesten für einen Zauber, mit dem er den Jordain umgehen und Spalding seinen Willen aufzwingen konnte.

Matteo erkannte den Zauber und unternahm beherzt etwas dagegen. Er packte das rechte Handgelenk des Magiers und riß es hoch, während er seinen Daumen um den kleinen Finger der linken Hand legte. Damit veränderte er die Geste und machte aus dem beabsichtigten Zauber eine harmlose Illusion. Bunte Lichter tanzten auf dem Segel und ließen Bilder von Frauen kreisen, die in die Federn der aufgemalten Flügel der *Sternenschlange* gekleidet waren.

Procopio ließ die Hände sinken und starrte fassungslos auf das flackernde Bild, das von seinem unterbrochenen Zauber noch verblieben war.

"Du übernimmst dich, Jordain. Ein enormes Risiko mit einem Schiff, das nicht deins ist! Weißt du, was so ein Schiff wert ist?"

Matteo nannte ihm einen Preis, der bis auf eine Handvoll Goldstücke stimmte. Überraschung blitzte in den Augen des Magiers auf, und Matteo wußte, daß er ins Schwarze getroffen hatte. Aber es gab noch andere Wahrheiten, die bisher nicht ausgesprochen worden waren. Matteo schreckte auch davor nicht zurück. "Es ist wahr, daß ein großes Risiko eingegangen wurde. Aber nicht von mir."

Procopio verengte die Augen zu Schlitzen, doch ansonsten blieb seine Miene unverändert. "Ist dem so?"

"Ich habe davon abgeraten, über den See zu fliegen. Die Winde sind kräftig und unberechenbar. Als Ihr dennoch den Entschluß fälltet, genau das zu tun, war es meine Aufgabe, Euch am Leben zu halten. Ich habe zur rechten Zeit beidrehen lassen, nicht zu früh. Es war keine Feigheit, sondern Berechnung. Werdet Ihr mich jetzt die Aufgabe, die Ihr mir gestellt habt, zu Ende führen lassen, ohne Euch einzumischen? Wenn nicht, sagt es jetzt. Gleich haben wir keine Zeit mehr für Diskussionen."

"Ich schwöre es", murmelte Procopio verbissen. "Du hast das Kommando."

Matteo nickte und wandte seine Aufmerksamkeit wieder dem rasch näherkommenden Himmelsschiff zu. Er konnte es jetzt schon genauer erkennen. Auf das Segel hatte man kunstvolle Runen und Symbole gemalt, und die polierten Panzer der Seeschildkröten waren mit gleichermaßen schmückenden Mustern aus Elektrum versehen worden. Doch Matteo konzentrierte sich auf die Segel. Es ging ein kräftiger Wind, der die Segel beider Schiffe blähte. Auch wenn nur eines der Segel der *Avariel* schlaff wurde, würde er sofort wissen, dass Basel Indoulur die Nerven verloren hatte. Aber wenn das sich nähernde Schiff den Kurs hielt, würde es Matteo überlassen sein, mit seinem gekränkten Stolz und der erleichterten Geldbörse zurechtzukommen.

Da war es - ein leichtes Flattern des Focksegels. Die *Avariel* leitete ein Ausweichmanöver ein. Eine Ungewißheit blieb aber immer noch: In welche Richtung würde Lord Basel drehen?

"Wie wird er ausweichen?" wollte er wissen. "Nach Steuerbord oder nach Backbord? Welche Segel wird er setzen, welche nicht?"

"Er wird nicht ausweichen", versicherte ihm Procopio und sah Matteo wütend an. "Bis heute hätte ich Basel als den starrköpfigsten und arrogantesten Hurensohn ganz Halruaas bezeichnet, aber jetzt muß er sich hinter dir einordnen. Er wird nicht ausweichen."

"Ist das Eure Meinung oder das Wort eines Erkenntniszauberers?"

Matteos Frage war eine schwerwiegende Herausforderung. Wenn Procopio sich irrte, würde er nicht nur sein Schiff verlieren, sondern auch seinen Ruf als Magier, der die Zukunft voraussehen konnte.

Der Magier und sein Ratgeber blickten sich einen Moment lang in die Augen, dann zischte Procopio und drehte sich weg. "Ich werde mich um den Erkenntniszauber bemühen."

"Beeilt Euch", drängte Matteo.

Der Magier ließ eine Hand über die Kugel gleiten und starrte intensiv auf etwas, das Matteo nicht sehen konnte. Kurz darauf sah er auf, und ein schiefes Lächeln huschte über seine Lippen. "Ich will der Lehrling eines Nekromanten sein! Du hattest Recht: Basel weicht aus. Er wird Klüver und Focksegel einholen, mit den Achtersegeln hart steuerbord gehen und dabei die Winde des Sees nutzen, um ihn aus unserer Flugbahn zu bringen."

Noch während er sprach, begannen die Segel des sich nähernden Himmelsschiffs zu flattern und sich zu bewegen. Matteo errechnete den Bogen, den das Schiff beschreiben würde, und konzentrierte sich auf die Winde, die an seinem Haar und Umhang zerrten. Plötzlich bemerkte er eine Veränderung der Strömung. Es waren die Ausläufer eines kleinen Mahlstroms, eines Wirbelsturms in Miniaturausführung.

Matteo berührte Spalding am Arm. "Lenk zehn Grad auf die *Avariel* zu. Auf mein Zeichen. Eins... "

"Das ist verrückt!" prustete Procopio. "Wir werden kollidieren!"

"Zwei", sagte Matteo ruhig.

Der Magier klammerte sich an der Reling fest und starrte seinen jungen Ratgeber an. "Betrachte dich als entlassen, Jordain."

"Jetzt!"

Der Steuermann riß das Steuer hart herum, und die *Sternenschlange* schwenkte in den Bogen ein, den das sich schnell nähernde, andere Schiff beim Wendemanöver beschrieb.

In dem Moment wurde das Schiff von der vollen Wirkung der erwarteten Strömung erfaßt. Das Schiff wurde nach vorn geschleudert und machte einen Satz durch die Luft, der an einen springenden Delphin erinnerte. Ein leises Zischen war zu hören, als die Reling des einen Schiffs die des anderen im Vorbeiflug ganz sanft berührte.

Der plötzliche Sprint endete so plötzlich, wie er begonnen hatte, und die *Sternenschlange* fiel in ein gemächlicheres Tempo zurück. Procopio sah seinen jungen Ratgeber fassungslos an.

"Was war das denn?"

Matteo lächelte. "Etwa dreiunddreißig Knoten, würde ich sagen."

"Vierunddreißig", korrigierte ihn Spalding staunend.

Der Magier aber redete nicht von seinem Sieg. "Aber der Wind... woher hast du gewußt, daß er genau in dem Moment aufkommen würde?"

Matteo zeigte auf ein langes, flaches Gebäude am Seeufer. "Das ist das Eishaus der Stadt. Seht Ihr die großen Eisblöcke, die auf die Wagen dort verladen werden?"

„Ja und?"

„Wenn Wasser durch Magie gefriert, entsteht viel Wärme. Ein Teil dieser Energie wird in magische Energie umgeformt, aber ein großer Teil bleibt ungenutzt. Die Wärme steigt auf und verursacht starke Thermik."

„Hitze aus Eis", murmelte Procopio. "So hätte ich das nie gesehen."

„Die Auswirkung auf den Wind endet hier aber nicht. Die Kälte, die von so großen Mengen Eis ausgeht, zieht an den wärmeren Luftmassen, was Luftwirbel verursacht. Einer davon hat uns erfaßt und nach vorn gewirbelt. Hätten wir nicht in genau dem Moment beigedreht, hätten wir nicht die volle Kraft des Windes mitbekommen und wären trotz des Ausweichmanövers mit Basel zusammengestoßen."

Der Magier sah ihn an. Die Fast-Kollision schien er vergessen zu haben. "Hitze aus Eis. Welche Möglichkeiten bietet das wohl für die Schlacht?"

Matteo dachte nach. "Das Eis erzeugt mit den Winden zusammen einen Sturm. Wenn dessen Wolken tief hängen, könnte sich ein Himmelsschiff darüber begeben und etwas aussäen. Ein Regen aus feinem Sand würde reichen, um Hagel auszulösen. Ob mit oder ohne magische Verstärkung – ein solcher Sturm würde ablenken und die Möglichkeit für einen verheerenden Angriff schaffen."

„Eis am Boden zieht Eis in der Luft an. Unter Umständen kann sich das als nützlich erweisen. Ah, jetzt hören wir endlich etwas von der unerschrockenen *Avariel*", sagte Procopio abfällig und drehte sich zu der leise summenden Kugel zu.

Das Gesicht Basel Indoulurs erschien, schneeweiß, aber lächelnd. „Gut gemacht, Freund! Meine halbe Mannschaft braucht saubere Hosen und das Gefühl von festem Boden unter den Füßen. Du hast dir deine 2000 Skie verdient. Oder sollte ich eher sagen, dein neuer Jordain hat sie für dich verdient?"

In der Luft tauchte ein Samtsäckchen auf und fiel laut klimpernd vor Matteos Füßen auf Deck.

“Was meinst du?” fuhr Basel fort. “Ich könnte einen Berater wie dich brauchen. Meine laufen herum wie aufgescheuchte Hühner.”

Matteo bemerkte den unsicheren Gesichtsausdruck Procopios. Er hatte ihn entlassen. Er konnte jedes Angebot annehmen. Aber Matteo wußte, daß der Verlust der Dienste eines wertvollen Ratgebers dem Magier einen schweren Gesichtsverlust bescheren würde.

“Ihr ehrz mich, Meister Basel, aber ich bin gerade in den Dienst Meister Procopio getreten. Ich will ihn nicht verlassen.”

Es war nicht unbedingt die Wahrheit, aber nach der Erleichterung im Blick des Erkenntniszauberer zu urteilen, war das genau die richtige Antwort gewesen.

“Ich würde ihn auch nicht gehen lassen, Basel. Schande über dich, daß du versuchst, ihn vor meinen Augen abzuwerben.”

Der Beschwörer zuckte die Achseln. “Ach, ein Mann muß auch seinen Spaß haben. Ich glaube, wir sehen uns bald.”

Basels Gesicht erlosch. “Wahrscheinlich zu bald”, murmelte Procopio.

Als er sich Matteo zuwandte, lächelte er. “Das war rundum gut. Du hast Wissen, Urteilsfähigkeit, Vertrauen und Loyalität bewiesen. Ich bin sehr zufrieden”, sagte er gönnerhaft.

Matteo neigte den Kopf, was wenig mit Höflichkeit zu tun hatte, sondern vielmehr die aufsteigende Wut verbergen sollte, die er nicht völlig unterdrücken konnte. Er hatte gehofft, sich beweisen zu können, aber nicht durch waghalsige Spiele, sondern durch richtigen Dienst.

„Ich danke Euch, Lord Procopio, aber ich hatte gedacht, Ihr hieltet mich für unerträglich arrogant.”

Der Magier warf den Kopf zurück und lachte. “Das ist nicht schlimm, solange es gerechtfertigt ist. Arroganz ist nur bei Unfähigen unerträglich.”

“Das werde ich mir merken”, sagte Matteo trocken.

Sie unterhielten sich über andere Dinge, während das Himmelsschiff ohne weitere Zwischenfälle in den Hafen zurückkehrte. Matteo vermutete aber, daß die Zeit der Prüfungen für ihn gerade erst begonnen hatte.

Sein Verdacht bestätigte sich, als er zu den Quartieren der Jordaini gebracht wurde. Seine beiden Begleiter waren nicht die einzigen Ratgeber in Procopios Diensten. Matteo war der jüngste von acht. Beim Abendessen waren sechs von ihnen anwesend, die sich alle zum Ziel gesetzt zu haben schienen, ihm klarzumachen, wie tief er unter ihnen stand. Es war keine erfreuliche Mahlzeit, und Matteo bedauerte es nicht, als sie vorbei war.

In der Nacht kam der älteste Jordain in seine Kammer. Matteo war überrascht, als er sah, daß es sich bei ihm einen reinrassigen Elfen handelte, der zudem noch sehr alt war.

Der Ratgeber streckte ihm eine schlanke, faltige Hand entgegen, die immer noch für einen kraftvollen Händedruck gut war. "Ich bin Zephyr. Wenn du Fragen hast, kannst du sie mir stellen." Der Elf lächelte kurz. "Wenn du damit fertig bist, werde ich die Fragen beantworten, die du aus Anstand nicht gestellt hast."

Matteo mußte lächeln, als er diese Worte hörte. "Procopio scheint viele Ratgeber zu brauchen. Acht Jordaini für einen Magier?"

Der Elf zuckte die Achseln. "Eine Frage des Status. Procopio Septus sammelt Ratgeber so, wie andere Männer Pferde sammeln - und ich möchte anfügen, daß er uns auch in einem ähnlichen Licht sieht. Der Flug mit dem Himmelsschiff hat dich davon gewiß überzeugt."

"Du hast davon gehört?" fragte Matteo und empfand Verärgerung.

"Von einem der Ratgeber Herrn Basels", bestätigte der Elf. "Dein Mut hat beide Magier erstaunt und beeindruckt. Aber du kannst sicher sein, daß Procopio bereit war, sein Schiff auf magische Weise in Sicherheit zu bringen, wenn du versagt hättest."

Das Ausmaß eines solchen Zaubers nahm Matteo den Atem. "Wenn er mich nicht braucht, warum bin ich dann hier?"

"Du hast den Ruf, ein guter Kämpfer und Stratege zu sein. Procopio will sein Verständnis für militärische Strategien erweitern. Du kannst davon ausgehen, daß er sich andere Spiele für dich ausdenkt, bei denen du Verstand und Nerven beweisen mußt."

Das ergab für Matteo keinen Sinn. "Procopio ist der Bürgermeister der Stadt, während die Verteidigung Angelegenheit des Königs ist."

Der Elf deutete mit einem Finger auf ihn, als wollte er ihm einen Punkt für eine richtige Antwort geben. "Genau. Und Procopio will nach Zalathorm König werden."

Dieser Gedanke hatte etwas von Verrat. Zalathorm war solange König, wie Matteo auf der Welt war, ganz zu schweigen von seinen ihm unbekannten Eltern und Großeltern. Das Leben unter einem anderem Herrscher war für ihn ein Gedanke, der genauso unvorstellbar war wie der, in ein unbekanntes Land zu ziehen.

"Du mußt dich an diesen Gedanken gewöhnen", sagte Zephyr kühl. "Unsere Aufgabe ist es, Procopio zu helfen, sein Ziel zu erreichen."

"Unsere Aufgabe ist es, der Wahrheit zu dienen", wandte Matteo ein.

Der Elf sah ihn an. "Und ich sage dir, was unsere spezielle Wahrheit ist. Wäge alles andere dagegen ab, dann wirst du dich hier gut machen."

Sie unterhielten sich noch kurze Zeit, dann zog sich der Elf zur Nachtruhe zurück.

Noch lange lag Matteo auf dem Bett und dachte über die Worte des Elfen nach. Ihm war seit langem klar, daß Halruaa eine Gesellschaft war, deren Leben von vielen Regeln und Gebräuchen bestimmt wurde. Zum ersten Mal mußte er sich mit der Komplexität politischer Manöver befassen, die unter der manierlichen und geordneten Oberfläche abliefen.

Es fiel ihm schwer, in diesem Umfeld seinen Platz zu finden. Die erklärte Rolle eines Jordain war, die Wahrheit zu sehen und zu sprechen, möglicherweise unter dem Deckmantel von Satire und Rhetorik, aber eine Wahrheit, die nicht von Magie oder persönlichem Ehrgeiz befleckt war. Ehre und Aufrichtigkeit eines Jordain waren sprichwörtlich. Dinge waren wahr oder nicht. So einfach war das.

Doch was war mit Andris gewesen? War es denkbar, daß die Wahrheit veränderlich war, daß das endgültige Urteil eines Bluthunds und vielleicht sogar des Runden Tischs käuflich waren?

Beunruhigende Gedanken, die ihn noch in seinen Träumen verfolgten, als er längst eingeschlafen war.

Die folgenden Tage waren nicht besser als der erste. Matteo erfuhr, daß der König keine Thronfolger hatte, während Procopio mit Nachkommen im Überfluß gesegnet war. Den Jordaini in Procopios Diensten war die Ausbildung dieser künftigen Prinzen und Prinzessinnen übertragen worden – neun an der Zahl, wenn Matteo richtig gezählt hatte.

Ihm anvertraut war Penelope, ein etwa acht Jahre altes Mädchen mit langen, tiefschwarzen Locken und einem ständigen Schmollmund. Matteo holte ein kunstvoll geschnitztes Exemplar des Spiels „Burgen“ hervor und begann, sie in der Strategie des Spiels zu unterweisen.

Für einige Augenblick galt Penelopes Interesse den winzigen Gebäuden, doch bald wandte sie sich anderen Dingen zu. Matteo umstellte ihre Bauwerke mit seinen Spielsteinen.

„Du bist umzingelt, Kind. Nächstes Mal solltest du mehr aufs Spielbrett achten und bei jedem Zug darüber nachdenken, was als nächstes kommen könnte.”

Penelope schürzte die Lippen, und dann schoß ihre Hand vor. Im nächsten Moment lagen die Spielsteine aus geschnitztem Sandelholz und Elfenbein auf dem Marmorboden.

„Du hast gemogelt", sagte sie zögernd.

Matteo blinzelte, da er nicht sicher war, wie er auf eine solch absurde Anschuldigung reagieren sollte. „So nicht, junge Dame. Du hast verloren."

Sie verschränkte die Arme und sah ihn wütend an. "Ich verliere nie. Ich habe noch nie verloren."

Matteo erfaßte die Situation. "Warum spielst du nicht draußen im Garten, und wir versuchen es nach dem Mittagsmahl erneut?"

Das Kind zuckte unfreundlich die Achseln und verließ das Zimmer. Matteo machte sich auf den direkten Weg ins Arbeitszimmer seines Patrons. Er schilderte dem Magier in wenigen Worten die Reaktion des Kindes.

"Laß sie das nächste Mal gewinnen", befahl der Magier.

"Das ist unehrenhaft und dem Kind nicht dienlich", protestierte Matteo. "Strategiespiele sollen Vernunft und Intellekt entwickeln, doch würdevoll zu siegen und auch zu verlieren ist mindestens so wichtig wie alles andere."

„Sie wird ihre Lektion schon noch lernen", sagte der Magier. „Führe sie langsam dorthin."

„Bei allem Respekt, auf diese Weise kann ich kein Wissen vermitteln."

Procopio zuckte die Achseln. "Auch gut. Sag Dranklish, er soll sich um sie kümmern. Du kannst indes für mich eine diplomatische Botschaft überbringen, oder hast du da auch Skrupel?"

Matteo ignorierte die sarkastische Bemerkung. „Es wäre mir eine Ehre."

In den folgenden Tagen bestand Matteos vorrangige Aufgabe darin, Nachrichten zu überbringen. Er lernte einen Satz oder eine Rede auswendig und wiederholte die Mitteilung Wort für

Wort, mit der richtigen Betonung und Modulation. Außer bei der einen oder anderen Mahlzeit sah er Zephyr nicht wieder, und seine Versuche, sich mit den anderen Jordaini anzufreunden, wurden schroff abgewiesen.

Matteo fand nichts von der Kameradschaft und dem lockeren Umgangston, den er von der Schule her kannte. Hier war Satire tödlich ernst und beinhaltete zumeist verborgene Bedeutungen.

Nach einigen Tagen war Matteo recht verzagt. Wenn er keinen Dienst hatte, verbrachte er die Zeit damit, die Stadt kennenzulernen oder in seinem Quartier zu lesen.

An einem dieser Abende war er gerade in ein Buch vertieft, als ein leises Rascheln seinen Blick zum offenen Fenster wandern ließ. Eine Woge der Freude erfaßte ihn beim Anblick eines vertrauten Gesichts, das ins Fenster spähte. Sein Lächeln war ein Spiegelbild des Grinsens auf dem Gesicht der jungen Frau.

“Tzigone!” rief er. “Wie hast du mich gefunden? Und was hat dich überhaupt dazu gebracht, so weit zu reisen?”

Sie zog sich über das Fenstersims in sein Zimmer. “Ich nehme eine Schuld sehr ernst. Hast du das schon vergessen? Ich dachte, Jordaini hätten so ein gutes Gedächtnis.”

Matteo hatte nichts vergessen, und seine Vorsicht kehrte in dem Moment zurück, da er sich erinnerte, was sich zwischen ihnen alles zugetragen hatte. “Ich erinnere mich daran, daß du mich gewarnt hast, nicht zu vertrauensselig zu sein.”

Tzigone nickte. „An einem Ort wie diesem wirst du noch oft genug daran erinnert werden. Ich würde lieber im Nest eines Behirs leben als hier. Ich schätze, du hast eine harte Zeit hinter dir.”

„Es ist eine gute Position”, sagt Matteo steif.

„Hm”, machte sie wenig überzeugt. “Was Magier angeht, wirst du dich wohl nur in einer Position wiederfinden, nämlich über ein Faß gelegt und die Hose bis zu den Knöcheln heruntergelassen.”

Matteo unterdrückte ein Lachen. "Man erwartet von mir, daß ich von Magiern nicht so schlecht denke."

"Eine gute Ausrede", beglückwünschte sie ihn. Sie setzte sich auf die Fensterbank und ließ die nackten Füße baumeln. "Es ist wohl egal, wo du bist, aber nach deinen letzten Tagen im Haus Jordain bist du wahrscheinlich überall anders lieber als da."

„Ich weiß nicht, was du meinst."

Ein Ausdruck des Bedauerns huschte über ihr Gesicht. "Ich bin dir zur Schule gefolgt, wie ich es gesagt habe. Ich habe dieses so genannte Läuterungsritual mitangesehen."

„Ich kam zu spät ", sagte er knapp. "Aber in der Zeit, die mir noch blieb, hatte ich über vieles nachzudenken."

„Nachzudenken?" wiederholte Tzigone ungläubig. "So nennst du das, was ich gesehen habe?"

Matteo zuckte die Achseln. "Zugegeben, da war nicht viel zu sehen. Einen Jordain in einsamer Meditation zu sehen ist bestimmt nicht halb so interessant, wie das Korn auf dem Feld beim Wachsen zu beobachten. Aber ich kann nicht klagen. Ich war spät zurück, dennoch waren die zwei Tage, die mir noch blieben, äußerst erleuchtend."

Sie kniff die Augen zusammen und begriff. „Das ist deines Wissens das gesamte Ritual."

„Das Läuterungsritual ist eine Zeit einsamer Meditation", erwiderte Matteo und wunderte sich über ihre Reaktion. "Meine Zeit war verkürzt, aber ich habe das Beste daraus gemacht."

Aus irgendeinem Grund fand sie das amüsant. „Ich will dir nicht zu nahe treten, Matteo, aber das ist eine Bemerkung, die ich von deinen weniger glücklichen Kameraden erwarten würde."

„Ich verstehe nicht", wiederholte er.

„Eines Tages wirst du es verstehen. Wenn der Tag gekommen ist, dann wirst du mir ohne jeden Zweifel erklären, meine Schuld sei getilgt. Nachdem ich jetzt mit dir gesprochen habe, denke ich, daß es wohl so ist."

Nach dieser rätselhaften Bemerkung verschwand sie in die Nacht und ließ Matteo verwirrt zurück.

ZEHNTES KAPITEL

Kiva genoß einige ruhige Tage in ihrem Unterschlupf außerhalb Zalasuus, war aber froh, als diese Zeit ihrem Ende entgegenging. Sie hatte viel Zeit darauf verwendet, den Anschlag auf Akhlaur vorzubereiten, und heute ging sie davon aus, mehr Fortschritte zu machen als in den letzten zehn Jahren zusammen.

Das Haus lag außerhalb der Stadtmauern. Es war klein, aber luxuriös, um es herum erstreckten sich weitläufige Wälder, und geschützt wurde es von praktisch unüberwindbaren magischen Abwehrzaubern.

An diesem Morgen hatte die Bluthündin Tee und Obst zum Frühstück, das sie auf der Veranda zu sich nahm, einem mit Fliesen ausgelegten Hof, der von Gärten umgeben war. Ein kunstvolles Eisengitter erstreckte sich in weitem Schwung über den Frühstückstisch und sorgte für Schatten, während es zugleich der Fülle von Weinstöcken Halt bot, die sich darum rankten. Weintrauben – manche von ihnen gelb, andere in einem sanften Rosa, das der Morgenröte glich – hingen duftend über ihr. Der Morgenregen war ein heftiger Wolkenbruch noch vor Sonnenaufgang gewesen, dessen Feuchtigkeit noch immer schwer in der Luft hing. Trotz der intensiven Düfte aus den Gärten und den Kohlepfannen, die aromatisierten Rauch verbreiteten, der Insekten fernhielt, war die Luft geschwängert vom üblen Geruch des nahegelegenen Sumpfs – des Sumpfs von Kilmaruu, der auch Herkunftsort jenes Paradoxes war, für dessen Lösung Andris hergebracht worden war.

Kiva hörte das leichte Tapsen näherkommender Schritte und sah, wie der große Jordain die Veranda betrat. Tagelang hatte er tief geschlafen. Da Magie bei Jordaini wenig bewirkte, hatte sich Kiva darauf verlegt, in seinem Zimmer Weihrauch zu verbrennen, der aus kräftigen Kräutern hergestellt worden war, und ihm immer wieder etwas von einer starken Kräutermischung zu verabreichen. Auch wenn sie die Dosis in den letzten Tagen immer weiter reduziert hatte, damit er aufwachte, hatte sie ihm genug verabreicht, damit er desorientiert und verwirrt blieb.

Sie betrachtete den hochgewachsenen jungen Mann, der auf sie zukam. Sein Haar war noch feucht vom Baden, aber die Rasierklinge, die sie ihm bereitgelegt hatte, war von ihm nicht benutzt worden. Das war ein verräterisches Zeichen, da es bei den Jordaini üblich war, immer glattrasiert zu sein.

Sie bedeutete ihm, sich auf den Stuhl ihr gegenüber zu setzen. „Du siehst gut aus, Andris. Es hat dir offenbar gut getan, dich auszuschlafen."

„Ich hatte keine andere Wahl", bemerkte er.

„Das ist wahr." Sie stellte ihre Tasse ab und legte die Hände gefaltet auf den Tisch. „Ich muß mich dafür entschuldigen, wie du hergebracht worden bist. Aber du bist für eine wichtige Aufgabe ausgewählt worden... als Ratgeber für einen Meister, der im Hintergrund bleiben möchte."

„Als Ratgeber?" Andris sah sie unsicher an. „Ich bin kein Jordain mehr. Kein Mann, der von Magie befleckt wurde, kann dieses Amt innehaben."

„Und du bist ‚befleckt', Andris?"

„Das sagtet Ihr. Ich selbst habe nie etwas davon bemerkt."

Sie stand auf und ging zu einem kleinen Tisch. Sie nahm etwas aus einer mit Schnitzereien versehenen Holzkiste, dann kehrte sie zu Andris zurück. „Dies ist eine Prüfung, die man mit den Kindern Halruaas durchführt. Licht ist die erste und einfachste der magischen Energien. Sie bewegt sich schneller als Wärme, Schall oder Masse. Lies diese Schriftrolle und mach die Geste, die dort beschrieben ist."

Das Pergament war die einfachste Schriftrolle, die sich für Kinder eignete, die noch nicht lesen konnten. Aufgezeichnet war ein kleines geschwungenes Muster.

„Halte deine Hand so, die Finger so zusammen, daß ihre Spitzen deinen Daumen berühren, und nun beschreibe dieses Muster vor dir in der Luft. Fang beim roten Punkt an und bewege dich auf den blauen zu."

Andris tat, wie ihm geheißen, und im nächsten Moment tauchte vor ihm eine Kugel aus schwach grünlichem Licht auf, die träge über dem Tisch schwebte. Er ließ seine Hand auf die Tischplatte sinken und betrachtete den Zauber ausdruckslos.

„Du hast Licht erzeugt", stellte Kiva fest. „Du machst keinen erfreuten Eindruck."

„Sollte ich das? Es gibt Fische und Pilze, die das auch können."

Kiva lachte. „Jetzt, wo du es sagst. Aber du kannst auch viele andere Dinge, und zwar gut."

„Nichts Bedeutendes. Nichts, wofür ich ausgebildet wurde. Ich bin entehrt. In den Augen meiner Brüder bin ich tot."

„Dein Tod war eine notwendige Illusion. Dein neuer Patron bestand darauf ", sagte sie sanft und lehnte sich zurück. „Laß uns über angenehmere Dinge sprechen. Es gibt vieles in deiner Ausbildung, was mich interessiert. Erzähl mir über das Kilmaruu-Paradox."

In Andris' braunen Augen flammte Aufmerksamkeit auf. „Ihr kennt es so gut wie ich. Der Sumpf von Kilmaruu ist ein Hort der Untoten. Viele Magier und Abenteurergruppen haben versucht, den Sumpf zu säubern, aber sie scheinen die Kreaturen nur noch zu stärken. Jedes Vordringen in den Sumpf zieht einen Vergeltungsschlag gegen die Dörfer und Ländereien ringsum nach sich. Wenn andererseits nichts geschieht, um die Untoten im Zaum zu halten, gelangen sie in den Hafen und machen sich über die Schiffe her."

„Und wie willst du das Problem lösen?"

Andris beugte sich vor. „In Zalasuu gibt es ein Sprichwort: ‚Der Sumpf von Kilmaruu sorgt dafür, daß es in Zalasuu nie zu viele Narren gibt.' Das ist wahr. Doch wenn man die Aussage umdreht, ergibt sich eine andere Wahrheit. Erhöht man die

Zahl der Narren in der Stadt, können wir die Zahl der Untoten im Sumpf niedrig halten. Kennt Ihr die Etymologie des Wortes ‚Jordain'?"

„Nur zu gut", sagte sie. „In Alt-Netheresisch, der Sprache, aus dem Halruaanisch entstanden ist, war es das Wort für ‚Narr'. Damals besaß dieses Wort eine höhere Wertschätzung als heute. Ein Narr war ein Berater für Könige und Magier, ein Barde, der über den Weg satirischer Lieder unterhielt und beriet. Ich nehme an, dieser nette kleine Exkurs dient einem Zweck?"

„Dazu komme ich noch. Erlaubt mir, meine These Schritt für Schritt zu erklären", sagte Andris und wurde mit jedem Wort lebhafter. „Welches Element haben alle gemein, die in den Sumpf vordringen, um ihn zu erobern? Welche Waffe benutzen sie?"

„Magie."

„Und Magie nährt die Untoten. Die Kreaturen scheinen sie zu brauchen. Warum sollten sie sich sonst in die Häfen begeben und Schiffe angreifen? Ich habe mich damit beschäftigt, welche Fracht diese Schiffe geladen hatten. Ohne Ausnahme befanden sich auf ihnen eine beträchtliche Zahl an Zauberkundigen und magischen Gegenständen."

Kiva nickte. „Ich hatte nicht daran gedacht, nach einem Schema zu suchen. Aber deine Argumente klingen vernünftig."

„Aus Gründen, die ich nicht verstehe, brauchen die Untoten im Sumpf Magie, um zu überleben. Die Magier, Krieger und Kleriker, die mit magischen Waffen und heiligen Artefakten ausgerüstet sind, ernähren die Untoten – wie eine Bedienung in einer Taverne Scheiben von einem heißen Schmorbraten serviert."

Kiva mußte angesichts dieses Vergleichs ein Lächeln unterdrückte und bemerkte den leicht geringschätzigen Tonfall in der Stimme des jungen Mannes. Über kurz oder lang würde er beides bedauern. „Und die Lösung?"

„Es gibt viele in diesem Land, die kein magisches Talent besitzen. Die Jordaini sind dabei die Vorreiter, doch es gibt auch andere. Bringt sie zusammen und geht ohne Magie gegen die untoten Bewohner Kilmaruus vor."

Die Worte hingen in der Luft wie eine Herausforderung, wie ein Fluch, wie Blasphemie. Elfe und Mensch wußten, daß diese Strategie allem zuwiderlief, was Instinkt und Tradition des Landes ausmachten.

„Und wer würde diese Jordaini-Armee führen?"

„Ich hätte es gern getan, wenn ich noch Jordain wäre." Andris betrachtete finster das schwächer werdende magische Licht.

Die Bluthündin bannte die Kugel mit einem kurzen Schnippen ihrer kupferfarbenen Finger, dann nahm sie die Rolle an sich. Sie glättete sie und legte sie ihm erneut vor.

„Wirke noch einmal den Zauber, Jordain."

Andris biß die Zähne zusammen und vollzog die Geste so wie gerade zuvor. Diesmal erschien kein Licht. Verwundert sah er Kiva an.

Ihre Reaktion bestand darin, daß sie in die Falten ihrer Kleidung griff und den juwelenbesetzten Stab hervorholte, der Verdammnis über Andris gebracht hatte. Sie legte ihn an die Rebe, die sich über den Frühstückstisch wand. Ein hoher, geisterhafter Ton ließ das Eisengitter vibrieren.

In den Augen des Jordain waren Verstehen, Schmerz, Unglauben und Zorn zu sehen, als ihm die Bedeutung klar wurde. Kiva nickte.

„Ja. Das Ergebnis wäre ziemlich genau das Gleiche, wenn ich mit diesem Stab einen Stein, eine Kröte oder einen Berg Gänsedaunen berührte. Er findet Magie, ob sie vorhanden ist oder nicht."

„Meine Brüder halten mich für tot", sagte Andris und brachte das zur Sprache, was ihn am stärksten belastete.

„Würde dich das Wissen trösten, daß du viele von ihnen wiedersehen und mit ihnen arbeiten wirst? Daß du auf diese Weise das tun wirst, wofür du ausgebildet wurdest? Du und deine Jordaini-Brüder, ihr werdet mächtigen Magiern dienen und euer

Talent und eure Widerstandsfähigkeit gegen Magie zum Nutzen des Landes einsetzen."

Andris sah sie nachdenklich an. „Ihr liefert ein gewichtiges Argument. Aber warum die Täuschung?"

„Sie war nötig. Die Wahrheit mag das Ein und Alles der Jordaini sein, aber die meisten Menschen richten ihr Leben nach anderen Impulsen aus. Es ringt viel Status, wenn man Jordaini-Diener hat, und die Magier reißen sich um euch wie ein Rudel Hunde um ein paar Knochen. Ein Mann mit deiner Begabung war für diese gewaltige Aufgabe erforderlich. Dir werden sich schon bald andere Möglichkeiten bieten. Wir konnten das Ergebnis nicht dem Zufall überlassen."

„Ihr hättet mir von Anfang an Eure Pläne offenlegen können. Einem Jordain ist es überlassen, welche Stelle er annimmt."

Kiva lächelte und legte ihm die zierliche Hand auf den Arm. „Vergib mir, Andris, aber mir war deine wahre Größe nicht bekannt. Status hat in diesem Land eine vorrangige Bedeutung. Ich weiß aus zuverlässiger Quelle, daß sowohl Procopio Septus aus Halarahh als auch Fürst Grozalum aus Khaerbaal Eingaben machen wollten, damit du einem von ihnen dienst. Der Flottenadmiral von Halruaa untersteht Grozalum. Wenn es nach Procopio geht, wird er nach Zalathorm König. Die meisten ehrgeizigen Jordaini würden sich nach Angeboten solcher Patrone verzehren. Ich hatte Angst, daß dir ein so unsicheres Unterfangen nicht so attraktiv erscheinen würde, wenn du wüßtest, welcher Ruhm zum Greifen nah war."

Andris rieb sich das stoppelige Kinn. „Aber ich bin Jordain. Ich diene der Wahrheit und dem Land."

„Und was ist mit dir, Andris?" fragte sie leise. „Was willst du für dich selbst?"

Diese Frage schien den jungen Mann zu verwirren. Kiva versuchte es erneut. „Wie zufrieden bist du mit dem Leben, das vor dir liegt? Du wirst beraten, Magier werden Befehle erteilen, und andere werden diese ausführen. Willst du das? Berichtige mich, wenn ich dich falsch einschätze, aber ich glaube, du wurdest geboren, um zu befehligen."

Andris schwieg lange, dann erwiderte er: „Das entspricht nicht der Tradition des Landes."

„Es entspricht auch nicht der Tradition, einen Feldzug ohne Magie zu starten. Und doch hast du genau einen solchen Feldzug entwickelt und sehnst dich danach, ihn zu befehligen. Ist es nicht so?"

Es lag Spott in ihrer Stimme, doch das Gesicht des jungen Jordain blieb nachdenklich. „Wer hat meine Dienste angefordert?"

„Das darf ich nicht sagen. Dieses Land wird von Magiern regiert, aber keiner von ihnen war in der Lage, die untoten Monster von Kilmaruu zu bändigen. Ich will nur soviel sagen: Es wäre ein wenig merkwürdig, wenn jemand von so hohem Rang nach einer nichtmagischen Lösung für dieses Problem suchen würde."

Andris' Gesicht strahlte vor Staunen, als die Alchimie der Hoffnung aus ihrer Lüge seinen größten geheimen Wunsch machte. Jeder Magier, jeder Kämpfer im Land strebte danach, dem großen Zalathorm zu dienen. Und genau das war es, was Kiva ihm zu bieten schien. Sein eigenes Kommando, auf Geheiß des Königs!

Andris stand auf und ging vor Kiva auf die Knie. „Da Ihr für den Magier sprecht, der meine Dienste angefordert hat, seid Ihr meine Patronin. Sagt mir, was Ihr wollt, und ich werde einen Weg finden, es umzusetzen", sagte er ernst.

Die Elfe tätschelte seinen Arm. „Du hast einen guten Anfang gemacht, Andris. Weit besser, als du dir vorstellen kannst."

* * *

Am nächsten Tag stand Mbatu am Rand des Lagers und sah zu, wie Kivas Rekruten trainierten. Auch wenn er an den Anstrengungen der Krieger nichts auszusetzen hatte, machte es ihm keinen Spaß, sie zu beobachten.

Gestern war er noch der Meister gewesen, und heute blieb ihm nichts anderes übrig, als dem großen, rothaarigen Mann zuzusehen, der die Kämpfer antrieb.

Zu seiner Verwunderung waren die Männer nicht mehr Kivas Gefangene oder Söldner, sondern bildeten ihre Armee. Der Wemic wußte nicht, was Kiva dem jungen Jordain gesagt hatte, aber durch irgend etwas war er Feuer und Flamme für ihre Sache geworden. Sein Eifer war wie ein Funke auf jeden Mann unter seinem Kommando übergesprungen.

Die Männer waren mit Rattanschwertern ausgestattet, damit sie sich an das ungewohnte Gewicht und die Größe gewöhnen konnten, ehe sie den Stahl in ihren Händen hielten. Andris wählte fünf Männer aus und forderte sie auf, ihn anzugreifen. Sie stürmten los, ihre Übungsklingen zerschnitten die Luft.

Mbatu mußte lachen, da er damit rechnete, daß der große Mann mit dem Gesicht im Morast liegen würde, bevor er sein Schwert auch nur gehoben hatte.

Er hätte an seine eigene Begegnung mit einem Jordain denken sollen. Innerhalb weniger Augenblicke waren alle fünf zu Boden gegangen und betasteten ihre Prellungen.

„Iago", rief Andris und deutete mit der schmalen, dunklen Klinge auf einen Mann. „Du übernimmst die Rolle des Kämpfers in der Unterzahl."

„Welche Ehre", sagte der sarkastisch. „Das wird eine hervorragende Übung, um später die Rolle des Gefallenen zu spielen."

Andris stimmte in das Gelächter ein, das diese Bemerkung auslöste, doch dann wurde er wieder ernst. „Denk immer daran, daß wir keine Ehrenduelle austragen werden. Wir müssen zusammenarbeiten, wenn wir überleben wollen. Stellt euch vor, Iago sei von Untoten eingekreist. Ich werde euch zeigen, wie man ihnen in den Rücken fällt und die Angreifer erledigt, während er sie zurückdrängt. Ihr drei seid die erste Welle Untoter."

Die Männer hoben die Schwerter und griffen an. Andris ließ sich zurückfallen, so daß Iago einen Moment lang auf sich gestellt war. Der kleinere Mann wehrte die ersten wütenden Angriffe ab.

Noch ehe sich die Rattanschwerter voneinander lösten, trat Andris dazu und packte die Haare des Angreifers. Er zog sein Schwert leicht über die Kehle des Mannes und wandte sich dann dem zweiten zu. Seine Faust war noch immer geballt, als würde er die Haare fest umschlossen halten, und landete mit solchem Schwung in der Magengrube des zweiten Mannes, daß dieser nach hinten geschleudert wurde.

„Halt", befahl er dann.

Die Männer verharrten reglos, obwohl der Mann, den er gerade eben getroffen hatte, schwankte, während er versuchte, sich in der nach hinten gebeugten Stellung zu halten.

„Sagen wir, ich hätte den ersten Zombie geköpft und dessen Kopf benutzt, um ihn dem nächsten gegen den Schild zu schmettern. Was nun? Iago?"

Der schmale Jordain nickte dem „kopflosen" Gefährten zu. „Diese Kreatur kann nichts sehen. Sie wird eine Zeit lang herumirren, ehe sie fällt. Ich muß mich außerhalb der Reichweite dieses Schwertes halten."

„Du kannst etwas Besseres tun. Benutze den Kopflosen gegen die anderen ", schlug Andris vor. „So."

Er wirbelte herum und benutzte die flache Seite seines Schwerts, um nach dem Mann zu schlagen, der nach hinten gebeugt und im Begriff war, das Gleichgewicht ganz zu verlieren. Der Mann stolperte in den „kopflosen Zombie", der sich umdrehte und begann, nach dem neuen Angreifer auszuholen.

Iago ging dem Paar aus dem Weg und hieb auf den dritten Mann ein, der parierte und sein Schwert hochriß. Iago fing den Schlag mit seinem Schwert ab und setzte dann einen Fuß auf die Brust des Mannes, um ihn von sich wegzustoßen – direkt in die wartende Klinge von Andris' Schwert. Im letzten Moment trat Andris einen Schritt zur Seite und ließ den Mann rückwärts ins Wasser stürzen. Er kam triefend naß wieder an Land, lächelte aber erleichtert. Rattanschwerter verursachten keine Wunden, doch die Männer waren mit blauen Flecken übersät.

„Seht ihr?" fragte Andris. „Wenn wir in Gruppen zusammenarbeiten, können wir gegen eine Überzahl antreten. Versuchen wir es nochmal, diesmal mit vier Angreifern."

Es war eine genaue Abfolge von Schlägen, ein tödlicher Tanz mit fein abgestimmten Bewegungen. Wieder und wieder ging Andris ihn mit ihnen durch und zeigte ihnen, wie man sich gegen vier oder sechs Angreifer zur Wehr setzte und wie man die Attacken gegen Menschen, Gruftschrecken und Ghule variierte.

Der Wemic war von der Darbietung beeindruckt, andererseits machte sie ihm Sorgen. Er war immer Kivas starke rechte Hand gewesen. Sie hatte ihn erworben, als er noch jung war, ein Kind, das zu klein war, um sich an den ihm eigenen Stolz zu erinnern. Die Elfe war alles, was er Familie nennen konnte. Was sie sagte, tat er. Seine Kraft war gewaltig, und er hatte nie Angst. Nur wenige Menschen oder Elfen konnten ihn im Kampf übertreffen. Was er wußte, wußte er genau.

Doch Mbatu begann zu erkennen, wie begrenzt sein Wissen war. Ja, er konnte kämpfen. Im offenen Kampf konnten es nur wenige mit ihm aufnehmen, und noch weniger konnten ihn besiegen. Doch innerhalb nicht einmal eines Mondes war er von einem Jordain überlistet und von einem zweiten ersetzt worden.

Mbatu sah zu, wie sich die Männer durch das flache, stinkende Wasser bewegten und Pfähle in den Morast trieben, an denen sie Strohfiguren festmachten. Andris brachte die Männer in Stellung und ließ sie wie ein Rudel Wölfe die Strohzombies einkreisen und den Kreis allmählich enger ziehen. Auf sein Zeichen warf jeder der Männer eine grobkörnige, sandige Substanz ins Wasser, woraufhin der Sumpf zu brodeln und sprudeln begann. Faulige Gase stiegen auf und waberten wie kränkliche grüne Geister. Einer der Kämpfer warf eine Fackel in den Sumpf, und im nächsten Moment stand er in hellen Flammen.

Das Feuer erlosch fast so schnell, wie es ausgebrochen war. Die einzige Spur der Strohmänner waren die verkohlten Pfähle, an denen sie gehangen hatten. Die Zombies und Ghule würden nicht einmal das zurücklassen.

Kiva trat hinter ihn und rümpfte angewidert die Nase, als sie den Gestank wahrnahm. „Wie macht er sich?"

„Der Jordain kennt sich mit Untoten aus", gab Mbatu zu. „Wenn die Männer kämpfen, wie er es ihnen sagt, dann werden sie siegen."

„Freut mich zu hören. Es wird eine gute Übung sein", stimmte sie zu.

Mbatu betrachtete sie sorgenvoll.

„Eine Übung?"

„Für Akhlaur", sagte Kiva. „Die Männer werden lernen, wie man im Sumpf kämpft und mit den Untoten umgeht."

„Aber was ist mit dem Laraken?" wunderte sich Mbatu. „Wie werden sie sich auf dieses Ungeheuer vorbereiten?"

„Wie sollten sie das?" gab sie zurück. „Ich wage zu behaupten, daß dieser Gegner für sie genauso eine Überraschung sein wird wie für uns. Zum Glück sind wir diesmal besser gewappnet."

„Wir?" wiederholte der Wemic mißtrauisch. „Du wirst doch nicht dort sein."

„Um ehrlich zu sein, mein lieber Mbatu, werde ich das wohl müssen."

Mbatu knurrte tief und wütend. „Das kannst du nicht", wandte er ein. „Der Laraken ernährt sich von magischer Energie. Wie viele Magier hast du in den Sumpf geschickt? Nur wenige davon haben überlebt. Die, die davonkamen, waren meist ihrer magischen Fähigkeiten beraubt. Außerdem war ihr Verstand leerer als nach einem Entkräftungszauber. Was wird mit dir passieren, wenn wir uns an diesen Ort begeben?"

Die Bluthündin strich mit den kupferfarbenen Fingerspitzen über sein Maul. „Keine Angst, lieber Mbatu. Ich habe einige Geheimnisse dieses Sumpfs in Erfahrung gebracht. Habe ich dir nie gesagt, wie Akhlaur besiegt wurde? Nein? Er wurde von eben jenem Geschöpf, das er gerufen hatte, um bei der Erschaffung des Laraken zu helfen, in die Elementarebene des Wassers gezerrt."

„Ja, und?"

„Es ist noch ein winzige Öffnung da. Wasser dringt hindurch, und mit ihm die mächtige Magie der Elementarebene. Dieses Leck, diese Magie ist es, die den Laraken nährt und ihn vom Sumpf abhängig macht." Sie lächelte. „Wenn ich dieses Tor schließen könnte, wäre der Laraken gezwungen, woanders Nahrung zu suchen."

Der Schwanz des Wemic zuckte vor Ärger und Frustration. „Aber wie? Wir können hundert Jordaini mit in den Sumpf nehmen, aber der Laraken würde nach wie vor von dir angezogen."

Die Miene der Bluthündin verhärtete sich. „Was glaubst du, warum wir Keturahs Tochter nachjagen?" fragte sie ihn. „Wenn sie wirklich die Tochter ihrer Mutter ist, dann kann sie den Laraken rufen."

„Was ist mit Keturah?“

„Mit ihr habe ich andere Pläne", sagte Kiva in einem Tonfall, der jede Diskussion verbot. „Wir brauchen Tzigone."

Kiva verfiel in Schweigen, während sie nachdachte. „Es könnte durchaus sein, daß Tzigone sich noch nicht ihrer so genannten Ehrenschuld gegenüber Matteo befreit hat. Wenn Matteo Anlaß zur Trauer hat, könnte sie sich veranlaßt sehen, helfend einzuschreiten."

Sie machte eine kurze Pause, dann sagte sie mit einiger Überzeugung: „Ja, es ist an der Zeit, das Leben dieses jungen Jordains ein wenig komplizierter zu gestalten."

„Und wenn das nicht reicht?"

Die Bluthündin schenkte ihrem Diener ein kurzes, kühles Lächeln. „Dann wirst du zumindest Gelegenheit bekommen, dich an ihm zu rächen."

ELFTES KAPITEL

In den folgenden Tagen sollte Matteo viele Stunden mit Procopio Septus verbringen. Er machte dem Magier täglich im Ilysium, einem gewaltigen rosafarbenen Marmorgebäude, in dem die Büros der Stadtverwaltung untergebracht waren, seine Aufwartung. Wenn Procopio seine Pflichten als Oberbürgermeister erfüllt hatte, stiegen sie meist in den Himmel auf. Das war für Matteo die beste Zeit des Tages, und er machte sich rasch damit vertraut, ein Himmelsschiff zu steuern. Die Abende waren ein Kaleidoskop ausschweifender öffentlicher Veranstaltungen: Bankette, Feste, Konzerte. Da Matteo nur einer von mehreren Jordaini im Dienst Procopios war, mußte er nicht bei jedem Ereignis anwesend sein. Er und die anderen Ratgeber trafen sich jeden Tag bei Sonnenaufgang, um sich zu besprechen und Strategien zu entwickeln, die ihrem Patron den größten Nutzen brachten.

Matteo hatte gehofft, diese Treffen würden ein Gefühl der Kameradschaft fördern, wie er es aus Haus Jordain kannte. Immerhin waren einige dieser Männer Studenten am Kolleg gewesen, als er noch jung war. Aber es schien, als seien seine Kollegen zu sehr damit beschäftigt, um die Rangfolge zu ringen. Matteo war sich durchaus bewußt, daß er der Neue in der Gruppe war, aber es schien unmöglich, diesen Status hinter sich zu lassen. Jeden Morgen begann er den Tag im Kreis weißgekleideter Männer, die ihn mit unverhohlener Ablehnung anstarrten.

Allmählich verstand er den Grund dafür. Er verbrachte mehr Zeit an der Seite Procopios als die anderen, von Zephyr abgesehen, dem höchsten Ratgeber des Magiers. Die Situation besserte sich nicht, als der alte Elf in die Rolle von Matteos Mentor schlüpfte. Jeden Morgen verbrachten Zephyr und Matteo nach dem gemeinsamen Treffen eine Stunde damit , durch die Gärten rund ums Haus zu spazieren und über die Dinge zu sprechen, die der Tag mit sich bringen würde.

Wie Zephyr vorausgesagt hatte, arrangierte Procopio mehrere weitere Prüfungen, um Matteos Geschick und Wissen auf die Probe zu stellen. Der junge Jordain bestand sie mit Bravour. Dank seiner Erfahrungen mit Cyric war es für ihn keine Herausforderung, ein Pferd einzureiten. Als ein Magier als „Attentäter" in Procopios Speisesaal platzte, bediente sich Matteo eines Tricks, den er sich von Tzigone abgeguckt hatte und lenkte die Sonnenpfeile mit der spiegelartigen Oberfläche eines Bronzetabletts um. Procopio lachte schallend, als der angeheuerte Magier sich vor Schmerz auf dem Boden wand, und Dranklish, den Jordain, der vor Matteos Ankunft Zephyrs Stellvertreter gewesen war, hatte er wie einen Laufburschen losgeschickt, damit der einen Kleriker Mystras holte, der den Armen heilen sollte. Dieser Vorfall machte allen klar, daß Matteo fortan der neue Jordain war, der dereinst die Nachfolge Zephyrs antreten würde. Die Prüfungen endeten damit, aber zugleich mußte Matteo jede Hoffnung aufgeben, sich mit den anderen Jordaini im Haus anzufreunden.

Er hatte viel zu tun, aber trotzdem kam ihm von Zeit zu Zeit ein Bild in Erinnerung: ein zierliches, spitzes Gesicht mit großen braunen Augen und unverschämtem Grinsen. Er ging nicht davon aus, Tzigone je wiederzusehen. Ihre letzten Worten hatten bei ihm den Eindruck hinterlassen, sie betrachte sich von ihrer rätselhaften Schuld befreit. Matteo verstand nicht, was sie ihrer Ansicht nach dafür getan hatte, und mehr als einmal wünschte er sich die Gelegenheit, sie zu fragen.

Aber die Tage verfielen bald in einen geordneten Ablauf, der dem Leben eines Jordain angemessen war und nicht von „Hilfe" irgendwelcher Streunerinnen gestört wurde. Jeden Tag nach dem Flug mit dem Himmelsschiff zogen sich Matteo und Procopio ins Arbeitszimmer des Magiers zurück. Der Magier war ein leidenschaftlicher Freund von Strategiespielen, und Matteo stand ihm für scheinbar endlose Partien Schach und Burgen sowie komplexe Kartenspiele zur Verfügung.

Eines Morgens wurde er überraschend in Procopios Arbeitszimmer bestellt, wo er sah, daß sich der Magier eine neue Beschäftigung zugelegt hatte. Gut die Hälfte des Raums wurde von einem riesigen Tisch in Anspruch genommen, für den die großen Vogelkäfige weggestellt werden mußten, die sich in fast jedem Zimmer des Hauses fanden.

Der Magier sah auf, als Matteo eintrat, und begann knabenhaft zu grinsen. „Das habe ich ein Jahr und drei Monde vor deiner Ankunft in Auftrag gegeben. Ich will der Lehrling eines Nekromanten sein, wenn es das lange Warten nicht wert war! Komm und sieh es dir an."

Matteo trat neben seinen Patron und begutachtete den ausladenden Tisch. Es war kein gewöhnliches Möbel, sondern eine beeindruckende Nachbildung einer wilden Landschaft: ein Teil einer Hochebene, umgeben von Hügeln und Bergen.

„Das Nath?" vermutete Matteo und meinte damit die wilde Region in der Nordostecke Halruaas.

Procopio strahlte. „Gut. Warte, du hast das Beste noch nicht gesehen."

Er gestikulierte mit einem langen dünnen Stab. Mehrere Laden, die entlang der Tischkanten verborgen waren, öffneten sich, und winzige, magisch bewegte Figuren ergossen sich auf den Tisch. Halruaanische Soldaten marschierten in Kampfformation über das wilde Terrain hin zu einem Gebirgspaß. Ein Magier, der im Schneidersitz auf einem fliegenden Teppich saß, schoß aus seiner Lade und begann, über den Truppen zu kreisen. Ein kleiner Trupp berittener Kriegerinnen brach aus den Gebirgsausläufern hervor und stürmte auf die halruaanischen Streitkräfte zu, und das ferne Hufgetrappel erinnerte Matteo an leisen Regen. Sie ritten am anderen Ende des Gebirgspasses hinauf und stellten sich den Halruaanern in den Weg.

Alle Miniaturtruppen waren ein kleines Wunder, doch die berittenen Figuren zogen Matteos Blick auf sich. Sie waren in verschiedenen Grautönen dargestellt. Die Pferde waren alle grau gesprenkelt, und die Kriegerinnen waren elfenhafte Frauen mit dunkler Haut und mattsilbernem Haar.

„Schattenamazonen", staunte Matteo. So lange er zurückdenken konnte, hatten ihn die Crinti fasziniert, und ihm war danach, eine der winzigen Figuren in die Hand zu nehmen und die kunstvollen Details zu betrachten.

Der Gedanke mußte ihm ins Gesicht geschrieben gewesen sein, denn Procopio lachte leise. „Nur zu", sagte er. „Sie leben nicht, also mußt du auch keine Angst haben, sie in die Hand zu nehmen."

„Das ist es nicht. Den Jordaini ist es verboten, magische Gegenstände zu besitzen, zu benutzen oder auch nur wissentlich in die Hand zu nehmen."

Der Erkenntniszauberer runzelte die Stirn. „Wie kannst du vor so etwas zurückschrecken, wenn du im Dienst eines Magiers stehst? Ich brauche dich für ein strategisches Spiel. Muß ich der Magie abschwören, damit du mit mir umgehen kannst? Wer ist hier der Herr und wer der Diener?"

Das war eine berechtigte Frage, und plötzlich stellte ihn die traditionelle Antwort nicht mehr zufrieden. Dennoch gab er sie.

„Jordaini ist es gesetzlich und durch Tradition verboten, mit Magie umzugehen oder von ihr zu profitieren. Das schützt letztlich die Magier, denen wir dienen."

„Was ist mit den Himmelsschiffen?" fragte Procopio listig. „Heißt das, du willst auf den täglichen Flug verzichten?"

Matteo zwinkerte, da ihn diese logische, aber unerwartete Anwendung der Regel erschreckte. „Ich habe Himmelsschiffe noch nie unter diesem Aspekt gesehen", sagte er langsam. „Sie sind ein so fester Bestandteil der halruaanischen Kultur, daß die Jordaini längst aufgehört haben, in ihnen normale magische Artefakte zu sehen. Ich denke, Himmelsschiffe sind bei einer strengen Auslegung der Regel ebenfalls untersagt."

„Und dennoch würde dir niemand ankreiden, daß du mit deinem Patron in die Lüfte steigst. Und es wird auch niemand vor Entsetzen den Atem anhalten, wenn herauskommt, daß du Spielzeugtruppen befehligt hast", meinte Procopio und deutete auf die winzigen Figuren auf dem Tisch.

Matteo dachte nach. „Wäre es möglich, die Verzauberung aufzuheben? Wir könnten die Figuren von Hand ziehen."

„Auf gar keinen Fall", lehnte der Magier ab. „Ich werde mich keiner solch barbarischen Unbequemlichkeit aussetzen. Wenn ich damit anfange, wo soll das enden? Erwartest du dann von mir auch, daß ich im Kampf auf den Einsatz von Magie verzichte, damit deine Gefühle nicht verletzt werden?"

„Nein. Aber dies ist ein Spiel, kein Kampf."

„Es ist ein Spiel, und ich verlange, daß du es spielst", sagte Procopio mit Nachdruck. „Jede Regel kennt ihre Ausnahmen, und je eher du das lernst, desto besser wirst du mir dienen können. Aber vergiß deine Skrupel. Du mußt heute nicht den Makel der Magie befürchten. Du bist hier, um mich zu beraten, nicht, um etwas zu tun. Ich werde ziehen."

Matteo nickte. Wie Procopio richtig gesagt hatte, war es einem Jordain unmöglich, sich im Haus eines Magiers von jeglicher Magie ganz und gar fernzuhalten. Jeder Jordain, den er kannte, wartete nur auf eine Gelegenheit, um ein Himmelsschiff zu lenken, und niemand hielt das für unziemlich.

Er betrachtete die Anordnung der winzigen Figuren. „Das sieht sehr nach den Scharmützeln aus, die dem Kampf von Mycontils letztem Gefecht vorausgingen", sagte er und bezog sich auf den Erzmagus, der bei der Abwehr einer gewaltigen Invasion von Kriegern unter der Führung der Crinti starb.

„Dies ist Mycontil selbst", erwiderte Procopio und wies auf die Figur, die wie eine besonders farbenfrohe Fliege umherschwirrte. „Er war ein großer Magier, aber kein Stratege. Bei diesem Kampf verlor er über hundert Mann, weil die Crinti ihm in die Flanke fielen. In etwa so."

Der Magier berührte mit seinem Stab die Hügel zu beiden Seiten der Krieger. Ganze Gruppen von Schattenamazonen tauchten auf und begannen, die Fußtruppen einzukesseln.

Procopio sah Matteo an. „Wenn du Mycontil wärst, was würdest du tun, um deine Verluste so gering wie möglich zu halten?"

Matteo überlegte einen Moment lang, dann erwiderte er: „Ich würde eine Illusion eines Geräuschs erzeugen lassen, die die Crinti so erschrecken wird, daß sie sich in die Hügel zurückziehen. Dann können sich die Soldaten dem Haupttrupp widmen."

„Und was bitte sollte die Crinti erschrecken?" fragte Procopio scharf. „Sie wiegen ihre Kinder mit Schlachtgesängen in den Schlaf, die Piraten die Nackenhaare aufrichten!"

„Habt Ihr nie die Lieder des Volks der Finsteren Feen gehört? Ich ja, und ich empfand es als unheimlich und enervierend. Aber für die Crinti muß die Musik der Finsteren Feen wie die Essenz des Schreckens wirken", erläuterte Matteo. „Sie ist Teil der Legende der Ilythiiri. Kennt Ihr sie?"

„Ich weiß nur wenig über die Ilythiiri, außer, daß es sich um Dunkelelfen handelt, die vor Urzeiten die südlichen Länder bevölkerten. Sie waren die Ahnen der Drow, die ihrerseits die Ahnen der Crinti waren. Was ist mit ihnen?"

„Die Legende besagt, daß vor vielen tausend Jahren eine ilythiirische Magierin den Schleier durchdrang, der die Welt, die wir sehen können, von der unsichtbaren Welt des Finsteren Feenhofes trennt. Dort machte sie mit einiger Magie der dunklen Nymphen Bekanntschaft, zum größten Teil unglücklicherweise am eigenen Leib. Nach langen Qualen konnte sie entkommen, zwar völlig wahnsinnig, aber mit einem Wissen über wilde Magie ausgestattet, mit der sie jeden Magier im Land bei weitem übertraf. Sie begann einen Aufstieg zur Macht, der die finstersten Herzen ihrer Zeit an ihren Hof lockte. Ihr Name ist in Vergessenheit geraten, und man kennt sie nur als die Spinnenkönigin. Es heißt, die böse Göttin der Drow, Lolth, habe die Magierin in ihr eigenes Wesen aufgenommen und sich sowohl den Namen der Magierin als auch deren dunkle Magie angeeignet. Es heißt auch, daß etwas von den Erinnerungen der Magierin in der Göttin verblieb und als Folge davon die Drow und sogar Lolth selbst das Volk der Finsteren Feen fürchten. Was also könnte für die Crinti erschreckender sein als die Lieder der Finsteren Feen?"

Procopio nickte langsam, während er über diese Ausführungen nachdachte. „Ein interessanter Gedanke. Diese Geschichte hatte ich noch nie gehört."

„Nur wenige widmen sich den Legenden der Drow. Es gibt auf dieser Welt vielleicht drei Bibliotheken, die zuverlässige Bücher darüber besitzen. Natürlich findet sich in Halruaa eine von ihnen."

„Du glaubst, daß die Crinti in solchen Dingen besser informiert sind als wir?"

„Sie legen großen Wert auf ihr Drow-Erbe. Sie wollen es erhalten."

„Hmmm", machte Procopio, als er darüber nachdachte. Dann zuckte er die Achseln. „Also gut, wollen wir mal sehen, was geschieht."

Der Magier bewegte den Stab in einem langsamen, komplexen Muster über den Tisch. Eine leise Melodie, düster, verlokkend und furchteinflößend, erhob sich wie ein leichter Nebel in den Hügeln.

Die winzigen Schattenamazonen, die von den Flanken herangestürmt kamen, hielten inne. In Windeseile machte sich Chaos unter ihnen breit. Die Pferde scheuten. Einige von ihnen stürmten inzwischen reiterlos davon. Augenblicke später waren die Kriegerinnen und ihre Pferde zwischen den Hügeln verschwunden, während die Hauptgruppe der Crinti ungeschützt dastand. Panik machte sich breit, da sie zu weit von den Hügeln entfernt waren, um sich dorthin zurückziehen zu können. Die Halruaaner eilten ihnen nach und holten sie mühelos ein. Im Handumdrehen war der Tisch übersät mit den winzigen grauen Leichen der Schattenamazonen.

Procopio lächelte und nickte. Er machte mit einer Hand eine rasche Geste, und dann verschwanden Sieger und Besiegte vom Tisch.

„Wer hätte gedacht, daß ein Lied – nein, die bloße Illusion eines Liedes – eine solche Macht über die Dämoninnen haben würde? Faszinierend, daß ein so einfacher Schachzug den Verlauf der Schlacht völlig umkehren kann. Kennst du noch mehr Crinti-Geheimnisse, die du mir beibringen kannst?" Procopio sprach voller Begeisterung, und seine Gesichtszüge verrieten, daß er weit mehr als nur beiläufig interessiert war.

Ein Verdacht, der sich Matteo seit einiger Zeit aufdrängte, nahm konkrete, beunruhigende Gestalt an. „Ein paar", sagte er langsam. „Ich beginne zu verstehen, warum Ihr mich in Euren Dienst nehmen wolltet. Ihr seid ein wahrer Freund strategischer Spiele, und als ein Meister des Spiels war ich der Beste in meiner Stufe."

„Das ist wahr", sagte der Magier nur.

Matteo bohrte nach. „Wir Jordaini glauben, solche Spiele trainierten den Geist und den Charakter, da ein wahrhaft verantwortungsvoller Mann weiß, daß jede Aktion eine Reaktion nach sich zieht."

Procopios Lächeln hatte ein gewisses Etwas, das erkennen ließ, daß er die subtilen Untertöne in Matteos Kommentar wahrgenommen hatte. „Ich übe, das ist zweifellos wahr. Wer befehligen will, muß die Kunst des Krieges verstehen. Es ist kein Geheimnis, daß Spiele der Vorbereitung dienen. Kätzchen jagen imaginärer Beute nach, und kleine Jungs duellieren sich mit Holzstöckchen und warten auf den Tag, an dem sie echte Schwerter halten können. Was wir hier tun, unterscheidet sich davon nicht allzu sehr."

Matteo trat unbehaglich von einem Bein aufs andere. „Ihr sprecht offen, ich werde das Gleiche tun. Eine Aktion zieht eine Reaktion nach sich. Ich weiß genug über die Geschichte, um zu verstehen, daß Männer, die sich so voller Eifer auf eine Schlacht vorbereiten, normalerweise auch eine solche finden."

„Doch im Land herrscht Frieden, und das schon seit Jahren. Denkst du, das wäre so, wenn niemand auf eine Schlacht vorbereitet wäre? Was glaubst du, warum sich unsere Feinde von uns fernhalten? Die Elfenbrut der Crinti und ihre Untergebenen, die Dambraii, die Wilden von Mhair, die Barbaren der Shaar-Wüste, die Magier von Thay, Unther und Mulhorand und Mystra weiß, wer noch alles? Weil wir stark sind", erklärte Procopio völlig von seinen Worten überzeugt.

Matteo hatte das schon oft gehört. Es war schwierig, da die Linie zwischen einer starken Verteidigung und einer starken Nation mit Hang zu offensiver Handlungsweise sehr dünn war und im Nebel verlief. Er fragte sich unwillkürlich, wie diese Leidenschaft für Militärstrategien zu Procopios persönlichen Zielen paßte. Wenn der Magier meinte, der beste Weg, den Thron zu erringen, sei, Kriegsheld zu werden, wie weit würde er dann gehen, um seine Absicht zu verwirklichen?

Der Magier schien das Unbehagen seines Ratgebers zu bemerken, beendete das Thema und kehrte an seinen Schreibtisch zurück. Er öffnete eine Lade und holte eine kleine Schriftrolle heraus.

„Ich möchte, daß du für mich eine Nachricht an Xavierlyn überbringst. Hast du schon von ihr gehört?"

Matteo nickte. Zephyr hatte ihm ausführlich von allen Magiern erzählt, die im Senat der Stadt saßen. Xavierlyn war eine mächtige Erkenntniszauberin, eine entfernte Verwandte König Zalathorms, die von vielen als seine wahrscheinliche Nachfolgerin betrachtet wurde. Damit war sie Procopios offensichtlichste Rivalin.

„Ich bin Frando begegnet, ihrem jordainischen Ratgeber. Er hat es sich zur Angewohnheit gemacht, vor der Siesta auf dem Platz der Bäume zu sprechen."

„Zweifellos kommen viele dorthin, um ihm zuzuhören und sich auf den Mittagsschlaf vorzubereiten", sagte Procopio trokken. „Ich habe den Mann gehört. Seine Vorträge bringen den Schlaf viel wirkungsvoller als jeder Zauber und jeder Trank."

Matteo verzog den Mund, mied es aber, der Einschätzung seines Patrons über einen anderen Jordain beizupflichten. Er nahm die Schriftrolle und überflog sie. Dann gab er sie zurück und wiederholte die Nachricht Wort für Wort. Der Magier nickte zufrieden, und Matteo machte sich auf.

Er ging zügig und erreichte den Platz der Bäume kurz vor Hochsonne. Es war ein hübscher, mit rosafarbenen und grünen Steinen gepflasterter Platz. Umgeben war er von kunstvollen Eisengittern und -bögen. Die Luft war erfüllt vom Duft reifender Trauben und den angenehmen Gerüchen, die vom nahegelegenen Markt herüberwehten. Stühle und kleine Tische standen auf dem Platz, damit Spaziergänger den Schatten nutzen konnten, den der Platz bot.

In der Mitte des Platzes gab es eine erhöhte Fläche, die abwechselnd von Herolden, Straßenmusikanten und Magiern benutzt wurde, die etwas zu präsentieren hatten. Frando, ein dunkler, stämmiger Mann, der fünfzehn Jahre älter war als Matteo, sprach gerade zum Thema Piratenüberfälle. Mit dem Geschick eines Alchimisten und einer wichtigtuerischen Stimme machte Frando aus dem aufregenden Thema einen einschläfernden Vortrag. Matteo ließ sich unter einem Baum mit rosafarbenen Trauben nieder und versuchte, interessiert auszusehen.

Endlich kam der Jordain zum Schluß seines Vortrags und nahm den spärlichen Applaus mit einer tiefen Verbeugung zur Kenntnis. Sein selbstzufriedenes Lächeln wurde noch breiter, als er Matteo sah. Der stand auf und ging dem Kollegen entgegen, um ihn zu begrüßen.

„Wenn das nicht das neueste Füllen in Procopios Stall ist", sagte Frando mit einem Hauch von Gehässigkeit. „Du bist hier, um mir zuzuhören und von mir zu lernen, stimmt's?"

Matteo hob die Augenbrauen. Diesmal schien es ihm angemessen, die üblichen Floskeln einfach zu überspringen. „Mein Patron hat mich geschickt, mit einer Nachricht für die Magierin Xavierlyn", sagte er knapp. „Er bittet mich, sie dir anzuvertrauen."

Es war eine recht normale Aufgabe, doch zu seiner Überraschung zischte Frando wütend: „Mir ist klar, daß es dir nichts ausmacht, den Laufburschen zu spielen, aber ich nutze meine Zeit für wichtigere Dinge. Warum konnte Procopio nicht einfach eine Schriftrolle schicken? Oder wenn er ein so mächtiger Erkenntniszauberer ist, wie er behauptet, warum hat er dann keine Magie eingesetzt?"

Matteo blinzelte, verblüfft von dieser Reaktion. „Schriftrollen können gestohlen, eingesehen oder magisch verändert werden. Botschafter können abgefangen, bestochen, bedroht oder magisch beeinflußt werden, oder die Information wird aus ihrem Kopf geholt. Selbst magische Botschaften können abgefangen werden, und es besteht sogar die Möglichkeit, daß ein magisch begabter Überbringer den Empfänger beeinflussen könnte, so wie die schwache Magie eines Barden sein Publikum für seine Musik empfänglich macht", erklärte er geduldig. „Jeder Jordaini der ersten Stufe weiß das."

Zu spät erkannte Matteo, wie seine Worte aufgefaßt werden konnten. Frandos Gesicht verfinsterte sich vor Zorn, dennoch konnte er gegen Matteos Worte nichts einwenden.

„Gib mir die Nachricht", sagte er nur.

Zu Matteos Überraschung erfaßte der Jordain die Nachricht beim ersten Mal nicht richtig. Er wiederholte sie und ließ sie nicht nur an mehreren Stellen anders klingen, sondern hatte auch zwei grobe Fehler eingebaut. Matteo wiederholte geduldig Procopios detaillierten Bericht gleich zweimal und bestand darauf, daß der andere Mann ihn wortwörtlich wiederholte.

„Es reicht", rief Frando mit vor Wut gerötetem Gesicht. „Du veränderst die Worte, um dich über mich lustig zu machen!"

Matteo schluckte rasch den aufkeimenden Zorn aufgrund dieser Anklage herunter. „Ich habe den Auftrag, eine Nachricht an deine Patronin zu überbringen, die frei von Fehlern und magischer Beeinflussung ist. Vielleicht sollte ich sie besser vor ihr wiederholen." Er wandte sich ab, um genau das zu tun.

Frando packte ihn am Arm und riß ihn herum. „Du würdest mich so beleidigen wollen?"

„Du hast mich weitaus schlimmer beleidigt", gab Matteo zurück und riß sich aus der Umklammerung los. „Du hast mich einen Lügner genannt."

„Das bist du auch!"

Der Impuls war stärker als die Ausbildung. Matteos Faust schoß vor und traf Frando am Kinn. Der Mann taumelte und fiel über einen Stuhl. Er ging schwer zu Boden, und als er wieder aufstand, hielt er in jeder Hand einen Dolch.

Das brachte Matteo in Bedrängnis. Es war gegen das Gesetz, daß ein Jordain gegen einen anderen eine Waffe zog. Wenn er sich verteidigte, würden er und Frando für das gleiche Vergehen verurteilt werden, da Matteo als Erster zugeschlagen hatte. Doch dem Zorn in Frandos Augen nach zu urteilen würde dieser angreifen, ob Matteo seine Waffen zückte oder nicht.

Ehe er jedoch reagieren konnte, drängte sich eine zierliche Frau zwischen ihn und Frando. Ihre Kleidung war eine Kombination aus den Farben Scharlachrot, Orange und Gelb, die in den Augen schmerzte. Matteos Herz hüpfte vor Freude und Sorge zugleich, als er Tzigone erkannte. Sie war als Gauklerin gekleidet, trug leuchtend gelbe Hosen, eine orangefarbenes Hemd und dazu eine rote Weste, die mit kleinen polierten Glasstückchen besetzt war, die wie Edelsteine wirken sollten. Auf dem Kopf trug sie einen Turban aus bunten Tüchern. Ihr Gesicht war sauber und geschminkt, was ihre Augen groß und exotisch wirken ließ. Selbst ihre Fingernägel waren in fröhlichen Gelbtönen lackiert. Zu seinem Erstaunen wurde Matteo klar, daß dieses Erscheinungsbild eine wirkungsvolle Verkleidung darstellte. Nur wenige würden hinter Farben und das Kostüm schauen, um darunter die Gesichtszüge der zierlichen Frau wahrzunehmen.

Sie sprang auf das Podest und klatschte in die Hände. „Kommt alle her", rief sie mit klarer, volltönender Altstimme. Sie bedeutete der Menge, den Raum zwischen Matteo und Frando zu füllen, womit sie auf höchst wirkungsvolle Weise den Angriff des wütenden Jordain unterband.

„Seht gut her und sagt, ob ihr das Geschick in dem erkennen könnt, was ich gleich tun werde. Denn es ist nur Geschick, es ist kein Hauch von Magie im Spiel!"

Sie rief ein Kind zu sich und zog mit einer ausholenden Geste plötzlich eine Münze hinter ihrem Ohr hervor.

„Ein einfacher Trick eines Beschwörers!" rief jemand verächtlich aus der Menge.

Tzigone ließ die Arme sinken, wandte sich um und sah den Störer ungläubig an. Matteo folgte ihrem Blick und sah den jungen Mann, der gesprochen hatte. Er war jung und ganz offensichtlich wohlhabend, da er violette Seide und viel zu viel Schmuck aus Gold und Amethyst trug. Von seiner Art gab es in den Städten Halruaas viele – Söhne und Töchter erfolgreicher

Kaufleute, die über die Zeit und die Mittel verfügten, sich ihre Zeit in den Läden und Festhallen zu vertreiben.

Sie nahm den Saum ihrer bunten Weste und öffnete sie. „Wenn ich so viele Münzen beschwören könnte, wie ich nötig habe, würde ich dann wirklich so elegante und dezente Kleidung tragen? Wenn ich mir Eure Kleidung so ansehe", fügte sie ironisch an, „dann glaube ich, daß auch Ihr nicht die Schule der Beschwörer genossen habt."

Gelächter machte sich breit, und der Narr zuckte selbstbewußt die Achseln. Tzigone wies auf eine Straßenhändlerin, eine dickliche Frau, die auf einer ihrer großzügigen Hüften einen zur Hälfte mit Orangen gefüllten Korb balancierte. Die Früchte waren überreif; das ließ der schwere Geruch erkennen, der in der Luft hing. Einige Bienen hatten sich schon eingefunden und kreisten über dem Korb.

„Wirf mir ein paar von deinen Früchten zu, wenn es geht."

Die Frau griff in den Korb und nahm drei Orangen heraus. Tzigone fing sie mühelos. Mit herausforderndem Lächeln warf sie ihr noch eine und dann weitere Orangen zu, die Tzigone alle schnappte und hoch in die Luft zu den anderen warf, die ein ständig wechselndes Muster zeigten. Das anerkennende Murmeln der Menge wurde lauter und verwandelte sich schließlich in Applaus.

„Illusion!" rief ein magerer Junge.

Ohne das Tempo zu verlangsamen, nahm sie eine der Orangen und warf sie auf den Rufer. Die reife Frucht zerplatzte an seinem Oberkörper und verteilte klebrigen Saft in seinem Gesicht und in seinem Haar.

„Du mußt deine Tunika nicht waschen", rief sie ihm zu und jonglierte ungerührt weiter. „Der Saft ist nur eine Illusion. So wie die Bienen, die er anlockt."

In dem Moment schrie der Junge und schlug sich ins Genick. Die Orangenhändlerin lachte so laut, daß sie sich nach hinten beugen mußte und dabei fast den Korb fallenließ.

Als die Begeisterung nachgelassen hatte, warf Tzigone die Orangen eine nach der anderen zurück in den Korb. Dann nahm sie eine überhebliche Pose ein, eine genaue Nachahmung von Frandos Haltung und Ausdruck. Matteo nahm eine Hand vor den Mund, um ein Lächeln zu unterdrücken.

„Denkt an das Problem der Piraten", dröhnte sie in offensichtlicher Parodie auf Frandos Vortrag. Während sie sprach, ließ sie den Kopf kreisen und den Unterkiefer herabsinken, um laut und deutlich vernehmbar zu schnarchen. Als die Menge zu lachen begann, tat sie, als schrecke sie erschrocken aus einem tiefen Schlaf hoch. Dann schüttelte sie den Kopf, um sich von den Nachwirkungen des Schlafs zu befreien.

„Das Problem mit den Piraten", sagte sie in lebhafterem Tonfall, „besteht darin, daß sie manchmal an Land kommen. Dann werden sie zum Problem. Ich bitte euch, ihr Leute, hört euch diese Geschichte an, die euch als Warnung dienen und die euch ein Stück klüger machen soll, ehe ihr diesen Platz verlaßt. Eine Jordain wurde losgeschickt, um für ihren Patron eine Nachricht zu überbringen. Begleitet wurde sie von einem anderen Jordain, der noch ausgebildet werden mußte und der für unsere Zwecke keinen Namen braucht." Wieder verzog sie das Gesicht zu einer Karikatur von Frandos hochmütigem Ausdruck, woraufhin die Menge johlte und sich nach dem Jordain umsah.

„Als die Nacht kam, führte ihr Weg sie durch Straßen, die von klügeren Leuten gemieden werden. Nicht lange, und sie wurden von einem großen Mann verfolgt, der die Kleidung eines Piraten trug und böse Absichten hegte." Tzigone zog die Brauen zusammen und trat bedrohlich ein paar Schritte vor.

„Der Begleiter der Dame sah sich um und erkannte die Gefahr. ‚Wir werden verfolgt', sagte er ängstlich. ‚Was könnte der große Kerl wohl von uns wollen?'"

Tzigones Tonfall erinnerte frappierend an den Frandos, der von einigen aus der lachenden Menge angestarrt wurde. Tzigone wartete, bis Ruhe eingekehrt war, dann fuhr sie fort.

„Die Jordain zuckte die Achseln. ‚Das Übliche, schätze ich. Euch will er ausrauben, über mich will er herfallen.'"

Das war eine unerwartete Wendung, und die Menge wurde etwas unruhig. Zuhörer tauschten unsichere Blicke aus. Derbe Geschichten waren in den Tavernen an der Tagesordnung, aber in diesem angesehenen Forum wurden sie nie erzählt. Tzigones Imitation war zwar gut, doch ihre Wortwahl war unangemessen und bewegte sich jenseits der Höflichkeitsgrenzen.

Tzigone schien vom Unbehagen des Publikums nichts mitzubekommen. „Der Begleiter der Frau rang die Hände und fragte, was sie machen sollten. ‚Wir tun das einzige Logische', sagte die Frau. ‚Wir gehen schneller.' Also gingen sie schneller, doch ihr Verfolger hielt ohne Schwierigkeiten mit ihnen Schritt. ‚Er kommt näher!' klagte der Jordain.

‚Tatsächlich', sagte die Frau. ‚Nach meiner Berechnung wird der Pirat uns eingeholt haben, ehe diese Wolke am Mond vorbeigezogen ist.'

‚Was sollen wir bloß tun?' rief ihr Begleiter den Tränen nahe.

‚Das einzig Logisch. Ihr rennt in eine Richtung, ich in die andere. Es ist allgemein bekannt, daß Jordaini wenig mit sich führen und keine Wertgegenständen besitzen. Wenn der Pirat unter diesen Umständen zwischen einem Raub und einer Vergewaltigung wählen muß, was wäre dann seine logische Entscheidung?'

Diese Schlußfolgerung verbesserte die Stimmung des Mannes ganz erheblich. Ohne Zögern machte er kehrt und eilte zurück in den Schutz, den das Haus seines Patrons ihm bot."

Tzigone machte wieder eine Pause, da erneut spöttisches Gelächter zu hören war, das sich gegen Frando richtete.

„Viel später traf die Dame aus dem Hause Jordain im Haus des Patrons ein. Fran – ihr Begleiter – war inzwischen schon ganz nervös. Er stürmte auf sie los und wollte wissen, was sich zugetragen hatte. Die Dame sah ihn irritiert an. ‚Was passiert ist?'

wiederholte sie. ‚Natürlich das einzig Logische. Der Pirat wurde schneller und holte mich ein, noch ehe die Wolke den Mond wieder freigegeben hatte.'

Der andere Jordain schluckte. ‚Was geschah dann, meine Dame?'

‚Ich habe das einzig Logische getan', sagte sie völlig nüchtern. ‚Ich habe meinen Rock gelüftet.'"

Einige Zuhörer schnappten nach Luft, woraufhin Tzigone nickte. „So hat auch der Jordain reagiert, als er das hörte. Er wollte wissen, was dann geschah. ‚Das einzig Logische', sagte sie. ‚Der Mann ließ seine Hose herunter.'

„Was geschah dann? Sagt mir alles!" Tzigone stieß die Worte atemlos hervor, aber mit der Neugier, wie sie zu einem lüsternen Jordain paßte. Matteo bemerkte, daß ihr Ausdruck mit dem auf Frandos Gesicht identisch war. Bevor er sich zurückhalten konnte, mußte er laut lachen. Tzigone sah ihn an und zwinkerte.

„Die Dame sah ihrem Begleiter in die Augen. ‚Das einzig Logische. Eine Dame mit hochgehobenem Rock kann viel schneller laufen als ein Mann mit heruntergelassener Hose.'"

Das überraschende Ende ließ die Menge lachen und schließlich applaudieren. Frando indes stand da und preßte vor Wut die Lippen fest aufeinander. Er bahnte sich mit soviel Würde, wie er nur aufbringen konnte, seinen Weg durch die Menge. Als er Matteo erreicht hatte, beugte er sich zu ihm vor.

„Wir werden das ein andermal beenden. Ich bin sicher, daß meine Patronin meinen Wunsch unterstützen wird, dich zu einer öffentlichen Debatte herauszufordern."

Zephyrs Warnungen kamen Matteo in den Sinn, und er begriff das überhebliche Glitzern in den Augen des anderen Jordain. Frandos Patronin, Xavierlyn, war die Senatssprecherin der Stadt Halarahh. Sie war eine der wenigen Magierinnen, die Procopio Septus schätzte und die Letzte, die er würde herausfordern wollen. Doch eine Debatte zwischen Jordaini entsprach einem Magierduell zwischen ihren Patronen, manchmal hatte sie gar den Stellenwert eines echten Duells. Matteo sah Frando nach, der den Platz verließ und zweifellos schon von seiner baldigen Rache träumte.

Tzigone hüpfte vom Podest und eilte durch die Menge zu Matteo. „Du mußt mir nicht danken", sagte sie gutgelaunt.

„Da sind wir uns ja einig", sagte Matteo und warf verärgert die Hände hoch. „Hast du eine Ahnung, was du mir eingebrockt hast?"

Sie runzelte die Stirn. „Einen Herausforderer abgelenkt? Einen Kampf verhindert? Ein paar Münzen verdient?" Sie hob den Beutel, in dem Münzen klimperten. „Komm. Ich kaufe für uns beide Bier und Süßbrot."

Matteo packte sie am Arm und zog sie mit sich bis zur gegenüberliegenden Seite des Platzes. Im Schatten einer rankenüberwucherten, hohen Mauer blieben sie stehen.

„Frando war nicht mein Freund, jetzt ist er mein Feind", sagte er knapp. „Er hat mich zu einer öffentlichen Debatte herausgefordert, um sich für die Schmach zu rächen, die du ihm bereitet hast. Ob ich siege oder verliere ist gleich, da dies so oder so die Hoffnungen meines Patrons zunichte macht. Procopio wird mir für dieses Tagwerk nicht danken. Meinen Posten beim Oberbürgermeister bin ich so gut wie los."

Tzigone dachte einen Moment nach, dann zuckte sie die Achseln. „Das ist doch ganz leicht. Such dir einen neuen Patron." Sie schnippte mit den Fingern. „Ich weiß, wie du das anstellen mußt. Das sollte meine Schuld endgültig begleichen!"

„Ich danke dir für die gute Absicht, aber bitte ‚hilf' mir nicht mehr", sagte er ernst.

Tzigone hörte ihm gar nicht zu. Sie suchte eifrig den Markt ab, dann leuchteten ihre Augen auf, und ein Lächeln umspielte ihre Lippen. „Warte", sagte sie fröhlich und ließ sich zu Boden fallen. Sie kämpfte sich zwischen den dichten, blühenden Ranken hindurch und verschwand aus seinem Blickfeld.

Wie die Menge argwöhnte nun auch Matteo, daß hier unerlaubt Magie eingesetzt wurde. Er bückte sich und teilte die Büsche, konnte aber weder von Tzigone noch von ihrem Fluchtweg etwas entdecken. Er suchte eine Weile, ehe er eine Erklärung fand. Hinter den Ranken war die Mauer stellenweise zerfallen, so daß ein Loch entstanden war, durch das sich ein Kind oder eine sehr zierliche Frau zwängen konnten.

„Hast du etwas verloren, von deinem Urteilsvermögen und deiner Würde einmal abgesehen?"

Die Altstimme weckte in Matteo eine Erinnerung. Er richtete sich auf und sah vor sich eine große, königlich wirkende Frau stehen, die ein einfaches, aber elegantes weißes Kleid trug. Ihre Arme waren unbedeckt, und das Dekolleté ihres Kleides war tief. Ihr glänzend schwarzes Haar war kunstvoll frisiert und um ihren wohlgeformten Kopf gelegt, doch der einzige Schmuck, den sie trug, war der Emailanhänger, der ihre Position erkennen ließ. Ihr längliches, schmales Gesicht hätte man nie als den konventionellen Vorstellungen von Schönheit entsprechend bezeichnet, doch das intelligente Leuchten in den dunklen Augen machte es zu etwas Außergewöhnlichem.

„Herrin Cassia." Matteo verbeugte sich respektvoll, um der mächtigsten Jordain in ganz Halruaa die Ehre zu erweisen. „Wie kann ich Euch dienen?"

Seine Worte waren höflich, doch bei ihr lösten sie ein flüchtiges, hartes Lächeln aus. „Wohl nur schlecht, wie es scheint. Wer ist dein Patron?"

Matteo sagte es ihr, woraufhin sie überrascht die Brauen hob. „Und weiß Procopio, daß du dich mit einfachen Gauklerinnen abgibst? Daß es dir Spaß macht, wenn man andere Jordaini verspottet? Ist das typisch für deine Dienstauffassung?"

„Ich denke nicht, meine Herrin."

„Oh, im Gegenteil. Ich denke sehr wohl, daß es so ist", sagte sie listig. „Es heißt, Königin Beatrix brauche Rat. Wenn du ihr dientest, dann würdest du höchstwahrscheinlich auch mir dienen, vorausgesetzt, du würdest lange genug überleben. Mechanische Kreaturen sind so unzuverlässig, und Beatrix ist so von ihnen begeistert. Eine Schande, was ihrem letzten Ratgeber widerfahren ist. Sie wollen ihn mit allen Ehren bestatten, sobald sie genug von seinen Einzelteilen zusammengetragen haben."

Sie lächelte Matteo kalt und reptilienartig wie ein Krokodil an. „Bereite dich auf eine Beförderung vor, Junge. Und wenn du schon dabei bist, solltest du vielleicht auch deine Angelegenheiten regeln."

ZWÖLFTES KAPITEL

Matteo sah zu, wie Cassia über den Markt davonging, königlich und erhaben, als trüge sie tatsächlich eine Krone. Die kurze Begegnung hatte ihn aus der Fassung gebracht, und zum ersten Mal in seinem Leben hatte er das Gefühl, völlig sprachlos zu sein.

„Du glotzt wie ein Fisch an der Angel", erklang eine volltönende Altstimme an seiner Seite.

Es war Cassias Stimme, und Matteo machte einen erschrokkenen Satz, da seine Ohren ihm einen Streich zu spielen schienen. Einen Herzschlag später wurde ihm klar, wer gesprochen hatte. Er wirbelte herum und sah Tzigones Gesicht vor sich, die ihm nichts als Ärger eingehandelt hatte. Zu seiner Überraschung machte sie einen sehr zufriedenen Eindruck.

„Das war leicht", sagte sie strahlend. „Ich mußte nur in Cassias Hörweite erwähnen, daß du und dieser Frando eine öffentliche Debatte beabsichtigt, und schon war sie auf dem Weg zu dir. Ist etwas Interessantes dabei herausgekommen?"

„Das kann man sagen", erwiderte er knapp.

Tzigone runzelte die Stirn und reichte ihm einen kleinen Leinensack. „Den kannst du für mich tragen. Das stellt dein Ansehen als höflicher, anständiger Jordain wieder her."

Matteo nahm gedankenverloren den Sack und legte ihn sich über die Schulter. „Du hast keine Ahnung, was du angerichtet hast."

„Doch. Ich habe Cassia auf dich aufmerksam gemacht. Du mußt mir auch diesmal nicht danken."

Matteo sah zum Himmel auf. „Auch da kann ich dir nicht widersprechen."

Sie sah ihn mißtrauisch an. „Du klingst nicht erfreut. Ich muß sagen, es ist schwer, eine Schuld bei dir zu begleichen. Aber ich weiß genau das Richtige – etwas, das selbst du nicht ablehnen kannst."

Sie machte sich zielstrebig auf den Weg durch die Menge. Matteo folgte ihr, auch wenn er sich vor den Problemen fürchtete, die ihre nächste gute Tat mit sich bringen mochte.

Sie überquerten den Markt, bis sie eine kleine Seitenstraße erreicht hatten, in der sich ein Stand an den anderen reihte. Sie alle waren mit seidenen Zeltbahnen in leuchtenden Regenbogenfarben abgeschirmt. Die Nachmittagssonne brach durch die Bäume, die der Straße Schatten spendeten und denen ein wenig Abkühlung verschafften, die für ein Mittagsmahl dort blieben. Gemurmel und köstliche Düfte erfüllten die Luft.

Tzigone blieb unter einem karmesinroten Zeltdach stehen und holte tief Luft, während sie eine Reihe geflochtener Gebäckstücke betrachtete, die zum Trocknen auf ein Holzregal in T-Form gelegt worden waren. Weiteres Gebäck schwamm in einem Kessel, in dem Fett brodelte, das sie rasch prall und braun werden ließ und zugleich die Luft mit einem Hauch gebackenen Süßbrots erfüllte. Der Bäcker war gerade damit beschäftigt, eine neue Lage in feingemahlenem Zucker zu rollen, der mit seltenen Gewürzen wie Nelkenpfeffer, Kardamom und Muskat versetzt war. Tzigone tastete ihre Taschen ab und holte schließlich ein paar keilförmige Elektrumstücke hervor, die für kleine Beträge als Währung akzeptiert wurden.

„Zwei Galgenstricke", sagte sie zum Bäcker und deutete auf einen langen Gebäckzopf mit einer Schlaufe an einem Ende. „Und tauchen Sie sie doch bitte noch mal in das Gewürz, damit sie so richtig gut und klebrig sind."

Matteo schüttelte den Kopf, als sie ihm eine der gepuderten Köstlichkeiten hinhielt. Er wies auf die Unterseite des Kessels, die rotglühend war, ohne daß ein Feuer darunter brannte.

„Der Kessel wird magisch beheizt", erklärte er. „Solche Dinge sind einem Jordain verboten."

Einen Moment lang starrte sie ihn an, dann zuckte sie die Achseln und biß herzhaft in das gezuckerte Brot. „Schmeckt auch nicht anders. Aber umkommen wird es nicht. Ich bin hungrig genug, um sie beide zu essen", versicherte sie. „Und was ist mit dir? Komm, laß uns weitergehen und nach etwas suchen, das du essen darfst."

Er nahm den Beutel von der Schulter. „Das ist nicht nötig, außerdem reicht die Zeit nicht. Ich werde bei Sonnenuntergang im Haus meines Patrons zurückerwartet, und zuvor muß ich sicherstellen, daß Procopios Nachricht korrekt überbracht wird."

Tzigone grinste und versetzte ihm einen freundschaftlichen Schubs. „Ah! Dann bist du bei ihm also nicht so in Ungnade gefallen, wie du angedeutet hast."

Matteo seufzte und lehnte sich gegen den dicken silbernen Stamm eines der großen Bäume, die in der Straße für Schatten sorgten. „Das werde ich, sobald Procopio von Frandos Herausforderung hört."

„Warum sollte ihn das kümmern? Dieser Frando ist selbst für einen Jordain ein Idiot. Ich kenne Esel, die ihm in einer Diskussion überlegen sind."

„Das mag schon sein, aber er ist der Ratgeber der Magierin Xavierlyn. Eine Herausforderung, die zwischen Ratgebern ausgesprochen wird, fällt auf ihre Patrone zurück. Gegenwärtig ist Procopio nicht daran interessiert, über Xavierlyn zu siegen, doch genauso wenig will er gegen sie verlieren."

Tzigone nickte verstehend. „Ah. Er hat eine Wette am Laufen und auf beide Kampfhähne eine große Summe gesetzt. So kann er nicht zu hoch verlieren, aber solche Dinge können unangenehm werden, wenn er nicht genügend Münzen flüssig hat."

Der Gedanke empörte ihn genauso wie ihre Anmaßung, eine Debatte zwischen zwei Jordaini mit der vulgären Praxis zu vergleichen, bei Hahnenkämpfen eine Wette auf den Sieger abzuschließen. „Es hat nichts mit Geld zu tun! Es geht um Politik. Xavierlyn ist die Senatssprecherin von Halarahh. Für Procopio kommt eine Herausforderung dieser Frau der Erklärung gleich, ihren Platz einnehmen zu wollen. Er kann es sich nicht leisten, zu ehrgeizig zu wirken."

Wieder zuckte sie die Achseln, da ihr der Sinn des Ganzen verborgen blieb. „Und was sagte Cassia?"

„Ich glaube, sie will mich der Königin empfehlen", murmelte Matteo.

Tzigones Gesicht hellte sich auf. „Aber das ist doch gut, oder nicht? Du könntest Ratgeber der Königin werden?"

„Nicht, wenn es bedeutet, in Unehre in den Palast zu gehen, um meinem gegenwärtigen Patron Unannehmlichkeiten zu ersparen."

„Wenn du am Ziel bist, ist es dann wirklich wichtig, ob du es auf einem Pferd oder einem Esel erreicht hast?" fragte sie. „Wenn du erst einmal da bist, ist die Reise schnell vergessen."

Matteo mußte zugeben, daß ihre Worte durchaus einen Sinn ergaben. „Ich kann langsam den Pfaden folgen, auf denen sich deine Gedanken bewegen", sagte er und seufzte. „Und das macht mir Sorgen."

Sie lachte fröhlich und hakte sich bei ihm unter, um ihn zu einem gemütlichen Spaziergang zu bewegen. „Habe ich dir nicht gleich gesagt, daß du dich über kurz oder lang an mich gewöhnen wirst?"

„Das ist etwas, worüber wir uns unterhalten müssen", sagte er langsam. „Ich kann nicht bestreiten, daß ich deine Gesellschaft genieße, und ich habe seit unserer letzten Begegnung auch oft an dich gedacht. Glaub mir bitte, daß ich dich nicht vor den Kopf stoßen will, aber ich muß darauf bestehen, daß du aufhörst, dich in meine Angelegenheiten einzumischen."

Tzigone blieb abrupt stehen und starrte ihn an. „Einzumischen?"

Sie sah ihn so verständnislos an, daß sich Matteo veranlaßt sah, ihr eine Erklärung zu liefern. „Ja, einzumischen. Dich um Dinge zu kümmern, die dich nichts angehen. Oder andere zu beeinflussen, wenn dir die Formulierung lieber ist. Das jüngste Beispiel dafür ist dein Auftritt auf dem Platz der Bäume."

„Ein Mann wollte zwei unangenehm aussehende Messer zükken und gegen dich richten. Meine Geschichte war nur ein Ablenkungsmanöver", betonte sie.

„Ein Ablenkungsmanöver, das einen anderen Jordain beleidigt und ihn dazu veranlaßt hat, mich herauszufordern."

Tzigone verschränkte die Arme. „Was dir wiederum die Aufmerksamkeit der Ratgeberin des Königs einbrachte."

„Nicht jede Aufmerksamkeit ist erwünscht. Cassia hält mich für einen unfähigen Narren, und aus dem Grund will sie mich ihrer Rivalin empfehlen."

„Die zufällig die Königin Halruaas ist", schloß Tzigone mit leicht verärgertem Tonfall. „Ich dachte, Jordaini müßten ehrgeizig sein! Wen kümmert es, wie man an einen so hohen Posten kommt? Sobald man ihn hat, geht man daran, ein Zeichen zu setzen." Sie nahm eine überhebliche Haltung ein. „Wenn du das nicht kannst, dann bist du der Narr, als den dich die Ratgeberin des Königs bezeichnete", sagte sie abschließend mit Cassias Stimme.

Die Nachahmung war erschreckend genau, präziser als ein Echo. Matteo schüttelte erstaunt den Kopf. „Wie machst du das?"

„Die Stimmen?" Sie zuckte die Achseln. „Man sagt, ich hätte eine natürliche Begabung dafür. Ich bin früher mit einer Gauklertruppe durchs Land gereist, die mich als ‚menschliche Spottdrossel' angepriesen haben. Eine Zeit lang hat das Spaß gemacht", gestand sie. „Aber wegen der Federn meines Kostüms mußte ich ständig niesen. Hast du mal von der alten Bess gehört?"

Matteo brauchte einen Moment, um dem abrupten Themenwechsel zu folgen, doch er nickte. Nur wenige Menschen in den Landstrichen an der Küste wußten nichts über die berüchtigte Piratin. Sie war eine untersetzte Frau mittleren Alters mit der fröhlichen Art einer alternden Milchmagd und gehörte unbestritten zu den blutrünstigsten und grausamsten Kapitäninnen, die das Große Meer befuhren.

„Ich hatte Gelegenheit, mich mit ihr zu unterhalten", erklärte Matteo. „Vor zwei Jahren verbrachte sie einen Teil der sommerlichen Regenzeit im Haus der Jordaini, da sie Fieber hatte."

„Diese alte Gaunerin?" fragte Tzigone ungläubig. „Ich bin überrascht, daß die Jordaini sich überhaupt mit ihr abgaben."

„Manchmal werden Kriminelle und Fremde ins Haus gebracht, die behandelt werden müssen. Für die Studenten ergibt sich so Gelegenheit, den Verlauf ernster Erkrankungen ebenso mitzuverfolgen wie deren Heilung", erläuterte er. „Um ehrlich zu sein, es hatte niemand damit gerechnet, daß sie überleben würde. Als sie sich wieder erholt hatte, bestand sie darauf, für ihren Aufenthalt und ihre Genesung zu bezahlen, indem sie einige der Studenten in Gezeiten und Strömungen unterrichtete. Ihre Schilderung großer Schlachten war allerdings die beste Lektion, die wir von ihr erhielten", gestand er mit flüchtigem Grinsen.

„Dann kennst du ihre Stimme." Tzigone räusperte sich und schürzte lächelnd die Lippen. Ihre Wangen schienen sich aufzublähen, und ihre Augen begannen zu funkeln. Um die Illusion perfekt zu machen, trat sie unter die karmesinrote Zeltbahn. Das Licht, das hindurchfiel, gab ihrem Haar einen rötlichen Hauch und verlieh ihrem Gesicht eine Rötung wie von kräftigem Wind. Ohne wirklich etwas an ihrem Aussehen zu verändern gelang es ihr, das Wesentliche der Piratin herüberzubringen.

„Und was hättste gern, Liebelein?" fragte sie mit fröhlicher Stimme und einem breiten Akzent der nördlichen Mondschein-Inseln. „'n Messer durch deine Gurgel oder willst dich lieber auf 'ne Speerspitze setzen?"

Sie betete weiter gut gelaunt zunehmend blutiger werdende Todesarten in einem Tonfall herunter, der einer Kellnerin einer Taverne glich, die mit großer Begeisterung die Spezialitäten des Abends auflistete.

Während er zuhörte, begannen sich Matteos Lippen unwillkürlich zu einem Lächeln zu verziehen, und er merkte, daß sein Zorn verrauchte. Es fiel ihm schwer, lange auf Tzigone wütend zu sein. Die junge Frau war einfach zu amüsant, und auf ihre eigene Art meinte sie es wirklich gut mit ihm.

Er fand sie auch auf eine Weise interessant, die weit über ihre überzogenen Geschichten hinausging, denn etwas an ihr war rätselhaft. Es entging ihm nicht, daß Tzigone die weithin gebräuchliche Handelssprache, die zu erlernen sich nur wenige Halruaaner die Mühe machten, da sie sowohl isoliert als auch stolz waren, mühelos beherrschte.

„Und nun etwas aus den dekadenten Nordlanden", sagte sie und wechselte zu einem langgezogenen Akzent.

Nach 'nem Überfall ist die Erregung groß,
Bei den Männer der Zentilfeste.
Sie töten das Weibsvolk rasch
Denn Schafe sind eh' das Beste.

Doch essen sie nicht das geraubte Vieh
Wie das wäre bei Schlemmern
Es spart ihnen vielmehr die Onanie
Nur stinken sie ständig nach Lämmern."

Sie deklamierte die Verse in klingender, metrischer Sprache, fast wie ein klassisch ausgebildeter Barde, der die Geschichte einer Schlacht vorträgt oder ein Epos über seit langem tote Helden rezitiert. Die Kombination aus ihrer kultivierten Sprechweise und dem derben Reim ließ Matteo verwundert den Kopf schütteln.

„Wo hast du das bloß aufgeschnappt?"

„Große Lieder überdauern, aber schlechte machen die Runde", grinste sie.

Er mußte lachen. „Dieses Sprichwort ist mir nicht vertraut, aber es scheint der Wahrheit zu entsprechen."

„Sprichwort?" Ein Schatten der Verärgerung huschte über ihr Gesicht, verschwand aber rasch wieder. „Und was nun?"

Matteo wußte die Antwort, aber er wußte auch, daß er sie nur ungern aussprach. „Ich fürchte, unsere Wege trennen sich nun", sagte er mit ehrlichem Bedauern und wollte den Leinensack vor ihr abstellen.

Sie riß die Augen weit auf und streckte eine Hand nach ihm aus. „Nimm den nicht von der Schulter!"

Mißtrauen stieg erneut in ihm auf, und mit diesem Gedanken kam auch der stechende Schmerz des Selbstvorwurfs. Jordaini besaßen große Widerstandskraft gegen alles Magische, und das schloß auch alle Methoden der magischen Ermittlung ein. Da man sie selten dabei beobachten konnte, wie sie sich Kristallkugeln und ähnlicher Gegenstände oder Suchzauber bedienten, waren sie die geborenen Boten. Ausgefeilte Protokolle sorgten dafür, daß sie nicht als solche eingesetzt werden konnten, nicht einmal vom jeweiligen Patron. Sie trugen nur bei sich, was in den Ledertaschen an ihrem Gürtel Platz hatte, und lernten Nachrichten eher auswendig, anstatt Schriftrollen mit sich zu führen. Indem er Tzigones Tasche angenommen hatte, hatte er gegen die Tradition und gleich mehrere Kernvorschriften verstoßen, und da er sie nicht gefragt hatte, was sich in dem Sack befand, hatte er sich als so naiv erwiesen, wie sie ihn bezeichnet hatte.

„Was ist da drin?" wollte er wissen.

Er wartete nicht auf ihre Antwort, sondern machte die Tasche auf und steckte die Hand hinein. Seine Finger legte sich um einen glatten, festen Zylinder. Er holte ihn heraus und betrachtete mit wild pochendem Herz das Kästchen aus Leder und Holz, das der Aufbewahrung von Schriftrollen diente.

„Ein Zauberbuch", flüsterte er fassungslos. „Du hast mir gesagt, du seiest keine Magierin."

„Man muß keine Magierin sein, um den Preis solcher Dinge zu kennen", gab Tzigone zurück. „Auf dem Markt wird das guten Profit bringen, vorausgesetzt, ich verkaufe es nach Einbruch der Nacht und weit weg von diesem Teil der Stadt."

Erleichterung machte sich in Matteo breit. Die Reaktion überraschte ihn genauso wie die Erkenntnis, daß es leichter für ihn war, wenn Tzigone eine Diebin war, aber keine Magierin. Natürlich konnte er ihren Diebstahl nicht gutheißen, doch in seiner Welt konnten Magier nur zwei Rollen spielen: Patrone, denen man diente, oder Feinde, die man überlisten und besiegen mußte.

Der Gedanke an den Kampf veranlaßte ihn zu einem Blick auf die geheime Markierung auf dem Kästchen, um nach einem Hinweis auf die Schule und die Macht des Magiers zu suchen, dem die Schriftrollen gehörten. Das war von Bedeutung, da ein Kampf nach Möglichkeit vermieden werden mußte. Allerdings bezweifelte er, daß der um sein Eigentum betrogene Magier ihm die Zeit für eine Erklärung geben würde.

Nach kurzer Suche entdeckte er auf dem dunklen Holz eine leichte Gravur: die Umrisse eines Raben, der auf der Spitze eines Dreiecks saß. Es gab Symbole für den Tod und die Erneuerung, die er bot, also war anzunehmen, daß es sich um das Eigentum eines Nekromanten handelte.

Matteo verzog den Mund und ließ das Kästchen zurück in den Beutel fallen. Nekromanten galten nicht als die ehrbarsten oder mächtigsten Magier Halruaas, aber es gefiel ihm nicht, mit ihnen zu tun zu haben.

„Was ist los?" fragte Tzigone rasch.

„Abgesehen von der Tatsache, daß du mich schon wieder Diebesgut durch die Stadt tragen läßt?" gab er zurück.

Tzigone sah ihn eindringlich an. „Ich will dir nicht zu nahe treten, aber der Diebstahl scheint dich nicht allzu sehr zu stören. Als ich dir sagte, ich habe diese Schriftrolle mit der Absicht erworben, sie wieder zu verkaufen, hast du einen erleichterten Eindruck gemacht. Also nehme ich an, daß ich gegen irgendeine deiner wichtigen Jordaini-Regeln verstoßen habe."

Einen Moment lang dachte Matteo wirklich darüber nach, ob er sich vielleicht zu sehr um die Regeln seines Ordens kümmerte als um die einfache Frage nach dem, was richtig und was falsch war. Diebstahl war seiner Meinung nach falsch, während das für Magie streng genommen nicht galt. Aber auch wenn die Zusammenarbeit mit Dieben kaum etwas war, das man akzeptieren konnte, konnte die Freundschaft zu einem Magier ihm gar den Tod bringen. Das erschien ihm unverhältnismäßig.

Er machte sich im Geist eine Notiz, darüber später nachzudenken, während er jetzt erst einmal Tzigone die Situation erklärte.

„Ein Jordain darf keine Magie nutzen und auch nicht dafür bezahlen, daß sie für seine Zwecke zur Anwendung kommt. Er darf magische Gegenstände weder besitzen noch nutzen. Er darf keine Beziehungen zu Magiern haben. Selbst der Umgang mit magischen Gegenständen ist verdächtig. Die Reinheit des Ordens wird von den Bluthunden und dem Jordaini-Rat überwacht, und die Strafen für eine Verletzung dieser Regeln sind drastisch."

Tzigone verzog das Gesicht. „So arg? Mach dir keine Sorgen. Bei Tagesanbruch bin ich das Ding los", sagte sie und ergriff den Beutel.

In dem Moment wurden sie von einem Fußgänger angerempelt, und der Beutel entglitt Matteo. Tzigone machte einen Satz, erreichte ihn aber nicht mehr. Der Beutel schlug auf dem Pflaster auf.

Sofort zuckte ein Blitz aus geheimnisvollem Licht aus dem Beutel, der dunkler als ein tiefes Karmesinrot war und sich wie eine unnatürlich schnelle Schlange bewegte.

Das plötzlich Aufwallen von Magie verunsicherte die, die ringsum zu Mittag aßen. Stühle fielen um, als sie sich in Sicherheit brachten. Gebäck und Käse fielen zu Boden, Münzen und Ware lagen vergessen auf den Theken, da sowohl Händler als auch Kunden andere Dinge im Sinn hatten, die vorrangig ihre volle Aufmerksamkeit erforderten. Magierduelle kamen auf den Straßen Halruaas selten vor, was die Leute veranlaßte, kein Risiko einzugehen.

„Ein roter Blitz. Das ist schlecht", murmelte Tzigone. Sie begann, sich auf die Zeltplane eines Fischstandes ganz in der Nähe zuzubewegen.

Plötzlich zischte der Blitz zurück und vollzog den Weg des Suchzaubers nach. Helligkeit und Kraft des Blitzes schienen zugenommen zu haben, da er greller und irgendwie schwerer war.

Matteo runzelte die Stirn. Diese Folge eines Suchzaubers hatte er nicht erwartet. Nur wenige Magier konnte auf dem Weg reisen, der durch suchende Magie entstand. Der Magier, dem er bald gegenüberstehen würde, war mächtiger, als er erwartet hatte.

Er legte die Hände an die Hefte seine Dolche, während der Magier sich vor ihm manifestierte, zog sie aber nicht, sondern bereitete sich darauf vor, sich zu verteidigen, wenn das erforderlich wurde.

Das Opfer von Tzigones jüngstem Diebstahl war ein großer Mann mit extrem langen Gliedmaßen und schmalen Schultern. Seine schlaksige Gestalt war in die schwarzrote Kleidung eines Nekromanten gehüllt, die um ihn herumwirbelte wie Sturmwolken bei Sonnenuntergang. Der schwache Geruch eines Beinhauses umgab ihn und sprach die leise, aber unmißverständliche Sprache des Todes. Das Schicksal hatte es so gewollt, daß der Mann bleicher als ein Leichnam war, ein echter Albino mit Augen, die die Farbe von Wasser hatten und einer Haut, die weißer als die Haut eines Fischs. Die schwarze Kleidung warf graue Schatten auf seiner Haut.

Fast theatralisch bedrohlich trat der Magier vor und richtete eine dürre Hand auf Matteo. Seine Haut wurde noch blasser, bis das Fleisch kristallklar war und das Skelett darunter erkennen ließ.

„Seht das Schicksal der Hände, die mein Zauberbuch berührt haben", begann der Magier.

„Klar, in etwa sechzig Jahren", murmelte Tzigone, die sich irgendwo hinter Matteo versteckte.

Er teilte ihre Gewißheit, immerhin war er als Jordain gegen die meisten Zauber immun. Aber er überlegte einen Moment, wie Tzigone ihre eigene Widerstandskraft gegenüber Magie erklären wollte. Immerhin hatte der Suchzauber auch nicht gewirkt, als sie den Beutel getragen hatte.

Der Nekromant beschrieb eine Reihe schneller, ungeduldiger Gesten. Auf seinen Befehl hin erhoben sich Dutzende von glatten, polierten, quastenverzierten Stöcken aus einem Korb an einem der umliegenden Stände – Jongleurstäbe, die im Dreierpack als Kinderspielzeug verkauft wurden. Die Stöcke flogen zur Mitte des inzwischen menschenleeren Platzes und nahmen klappernd die Gestalt eines Skeletts an. Das Knochengerüst eines Geschöpfs, das niemals das Leben gekannt hatte, näherte sich Matteo.

Matteo paßte sofort seine Haltung und seine Strategie an. Einem solchen Gegner hatte er sich noch nie gestellt, doch er ging davon aus, daß jedes Geschöpf – ob lebendig, tot oder künstlich erschaffen – auf eine annähernd gleiche Weise zusammengehalten wurde.

Er ließ sich fallen und wirbelte herum, während das Holzskelett näher kam. Aus der Drehung hieb Matteo nach der Stelle, an der sich die Kniegelenke befinden sollten. Die silberne Klinge schnitt tief in etwas, kein Fleisch, sondern eine Energie, die fast schon spürbar war. Die magischen Verbindungen waren stark und ließen sich nicht ganz durchtrennen, doch die Schöpfung des Nekromanten schien wirkungsvoll in ihrer Beweglichkeit beeinträchtigt. Sie blieb stehen und neigte sich gefährlich zu einer Seite, während ihre „Arme" ruderten, um das Gleichgewicht zurückzuerlangen.

Matteo tauchte unter den wild hin und her schwingenden Gliedmaßen weg und trieb einen Dolch zwischen zwei Stücke, die das Rückgrat des Geschöpfs bildeten. Er hielt die Klinge eisern fest, während er ein weiteres Bein wegtrat. Das Skelett ging klappernd zu Boden und blieb zuckend liegen, war aber nicht mehr in der Lage, seine Teile zu bewegen. Die magische Strömung, die das Ding zusammenhielt, verlief auf die gleiche Weise wie die Energie, die sich vom Rückgrat eines Lebenden in den Körper verteilte. Wurde es durchtrennt, war es aus.

Der Nekromant kreischte vor Zorn. Wild gestikulierend ging er auf Matteo los. In einer Hand hielt er einen fauligen, stinkenden Streifen Fisch. Das abscheuliche Ding zappelte, während der Magier die Gesten für seinen Zauber beschrieb und es sich allmählich in ein unheimliches grünliches Licht verwandelte, das in die Hände des Nekromanten sank.

Matteo erstarrte, da er den Zauber nicht erkannte und somit auch nicht wußte, wie er ihm begegnen sollte.

Tzigone hingegen ließ sich vom Angriff des Nekromanten inspirieren. Sie nahm eine Handvoll Aale aus einem Korb des Fischhändlers und schleuderte sie dem Magier entgegen. Die schlangenähnlichen Fische wickelten sich um seine Fußgelenke, stoppten sein Vorankommen und lenkten ihn ab. Er strauchelte fast, und sein Bemühen, sich auf den Beinen zu halten, wäre unter weniger ernsten Bedingungen ausgesprochen witzig gewesen.

Der Nekromant riß die Aale los und schleuderte sie fort. Die Berührung durch seine Hand ließ sie grün leuchten und machte sie starr wie Holzstöcke. Einer der Aale prallte mit einem Geräusch gegen einen Baumstamm, als zerschelle Geschirr. Der Aal zersplitterte, und die Bruchstücke schossen wie Pfeile durch die Luft, die auf dem Gewand des Nekromanten leuchtend grüne Flecken verursachten.

„He, Drachenrotz! Hier bin ich!" rief Tzigone und ruderte mit den Armen, um die Aufmerksamkeit des Magiers von Matteo auf sich zu lenken.

Dieser Affront gegen die Würde des Magiers erzürnte ihn so sehr wie der Diebstahl seiner Zauberbuchs. Karmesinrotes Licht begann sich in seinen farblosen Augen zu sammeln, während er den letzten Aal zur Seite trat und auf sie zueilte.

Matteo fühlte die wachsende Kälte, als sich der Nekromant ihm näherte, und er verstand, welcher Art der Zauber war. Nur sehr wenige Nekromanten konnten die Berührung durch einen Leichnam beschwören, ein gefährlicher Zauber, der die Lähmung von Körper und Geist nachahmte, wie sie bei der Berührung durch einen untoten Magier ausgelöst wurde. Doch Matteo trat zwischen den Magier und Tzigone und packte die leuchtende Hand, die ausgestreckt worden war, um nach der jungen Frau zu greifen.

Er nahm die schreckliche, betäubende Kälte hin, einen Angriff, der die meisten Männer auf der Stelle hätte erfrieren lassen, als hätte der Odem eines Eisdrachen sie berührt. Er verdrängte den eiskalten Schmerz und umschloß die Hand des Magiers fester, während er sie gleichzeitig drehte. Die zarten Knochen unterlagen seinem Griff mit einem übelkeiterregenden Knacken.

Es war eine grausame Verteidigung, und Matteo haßte es, sie anzuwenden, doch er wußte von keiner anderen Methode, um die magische Offensive des Magiers zu stoppen, wenn er ihn nicht gleich töten wollte.

Der Nekromant heulte vor Schmerz und Wut auf, ein anhaltender Ton, der immer heller und heller wurde, bis er zum entsetzlichen Heulen geworden war. Er wich vor dem Jordain zurück, wobei er buchstäblich zusammenschrumpfte, während er sich zurückzog.

Gleichzeitig begann er sich zu verändern. Knochen knackten und krachten, als ihr Besitzer eine neue Gestalt annahm. Seine Nase beulte sich aus und schnellte zu einer langen Schnauze vor, seine Kleidung fiel in Fetzen von seinem Leib, weißes Haar wuchs auf seiner blassen Haut. Augenblicke später war die menschliche Form des Magiers vollständig verschwunden und durch die eines schlanken, geisterhaften Wolfs ersetzt worden.

Es war eine vernünftige Strategie, die Matteo erwartet hatte. Auch wenn die gebrochene Hand den Magier eine Weile davon abhalten würde, Zauber zu wirken, hatte jeder mächtige Nekromant noch andere Zauber auf Lager, die ohne Worte oder Gesten umgesetzt werden konnten. Als Wolf brauchte der Magier keine Magie, um angreifen zu können.

Offenbar war er so weitsichtig gewesen, Magie zu entfesseln, die Matteo für Reißzähne und Klauen verwundbar machte. Als er seine Dolche in Abwehrhaltung brachte, bemerkte er, daß die Spitzen vor Hitze glühten. Er warf sie rasch zur Seite und konzentrierte sich auf das, was er tun mußte.

Der geisterhafte Wolf fletschte die Lefzen und gab den Blick frei auf außergewöhnlich lange, scharfe Reißzähne und schwarzes Zahnfleisch. Er knurrte und setzte zum Sprung an.

Matteo wartete einen kurzen Moment, dann sprang er vor, um dem Wolfsmagier zu begegnen. Er drehte sich auf einem Fuß und trat mit dem anderen zu, als die Kreatur den Zenith ihres Sprungs erreichte.

Sein Stiefel traf das Geschöpf genau in die Brust. Er tänzelte zurück, während der Wolf zu Boden ging. Auf seinem bleichen Gesicht war der Ausdruck menschlicher Überraschung zu sehen, doch kein Atemzug hob den großen weißen Brustkasten noch einmal an, und der Wolfsmagier gab auch keinen anderen Ton mehr von sich. Das Herz war bei dem Aufprall stehengeblieben und würde nie wieder schlagen.

Matteo betrachtete wie betäubt den Wolf, der langsam wieder seine menschliche Gestalt annahm. Auch wenn es kaum möglich war, wirkte der wächserne, weiße Leib des Magiers noch unmenschlicher als die aufgegebene Wolfsgestalt.

Er nahm wahr, daß Tzigone sich ihm näherte. Die junge Frau versetzte der reglosen Gestalt mit der Fußspitze zaghaft einen Stoß, dann legte sie ihre Finger an den weißen Hals des Nekromanten, um seinen Puls zu fühlen. Schließlich erhob sie sich und sah Matteo mit weit aufgerissenen Augen an.

„Du hast ihn mit einem Tritt umgebracht", sagte sie ungläubig.

„Ich hätte ihn ohne schwere Verletzungen stoppen können, wenn er mir den Einsatz meiner Dolche gestattet hätte", sagte Matteo kurz angebunden, denn er hielt ihr Erstaunen irrtümlich für Ablehnung.

In Wahrheit war er weit verblüffter als Tzigone, wie leicht er den Tod dieses Mannes herbeigeführt hatte. Matteo war für den Kampf ausgebildet worden, seit er alt genug gewesen war, einen Holzstock festzuhalten, ohne nach hinten zu kippen. Doch dies war das erste Mal, daß ein anderer durch seine Hand getötet worden war. Er fand, etwas derartiges sollte nicht so einfach vonstatten gehen. Etwas so Bewegendes, so Endgültiges hätte für ihn viel schwerer sein müssen, und es hätte länger dauern müssen.

Vielleicht hätte er Zeit gehabt, sich mit seinen Handlungen abzufinden. Vielleicht würde er dann nicht hier stehen, den Toten anstarren und sich über die kalte Leere wundern, die das Ende des Daseins dieses unbekannten Mannes in seinem eigenen Herzen verursacht hatte. Er konnte töten. Er hatte getötet.

„Er hatte nicht sterben müssen", sagte er leise. „Ich wünschte, er wäre nicht gestorben, auch wenn er uns Schaden zufügen wollte."

„Armer Bastard", pflichtete ihm Tzigone bei.

Aus einem unerklärlichen Grund ärgerte ihn ihre Wortwahl.

„Der Mann ist tot", sagte er kühl. „Er starb beim Versuch, sein rechtmäßiges Eigentum zurückzuholen, das du ihm gestohlen hattest. Ich erwarte nicht, daß du jegliche Verantwortung für seinen Tod übernehmen willst, aber ich werde dir nicht zuhören, wenn du ihn noch weiter verletzt. Wer bist du, daß du seinen Namen so übel schmähst?"

Tzigone machte einen Schritt zurück und sah Matteo einen Moment lang an. Ihre geschminkten Augen waren weit aufgerissen, ihr Gesicht war bleich. Sie hätte nicht erschrockener und verratener dastehen können, wenn er ihr eine Ohrfeige gegeben hätte.

Sie erholte sich rasch von dem Schreck und zuckte einmal mehr die Achseln, dann verschwand sie mit einer Geschwindigkeit um die nächste Ecke, die Matteo für magisch hätte halten können, wenn er sie nicht bei einigen ihrer anderen Tricks gesehen hätte.

DREIZEHNTES KAPITEL

Zephyr griff in die Tasche, um eine Münze herauszuholen. Es war eine unbedeutende Aufgabe, die ohne Mühe hätte erledigt werden können, doch der Jordain wurde durch seine gelähmte Hand und die langsamen und mühseligen Bewegung eingeschränkt, die sein hohes Alter mit sich brachte.

Er bemerkte die Ungeduld im schmutzigen Gesicht des Straßenbalgs, der die Botschaft überbrachte, und verfluchte seine eigene Gebrechlichkeit. Eines war klar: Er lebte schon zu lange.

Doch die Information, die er von dem Straßenbalg erhalten hatte, war ein Trinkgeld wert, und sie war die Mühe wert, es hervorzuholen. Vielleicht war sie sogar die schreckliche Mühe wert, als die sich das Leben in den letzten Jahren gestaltet hatte. Den Informanten zufolge, die für Zephyr Augen und Ohren offenhielten, war die junge Frau, die sich jetzt Tzigone nannte, in der Stadt gesehen worden, in der Kleidung einer Gauklerin und in Gesellschaft des neuesten, ernsthaftesten Jordain, dessen Dienste sich Procopio gesichert hatte.

Das war ein unerwarteter Glücksfall. Zephyr war sicher, daß Matteo ihm alles erzählen würde, was es zu wissen gab. Er bezweifelte, daß der junge Mann in der Lage war, sich nichts anmerken zu lassen, selbst wenn er es gewünscht hätte.

Mit einer persönlichen Verbindung zu Tzigone würde Zephyr sie in nächster Zeit zu fassen bekommen. Dann würde er sie an Kiva übergeben, und das schreckliche Böse, das die beiden Elfen fast zwar Jahrhunderte lang nicht zur Ruhe hatte kommen lassen, würde endlich vernichtet werden.

Der Gedanke hob Zephyrs Stimmung beträchtlich. Nur für diesen Zweck hatte er gelebt. Wenn der Laraken starb, würde Zephyr endlich seinen Körper verlassen und nach Arvanaith reisen können, in die letzte Heimat der Elfen.

Er wurde von den Gefühlen fast überwältigt, die von den lokkenden Stimmen an ihn herangetragen wurden, von den Stimmen derer, die schon vor so langer Zeit gegangen waren. Der Elf kniff die Augen zusammen und kämpfte gegen die Natur und seine eigenen tiefsten Sehnsüchte an.

Mit erheblicher Anstrengung gelang es ihm, die Fassung zu wahren, dann schickte er den Jungen fort und humpelte los, um Procopio zu suchen. Es war seine Aufgabe, Procopio Septus mit Informationen zu versorgen, doch bei manchen Anlässen – so wie diesem – war es viel wichtiger, Kontrolle über das zu haben, was der Magier erfuhr. Matteos Verwicklung war Segen und Fluch zugleich. Der junge Mann mochte in der Lage sein, Zephyr zu Tzigone zu führen, aber es wäre nicht gut, wenn Procopio sich zu intensiv mit den Angelegenheiten seines Ratsherrn beschäftigte.

Der Elf traf Procopio im Garten der Küche an, wo er die Silhouetten der dort arbeitenden jungen Frauen bewunderte, die sich recken mußten, um volle karmesinrote Schoten zu pflükken.

Der alte Jordain seufzte. Sein Patron hatte genügend Kinder, eheliche und außereheliche. Es stimmte zwar, daß ein zukünftiger König Erben benötigte, doch ein Überfluß an potentiellen Thronfolgern war für das Königreich selten von Nutzen. Irgendwann würde er Procopio an diese Lektion aus der Geschichte erinnern müssen.

Der Elf sah keinen Anlaß zur Eile. Seiner Ansicht nach war Procopio kein König. Dieser Mann hatte nichts von Zalathorms berühmter Urteilsfähigkeit und Weitsicht. Zephyr hielt Procopio Septus für rücksichtslos, impulsiv und viel zu freimütig, was seinen Ehrgeiz anging. Andererseits hatten die wenigsten Menschen die Geduld eines Elfen, und wenige Elfen verfügten über Zephyrs Entschlossenheit. Der alte Jordain kannte nur eine andere Elfe, die bereit war, mehr als zweihundert Jahre daran zu arbeiten, uraltes Unrecht zu berichtigen.

Der alte Elf verdrängte solche Gedanken und humpelte in den Garten. Es war klug, die eigenen Geheimnisse tief im Innersten zu begraben, wenn man sich in die Nähe eines halruaanischen Erkenntniszauberers begab.

Der wahre Grund für Procopios Anwesenheit bei den Mägden wurde schon bald offensichtlich. Ein Korb voller Tauben stand bereit, gerupft zu werden, während einige weitere Vögel ihre Kreise um den Taubenschlag zogen, der die Südseite des Küchengartens dominierte. Augurien wurden üblicherweise aus dem Vogelflug wildlebender Tiere gelesen, doch Procopio hatte eine Methode entwickelt, um die Zukunft im Flug der Vögel zu lesen, die angelockt wurden, um zu Speisen verarbeitet zu werden. Der Erkenntniszauberer hatte eine besondere Vorliebe für gebratene Tauben, so daß der Zauber gleich zwei Zwecke erfüllte.

„Welchen Rat geben die Tauben, Herr?"

Der Magier sah auf, als er Zephyr hörte, und lächelte. „Genug, um zu wissen, daß du Neuigkeiten für mich hast."

Der Elf reagierte mit einer leichten Verbeugung. „Das ist wahr, Herr, doch denkt immer daran, daß keine Neuigkeit nur gut oder nur schlecht sein kann. Die Geburt des Frühlings kündigt den Tod des Winters an."

Procopio tat dieses vorsichtig stimmende Sprichwort mit einer ungeduldigen Handbewegung ab. „Eines weiß ich schon von den Vögeln: Es gab einen Zwischenfall auf dem Markt, der meine Zukunft beeinflussen kann. Von dir brauche ich Einzelheiten."

„Eure Augurien sagen die Wahrheit", erwiderte Zephyr und berichtete in wenigen Worten von Matteos Pech.

Procopio wurde bleich, als er von der Herausforderung eines Jordain, der im Dienst seiner ärgsten Rivalen im Streben um Zalathorms Thron stand, an seinen neuen Ratgeber hörte. Wie Zephyr erhofft hatte, war Procopio zu sehr um seine eigene politische Zukunft besorgt und stellte keine weiteren Fragen zu der

Identität der jungen Frau, die in diesem speziellen Gebräu die Rolle der Alchimistin gespielt hatte.

„Dieser Wettstreit wäre sicherlich interessant, doch es gibt Gründe und Wege, ihn zu vermeiden. Die Dame Cassia hat Interesse an dem jungen Matteo gefunden und ihrer Absicht Ausdruck verliehen, ihn der Königin zu empfehlen."

Procopio lachte humorlos. „Hat sie das? Eine schöne Geste."

„Wann, mein lieber Procopio, habe ich mich je anders verhalten?"

Procopio sah sich um und entdeckte die Ratgeberin des Königs. Er lächelte breit und schien nicht überrascht. „Willkommen. Dem König geht es gut, nehme ich an?"

Die Frau mit dem schwarzen Haar glitt nach vorne und gestattete dem Magier, ihre Fingerspitzen zu küssen. „Zalathorm geht es gut wie immer, der Herrin Mystra sei gedankt. Es ist die Königin, deren Wohlergehen mir Sorge bereitet."

„Ist das wahr?" fragte der Erkenntniszauberer unschuldig. Er deutete auf den Berg toter Vögel. „Dabei konnte ich bei den Augurien kein Zeichen von Not erkennen."

Cassia warf einen kurzen, geringschätzigen Blick auf den Korb. „Wie ich sehe, habt Ihr für den zweiten Gang des Abendessens gesorgt. Gut. Schade, daß Ihr nicht statt dessen den letzten Gang beschworen habt. Ich bin auf Süßes versessen."

Der Magier erstarrte angesichts der subtilen Beleidigungen in den Worten seiner Besucherin. Zephyr hob eine Hand an den Mund und hustete leise – nicht nur, um sein Mißfallen kundzutun, sondern auch, um einen Vorwand zu haben, damit er das Lächeln auf seinen Lippen verbergen konnte. Beschwörer waren nicht so angesehen wie Erkenntniszauberer, und mit einem Magier dieser Schule verglichen zu werden, war für seinen ehrgeizigen Patron höchst unerfreulich. Es war Zephyr nicht entgangen, daß Cassia ihn nicht begrüßt hatte, doch das störte ihn nicht. Ganz im Gegenteil: Je weniger er die Aufmerksamkeit Cassias erregte, desto besser.

„Ich vergeude für solche Dinge keine Magie", erwiderte Procopio hochmütig. „Wie Ihr seht, habe ich Diener, die für mich Wein und Honigkuchen holen. Aber wie ich höre, ist es nicht mein Küchenpersonal, das Euch interessiert, sondern einer meiner Ratgeber. Ihr glaubt, der junge Matteo könnte unserer Königin von Nutzen sein?"

Die Jordain lächelte kühl. „Laßt uns offen sprechen. Euer neuer Ratgeber ist ein Grünschnabel, der zu hitzig ist für komplizierte Angelegenheiten am Hof, und allem Anschein nach mangelt es ihm an Urteilsvermögen. Er hat gelacht, als eine gewöhnliche Gauklerin einen anderen Jordain verspottet hat, was den Mann zu der Herausforderung veranlaßte. Würde er Eure Interessen und Bestrebungen wirklich begreifen, hätte er diese Situation um jeden Preis vermieden. Hier mein Rat: Werdet ihn los. Diese Debatte wird für Euch nicht gut sein, aber Beatrix wird keinen Schaden nehmen."

Procopio strich sich übers Kinn, während er diesen Weg durchdachte, der hn aus seinem Dilemma führen könnte. „Aber braucht die Königin wirklich einen neuen Ratsherrn?"

„Ja. In letzter Zeit ist sie regelrecht davon besessen, mechanische Konstrukte zu erschaffen. Eines von ihnen lief auf spektakuläre Weise Amok, und dabei wurde ihr liebster Bote getötet. Nun braucht sie einen zuverlässigen Nachfolger. Glaubt Ihr, die Talente des jungen Jordain werden dieser Aufgabe gerecht?"

Der Magier dachte an die Himmelsschiffwette, an die vielen Stunden, die Matteo damit verbracht hatte, ihn in Militärgeschichte und Taktik einzuweihen, an den unglaublichen Umgang mit dem Gedächtnis und der Logik, die ihm über den jungen Jordain zugetragen worden waren – zähneknirschend vorgetragen von den Männern, die er wahrscheinlich ersetzen würde.

„Ich behaupte, daß seine Fähigkeiten weit darüber hinausgehen", sagte er kühl. „Zephyr? Hat Matteo alle Sendschreiben richtig und gut weitergegeben?"

„Vollkommen, Herr. Welche anderen Fehler er auch haben mag, sein Gedächtnis ist bewundernswert", gab der Elf zurück und reagierte genau so, wie sein Patron es mit seinem Tonfall von ihm gefordert hatte.

„Dann bin ich zufrieden", sagte Cassia. „Das ist alles, was Beatrix braucht."

„Wenn sie Matteo in ihren Dienst nehmen will, werde ich ihn freigeben", sagte der Magier. „Und ich muß sagen, daß ich Euer Interesse am Wohlergehen der Königin höchst bewundernswert finde."

„Und überraschend?" fragte Cassia mit einer Offenheit, die sich nur sehr mächtige Personen leisten können. „Überhaupt nicht überraschend, wenn Ihr Euch an Keturah erinnert."

Zephyr gelang es nur mit Mühe, nicht nach Luft zu schnappen. Er war hergekommen, um Procopio von jeglichem potentiellen Interesse an Tzigone abzulenken, und nun sah es so aus, als verfolge Cassia genau die gegenteilige Absicht.

Procopio hob eine Augenbraue, dann erkannte er den Namen wieder, der seit Jahren nicht mehr in seiner Gegenwart ausgesprochen worden war. „Ja, jetzt, da Ihr sie erwähnt. Eine Beschwörerin, hoch angesehen, wenngleich etwas exzentrisch. Mehr als zwanzig Jahre sind seit ihrem Tod vergangen. Welche Rolle sollte sie bei Eurem Interesse an Matteo spielen?"

„Euer neuer Ratgeber hat sich anscheinend mit Keturahs Tochter angefreundet."

Procopio riß die Augen auf. „Ich dachte, man hätte das Mädchen vor Jahren gefunden und sich seiner angenommen."

„Das hat man uns glauben lassen. Das Kind wurde tatsächlich gefaßt, und die offizielle Darstellung besagt, daß es zu jung und zu zerbrechlich war, um die Belastung einer magischen Befragung zu überleben. Ich weiß, daß es anders war, und nun wißt Ihr es auch. In seiner Weisheit bekennt sich Zalathorm nicht zum Wissen über bestimmte Dinge, aber das heißt nicht, daß seine Ratgeber nicht informiert werden sollten."

„Natürlich", murmelte Procopio nachdenklich und überlegte, wie er diese Information nutzen konnte – und welche Absicht Cassia damit verfolgte, sie ihm zu geben.

Procopio wußte, daß Cassia mit dem mysteriösen „man" Personen meinte, die auch unter anderem Namen bekannt waren. Die Magier Halruaas herrschten auf vielen Ebenen. Eine rätselhafte Gruppe namens Kabale steuerte einen der persönlichsten und wichtigsten Aspekte des Lebens in Halruaa, nämlich die Zukunft der Magier. Die Gruppe führte genaue Aufzeichnungen über die Abstammung und das Geschick eines Magiers und verheiratete sie mit Magierinnen, die über dazu passende Talente verfügten. Das war einer der Hauptgründe dafür, daß Halruaa so viel magisches Talent und so hoch spezialisierte Schulen vorweisen konnte. Die Magier in anderen, weniger zivilisierten Ländern heirateten nach Lust und Laune oder nach politischer Ausrichtung, aber in Halruaa wurde in diesem Punkt nichts dem Zufall überlassen. Die Kabale besaß immense Macht, da sie die Zukunft so formen konnte, wie sie es für wünschenswert hielt. Ein bedauerlicher, aber unverzichtbarer Teil ihrer Aufgaben bestand darin, gefährliche oder unbändige Talente auszumerzen, fehlgeschlagene Experimente zu eliminieren und sich mit Magiern zu befassen, die entweder unfähig oder unbotmäßig ehrgeizig waren.

Doch dieser unerfreulichen Realität schenkte Procopio nur einen flüchtigen Gedanken. Die Mitgliedschaft in der Kabale war ein sicherer Weg zur Macht und damit etwas, das er fast so sehr begehrte wie die Thronfolge. Und nun war Cassia hier, ließ ein paar Bemerkungen fallen und bat ihn, auf seinen vielversprechendsten Jordain zu verzichten! Zalathorms oberste Ratgeberin war hier, um einen Tausch vorzunehmen, dessen war sich Procopio sicher. Aber in wessen Namen? In ihrem eigenen oder Zalathorms? Beide Varianten waren voller Möglichkeiten.

„Ich fühle mich geehrt, daß Ihr diese vertraulichen Informationen mit mir teilen wollt", sagte Procopio. „Darf ich fragen, wie Ihr von Keturah und ihrer Tochter erfuhrt?"

„Es war nicht leicht", sagte sie distanziert. „Hinter der Porzellanmaske der Königin schlummern immense Geheimnisse."

Procopio verstummte, so erstaunt war er über die angedeutete Verbindung zwischen der mysteriösen Kabale und der Königin von Halruaa.

Zephyr machte sich zwar große Sorgen um die Enthüllungen der Jordain, zugleich nahm er aber auch erleichtert zur Kenntnis, dass sein Patron Cassia nicht über Beatrix ausfragte. Es wäre nicht weise gewesen, vielleicht sogar mit einem Verrat vergleichbar.

„Wäre ich dieser jungen Frau begegnet?" fragte Procopio behutsam.

„Nicht vorsätzlich, das kann ich Euch versichern! Es erübrigt sich, dies zu sagen, aber aufgrund der Umstände ihrer Geburt ist sie niemand von Bedeutung. Was uns dagegen Sorgen macht, ist die Tatsache, daß sie sich sehr für Euren jungen Jordain zu interessieren scheint. Sie waren zusammen auf dem Markt und schienen sich gut zu verstehen."

„Matteo", murmelte Procopio nachdenklich, als wolle er neue Möglichkeiten in seinem jüngsten Ratgeber erkennen. Er warf Zephyr einen bösen Blick zu, obwohl es keinen logischen Grund gab, warum sein Jordain von der wahren Identität der Frau an Matteos Seite wissen sollte.

Cassia machte eine Pause und lächelte listig. „Ihr beginnt zu verstehen, lieber Procopio, warum es ratsam für Euch ist, zu diesem jungen Mann auf Distanz zu gehen. Ein Mann von Eurem Ehrgeiz und Euren Talenten würde sich nicht vorsätzlich der Kabale entgegenstellen."

Zephyr bemerkte einen Hauch von Enttäuschung auf dem Gesicht Procopios. Sollte er tatsächlich auf eine Einladung hoffen, die ihn zum Mitglied dieser rätselhaften Gruppe machte?

Der Elf beobachtete ihn und seine Besucherin aufmerksam und kam zu der Erkenntnis, daß dem tatsächlich so war. Auch wenn man es nicht glauben konnte, war es möglich, daß diese beiden – der Mann, dem er diente, und eine Jordain, die er über allen anderen ehren sollte – fast beiläufig über das Vermächtnis einer bösen Macht diskutieren konnten, die Zephyrs Volk vernichtet und sein Leben zerstört hatte. Die Kabale hatte ihren Wurzeln in einer Zeit, die der Elf nur zu gut kannte. Und dennoch standen diese beiden ignoranten und kurzlebigen Menschen dort und unterhielten sich über die Kabale, als handele es sich um nichts weiter als um eine politische Erwägung, eine weitere geschnitzte Figur in einem von Procopio Strategiespielen.

Zorn, der tief saß und uralt und verzehrend war, entstieg dem Herzen des alten Elfen.

„Und welche Absicht verfolgt Ihr, Cassia?" wollte Zephyr wissen. „Was erhofft Ihr Euch davon, Matteo in den Dienst der Königin zu überstellen? Ihr werdet doch nicht aus Sorge um Meister Procopio so handeln."

Die Frau riß ihre schwarzen Augen entsetzt auf, als sie auf diese ungehörige Weise angesprochen wurde, begann dann aber schallend zu lachen. „Alles, was ich Eurem Patron gesagt habe, stimmt. Doch du, Elf, vermutest, es gäbe mehr zu wissen. Die Erkenntniszauberin Xavierlyn schleicht sich in die Gunst des Königs ein. Ich glaube nicht, daß Zalathorm begeistert wäre, wenn Xavierlyns Jordain den Ratgeber der Königin herausfordert. Der König mag nicht mehr so von Beatrix angetan zu sein wie früher einmal, aber er wird keiner Frau gegenüber aufgeschlossen auftreten, die wenigstens scheinbar um den Platz der Königin bemüht ist."

„Geschickt", sagte Zephyr kühl. „Ihr hetzt Eure Rivalinnen aufeinander. Aber nur eine von ihnen wird verlieren. Welchen Nutzen hättet Ihr davon?"

Cassias Gesicht wurde blaß vor Wut, wenn man dem rötlichen Hauch hoch oben auf ihren Wangen absah. Einen Moment lang dachte Zephyr, sie wolle ihn schlagen, doch dann bekam sie sich unter Kontrolle und deutete eine leichte Verbeugung an.

„Du kommst schnell auf den springenden Punkt, Elf. Ich verstehe, warum Procopio dich immer noch um sich hat, auch wenn du deine Zeit ganz offensichtlich längst überschritten hast. Xavierlyn kann es mit Beatrix nicht aufnehmen, das ist wahr. Aber ich kenne die Kabale viel besser als du."

Zephyrs einzige Reaktion war ein bitteres Lächeln.

„Matteo steht in Verbindung mit Keturahs Tochter, und daher wird die Kabale ganz sicher auf ihn aufmerksam", fuhr die Frau fort. „Eins ist klar: Überall dort, wo Matteo sich hinbegibt, wird ihm Ärger auf den Fuß folgen ."

Die Ratgeberin des Königs wandte sich dem wachsamen Procopio zu und bedachte ihn mit einem verschwörerischen Lächeln. „Und wenn ihm dieser Ärger an die Türen Xavierlyns und Königin Beatrix' folgt, dann kann ich wohl behaupten, daß damit Eurer und meiner Sache gedient sein wird."

* * *

Tzigone wanderte durch die Stadt und blieb zur Abwechslung einmal auf den belebten Straßen. Ihre scharfen Sinne nahmen die häufige Berührung von Zaubern wahr, wenn Schutzzauber, Ausspähungen, Such- oder Erkenntniszauber an ihr abglitten wie Regentropfen an einem Frosch. Sie hatte gehört, diese Erfahrung sei für diejenigen, die neu ins Land kamen, nervenaufreibend. Das konnte sie sich gut vorstellen, auch wenn bei ihr keiner der Zauber eine Wirkung erzielen konnte.

Sie fand Magie langweilig. Viel stärker war ihr Interesse an der Schönheit dieses Ortes. Die Abenddämmerung war ihre liebste Tageszeit, und Halarahh war eine ihrer Lieblingsstädte. Sie liebte die rosafarbenen Korallenhäuser, die Türme aus weißem, blauem oder grünem Marmor, die Straßen, die mit Halbedelsteinen gepflastert waren, die verspielten Brunnen, die die Luft mit einem angenehmen Plätschern erfüllten. Der helle Rand der Sonne versank hinter den westlichen Mauern und tauchte die schneebedeckten Spitzen der höchsten Gipfel in goldenes Licht. Sternenschlangen flogen zu ihren Bäumen, um Unterschlupf für die Nacht zu finden. Die Luft war sanft und ruhig, erfüllt vom Duft exotischer Blüten, die überall zu wachsen schienen. Tzigone machte einen Bogen um ein Gitter mit Jasmin, der einzigen Pflanze, die sie nicht mochte. An die Gründe dafür konnte sie sich nur schwach erinnern.

Sie seufzte frustriert. Es gab so vieles, woran sie sich nicht mehr erinnern konnte. Sie hatte Jahre damit zugebracht, die verstreuten Teile ihres Lebens zusammenzufügen, aber sie bekam solange kein Bild, das eine Bedeutung hatte, wie sie sich nicht an die wichtigsten Dinge erinnern konnte.

Sie war noch jung gewesen, als sie sich gezwungen sah, allein zurechtzukommen. Einige Erinnerungen an diese frühen Jahre waren gnädigerweise spärlich, und ihren Verlust bedauerte sie nicht. Aber die Jahre davor... warum bekam sie die nicht zu fassen?

Wenn sie wenigstens die unregelmäßigen Träume hätte festhalten können. Sie verschwanden so schnell, daß nur flüchtige Bilder und schemenhafte Emotionen von großer Bedeutung zurückblieben, die sowohl von Freude als auch von schweren Verlusten herrührten. Es erschien ihr unmöglich, etwas so Starkes zu vergessen.

Tzigone pfiff durch die Zähne und machte einen Schlenker zur Treppe aus Marmorstufen, die zur Promenade führte. Auf der Stadtmauer verlief ein breiter Weg, auf dem die modebewußten Bewohner Halarahhs spazierengingen, um andere zu sehen und vor allem um gesehen zu werden.

An einem so schönen Abend waren alle unterwegs, gekleidet in farbenprächtige Seide und Brokat. Zauberstäbe und Waffen wurden unübersehbar zur Schau getragen. Die Bewohner Halruaas schmückten sich tatsächlich so gern mit Artefakten, wie sich die Reichen anderer Völker mit gewöhnlichen Edelsteinen behängten.

Viele Spaziergänger führten exotische Haustiere mit sich. Winzige edelsteinbesetzte Drachen und geflügelte Katzen flogen in engen Kreisen an ihrer Leine über den Köpfen ihrer Besitzer. Die meisten der Flatterkätzchen waren über diese Zurschaustellung in etwa so glücklich, wie es jede gewöhnliche Katze gewesen wäre. Sie wanden sich und zerrten an der Leine, die sie in ihrer Freiheit einschränkte. Tzigone bemerkte eine besonders widerwillige Katze, die in Richtung der Bäume der Stadtparks davonflog und die Leine wie einen zweiten Schwanz hinter sich her zog.

Echsen gehörten zu den beliebtesten Haustieren. Reptilien aller Art gab es in Halruaa im Überfluß, und Echsen wurden wegen ihrer leuchtenden Farben und extravaganten Rückenkämme oder Halskrausen gezüchtet. Einige der forscheren Spaziergänger führten gar kleine Behire aus. Die krokodilartigen Schnauzen der Monster waren zwangsläufig mit Maulkörben aus Leder und Elektrum versehen, aber das machte sie nicht weniger gefährlich. Sie gingen mit einer sonderbar wellenförmigen Bewegung und rollten auf sechs, zehn oder zwölf Beinen dahin, während ihre bernsteinfarbenen Augen durch die Zauber glänzten, die sie ruhig hielten. Doch selbst in diesem verzauberten Zustand konnten Behire Blitze austeilen, die so stark waren, daß sie den Glanz ihrer Herren in Schutt und Asche legen konnten.

Die Promenade erstreckte sich über eine Länge von fast zwei Kilometern, und auf der gesamten Strecke gab es kaum eine Seitenstraße, einen Baum oder ein Gebäude, das Schutz oder eine Möglichkeit zur Flucht bieten konnte. Tzigone mied normalerweise solche Orte, doch heute lenkte sie keine wachsamen Blicke auf sich. Sie hatte auf einem Rosenbusch ein abgelegtes blaßgrünes Kleid gefunden und beschlossen, ein Handvoll

Münzen für ein farblich dazu passendes Haarteil auszugeben. Dieses Netz, das sie um ihren Kopf band, war gefüllt mit Haaren, die man mit größter Sorgfalt vom Schweif mehrerer kastanienbrauner Pferde abgeschnitten hatte, und verlieh ihr das Aussehen einer Edeldame mit langem Haar.

Sie schlenderte über die Promenade und hielt Ausschau nach jemandem, der sie mit Kholstar bekanntmachen konnte, dem prominentesten Behirhändler der Stadt. Nach einer Weile entdeckte sie einen hellblauen Behir, dessen Schuppen in der Farbe edlen Topas' glitzerten und der hinter einer Frau hertrottete, die ein Kleid aus ähnlichem Material und in passendem Farbton trug.

Diese Magierin war besonders arrogant. Die Leine, an der sie das magische Tier ausführte, war aus geflochtenem Leder, das mit Silber durchwirkt war und aussagte, daß sie das Monster so gut unter Kontrolle hatte, daß sie dessen Odemwaffe nicht fürchten mußte. Es sprach vieles dafür, daß sie sich gegen Unfälle abgeschirmt hatte, aber die Zurschaustellung war protziger als alles, was Tzigone in den letzten zwei Wochen gesehen hatte.

Diese Mischung aus Arroganz und Stil sprach Tzigone an. Wenn sie schon Zeit in der Gesellschaft einer Magierin verbringen mußte, dann konnte sie sich auch eine aussuchen, die ein gewisses Flair ausstrahlte.

Sie holte aus dem Ärmel eine Handvoll winziger Krampen hervor, die sie vorbereitet hatte, und ließ sie zwischen die Magierin und den Behir fallen. Die Kreatur trat auf eine von ihnen und schnaubte aufgeregt und wütend. Arkane Blitze bahnten sich ihren Weg entlang der metallenen Fäden und sprangen auf die mit Ringen besetzte Hand der Magierin über.

Die Frau schrie auf und ließ die Leine fallen, woraufhin der Behir in die entgegengesetzte Richtung floh. Tzigone sprang herzu und stellte ihren Fuß fest auf die Leine, ehe die Kreatur entkommen konnte.

Sie nahm die Leine aus Leder und Metall, ignorierte die kleinen Blitze, die weiter über das Metall zuckten, und zog das Tier zurück zu seiner Besitzerin.

„Kein sehr gehorsames Haustier", sagte sie verständnisvoll. „Aber einer der schönsten Behire, die ich je gesehen habe. Eine wunderschöne Farbe! Führt ihr ihn aus?"

„Er hat schon alles gesehen", sagte die Frau mürrisch. „Egal, wo man mit ihm hingeht, er hat alles schon gesehen."

Tzigone lachte so ansteckend, daß die Magierin zu grinsen begann. „Tja, die versöhnliche Eigenschaft eines Behirs ist immer noch die, daß man die Investitionen immer wieder verdreifachen kann, wenn man ihn wegen seiner Zauberkomponenten verkauft."

Die Frau verzog den Mund und nickte, schien aber nicht gerade versessen darauf zu sein, die Leine wieder in die Hand zu nehmen, die Tzigone ihr hinhielt. „Ich würde ihn ja noch heute Abend zum Schlachten zu Kholstar bringen, aber dieser dreimal verdammte Behirhändler arbeitet zu den unpraktischsten Öffnungszeiten."

Tzigone hob die Augenbrauen, als sei ihr gerade eine Idee gekommen. „Wie der Zufall es will, habe ich drei Behire, größer als dieser hier und nicht von so schöner Färbung, die ich auch wegen der Komponenten verkaufen will. Wir bringen diesen zu Kholstar, ich verspreche ihm drei weitere, und dann wird ihn die Uhrzeit nicht stören. Welcher Geschäftsmann würde sich einen solchen Handel entgehen lassen?"

Die Frau dachte darüber nach und betrachtete Tzigone mit neuem Respekt. „Drei, sagst du?"

„Sie werden morgen mit meiner Karawane kommen, zusammen mit meinem Hausstaat", sagte Tzigone fast beiläufig.

„Du ziehst nach Halarahh? Von wo?"

„Achelar", sagte sie und wählte die Stadt, die von den häufig bereisten Strecken am weitesten entfernt lag. Sie zog eine Grimasse und imitierte den plötzlichen Ausdruck von Mißfallen auf dem Gesicht der Frau. „Ich kann dir gar nicht sagen, wie froh ich bin, aus diesem Kaff fortzukommen! Aber ich vergesse meine Manieren. Ich bin Margot von der Schule der Illusionisten, stets zu deinen Diensten."

„Und ich bin Sinestra", sagte die Frau in einem Tonfall, der großspurig und selbstironisch zugleich war. „Ich bin eine Erkenntniszauberin, ausgebildet von Uriah Belajoon, mit dem ich leider auch verheiratet bin. Ich bezweifle, daß du von ihm gehört haben könntest."

„Wer hat denn noch nicht von einem so großen Magier gehört?" log Tzigone und sah ihr Gegenüber mit übertrieben großen Augen an. „Ich spreche dir von Herzen mein Beileid aus."

Sie hatte keine Ahnung, wie Sinestra auf diese Äußerungen reagieren würde, aber offensichtlich hatte sie damit genau die Ansicht der Magierin getroffen. Sie kicherte amüsiert und finster zugleich. „Willkommen in Halarahh. Es ist unsere Bestimmung, gute Freundinnen zu werden."

„Was soll ich dagegen sagen?" entgegnete Tzigone grinsend. „Du bist die Erkenntniszauberin."

Zwar sprach Sinestra von Freundschaft, zugleich hielt sie das aber nicht davon ab, die üblichen magischen Vorsichtsmaßnahmen zu ergreifen. Tzigone spürte die subtile Berührung der Zauber der Frau, mit denen sie die Wahrheit über alles herausfinden wollte, was Tzigone gesagt hatte. Natürlich liefen Sinestras Bemühungen ins Leere, aber ihrem Gesicht war nicht anzusehen, ob sie deswegen überrascht war oder nicht. Tzigone kam zu der Ansicht, daß sie mit dieser Frau gut bedient gewesen wäre, wenn sie sie als Mitspielerin auf ihrer Seite bei einer Kartenpartie hätte haben können.

Sie unterhielten sich über Belangloses, während sie die Promenade verließen und durch die Straßen der Stadt zum Laden des Behirhändlers gingen. Sinestra versorgte ihre scheinbar ebenbürtige Begleiterin mit viel nützlichem Klatsch und Tratsch. Tzigone lieferte ihr im Gegenzug vollständig erfundene Geschichten über die Reichen und Mächtigen Achelars und gab sich größte Mühe, sie so amüsant und skurril wie möglich darzustellen. Als sie Kholstars Wehre erreichten, hatte Sinestra Tzigone das Versprechen abgerungen, sich am nächsten Tag zum Mittagsmahl zu treffen und mehr Klatsch auszutauschen.

Wie Tzigone erwartet hatte, war der Händler sehr erfreut darüber, die verriegelte Tür aufzuschließen, wenn ein so lukratives Geschäft auf ihn wartete – vor allem, als Tzigone Interesse daran zeigte, einige Monster als Schmuck für den Graben rund um ihr neues Haus zu erwerben.

Sinestra überließ den blauen Behir seinem Schicksal und machte sich auf. Kholstar führte Tzigone ins Hinterzimmer und ließ ihr Zeit, sich die Genealogien anzusehen, um nach einer Kombination aus Farbe und Magie zu suchen, die ihren Vorstellungen entsprach.

Tzigone entschied sich rasch für ein Paar rosafarbener Jungtiere und erzählte eine angemessen extravagante Geschichte, der zufolge die Wächter im Graben zur Farbe der Wasserlilien passen sollten. Diese Einzelheiten waren es – so hatte sie gelernt –, die ihre Geschichten und die geborgten Persönlichkeiten genauso glaubhaft wie unterhaltsam machten.

Sie ließ die Aufzeichnungen über die Jungtiere auf dem Tisch liegen und warf einen Blick auf die anderen Bücher im Regal. Obwohl sie Matteo in dem Glauben gelassen hatte, war sie nicht nur nach Halarahh gekommen, um ihre Schuld ihm gegenüber zu begleichen. Es hieß, der Behirhändler dieser Stadt sei ein begabter Generalist unter den Magiern, der sich auf die Zucht magischer Geschöpfe spezialisiert hatte. Hinzu kam, daß seine Frau die wichtigste Ehestifterin der Stadt war. Ihre gemeinsame Bibliothek war genau der Wissensschatz, nach dem Tzigone gesucht hatte, und Sinestra, die eine etablierte Patronin war, hatte ihr unwissentlich den Zugriff darauf verschafft.

Sie nahm rasch ein Buch nach dem anderen aus dem Regal und legte es auf die Behir-Aufzeichnungen. Ihr Finger glitt über die Seiten, immer auf der Suche nach einem Eintrag, der sich für sie als nützlich erweisen konnte.

Leider waren die Aufzeichnungen über die Abstammung nach Begabungen geordnet, wobei sie zuerst die magische Schule nannten und dann die jeweiligen Talente aufführten. Tzigones Problem bestand darin, daß sie keine Ahnung hatten, wo ihre Begabungen lagen. Es stand außer Frage, daß sie über magische Fähigkeiten verfügte, aber alles, was sie wußte, hatte sie sich Zauber für Zauber von anderen angeeignet und das gelernt, was verfügbar, interessant oder nützlich war.

„Habt Ihr Euch entschieden, meine Dame?"

Tzigone sah auf und hielt das Buch leicht schräg, um das kleinere, wichtigere darin zu verstecken.

„Ich denke ja", sagte sie in einem zögerlichen, damenhaften Tonfall. „Die rosafarbenen Kleinen wären eine gute Wahl, oder? Sie haben genau die Farbe der ersten Wasserlilien, die blühen. Aber ich habe später im Jahr auch noch einige gelbe und cremefarbene Blüten", fuhr sie nachdenklich fort. „Vielleicht sollte ich zehn Ihrer reizenden Behire kaufen, um die richtige Wirkung zu erzielen."

Die Aussicht auf einen so großen Profit ließ die Ungeduld aus der Miene des Mannes verschwinden. Er verbeugte sich und zog die Tür hinter sich zu. „Bitte, nehmt Euch soviel Zeit, wie Ihr braucht."

Tzigone lächelte und vertiefte sich wieder in ihr Buch. Als sie allein war, klappte sie das kleinere Buch zu und versuchte es mit einem anderen. Das diente ihrem Zweck zwar auch nicht mehr als die bisherigen, aber in ihm befand sich ein Eintrag, der ihr Interesse weckte.

„Die Jordain-Schule", murmelte sie.

Ein Gedanke setzte sich in ihrem Kopf fest und nahm unerwartete Form an. Sie hatte gesehen, wie Matteo Zauber an sich hatte abgleiten lassen, die die meisten Männer schlicht umgeworfen, wenn nicht sogar in das Jenseits befördert hätten, auf das sie hoffen durften. Seine Widerstandsfähigkeit war nicht mit ihrer vergleichbar, aber sie war beeindruckend. Konnte es sein, daß sie beide irgendwie verwandt waren?

Sie stützte die Ellbogen auf den Tisch und ließ das Kinn in die Hände sinken, während sie dieser Überlegung nachging. Das war eine Sache, über die sie mehr erfahren mußte, und wie das Glück es wollte, kannte sie einen Jordain, der ihre Fragen wohl beantworten würde, und wenn er es nur tat, um sie endlich abzuschütteln.

Aber sie hatte nicht vorgehabt, Matteo erneut aufzusuchen. Seine harschen Worte hatten sie verletzt, was schon lange nicht mehr geschehen war – nicht mehr, seit sie ein sehr kleines Mädchen gewesen war und der Feengeist sich unerbittlich über sie lustig gemacht hatte.

Tzigone setzte sich vor Schreck über diese plötzliche Erinnerung abrupt aufrecht hin.

„Der Feengeist", flüsterte sie und sah fasziniert zu, wie der winzige Schatten dieser fernen Erinnerung Gestalt annahm. Sie hatte seit vielen Jahren nicht mehr an den alten Freund gedacht; zumindest hatte sie sich nicht an ihn erinnert, wenn sie wach war. Es kam ihr vor, als hätte sie von ihm geträumt, aber sie konnte sich nicht an Einzelheiten erinnern.

Plötzliche Frustration ergriff von ihr so heftig Besitz, daß sie ein Tintenfäßchen ergriff und gegen die Wand schleuderte. Smaragdgrüne Tinte verteilte sich auf dem weißen Verputz und troff auf den Teppich. Die Bescherung verschwand im nächsten Augenblick, so wie es auch bei allen schriftlichen Verträgen der Fall war, bei denen der Behirhändler Bedenken hatte.

Tzigone seufzte. Erinnerungen. Sie entzogen sich ihr, und doch war sie von ihnen besessen. Sie versuchte, sich alles zu merken, was möglich war, Sprachen zu lernen, Namen und Gesichter, Lieder und Stadtpläne in ihr Gedächtnis einzubrennen.

Darüber hinaus suchte sie nach Mitteln und Wegen, die Dinge in ihr Gedächtnis zurückzuholen, an die sie sich nicht erinnern konnte. Aber dabei war sie nie auf den Gedanken gekommen, sich an die Jordaini zu wenden.

Die Jordaini unterzogen sich einem speziellen Gedächtnistraining. Es hieß, sie konnten aus den Lagerhäusern ihres Gedächtnisses noch den kleinsten Erinnerungsfetzen wieder hervorholen. Vielleicht konnte sie von Matteo lernen.

Das allein war Grund genug, ihn aufzusuchen. Tzigone vermutete, daß sie noch einen anderen Grund hatte, aber die Worte, um ihn zu beschreiben, waren ihr fremd.

Mit einem Schulterzucken nahm Tzigone das Buch und begann, über die geheime Abstammung der Jordaini zu lesen.

* * *

An diesem Abend begleitete Matteo Procopio zum ersten Mal zum Hof. Über die anstehenden Ereignisse war kein Wort verloren worden, aber Matteo hatte ein klare Vorstellung vom Grund seines Patrons, ihn mitzunehmen. Dennoch machte er sich auf das Unerwartete gefaßt. Seit dem Tag, an dem Tzigone begonnen hatte, immer wieder in seinem Leben aufzutauchen, waren unvorhersehbare Ereignisse an der Tagesordnung. Ihre Einmischung hatte ihn hierhergeführt, und er wollte nicht glauben, daß sie ihn jetzt in Ruhe lassen würde.

Die erste Überraschung war, daß der König und die Königin getrennt Hof hielten. Zalathorm hielt Hof in einem großen Saal, der von hoch aufragenden Bögen aus grüngeädertem Marmor geprägt wurde. Große Fenster waren hoch oben in den Wänden eingelassen, und vor einem der größten Fenster befand sich eine Anlegestelle für Himmelsschiffe. Kunstvolle Steinmetzarbeiten überzogen die Wände und Bögen, während die Decke verzaubert worden war, so daß sie einem Nachthimmel glich.

Matteo stellte fest, daß die Gerüchte der Wahrheit entsprachen. Die „Sterne" über ihm bildeten tatsächlich Konstellationen, die sich in der Natur nicht fanden, und formierten sich jedes Mal zum Wappen oder der Sigel des Magiers, der soeben eintrat und angekündigt wurde.

Fast jeder der Anwesenden war ein Magier von beträchtlicher Macht. In der Stadt gab es siebzehn Mitglieder des Ältestenrats, und bis auf eines waren alle anwesend, als Matteo und sein Patron eintrafen. Das letzte noch fehlende Mitglied war Xavierlyn, eine zierliche Frau, die am liebsten als Magierin der Morgenröte bezeichnet wurde. Matteo sah, wie sich ihr Himmelsschiff, ein vergoldetes Wunderwerk mit Segeln, die in den sanften Farben des Sonnenaufgangs gestrichen waren, stilvoll der Anlegestelle näherte. Die letzten Schritte legte die Magierin in der Luft zurück und verzichtete völlig auf eine Planke oder Plattform, dann schwebte sie zu Boden. Es war ein bemerkenswerter Auftritt, und Matteo nahm zur Kenntnis, daß Procopio mehr als nur beiläufig am Erscheinen seiner Rivalin interessiert war.

Matteo hatte erwartet, Zalathorms Hof würde Macht und Reichtum zur Schau stellen, und er wurde nicht enttäuscht. Viele Magier trugen die altmodischen zeremoniellen Roben ihres Amtes und ihrer Schule. Andere hatten modischere Kleidung gewählt. Die Frauen trugen ausgefallene Kleider, während sich die Männer in seidenen Gewändern in gleichermaßen leuchtenden Farben präsentierten. Etliche der Magier waren in Begleitung ihrer Ratgeber gekommen, die in schlichtes weißes Leinen gekleidet waren. Doch diese Schlichtheit stand zugleich für ihre Macht, ebenso wie die Anhänger, die bis auf Matteo jeder Jordain trug. Er beschloß, sein fehlendes Emblem bei nächster Gelegenheit zu ersetzen.

Zalathorm war eine Überraschung. Trotz seiner Ausbildung hätte Matteo den Mann in einer Menschenmenge nicht als mächtige und bedeutende Person ausgemacht. Der König war nur mittelgroß, sein volles Haar und der Vollbart waren von mittelblonder Farbe. Seine Augen waren sanft, er sprach leise und fast schüchtern. Dem Aussehen nach war er ein Mann im fünften Lebensjahrzehnt. Doch Matteo wußte, daß das nicht möglich war, da Zalathorm schon seit mehr als sechzig Jahren auf dem Thron saß. Niemand wußte genau, wie alt der Magier war, doch sie waren sich alle einig, daß er in einem Land reich an Magie der mächtigste Magier von ihnen allen war.

„Sag mir, was du siehst", forderte Procopio leise.

Matteo löste seinen Blick vom König und sah sich um. „Die Frau in der gelben Kleidung, die dort drüben neben dem Harfenspieler steht, ist eine Priesterin des Azuth. Sie muß recht viel Macht besitzen, da einige hochrangige Zauberer bei ihr stehen und lachen und trinken."

„Stimmt. Azuths Geistlichkeit ist nicht hoch angesehen, und die Magier würden sich mit ihr nicht abgeben, wenn sie keinen hohen Rang hätte. Was noch?"

„Die große Frau mit dem kastanienroten Haar ist Rhodea Feuerhaar. Sie verläßt nur selten die Stadt Aluarim, da sie alle Hände voll damit zu tun hat, die Münze zu überwachen und die Soldaten zu befehligen, die die neuen Münzen bewachen und transportieren. Ihre Anwesenheit kann zwei Gründe haben: Entweder ist ein Kampf absehbar, oder Zalathorm hat den Rat einberufen. Keines von beiden würde sie verpassen. Die Anwesenheit aller siebzehn Mitglieder des Ältestenrats deutet darauf hin, daß der König sie alle zu sich bestellt hat. Daß Rhodea Seide trägt, nicht ihre Lederrüstung, läßt den Schluß zu, daß sich der Rat mit einer friedlichen Angelegenheit befaßt."

Procopio nickte, wirkte aber ungeduldig. Bislang hatten Matteos Ausführungen wenig spezielles Wissen oder Wahrnehmungsfähigkeit erfordert. „Fahr fort."

Der junge Mann ließ seine Blicke schweifen. „Die drei Männer dort, die sich mit Basel Indoulur unterhalten, sind mit magischen Gegenständen beladen. Seht Ihr, wie der Dünne die Ringe an seiner Hand zur Schau stellt, wie ein Mann seine

Münzen präsentieren würde, der nicht an Reichtum gewöhnt ist? Keiner der drei ist ein besonders mächtiger Magier, aber sie möchten alle gerne so wirken. Es wäre gut, den Grund dafür zu erfahren."

Der Erkenntniszauberer hob eine schneeweiße Augenbraue. „Warum?"

„Die Ornamente, die sie an ihren Händen und um den Hals tragen, sind aus Mondschein-Gold", erklärte Matteo. „Nirgendwo sonst wird dieser spezielle blaßrosa und goldene Farbton gewonnen. Wenn diese Männer in der Lage wären, selbst magische Gegenstände herzustellen, dann würden sie es tun. Auch sind sie nicht mit Münzen überhäuft. Hätten sie die Mittel, das Beste zu kaufen, dann nähmen sie halruaanische Magie in Anspruch."

Procopio lächelte und nickte zustimmend. „Das ist zwar selbstverständlich, aber es tut trotzdem gut, es zu hören. Weiter."

„Die Frage stellt sich, wie sie diese Gegenstände erworben haben und welchen Zweck sie damit verfolgen. Es heißt, die Llewyrr-Elfen hätten solche Geschenke der Hochkönigin der Mondschein-Inseln gemacht, als diese die Nachfolge ihres Vaters König Kendrick antrat – begleitet von der Prophezeiung, daß ihre Linie bestehen wird, wie die Elfenmagie überdauert. Das war zweifellos als Segen der Elfen gedacht, aber es gibt Splittergruppen in diesem Königreich, die diese Geschenke und Prophezeiung als eine Gelegenheit betrachten."

Procopio sah seinen Ratgeber interessiert an. „Ich fange an, deiner Argumentation zu folgen. Wo sonst könnte man solche Magie studieren und Gegenmaßnahmen entwickeln, wenn nicht hier? Wenn die Artefakte das sind, was du glaubst, dann könnte ihr um jegliche Magie beraubtes Auftauchen in den Händen der Rivalen der Königin der Mondschein-Inseln ein Ansatzpunkt sein, um eine ernsthafte Forderung an den Thron zu stellen."

„Genau da liegt das Problem. Halruaa kann sich an solchen Spielchen nicht beteiligen. Unsere Magie ist dafür zu gefürchtet. Wenn die List aufgedeckt wird, wird es niemanden interessieren, ob der halruaanische Magier, der die Artefakte verändert hat, etwas über den beabsichtigten Einsatz gewußt hat oder nicht. Die Mondschein-Inseln haben mächtige Verbündete, und es ist sehr stark davon auszugehen, daß dies schwere Folgen haben wird."

Procopio nickte nachdenklich. Er sah Matteo mit ehrlichem Bedauern an. „Du hast mich gut beraten. Ich werde um eine Privataudienz bei Zalathorm ersuchen und die Angelegenheit zur Sprache bringen. Du mußt dich jetzt allerdings am Hof der Königin vorstellen."

Er reichte Matteo ein kleine Karte aus Pergament, die mit Saphirtinte beschrieben war. „Gib das dem Seneschall. Er wird dafür sorgen, daß du vorgestellt wirst."

Der Magier zögerte, dann gab er Matteo einen Klaps. „Möge Mystra dir lächeln."

Matteo hörte die Verabschiedung in den Worten und nickte zur Antwort. Mit einem Seufzen wandte er sich dem Gang zu, der Zalathorm von seiner Königin trennte.

Während er ging, wurden die Musik und die Gespräche allmählich leiser. Jeder seiner Schritte warf ein Echo auf dem Marmorboden, und im Korridor selbst wurde es zunehmend kühler. Paradoxerweise schossen Dampfwolken in immer kürzeren Intervallen in den Flur.

Langsam näherte er sich den Dampfwolken, um sie sich genauer anzusehen. Ein plötzliches durchdringendes Zischen ließ ihn nach links sehen, und im gleichen Augenblick griff er nach seinen Dolchen. In einem Alkoven saß etwas zusammengekauert und sprungbereit, das wie ein riesige, schneeweiße Katze aussah, in Wahrheit aber ein weißer Drache war.

Die Bestie war ihrer Größe nach zu urteilen noch ein Jungtier, aber dennoch eine tödliche Bedrohung. Das Maul war breit und zu einem gehässigen Lächeln verzogen, es war ein wenig geöffnet und ließ mehrere Reihen todbringender Reißzähne erkennen. Zwei Hörner wuchsen aus der Stirn der Bestie nach hinten, während das kürzere dritte Horn, das gedreht war wie eine lange, schlanke Muschel, in der Mitte saß und nach vorn ragte. Es erinnerte sehr stark an das Horn eines Einhorns, doch die Spitze hatte einen Widerhaken, und an ihm klebte altes, getrocknetes Blut. Auch die Krallen des Drachen waren blutig, jede von ihnen war fast so lang wie Matteos Hand. Die eisblauen Augen starrten Matteo an und glitzerten wie boshafte Juwelen.

Ein Moment verstrich, ehe Matteo seinen Fehler erkannte. Zu seiner Überraschung sah er zwar einem Drachen in die Augen, doch er empfand nichts – nichts von der Angst, die Knochen schlottern ließ und starke Männer dazu brachte, alle guten Vorsätze zu vergessen. Das hatte nichts mit seiner Widerstandskraft gegen Magie zu tun, sondern mit dem Drachen selbst, bei dem es sich nicht um eine reale Bestie handelte. Vielmehr stand vor ihm eine ausgefeilte mechanische Kreatur.

Matteo hielt Abstand, bis das Ding noch zweimal kalten Dampf ausgestoßen hatte, dann beugte er sich vor, um es sich genauer ansehen zu können. Die Schuppen waren kleine Elektrumstücke, die glatt und flach gehämmert und dann geschickt zusammengefügt worden waren. Durch das Maul des Drachen konnte er etwas von der Mechanik sowie den großen Eisblock erkennen, der sich im Inneren befand. In regelmäßigen Abständen wurde eine kleine Phiole gekippt, gab ein paar Tropfen einer unbekannten Mixtur auf das Eis, das sofort zu zischen begann, und dann wurde eine Wolke aus kühlem Wasserdampf ausgestoßen. Der Drache war nur ein ausgefeiltes Kühlgerät. Das scheinbare Blut am Horn und an den Krallen war nichts weiter als ein wenig Rost.

Dennoch setzte Matteo seinen Weg durch den Gang mit großer Vorsicht fort. Seine Hände hatten die Dolche fest umschlossen, und seine Augen betrachteten wachsam alle Alkoven, die den langen Gang säumten. Ein solches Konstrukt konnte einen Besucher leicht in trügerische Sicherheit wiegen. Drei falsche Drachen konnten einen beruhigen und zuversichtlich werden lassen – und damit zur Beute für den vierten, echten Drachen machen. Immerhin war die sicherste Methode, einen Baum zu verstecken, die, um ihn herum einen Wald zu pflanzen.

Doch Matteo erreichte das andere Ende des Gangs ohne Zwischenfälle. Er übergab dem Soldaten, der die Tür bewachte, Procopios Karte. Der Mann betrachtete sie und lächelte den jungen Jordain ironisch an.

„Ich finde, du bist der unwahrscheinlichste von allen. Bei den anderen konnte ich auf den ersten Blick sehen, warum man sie heraufgeschickt hatte. Ich will verdammt sein, wenn ich selbst sie nicht ins Exil geschickt hätte! Aber was bei allen neun Höllen hast du angestellt? Den Oberbürgermeister geärgert?"

Matteo seufzte. „Im übertragenen Sinne könnte man es so nennen. Procopio Septus, der Oberbürgermeister, ist mein Patron. Ich bin in einen Streit mit dem Ratgeber der Dame Xavierlyn verwickelt worden."

Der Soldat hob die Hand. „Sag nichts weiter. Wir reden hier von denen, die König werden wollen. Neben einem Dutzend anderer natürlich, doch Procopio und Xavierlyn sind die besten Pferde im Stall. Nicht, daß es mir anstünde, darüber zu reden."

Das tat es sicher nicht, doch Matteo konnte gut verstehen, daß der Mann den Wunsch verspürte, sich über irgend etwas zu unterhalten. Seit er Zalathorms Hof verlassen hatte, war ihm keine Menschenseele begegnet, und hinter der großen Tür waren keine Geräusche zu hören, die auf irgendwelche menschlichen Aktivitäten schließen ließen. Ein leises Klicken, Klopfen und Surren war durch das dicke Holz zu vernehmen, aber kein Laut erinnerte auch nur entfernt an etwas, was von einem Menschen stammte.

„Ich bin angewiesen worden, mich der Königin vorzustellen", sagte Matteo, der weitergehen wollte.

Der Seneschall zuckte die Achseln und holte einen kleinen silbernen Stab aus dem Ärmel. Damit berührte er das massive Schloß, das augenblicklich verschwand. Die Tür wurde ebenfalls durchsichtig und verschwand mit einem leisen Knall. Knapp dahinter befand sich eine weitere Tür, die sich ebenso auflöste.

„Magische Abwehrmechanismen", erklärte der Wachmann. „Hält einiges davon ab, dort herauszukommen. Man kann nicht vorsichtig genug sein, immerhin ist der König durch den Flur schnell erreicht."

Es kam ihm komisch vor, daß sich der Wachmann der Königin Gedanken um den Schutz des Königs statt um seine eigentliche Aufgabe machte. Doch Matteo nickte nur höflich und wartete, bis sich die dritte und letzte Tür endlich öffnete, die in Scharnieren aus stabilem Eisen hing. Er trat ein und bemerkte, daß der Wachmann die Tür hinter ihm hastig verbarrikadierte.

Was sich seinen Augen darbot, hatte er noch nie gesehen, und es übertraf seine kühnsten Phantasien. Lange Tische standen in präzise angeordneten Reihen im Saal, hier und da waren bewegliche Wände, die mit großen Pergamentbögen behängt waren. Auf ihnen standen unverständliche Muster aus Linien und Runen geschrieben, und erst auf den zweiten Blick erkannte Matteo, daß es sich um Skizzen für irgendeinen neuen Mechanismus handelte.

Die Mechanismen fanden sich einfach überall. Eine Kletterranke, die zu grün war, um echt zu sein, war mit violetten Blumen überzogen, die wieder und wieder Knospen hervorbrachten, aufblühten und sich schlossen. Mehrere winzige Vögel schwirrten herum und „labten" sich an den Blüten. Das leise Schwirren ihrer Flügel hatte etwas schwach Metallisches. Es war unglaublich, aber bei den Kolibris handelte es sich um fliegendes Spielzeug. Ein Metalltiger, dessen lebensechte Zeichnung mit Gold und Onyx nachempfunden worden war, schlich um den Thron der Königin und wachte über seine Herrin.

Königin Beatrix saß nicht auf dem Thron. Sie stand ein Stück daneben und studierte eine der Zeichnungen. Sie war so ruhig, daß Matteo sie einen Augenblick lang für eines ihrer eigenen Konstrukte hielt. Als sie sich umdrehte und ihn mit kalten braunen Augen ansah, war er nicht ganz sicher, ob er sich geirrt hatte oder nicht.

Sie mochte einmal schön gewesen sein. Ihre Statur war zierlich und schlank, sie war gut gebaut und makellos. Nur ihr Gesicht war vollkommen weiß geschminkt, um an feines Porzellan zu erinnern. Ihr Mund war eine pedantisch genaue, karmesinrote Kurve, und um ihre Augen war mit viel Geschick ein breiter Kajalstrich gezogen worden. Sie trug eine weiße Perücke mit Silberfäden, kunstvoll gelockt und mit einem Netz aus Perlen und Elektrum überzogen. Ihr weißes Kleid war steif, förmlich und mit Silberstickerei geschmückt. Die Wirkung war wohl schön, aber auch kalt und nicht ganz menschlich. Matteo hätte nicht schwören wollen, ob sie Frau, Göttin oder Maschine oder vielleicht sogar eine Kombination daraus war.

„Du darfst vortreten", sagte sie mit flacher, aber eindeutig menschlicher Stimme.

Matteo verbeugte sich, dann nannte er seinen Namen und den seines Patrons. „Meister Procopio übersendet Euch seinen Respekt."

„Und ist so klug, ihn nicht selbst zu überbringen", sagte Beatrix ohne Anflug von Wut oder Humor. Sie wandte sich ab und wies auf die Zeichnung. „Nun, Jordain, wenn du mein Ratgeber sein möchtest, dann komm her und sag mir, was du siehst."

Er trat zu ihr und betrachtete das komplexe Muster aus ausholenden Linien und Kurven. „Der Form nach sieht es nach einem Elefanten aus, Majestät."

„Wird er sich bewegen? Gehen? Angreifen?"

„Ich bin kein Baumeister, aber ich denke nicht." Er zeigte auf eine Reihe miteinander verbundener Zahnräder. „Sie scheinen mir nicht auszureichen, um die nötige Energie zu liefern."

„Die Zahnräder sorgen für etwas Antriebskraft, die von der Lebenskraft, die eingepflanzt wird, um ein Vielfaches verstärkt wird", sagte Beatrix. „Ein echter Elefant ist etwas Seltenes, und es ist schwer, ihn über die Mauer von Muaraghal zu bringen." Damit meinte sie die Gebirgskette, die Halruaa von den Landen im Osten trennte. „Wir haben es versucht und sind dreimal gescheitert."

Matteo versuchte, sich nicht das Entsetzen anmerken zu lassen, das diese Neuigkeit in ihm auslöste. Elefanten waren seltene, wundersame Geschöpfe, und auch wenn sie weder über eine Sprache verfügten noch Magie beherrschten, hielten einige Weise sie für mindestens so intelligent wie Delphine. „Ihr wollt die Lebenskraft eines Elefanten in dieses Gerät übertragen?"

„Nein. Vielleicht die eines Esels oder eines durparianischen Kaufmanns", antwortete die Königin in ihrem gleichmäßigen, ausdruckslosen Tonfall. „Sie sind sich alle sehr ähnlich."

Aus dem Mund einer anderen hätte das wie ein boshafter Scherz geklungen, doch Matteo erkannte, daß Beatrix nur schlichtweg die Wahrheit sprach.

„Wer baut das alles?" fragte er und wies auf die Ansammlung kurioser Objekte.

„Ich lasse Handwerker und Magier kommen, wenn ich ihre Dienste benötige. Im Moment ist niemand von ihnen hier", fügte sie an, obwohl der Zusatz überflüssig war.

Beatrix schien ihre Isolation nicht zu stören, doch für Matteo wirkte das unnatürlich. „Im Saal des Königs wird musiziert und gefeiert", sagte er. „Erlaubt Ihr mir, Euch dorthin zu geleiten?"

Sie dachte nach, dann legte sie eine zierliche weiße Hand an seine Taille. „Ich sollte etwas essen", erwiderte sie, als überlege sie, wieviel Zeit verstrichen sein mochte, seit sie zum letzten Mal über derartiges nachgedacht hatte.

Er nickte und ging, um an die schwere Tür zu klopfen. Der Wachmann ließ sie aus dem Saal, dann gingen sie Seite an Seite durch den langen Korridor. Jeder der mechanischen Drachen verbeugte sich, als die Königin vorüberging, und senkte den metallenen Kopf so weit, daß das rostige Horn über den Boden kratzte.

Ihr Erscheinen im Zalathorms Saal sorgte für Aufregung. Einen Moment lang verstummte jegliche Unterhaltung, was im gesitteten Halruaa so auffällig war wie eine Schießpulverexplosion an jedem anderen Hof. Der König entschuldigte sich rasch bei seinen Höflingen und kam nach vorne. Er hatte die Hände ausgestreckt, und in seinen alterslosen Augen leuchteten Jugendlichkeit und Hoffnung auf.

„Beatrix, meine Liebe - welch höchst unerwartetes Vergnügen."

Die Königin reagierte mit einem kurzen, distanzierten Nikken, doch sie legte die Hände in seine. Matteo trat ein paar Schritte zurück, während sie sich kurz unterhielten und Beatrix in kühlen, knappen Sätzen antwortete.

Kurz darauf entschuldigte sie sich und hob die Hand, um einen Diener zu sich zu rufen, der ein Tablett mit Kelchen und Früchten trug. Der König seufzte und wandte sich Matteo zu.

„Begleite mich", sagte er abrupt.

Der junge Mann ging neben ihm her, und gemeinsam verließen sie den Saal und traten in einen Nebenraum, der wiederum zu einem hängenden Garten führte. Der König blieb erst stehen, als sie das Geländer erreicht hatten und die Stadt vor ihnen lag, die von magischen Lichtern funkelte.

„Beatrix war nicht immer so, mußt du wissen", sagte Zalathorm plötzlich. Sein Blick ruhte auf der Stadt. „Als sie vor fünfzehn Jahren in die Stadt kam, war sie wundervoll. So hübsch, so von Licht erfüllt."

Matteo nickte. Über die Jahre hatte Zalathorm viele Königinnen gehabt. Beatrix war die bisher letzte. In den frühen Jahren ihrer Herrschaft war ihr wegen ihrer Intelligenz und ihres Mutes große Bewunderung entgegengebracht worden. Sie war die Tochter eines zurückgezogen lebender Magier, die in einem entlegenen Bergdorf zu Hause gewesen waren, und die einzige Überlebende eines Angriff der Crinti-Plünderer. Sie sprach nicht über ihre frühen Jahre vor diesem Zwischenfall, doch man hatte sie getestet und dabei herausgefunden, daß sie eine nicht spezialisierte Magierin mittlerer Güte war. Mit den Jahren begann sie jedoch, sich mehr für mechanische Konstrukte als für Magie zu interessieren, und die Gesellschaft ihrer mechanischen Geschöpfe schien sie der der Menschen vorzuziehen.

Schlimmer aber noch war, daß sie Zalathorm keinen Erben geschenkt hatte. Es gab viele in Halruaa, die fanden, es sei längst an der Zeit, daß sich der König von Beatrix trennte und nach einer geeigneteren Königin Ausschau hielt. Auch wenn es denkbar war, daß der König all seine Untergebenen überlebte, war das Thema Nachfolge sehr wichtig. Wenn Zalathorm keinen Erben hatte, würden ehrgeizige Magier um den Thron wetteifern. Die Halruaaner kannten ihre Geschichte und wußten, welch verheerende Folgen ein solcher Wettstreit nach sich ziehen konnte.

„Du hast Beatrix bewegen können, heute Abend zu uns zu kommen", sagte der König. „Dafür bin ich dankbar."

„Es war nicht schwierig. Sie ist kein Mechanismus, sie benötigt Speise und Musik und Gesellschaft wie jeder andere auch."

Zalathorm lächelte. „Eine Tatsache, an die sie sich selten erinnert. Es ist schon einige Zeit her, daß die Königin am Hof in Erscheinung getreten ist. Du hast das gut gemacht. Ich bin froh, daß gut für sie gesorgt wird."

Matteo nickte, hörte aber in den Worten des Königs sein Schicksal. Er war nicht glücklich darüber, doch er sah keine Möglichkeit, ihm und seiner Pflicht aus dem Weg zu gehen. Dennoch gab es etwas, das er wissen mußte.

„Was ist passiert?"

Der König mußte nicht erst fragen, was er meinte. „Magie", sagte er. „Sie ist eine gute Gabe, die edelste aller Künste. Aber ihre Auswirkungen können für den, der einen Zauber wirkt, genauso tödlich sein wie das stärkste Gift. Niemand weiß, welche Zauber Beatrix gegen die Crinti wirkte und wie sie den Überfall überlebte. Sie erinnert sich nicht daran und hat auch keinerlei Erinnerung an das, was mit ihr geschah, ehe sie nach Halarahh kam. Kein Erkenntniszauberer hat die Geschichte der Königin in Erfahrung bringen können. Der mächtigste Inquisitor war notwendig, um wenigstens diese Erinnerung zu Tage zu fördern. Aber irgend etwas in Beatrix zerbrach, etwas, das keine Magie wieder heilen kann. Es ist sogar so, daß sie sich mit jedem Tag, der verstreicht, mehr und mehr von der Magie abwendet."

Zalathorm fuhr sich mit der Hand durchs Gesicht, als wollte er den Schmerz wegwischen, der dort zu sehen war. „Und für Halruaa bedeutet das nun einmal, daß sie das Land und jeden, der hier lebt, aus ihrer Welt ausschließt. Wohin sie gegangen ist, dahin wird ihr niemand wirklich folgen können. Ich spreche offen zu dir und gestehe ein, was sich viele meiner Untergebenen hinter vorgehaltener Hand zuflüstern. Die Königin, die Frau, der du dienen mußt, ist nicht mehr bei Sinnen."

Matteo hörte mit großem Mitgefühl zu und war bewegt von der Trauer, die der König empfand, und von dem Schaden, den die Magie angerichtet hatte. Er kannte die kurze Geschichte der Königin, so wie die meisten in Halruaa, aber zum ersten Mal kam ihm der Gedanke, daß es vielleicht mehr zu erfahren gab. Wenn er Beatrix dienen sollte, dann mußte soviel wissen wie möglich.

„Der Inquisitor, der von der Vergangenheit der Königin erfuhr... wißt Ihr noch seinen Namen?"

„Es war eine Frau", sagte der König desinteressiert. „Genauer gesagt, es war eine Elfe. Aber ihren Namen weiß ich nicht mehr."

Ein eisiger Schauer lief Matteo über den Rücken, als er dies hörte. Es gab in ganz Halruaa nur eine Elfe, die es bis zur Inquisitorin gebracht hatte: Kiva, die Bluthündin.

VIERZEHNTES KAPITEL

Zephyr stand an der Reling des Himmelsschiffs seines Patrons und beobachtete die kleine dunkle Wolke, die über dem Halruaasee hing. Der Wind peitschte die spärlichen weißen Haarsträhnen, die ihm über die Schultern fielen, und ließ einen grausamen Schauder durch seine Knochen fahren. Er wagte aber nicht, unter Deck zu gehen, ehe er sich nicht seines Kurses sicher war. Die Stürme, die vom See her kamen, waren kräftig und gefährlich. Er würde mit dem Himmelsschiff kein größeres Risiko eingehen als nötig.

Der Elf hatte Erlaubnis, mit der *Sternenschlange* aufzusteigen, wann immer er wollte. Die Mannschaft war angewiesen, seine Befehle zu befolgen und über nichts ein Wort zu sprechen, was sie hörten und sahen. Es gehörte unter anderem zu Zephyrs Aufgaben, Informationen zusammenzutragen, und es gab nur wenige Halruaaner, die eine Einladung ausschlagen würden, auf einem der wundersamen Schiffe mitzufliegen. Sobald das Schiff abgelegt hatte, waren die Besucher buchstäblich gefesselte Betrachter, die davon abhängig waren, wann Zephyr beschloß, wieder zu landen. Über die Jahre hatte er vielen Mitreisenden erstaunliche Geheimnisse entlockt, weil sie zu begeistert oder zu verängstigt waren, um darauf zu achten, was sie sagten. Es war ein angenehmes Arrangement und eine der wenigen Gelegenheiten, bei denen Zephyr das Gefühl hatte, das Sagen zu haben.

Heute mußte sich der Elf dagegen keinen Illusionen hingeben, wer das Kommando hatte. Er war auf Kivas Anweisung aufgestiegen.

Ihm wurde bewußt, dass die wunderschöne Bluthündin viel erreicht hatte, seit sie das verschmutzte und verängstigte Mädchen gewesen war, das Akhlaurs Männer aus den Bäumen Mhairs gezerrt hatten. Sie war vor Schock und Trauer fast von

Sinnen gewesen, denn sie war dem ersten Angriff auf ihr Dorf entkommen, nur um mitansehen zu müssen, wie ihre Leute abgeschlachtet wurden. Wie Zephyr hatte sie jahrelange Folter und Erniedrigung durch den Magier Akhlaur überlebt. Doch anders als er war sie aus Halruaa entkommen und hatte sich ein eigenes Leben aufgebaut. Jahre später war sie zurückgekehrt, um die berühmte Magie des Landes zu erlernen, damit sie das schreckliche Unrecht aus der Welt schaffen konnte. Zephyr bewunderte sie für alles, was sie erduldet und erreicht hatte.

In letzter Zeit aber hatte er begonnen, sie zu fürchten. Er wünschte, er könnte sich den Grund dafür erklären. War nicht das finstere Ziel, auf das sie ihr Leben lang hingearbeitet hatte, mit seinem identisch? Empfand sie nicht die gleiche Trauer und Schuld wegen der Kreatur, die Akhlaurs Sumpf heimsuchte? Hatten sie sich nicht beide geschworen, erst zu ruhen, wenn der Laraken vernichtet war?

Der alte Elf blinzelte in den Himmel und verfluchte seine schlechter werdenden Augen, während er versuchte herauszufinden, was es mit der kleinen dunklen Wolke auf sich hatte. Es war beileibe nicht die einzige Wolke über dem See, aber die meisten anderen trieben mit dem Wind weiter, während dieser hier über einer Stelle hing und gereizt aussah. Man konnte fast meinen, sie hätte sich Finger gewünscht, um mit ihnen einen ungeduldigen Takt zu trommeln. Viel bemerkenswerter war aber, daß sie sich genau außerhalb der magischen Abwehrmechanismen der Stadt befand, jener mächtigen Zauber also, die die Stadtwachen darauf aufmerksam machten, wenn sich ein mächtiger Magier näherte. Kiva würde von diesen Abwehrmechanismen wissen und außerhalb ihrer Reichweite bleiben.

Zephyr gab dem Steuermann Befehl, den Kurs zu ändern und durch die Wolke zu segeln. Dann ging er nach unten, um auf seinen Gast zu warten.

Er fühlte ihre Präsenz im kalten Nebel der Wolke, die plötzlich das Schiff umschloß und sah, wie die winzigen Tropfen sich zu einer festen weiblichen Form verdichteten, einer wilden Elfe mit jadegrünen Locken und tiefgebräuntem Goldteint - ein ungewöhnlich heller Farbton für eine Waldelfe aus diesen Breiten.

„Seid gegrüßt, Kiva. Ihr seht so aus, als sei Euch kalt."

Die Bluthündin warf ihm einen wütenden Blick zu, dann stolzierte sie durch die Kabine und nahm eine Karaffe Haerlu-Wein vom Tisch des Kapitäns. Sie schenkte ein wenig von der blaßgoldenen Flüssigkeit in einen Kelch und leerte ihn in einem Zug. Sie verzog das Gesicht bei dem intensiven Geschmack, und Zephyr sah, daß die goldene Blässe ihres Gesichts etwas von dem kupfernen Farbton zurückerhielt. Offenbar fand man nur wenig Trost in den Armen einer Sturmwolke.

Sie wandte sich dem alten Elfen zu. „Hast du das Mädchen oder nicht?"

„Ich werde es bekommen", sagte Zephyr unerschrocken. „Sie war in jüngster Zeit äußerst mutig. Wir haben sie in den letzten Tage einige Male ausgemacht. Bislang ist es niemandem gelungen, sie zu fassen zu bekommen, doch das ist nur eine Frage der Zeit."

„War Matteo nützlich?"

Der Elf verzog die Mundwinkel. „Nicht so, wie ich mir erhofft hatte. Der Junge hat den Dienst gewechselt. Ich habe ihn nicht mehr gesehen, seit er sich an den Hof von Königin Beatrix begeben hat."

Kiva fuhr herum und starrte ihn an. „Das kann nicht dein Ernst sein. Wer steckt dahinter?"

„Procopio ließ ihn gehen, aber auf Cassias Drängen hin."

Die Elfe nickte wütend. „Ich hätte damit rechnen sollen. Cassia hegte schon seit langem einen Verdacht gegen die Königin. Aber daß sie soviel weiß, hätte ich nicht erwartet."

„Wahrscheinlich ist ihr das ganze Ausmaß ihrer Handlungen gar nicht klar. Matteo kann impulsiv sein, und Cassia behauptet, sie hoffe darauf, daß er Beatrix Probleme beschert oder sie zumindest in Verlegenheit bringt. Vielleicht spricht das für Cassias ersten Impuls, aber ich vermute, sie hegt andere, komplexe Absichten."

„Nämlich?"

Zephyr erzählte ihr von Matteos Kampf mit dem Nekromanten. „Er hat Azgool Njammian im Kampf getötet, was zwar beeindruckend ist, aber auch viele veranlaßt, ihn mit Vorsicht zu betrachten. Jeder Jordain lernt zwar kämpfen, aber nur wenige von uns töten auch jemanden. Matteo muß man mit der gleichen Vorsicht behandeln wie einen halbwilden Jagdhund. Was aber noch bemerkenswerter ist, das ist die Tatsache, daß Azgool Matteo durch einen Suchzauber aufspüren konnte. Das ist eine schwierige Angelegenheit, da nur wenige Jordaini magisch beobachtet werden können. Wenn Matteo einer dieser wenigen ist, könnte Cassia durchaus ein Fenster in die Gemächer der Königin geöffnet haben."

„Cassia, die geachtetste aller Jordaini, soll verbotene Magie benutzen, um einen Rivalen zu überwachen?" fragte Kiva ironisch.

Der Elf zuckte die Achseln. „Es gibt wenig, was Cassia nicht täte. Aber glaubt nicht, sie wüßte viel über Beatrix. Ich glaube, ihr oberstes Ziel ist, sie in Zalathorms Gunst zu verdrängen."

„Noch dümmer. Cassia wird nie Königin werden. Jordaini dürfen nicht heiraten."

„Was sie sicher weiß. Aber Cassia hat schon das Ohr des Königs. Vielleicht will sie auch sein Herz. Im Moment gilt Zalathorms ganze Zuneigung Beatrix, doch mit jedem Tag werden die Stimmen lauter, er solle sich eine neue Königin nehmen und Erben zeugen. Ich vermute, Cassia sähe es gern, wenn Zalathorm sich von Beatrix trennte und eine neue Königin nähme. Er wird wahrscheinlich jede Frau ablehnen, die Beatrix ersetzen will, und damit würde Cassia an erster Stelle in seiner Mißgunst stehen."

Kiva rümpfte die Nase. „Cassia ist dumm, aber sie ist auch ehrgeizig. Wir werden sie im Auge behalten müssen."

Der Elf neigte den Kopf. „Wie Ihr wollt. Wie kommen die Pläne für den Kampf voran?"

„Sehr gut", sagte sie zufrieden. „Der erste große Test steht bevor. Wenn wir uns im Sumpf von Kilmaruu erfolgreich schlagen, werden wir mit erprobten Waffen und Taktiken in Akhlaurs Sumpf ziehen. Ich bin davon überzeugt, daß die Quelle für die Macht des Laraken bis zum Einsetzen des Sommerregens nicht mehr existiert."

„Das haben wir nicht vereinbart!" protestierte Zephyr. „Der Laraken muß sofort vernichtet werden!"

„Natürlich", beschwichtigte Kiva. „Die Kreatur ist durch das Austreten von Magie aus der Elementarebene des Wassers an den Sumpf gebunden. Sobald dieses Tor geschlossen ist, wird sich der Laraken anderswo Nahrung suchen müssen. Wir werden ihn fortlocken und dafür sorgen, daß man sich seiner annimmt."

„Das schwört Ihr?" fragte der Elf.

Kivas Gesicht erstarrte. „Bei den Gräbern unseres Volks, bei den Bäumen Mhairs, bei der Ungerechtigkeit, die uns beiden widerfuhr, schwöre ich dir, daß dieses Unrecht wiedergutgemacht wird."

Zephyr nickte zufrieden über den Ernst, mit dem sie den Eid geleistet hatte. „Ich bedauere, daß ich Euch Tzigone bislang noch nicht übergeben konnte. Ich muß aber zugeben, daß es mir nicht Leid tut, daß der junge Matteo aus der Sache herausgenommen wird. Aus dem Jungen kann etwas ganz Besonderes werden, wenn er die Chance dazu bekommt."

„Wahrscheinlicher ist es, daß eine von Beatrix' Maschinen ihn dazu verdammt, ihre Gelenke zu ölen", gab sie zurück. „Was für ein Risiko! Krieger wie Matteo sollten im Gefecht fallen, nicht in der Werkstatt irgendeiner Wahnsinnigen enden."

„Ihr redet von Risiko? Ihr habt doch die Absicht, in Akhlaurs Sumpf zu ziehen, obwohl Ihr wißt, daß der Laraken Euch Eurer Magie berauben könnte!"

„Ich arbeite daran, du mußt dir keine Sorgen machen."

Der Elf schüttelte den Kopf. „Das muß ich doch. Es gibt eine starke Verbindung zwischen uns. Uns verbindet die Geschichte, die Heimat. Wir haben beide große Verluste erfahren, und unsere Geheimnisse sind Spiegelbilder." Er verstummte für einen langen Augenblick, dann fügte er in sanfterem Tonfall hinzu: „Wir sind vom gleichen Blut."

„Blut? Wohl eher Schleim!" spie sie. Sie brauchte einen Augenblick, um sich zu sammeln, dann sprach sie in gemäßigterem Tonfall weiter: „Wir werden uns rächen, Zephyr. Stell das nie in Frage."

Einen Moment lang sahen sich die beiden an, die die gemeinsame Erinnerung an lange vergangenes Unrecht verband.

Kiva teilte die Leidenschaft für Rache, die in den Augen des alten Elfen leuchtete, doch wurde sie auch von einem Ehrgeiz getrieben, der über bloße Rache hinausging. Der Laraken würde früher oder später vernichtet werden – die Magier Halruaas waren zu erfinderisch, um diese Situation für alle Zeit weitergehen zu lassen –, aber noch viele Monde lang würde das Böse, das der Magier Akhlaur geschaffen hatte, seine Nachfahren heimsuchen. Das war richtig und angemessen. Doch Kiva wollte mehr. Sie wollte die finstere Macht, die Akhlaur für einen so unfaßbaren Preis errungen hatte.

Und dann, wenn sie mächtig genug war, würde sie Akhlaur persönlich bekommen.

„Du hast gesagt, Matteo sei aus dieser Sache völlig heraus", sagte sie und bemühte sich, ihren Worten einen sanften Klang zu verleihen. „Ist Tzigone der gleichen Ansicht? Ist sie mit ihm fertig?"

„Sie wurden seit Tagen nicht mehr zusammen gesehen. Ich habe ihn beobachten lassen, daher kann ich mir dessen sicher sein."

„Vielleicht betrachtet sie ihre Schuld als beglichen", überlegte Kiva. „Aber wir müssen es genau wissen. Sie könnte sonst jederzeit im Palast von Beatrix auftauchen, und das dürfen wir nicht zulassen. Wir brauchen sie und dürfen nicht das Risiko eingehen, daß die Kabale sie erwischt. Auch wenn dieses Risiko nicht allzu hoch ist - immerhin hat sie die Angelegenheit offiziell schon vor Jahren erledigt."

Zephyr schwieg einen Moment. „Cassia hat das Gegenteil herausbekommen. Sie weiß auch, daß Tzigone in der Stadt ist, und hat die Neuigkeit meinem Patron Procopio Septus mitgeteilt."

Kiva kniff die Augen zusammen. „Und das sagst du erst jetzt? Was weiß sie sonst noch?"

„Ich weiß nicht."

Die Bluthündin schenkte sich noch Wein ein und nippte daran, während sie überlegte. „Vielleicht können wir diese neue Entwicklung zu unserem Vorteil nutzen", sagte sie schließlich. „Laß Cassia nach Keturahs Tochter suchen. Nichts wird Tzigone so schnell in unser Netz locken wie das Rätsel ihrer Vergangenheit." Sie wurde wieder ruhig, dann sprach sie überzeugt: „Wir werden Tzigone bald haben. Und wenn wir unsere Karten richtig spielen, werden wir sogar Matteo bekommen."

„Braucht Ihr den Jungen wirklich?" fragte Zephyr vorsichtig.

Kivas Lächeln war kalt und hart, und in ihren Augen funkelte etwas, das weit über bloßen Haß hinausging. „Du kennst den Laraken. Du weißt besser als die meisten anderen, wie stark er ist. All deine Magie und Jahrhunderte deines Lebens wurden dir geraubt, um dieses Monster zu schaffen. Du bist in Stunden um Jahrhunderte gealtert, während du zusahst, wie es zum Leben erwachte. Du kennst die Narben, die seine Geburt hinterließ, schließlich hast du dich um mich gekümmert, nachdem man mich wegggeworfen und dem Tod überlassen hat."

„Hört auf, Kiva", flehte er, angewidert von den Erinnerungen, die sie mit zunehmend hysterisch werdender Stimme weckte.

Doch die Elfe ließ sich nicht aufhalten. „Du hast das Monster gesehen, das Akhlaur rief, um es mit deiner und meiner Magie zu vermischen. Du weißt, was der Laraken ist, und du weißt auch, wie mächtig er ist. Und trotzdem sagst du, wir sollen Matteo heraushalten! Er ist ein Jordain, und ich bin eine Bluthündin. Sein Schicksal lag in meiner Hand, lange bevor er geboren wurde. Er ist ein Nichts."

„Keine Seele ist wertlos, Kiva, nicht einmal die eines Menschen."

„Ich bin nicht gekommen, um mit dir über philosophische Themen zu diskutieren. Matteo ist ein guter Kämpfer, der gegen Magie fast völlig resistent ist. Bei allem, was du weißt, kannst du mir eine einzelne Klinge verdenken, die ich in den Sumpf mitnehmen könnte?"

Der Elf senkte geschlagen den Kopf. „Tut, was Ihr tun müßt", erwiderte er leise. In diesem Augenblick wurste er nicht, wen er mehr fürchten mußte: den Laraken oder die Bluthündin.

* * *

Cassia stand auf der Brüstung des Palastes und beobachtete voller Unglauben die Szene, die sich unterhalb von ihr abspielte. Königin Beatrix spazierte auf der Promenade entlang, ihr fahles, mit Edelsteinen besetztes Kleid funkelte im schwachen Licht des Spätnachmittags, und ihre kunstvolle weiße und silberne Haarpracht war ein Vorgeschmack auf den Mondschein. Neben ihr ging ihr neuer Ratgeber, zeigte auf verschiedene Stellen in der Stadt unter ihnen und nickte höflich den Magiern zu, die an ihnen vorübergingen.

Die Jordain bemerkte, daß jeder Magier, dem das Paar begegnete, stehenblieb, um mit der Königin zu sprechen. Eine beträchtliche Anzahl von ihnen blieb noch stehen, nachdem die angemessenen Begrüßungsfloskeln ausgetauscht worden waren. Cassia wußte nur zu gut, welchen Charme Beatrix spielen lassen konnte, wenn ihr danach war.

Cassia drehte sich auf dem Absatz um, ging rasch zurück in ihr Zimmer und tigerte dort unruhig auf und ab. Offenbar war es Matteo gelungen, Beatrix davon zu überzeugen, daß es außerhalb ihrer Werkstatt auch noch eine Welt gab. Möglicherweise – Mystra behüte! – würde er die Königin auch noch davon überzeugen können, dass sie immer noch eine Frau war!

Dieser Gedanke behagte Cassia nicht. Zugegeben, es war schwierig, eine Schwäche oder eine Fehlleistung bei einer Frau zu Tage zu fördern, die so kalt, brillant, zurückgezogen und geheimnisvoll war wie die Königin. Wer vermochte zu sagen, welch unheilvolle Geheimnisse ans Licht kommen würden, wenn es Matteo gelang, das Eis um Beatrix zu brechen?

Andererseits würde Cassias Position als Oberste Ratsherrin durch Beatrix‘ Rückkehr an den Hof gefährdet werden. Cassia war häufiger als jeder andere an der Seite Zalathorms zu sehen, und sie würde sich von dort nicht so schnell verdrängen lassen, nicht einmal von der Königin.

Vielleicht sogar erst recht nicht von der Königin.

Jedenfalls hatte sie einen Fehler gemacht, als sie den jungen Jordain zu Beatrix schickte. Sie zweifelte nicht an ihrer Einschätzung des Jungen. Matteo war impulsiv und leidenschaftlich, und solche Personen neigten dazu, Ärger anzuziehen. War seine offensichtliche Freundschaft mit Keturahs Tochter dafür nicht Beweis genug? Was Cassia nicht berücksichtigt hatte, war die Tatsache, daß überall dort, wo großes Risiko bestand, auch großes Potential zu finden war.

Zum Glück hatte sie andere Mittel und Wege, um Beatrix zu verhexen. Cassia sah zum Bett, auf dem sich eine groteske Gestalt wand und stöhnte, während sie an ihren Fesseln zerrte, dem Tode nah, aber noch immer ein Stück von ihm entfernt.

Ihr „Gast" war der jüngste Fund der Kabale, eine mißgestaltete Kreatur, die ganz offensichtlich ein einem Zentaur ähnlicher Krieger hatte werden sollen, halb Panther, halb Crinti. Das Ergebnis war schreckerregend: ein elfenhafter Körper mit vier verdrehten, katzenhaften Beinen, dazu ein dunkles, wildes Gesicht, das weder Elf noch Panther erkennen ließ, sondern ein Spiegelbild einer finsteren Welt. Der Leib des Geschöpfs war mit einer Mischung aus dunkler Haut, grauen Fellbüscheln und reptilienhaften Schuppen überzogen. Ohne jeden Zweifel war hier das Experiment eines Magiers sehr schief gegangen.

Die Jordaini kannten ein Sprichwort über die Gefahr, zu Liedern zu tanzen, die die Götter geschrieben hatten. Noch nie hatte Cassia einen so eindringlichen Beweis dafür gesehen wie dieses bedauernswerte, sterbende Katzending.

Das größte Verbrechen aber war ihrer Meinung nach, daß man dieser Kreatur überhaupt erst erlaubt hatte, so lange zu leben. Halruaa war ein Land mächtiger Magie, die durch Regeln und Gebräuche sorgfältig im Zaum gehalten wurde. Das war nötig, sonst hätten ehrgeizige Magier das Land binnen kurzer Zeit ins Chaos gestürzt.

Doch Kontrolle hatte ihren Preis. Magische Experimente, die fehlschlugen, und in vielen Fällen auch die jeweiligen Magier wurden rasch beseitigt. Diesen „Crintaur" hätte man töten sollen, noch ehe er den ersten Atemzug gemacht hatte. Und doch war er im Wald der Königin entdeckt worden. Cassias Späher hatten auf ihn geschossen und ihn tödlich verletzt, aber es war keineswegs das erste derartige Geschöpf gewesen, auf das sie gestoßen waren.

Das führte zu einer interessanten Frage. Nur wenige wußten von der Kabale, jener Magier-Geheimgesellschaft, die die Verwendung von Magie überwachten und Mißbrauch ahndeten. Cassia war fast sicher, daß Beatrix irgendwie mit dieser mysteriösen Gruppe in Verbindung stand. Aber arbeitete die Königin gegen die Kabale oder erteilte sie ihr Befehle?

Beide Optionen hatten ihren Reiz. Die meisten Magier fürchteten die geheime Kabale und würden nicht erfreut auf die Neuigkeit reagieren, daß die Königin deren Aktivitäten kontrollierte. Natürlich wußte Zalathorm von der Kabale, aber er hielt sich von den dunkleren Aspekten seines Reiches fern. Er wurde weithin geliebt und verehrt, er hatte gut geherrscht und sein Volk in vielen Schlachten zum Sieg geführt. Sein Volk würde ihm vieles vergeben. Aber wenn ein Beweis für Beatrix' Beziehungen zur Kabale gefunden und diese Tatsache allmählich bekannt gemacht würde, dann könnte er sich gezwungen sehen, sich von ihr zu trennen.

Die Tatsache jedoch, daß diese Kreatur im Wald der Königin entdeckt worden war, genügte nicht als Beweis. Bei Tzigone war das etwas anderes. Sie war der Kabale entkommen. Vielleicht konnte man herausfinden, wer sie befragt und ihr zur Flucht verholfen hatte. Das würde den Weg weisen, von dem Cassia hoffte, er werde vor Königin Beatrix' Tür enden.

Vieles an Tzigone interessierte Cassia. Ihre Inquisitoren waren nicht in der Lage gewesen, auch nur einen Funken magischer Fähigkeiten zu entdecken, doch die bloße Beobachtung deutete darauf hin, daß die junge Frau eine explosive Mischung aus wilden Talenten besaß und zudem eine fast völlige Widerstandskraft gegen Magie aufwies.

Eine solche Widerstandskraft war eine sehr wünschenswerte Eigenschaft, und das Ansehen, das Cassia und die anderen Jordaini genossen, war Beweis genug dafür. Doch ein Magier, der diese Eigenschaft eines Jordain besaß, bedeutete neue, unabsehbare Möglichkeiten. Niemand wußte, wie sich Begabungen wie die von Tzigone entwickeln würden, wenn man sie ausbildete - und noch rätselhafter war die Frage, in welcher Form sie möglicherweise an nachfolgende Generationen weitergegeben wurden. Magische Talente mußten durch sorgfältige Selektion und gesteuerte Eheschließungen gestärkt werden, aber nur im Rahmen dessen, was vorgeschrieben war. Tzigone wäre nicht das erste wilde Talent, das von der Kabale aus dem Weg geschafft wurde. Die Gesellschaft verlangte das ebenso, wie sie vor dem Untergang durch einen tollwütigen und unkalkulierbaren Hund geschützt werden wollte.

Doch Tzigone war quicklebendig. Noch interessanter war aber, daß sie anscheinend das Interesse der Bluthündin Kiva auf sich gelenkt hatte.

Dieselbe Bluthündin, so wußte Cassia, die Beatrix untersucht hatte, bevor diese die Ehe mit Zalathorm eingegangen war.

Es gab eine Verbindung, doch welche das war, konnte Cassia nicht erkennen.

Die Jordain setzte sich an den Schreibtisch und begann zu schreiben. Mit äußerster Genauigkeit fügte sie die Informationen zusammen, die auf ein gutes Dutzend Schriftrollen verteilt waren. Sie hatte die Wege der Bluthündin über die letzten Jahre hinweg verfolgt und dabei bemerkt, daß Kivas Reisen häufig mit Berichten über Zwischenfälle zusammenfielen, die mal von einem Straßenbalg, mal von einer Straßenunterhalterin und mal von einer jungen Frau verursacht wurden. Wie es schien, führte Tzigone eine sehr bewegtes Leben.

Cassia bedauerte, daß sie Tzigone nicht bis zu ihrer Herkunft zurückverfolgen konnte. Sie hätte viel dafür gegeben, den Namen ihres Vaters zu erfahren. Vielleicht wäre sie dann in der Lage gewesen, die vernichtende Verbindung zwischen Tzigone, Kiva und der Königin herzustellen.

So hatte Cassia immerhin genügend Informationen, um für Unruhe zu sorgen. Sie schrieb rasch einen Brief an Sinestra Belajoon, eine Erkenntniszauberin, die mit Tzigone gesehen worden war. Cassia fühlte ob ihres Verlustes mit der Magierin. Ob Tzigone Sinestra tatsächlich etwas gestohlen hatte, wußte Cassia nicht, und es kümmerte sie auch nicht. Der Gedanke allein würde sie dazu bringen, ihre Taschen zu durchsuchen und schließlich irgend etwas für verschwunden zu erklären. Sie merkte an, Sinestra sei nicht die einzige intelligente, begabte Person, die von dieser geschickten Diebin getäuscht worden war. Matteo, der Ratgeber von Königin Beatrix, war ein Freund dieser jungen Frau.

Hochzufrieden mit sich verschloß Cassia den Umschlag und schickte einen Diener los, um den Brief zu überbringen. Dann beschäftigte sie sich wieder mit den Bruchstücken von Tzigones Vergangenheit und verfolgte Kivas Bemühungen fast zwanzig Jahre zurück.

„Noch ein paar Tage, dann sind alle Bruchstücke am richtigen Platz", murmelte sie.

„Dann sollte ich vielleicht später wiederkommen", sagte plötzlich eine sanfte, glockenhelle Stimme hinter ihr. „Ich hasse es, Dinge nicht zu Ende zu führen."

Die Jordain schreckte hoch und fuhr herum. In den manikürten Finger hielt sie zwei Dolche. Ihr Zorn wurde zu Furcht, als sie die kleine, seltsame Gestalt sah, die in ihrem Lieblingssessel Platz genommen hatte. Lange jadegrüne Locken fielen über ein Kleid in Grün und Gold und rahmten ein Gesicht ein, das die Farbe und Kälte polierten Kupfers hatte.

Cassia riß sich mit aller Würde zusammen, die sie aufbringen konnte. Immerhin war sie die Oberste Ratsherrin des Königs, und diese Kreatur war trotz ihrer Position nur eine Elfe.

„Wie könnt Ihr es wagen, ungebeten in mein Zimmer zu kommen, und dazu noch mit magischen Mitteln?"

Kiva lächelte, und plötzlich schien es im Raum kalt zu werden. „Ich gehe dorthin, wohin mich meine Pflicht führt."

„Und wieso kommt Ihr dann zu mir? Ihr habt hier nichts zu suchen."

„Nein?" Kiva erhob sich. „Die Reihen der Jordaini müssen vor magischen Beschmutzungen bewahrt werden. Niemand, ganz gleich, wie weit oben er in der Rangordnung steht oder wie mächtig sein Patron ist, kann sich davon freisprechen. Wenn ich entscheide, gegen dich zu ermitteln, dann wird mir das Recht niemand absprechen."

Cassia hatte darüber nicht nachgedacht. Sie stellte eine große Bedrohung dar. Cassia schluckte mühsam. „Was wollt Ihr?"

Die Elfe streckte gebieterisch die Hand aus. „Zunächst diese Papiere."

Cassia zögerte einen Moment, dann gab sie ihr die Schriftrollen. Kiva betrachtete sie und sah dann die Jordain stechend an.

„Wie du mit viel Mühe erfahren hast, bin ich schon seit einiger Zeit auf der Suche nach dieser Frau. Sie wird für eine Befragung gesucht. Das ist meine Pflicht, und ich werde keine Störungen dulden. Dieser Jagd ist mein, Jordain. Halte dich raus, dann wird vielleicht keine zweite Jagd notwendig."

Cassia mußte nicht fragen, wem diese zweite Jagd gelten sollte. „Ich nehme Eure Bedingungen an", sagte sie.

„Ihr habt es eilig", erwiderte die Elfe und lächelte kühl. „Ich war noch nicht fertig. Habt Ihr mit irgend jemandem über das gesprochen, was Ihr in Erfahrung gebracht habt?"

Kiva griff in die Falten ihres gelben Ärmels und holte einen Silberstab hervor, jenes Instrument, das Magie aufspüren konnte, ganz gleich, wo sie verborgen war, und das jeden Jordain verdammen konnte, der von Mystra berührt worden war.

Cassias Blick hielt ihrem stand, und die Worte, die sie sprach, waren zum Teil wahr, zum Teil behutsame Falschaussage. „Ich habe mit niemandem gesprochen, und ich werde es auch nicht", schwor sie und ging über den Brief hinweg, den sie eben abgeschickt hatte. Sie empfand ein Gefühl der Sicherheit, weil Jordaini traditionell nichts aufschrieben und keine Briefe verschickten.

Kiva akzeptierte die Aussage mit einem Nicken. „Gut. Wenn ich davon erfahre, daß du dein Schweigen gebrochen hast, werden wir uns wiedersehen. Und ich versichere dir", fügte sie leise an, „daß du dann mit mir einen weit unerfreulicheren Handel abschließen wirst."

* * *

Matteos neues Quartier war im Südflügel des Königspalastes gelegen, weit weg von den Ratskammern und einige Stockwerke über dem mechanisierten Hof der Königin. Auch wenn es sich nicht um den angesehensten Teil des Gebäudes handelte, war es doch die bei weitem luxuriöseste Suite, in der er je gewohnt hatte. Es gab ein Schlafzimmer, ein Empfangszimmer, ein Arbeitszimmer voller Bücher und ein Badezimmer, das so groß und edel war, daß es ihm fast schon peinlich war.

Als er sich in seine Räumlichkeiten begab, vernahm er leises Plätschern und Wasserrauschen. Vorsichtig zog er einen Dolch und schlich zur Badezimmertür. Der Anblick, der sich ihm dort bot, ließ ihn auf der Stelle erstarren, und er war nicht sicher, ob er lächeln oder stöhnen sollte.

Tzigone war zurückgekehrt, und offensichtlich fühlte sie sich wie zu Hause. Sie lag in der Badewanne, die kleinen bloßen Füße über den einen Rand gelegt, den Kopf gegen den anderen gedrückt. Sie hatte die Augen geschlossen, und ihr kurzes braunes Haar war unter wohlriechendem Schaum verschwunden.

Er räusperte sich.

„Komm ruhig herein", sagte Tzigone, hielt aber die Augen geschlossen. „Ich warte schon seit Stunden auf dich. Nicht, daß ich mich beklage. Ich habe schon an viel übleren Orten gewartet."

Einen Moment überlegte er, ob sie sich damit auf die Wanne oder das Badezimmer bezog, beschloß aber, nicht zu fragen.

„Wie bist du hereingekommen?"

Sie öffnete ein Augen einen Spalt breit. „Ist dir schon einmal aufgefallen, daß du jedes Gespräch mit einer Frage einleitest?"

Sie wartete nicht auf eine Antwort, sondern redete weiter. „Ich habe im Bilboabaum drüben im Park am Hafen angefangen." Sie nahm einen Arm aus dem Wasser, um sich Schaum aus dem Gesicht zu wischen. „Es ist schon erstaunlich, wie weit man in dieser Stadt kommt, ohne die Erde zu berühren."

Sein Blick wanderte zum offenen Fenster, das gut sechs Stockwerke über Straßenniveau war, und er wunderte sich. Was es auch immer mit dieser jungen Frau auf sich haben mochte, sie hatte auf jeden Fall ein starkes Ehrgefühl, sonst hätte sie nicht solche Mühen auf sich genommen, um ihre Verantwortung zu erfüllen.

Oder gab es einen anderen Grund für ihre Anwesenheit?

„Ist zwischen uns noch eine Schuld offen?" fragte er vorsichtig.

Sie zuckte die Achseln, woraufhin Matteo rasch den Blick abwandte. „Kommt darauf an. Wie ist denn die Arbeit im Palast?"

„Sonderbar", erwiderte Matteo ehrlich. „Ich muß erst noch herausfinden, wie ich der Königin wirklich dienen kann."

„Hmmm", machte Tzigone. „Was kannst du denn?"

Er sah sie wieder an. „Wie bitte?"

„Für welche Dienste bist du ausgebildet, vom Kampf abgesehen? Ich habe ja schon gesehen, was du mit einer Klinge bewerkstelligen kannst."

„Für vieles – Geschichte, Kampfstrategien, Etikette, Protokoll, Sprachen, Gebräuche, Wappenkunde. Es ist schwierig, einen Rat zu geben, wenn man sich in solchen Dingen nicht auskennt. Wir müssen auch Magie studieren und ihre Stärken und Schwächen lernen."

Sie nickte und hatte die Augen inzwischen weit offen. „Wie kannst du dir auch nur die Hälfte von alledem merken? Ich frage nicht nur so, ich will es wirklich wissen."

„Das merke ich", murmelte er und wunderte sich über die Eindringlichkeit ihrer Worte. „Das Gedächtnis ist Begabung und Geschick gleichermaßen. Einige haben eine größere Kapazität als andere, so wie der eine eine bessere Gesangsstimme hat als der andere. Aber es gibt Methoden, um das Gedächtnis zu fördern. Von Kindheit an arbeiten Jordaini daran, einen Palast der Gedanken zu bauen, ein Zimmer nach dem anderen, die alle durch Korridore miteinander verbunden sind. Es ist eine sehr planmäßige und präzise Arbeit. Jede Tatsache und jeder Gedanke werden mit einem bestimmten Ort verbunden. Ich kann mir die Wege fast bildhaft vorstellen, die ich zurücklegen muß, um einen bestimmten Raum zu erreichen."

„Was ist denn im Keller?" wollte sie wissen. „Und in den Verliesen?"

Matteo sah sie erstaunt an. „Was meinst du?"

„Wie weit kannst du zurückgehen?"

Er überlegte. „Ich habe Erinnerungen, die bis zu meinem zweiten Lebensjahr zurückreichen. Es gibt auch noch frühere Erinnerungen, aber das sind mehr Eindrücke – vage und warm, aber nicht in Worte gefaßt." Er machte eine Pause und bemerkte, daß sie ihn ungläubig ansah. „Das kommt bei Jordaini oft vor. Mein Freund Andris behauptete, sich an Dinge zu erinnern, die er im Mutterleib gehört haben mußte. Aber vielleicht wollte er uns damit auch nur aufziehen."

„Zeig mir, wie das geht", verlangte Tzigone.

Matteo warf ihr ein Handtuch zu. „Komm ins Wohnzimmer, dann werden wir sehen, was wir machen können."

Augenblicke später kam sie herein, trug Gamaschen und Tunika in Grün und sah ziemlich genau wie eine vom Tau durchnäßte Dryade aus.

„Fang an", sagte sie und setzte sich im Schneidersitz auf den Boden.

Matteo wies sie an, die Augen zu schließen und die früheste Erinnerung zu Tage zu fördern, die sie fand. „Sag mir, was es ist."

„Feengeist", sagte sie mit leiser, fast schon kindlicher Stimme. „So nannte ich ihn. Das war auch das, was er war – ein Feengeist. Ich vermute, er hatte noch einen anderen Namen, aber ich kann mich nicht daran erinnern, ihn jemals gehört zu haben."

„Wie alt warst du zu der Zeit?"

Sie zuckte die Achseln. „Fünf, vielleicht sechs. Aber vor dem Feengeist gibt es nichts."

„Das ist nicht ungewöhnlich. Es kommt vor, daß nur wenige Erinnerungen an die frühen Jahre verbleiben. Ist es wichtig?"

„Ja."

Sie sagte es mit solcher Endgültigkeit und so viel Gefühl, daß Matteo gar nicht auf die Idee kam, ihre Absicht in Frage zu stellen. „Dann versuchen wir etwas anderes. Stell dir deinen Geist vor – im buchstäblichen Sinn die Wege in deinem Körper, auf denen sich deine Gedanken bewegen. Wo ist die Erinnerung an den Feengeist angesiedelt? Kannst du es dir bildlich vorstellen?"

Sie runzelte die Stirn, dann nickte sie. „Ja."

„Bewege dich weiter vor und etwas nach links", wies er sie behutsam an.

Sie stellte sich vor, wie sie in ihrem Geist versank. Einen Moment lang war nur Schwärze um sie herum, dann erhaschte sie ein silbernes Glitzern und eine rhythmische, beruhigende Berührung. „Jemand bürstet mein Haar", murmelte sie. „Mutter?"

„Bleib, wo du bist. Sorge für Ruhe in deinem Geist und stell dir vor, du hast soeben einen dunklen Raum betreten und wartest darauf, daß sich deine Augen an die Finsternis gewöhnen."

Sie nickte und saß einen Moment lang still da. Auf ihrem Gesicht lag der Ausdruck völliger Konzentration. Schließlich schüttelte sie den Kopf. „Nichts", sagte sie traurig.

„Wir werden es später noch einmal versuchen", sagte Matteo und legte beruhigend eine Hand auf Tzigones Schulter. „Die Erinnerung ist ein Palast, der mit Geduld errichtet wurde. Man kann ihn nicht hastig bauen oder erkunden."

„Nicht später", sagte sie grimmig. „Jetzt." Sie schloß die Augen und verbannte jeden anderen Gedanken. Als ihr Geist endlich zur Ruhe gekommen war, fand sie den Ort, an dem die Erinnerungen an den Feengeist ihren Ursprung hatten, und begab sich weiter vor in die Tiefen ihres Geistes.

Der sanfte Rhythmus der Bürste sog sie zurück in die Erinnerung, doch aus irgendeinem Grund war die Bewegung nicht angenehm. Tzigone fühlte die Anspannung ihrer Mutter, als sei es ihre eigene.

Ihre Mutter! Tzigone sank noch tiefer in ihr Gedächtnis, verzweifelt auf der Suche nach einem Bild vom Gesicht ihrer Mutter oder nach dem Klang ihrer Stimme. Sie sah sich selbst, wie sie damals ausgesehen haben mochte – die bloßen braunen Beine mit ihrer Ansammlung von Kratzern und blauen Flecken, die zu einem Kind dazugehörten, die winzige Hände, die sich am Schoß festklammerten, das glänzende braune Haar, das ihr bis über die Schultern fiel.

„Das wär's. Alles fertig", sagte die Frau mit erzwungener Fröhlichkeit. "Dein Haar ist so glatt und glänzend! Du siehst viel zu fein aus, um schon zu Bett zu gehen. Wie wäre es, wenn wir über die Dächer laufen, bis wir eine Taverne finden, die noch offen hat? Wir könnten Kuchen und gezuckerten Wein bestellen, und wenn ein Barde im Haus ist, werde ich singen. Und... ja, ich werde für dich ein wildes Geschöpf beschwören. Einen Behir, einen Drachen – was du willst."

Sie ließ sich nicht von der aufgesetzten Fröhlichkeit der Mutter täuschen, und die konnte sie auch nicht mit einem Ausflug auf die Dächer bestechen. Obwohl es nie laut ausgesprochen wurde, verstand das Mädchen, daß die verborgenen Wege sicherer waren als die Straßen. Rasch zurrte sie ihre Schuhe aus weichem Leder fest. Es wäre nicht gut, zu stolpern und im Griff des Mannes ihrer Mutter zu landen.

"Ich bin fertig", verkündete sie.

Ihre Mutter öffnete einen Fensterladen und hob sie auf den Vorsprung dahinter. Das Mädchen drückte sich gegen die Mauer und begann, sich geschickt und sicher wie ein Lemur um das Gebäude herum zu bewegen.

Etwas, das sich einige Straßen weiter östlich befand, erregte ihre Aufmerksamkeit. Wie eine Liane wuchs die Ranke, trieb Ableger aus, und bewegte sich zielstrebig auf die unsichtbare Sonne zu, von der sie angezogen wurde.

Sie war schneller da als erwartet und zögerte einen Moment lang vor der Tür des Gasthauses, als würde diese Barriere sie verwirren oder als sei da noch eine andere Barriere, die Tzigone nicht sehen konnte. Dann flog die Tür explosionsartig aus den Angeln –geräuschlos, aber mit solcher Wucht, daß es ihr den Atem nahm und fast von dem Vorsprung schleuderte.

Plötzlich war ihre Mutter neben ihr und hielt ihre Hand so fest, daß es schmerzte. „Hier entlang", drängte sie und machte sich nicht länger die Mühe, ihre Angst zu verbergen.

Sie schoben sich wie Krabben auf dem Vorsprung seitlich weiter und näherten sich einem der kunstvoll gearbeiteten Fallrohre, die die Ecken eines jeden Gebäudes zierten. Sie verliehen dem Bauwerk Schönheit und Status und halfen zugleich, der schweren Sommerregenfälle Herr zu werden. Dieses Rohr war so gestaltet, daß es an zwei ineinander verschlungene Schlangen erinnerte. Daran entlangzuklettern war eine Leichtigkeit, und Augenblicke später hielten die Hände des Mädchens bereits das steinerne Maul eines der beiden schlangenköpfigen Wasserspeier umschlossen, die den oberen Abschluß der Rohre bildeten.

Die Mutter plazierte ihre Schulter unter den schmalen Rumpf des Kindes und hob es an. Tzigone machte einen Satz nach oben, landete auf dem Dach und rollte zur Seite. Einen Herzschlag später war sie aufgesprungen und eilte zur Südseite des Dachs.

Tzigone erinnerte sich an ihre Spiele und die leuchtenden Stränge, die am nächtlichen Himmel einen Plan der Stadt zeigten. Zum ersten Mal verstand sie den praktischen Nutzen dieses Spiels. Ihre Mutter hatte ihr immer die umliegenden Gebäude und Schleichwege gezeigt, und gemeinsam hatten sie ein „Was wäre wenn"-Fangspiel improvisiert, das oft seltsam und manchmal zum Schreien komisch war, dabei aber immer todernst.

Es fühlte sich seltsam an, wieder ein Kind zu sein. Das Dach kam ihr endlos vor, als sie auf kurzen, dünnen Beinen zur anderen Seite lief. Sie erreichte den Rand, ohne zu bremsen, und sprang. Der Sturz war kurz, die Landung hart. Sie rollte über die harten Dachziegel eines Badehauses. Ihr Bein brannte vor Schmerz, da sie gegen einen gezackten Dachziegel gestoßen war. Sie berührte die schmerzende Stelle und merkte, daß ihre Hand feucht war.

„Lauf", flüsterte ihre Mutter, während sie sie hochzog. „Bleib nie stehen! Nie!"

Sie ignorierte den Schmerz und lief mit ihrer Mutter über das Dach des Badehauses. Gemeinsam kletterten sie an der anderen Seite des Gebäudes nach unten, wobei sie sich an den Blütenranken eines Nachtschattengewächses festhielten, das die Mauer überzog. Die Blüten, die sie dabei zerdrückten, gaben einen intensiven Geruch ab und hüllten sie in einen Wirbel aus Blütenstaub. Moschusartige Süße umgab sie wie eine erdrükkende Wolke. Noch nie hatte ein Duft so düster gewirkt, und dem kleinen Mädchen kam es vor, als machten die Blumen mit den Verfolgern gemeinsame Sache. Sie betatschten sie mit ihren Ranken wie die gefährliche, suchende Magie und versuchten, sie dazu zu verleiten, sich zu erkennen zu geben. Tzigone verfluchte sie stumm und kämpfte gegen einen Niesreiz an.

Endlich berührten ihre Füße das Pflaster. Auf der anderen Seite der Straße ragte eine Mauer aus rosafarbenen Steinen in die Höhe, vor der ein erhöhtes Becken in der Form eines Halbmonds gebaut war, das von einer leise plätschernden Fontäne mit Leben erfüllt wurde. Die Mauer zog sich um ein bekanntes Haus, das sie während ihrer Spiele bei einem früheren Besuch in der Stadt schon besucht hatten.

Zielstrebig sprangen sie ins Wasser und zwängten sich durch den engen Tunnel, der das zirkulierende Wasser wieder in den inneren Graben zurückleitete. Tzigone schwamm wie ein Aal, doch die Mauer war dick, und der Tunnel beschrieb irreführende Kurven. Sie stieg zur Oberfläche des Teichs auf, prustete und schnappte nach Luft.

Während sie blinzelte, damit das Wasser aus ihren Augen verschwand, sah sie ein funkelndes Augenpaar, das sich zielstrebig auf sie zubewegte. Darunter verbarg sich im Wasser die krokodilsartige Form eines Behir-Kopfs. Ihre Mutter streckte die Hand aus, um das Tier abzuwehren, aber keine Magie wurde ihm entgegengeschleudert, sondern nur eine Handvoll Wasser. Sie änderte ihre Taktik und zog Tzigone fast panisch hinter sich her an den Rand des Wassergrabens.

Tzigone erinnerte sich an das Haus. Während ihrer nächtlichen Wanderungen waren sie zuvor schon einmal hiergewesen. Es war von Monstern und Magie gut bewacht. Die erste Welle der Verteidigungsmagie traf die Eindringlinge, sobald sie trokkenen Boden unter den Füßen hatten. Ihre Mutter zuckte zusammen und stieß einen leisen Schrei aus, wie kurz zuvor der Dieb auf dem Marktplatz, als er auf dem Dolch des Wachmanns zusammengesackt war. Tzigone spürte nichts von den magischen Abwehren und erwartete es auch nicht.

„Komm", keuchte ihre Mutter, während sie auf einen freistehenden Turm zuliefen, der den gesamten Garten überragte und keine Verbindung zum Haus selbst zu haben schien.

Obwohl der Turm auch aus geringerer Entfernung eine völlige glatte Außenhaut zu haben schien, war in Wirklichkeit in den rosafarbenen Stein eine schmale Treppe gehauen worden. Als sie die Spitze erreichten, beugte sich ihre Mutter vor und stützte die Hände auf die Knie, während sie durchzuatmen und etwas zu sagen versuchte. Tzigone konnte kaum verstehen, daß sie sie um Licht bat.

Sie war darin geschult, welches Licht sie bei einem derartigen „Spiel" zu beschwören hatte, und wirkte rasch den kleinen Zaubertrick. Ein Licht erschien, sanfter als das Mondlicht und geformt wie eine riesige Träne, dabei aber nur für sie sichtbar. Es erhellte auch nicht die natürliche stoffliche Welt, sondern die Magie, die sie schmückte.

Der schwache Lichtschein ließ einen gläsernen, durchscheinenden Weg erkennen, der sich vom Turm zu einem nahe gelegenen Haus unmittelbar am Seeufer erstreckte.

Doch etwas stimmte nicht. So erinnerte sich Tzigone nicht an den Weg. Sie warf ihrer Mutter einen fragenden Blick zu, die daraufhin nur nickte. Ohne zu zögern trat Tzigone in die scheinbar leere Luft. Ihre Mutter folgte dicht hinter ihr und vertraute darauf, daß ihre Tochter das sah, was sie selbst nicht sehen konnte.

Der Mond stand in dieser Nacht nicht am Himmel, und doch bildeten die beiden Flüchtigen mit einem Mal eine Silhouette vor einer großen, sanft leuchtenden Kugel. Tzigone murmelte einen Fluch, den sie sich von einem ungeduldigen Kapitän angeeignet hatte, der die Wankelmütigkeit Selunes und ihre ungünstigen Gezeiten verflucht hatte. Diesmal beklagte sich ihre Mutter nicht über unflätige Redeweise.

Sie rannten den schmalen Pfad entlang und kletterten über die Mauer der seltsamen Villa. Vor ihnen lag eine Treppenflucht, die in den Hof hinabführte. In dessen Mitte lag ein großer ovaler Teich im Mondschein.

„Laß es uns versuchen", sagte ihre Mutter. „Das sieht aus wie ein Wehr für Seeforellen."

Sie waren derlei schon auf ihren früheren „Abenteuern" begegnet. Fischwehre waren in an Seen gelegenen Villen häufig, da sie den Kindern Beschäftigung boten und Mahlzeiten auf den Tisch brachten. Ein kurzer Tunnel führte vom See zum Teich, und Magie lockte die Fische an. Sie zu durchschwimmen war riskant – es gab mächtige magische Schutzzeichen, die dafür sorgten, daß sich außer Fischen nichts hindurchbewegte. Hinauszuschwimmen war eine ganz andere Sache. Bisher hatte Tzigone keine anderen Überraschungen erlebt als die Magie, die auf der Haut prickelte wie Schaumwein und hin und wieder einen Fisch, der ihr auf dem Weg zum Mittagstisch des magisch begabten Hausherrn entgegenkam.

Sie liefen die Stufen hinab, die Blicke auf den Mosaikboden unter ihnen gerichtet. Obwohl es nur wenige Stufen waren, schien es viel länger als erwartet zu dauern, sie zurückzulegen. Tzigone merkte plötzlich, daß sich das Muster auf dem Boden zu bewegen schien. Die Farben wechselten von einer komplexen Einlegearbeit in tiefem Rot und sattem Gelb zu einem einheitlichen Farbton, der wie dunkelster Saphir wirkte. Kleine Lichter begannen in den glitzernden Fliesen zu blinken.

Verwirrt blieb sie auf dem nächsten Absatz stehen. Ihre Mutter prallte voll gegen sie. Tzigone sah zurück zu dem Weg, den sie gekommen waren.

„Schau", sagte sie grimmig und zeigte nach oben. Oder möglicherweise nach unten. Der Teich schimmerte über ihnen, während unter ihnen das unverkennbare Nichts des Nachthimmels lag. Unerklärlicherweise hatten die beiden den Platz getauscht.

„Ein Palast der Verwirrung", sagte ihre Mutter mit schwacher, verzweifelter Stimme. „Mystra stehe uns bei."

Der geübte Blick des Kinds wanderte umher. Mehrere Treppen nahmen an dem Absatz ihren Anfang, von denen einige nach oben, andere nach unten und wieder andere nirgendwohin führten. Balkone auf vier Etagen verliefen rings um den Hof, die alle in verschiedene Teile zersplittert zu sein schienen. Bei einigen von ihnen waren die Decken mit kunstvollen Bildhauerarbeiten verziert oder farbenprächtig gestrichen, andere hatten ein Dach oder einen Boden, der dem Nachthimmel glich. Es war, als hätte ein wahnsinnig gewordener Magier diese kleine Sektion der Stadt in ein gewaltiges Kaleidoskop verwandelt, das die Realität über jede Logik und jede Form des Wiedererkennens hinaus zerschmetterte.

„Hier lang", meinte sie und lief auf einen Wasserfall zu, der in der Luft verschwand und sich einige Dutzend Schritte weiter südlich fortsetzte.

Es erwies sich als gute Wahl. Augenblicke später standen sie vor einer Tür – einer echten Tür, die sich öffnen ließ und hinausführte in die stabile, faßbare Wirklichkeit des Hauses dahinter.

Als die Tür aufging, begann das Amulett der Mutter zu glühen.

So etwas war noch nie geschehen, und die furchterregende Veränderung versteinerte Tzigone. Innerhalb eines Herzschlags glühte das glänzende Stück Elektrum rot vor Hitze. Ihre Mutter keuchte schmerzerfüllt auf und riß sich das Amulett ab, indem sie die dünne Kette zerfetzte.

Sofort war der Hof erfüllt von grüner Magie. Die suchende Ranke, die in ein unmögliches Labyrinth zerstückelt war, wand sich und zuckte wie eine titanische Schlange, deren Leib man viele Male durchtrennt hatte und die im Todeskampf wild um sich schlug.

Scheinbar konnte aber jemand in dem magischen Pfad einen Sinn erkennen. Ein Ruf war von der anderen Seite der Mauer zu hören, eine Tür wurde aufgestoßen. Schritte hallten durch das Gebäude und näherten sich ihnen rasch.

Tzigone wandte sich um, wollte zurück zum wahnsinnigen Hof. Statt etwas zu sagen und so entdeckt zu werden, zog sie am Rock ihrer Mutter, um ihr ihre Absicht klarzumachen. Doch diese löste die kleinen Finger.

„Geh", sagte sie. „Meine Magie ist fast verbraucht. Das Amulett ist zerbrochen. Sie werden mich bald finden, ob ich fortlaufe oder hierbleibe."

„Ich lasse dich nicht allein", sagte Tzigone.

„Du mußt. Sie suchen dich."

Sie nickte. Irgendwie hatte sie das schon immer gewußt. Aber etwas zu wissen war nicht das gleiche wie etwas zu tun, und sie brachte es nicht übers Herz fortzugehen.

Die Schritte kamen näher und schienen die Erde zum Beben zu bringen. Tzigone schaukelte vor und zurück, bis ins Mark erschüttert von dem, was sich da so furchterregend näherte. Aber sie würde nicht fliehen. Sie mußte es sehen.

„Tzigone! Komm zurück!"

Es war nicht die Stimme ihrer Mutter, aber sie war dennoch von Angst und Sorge erfüllt. Instinktiv wandte sie sich ihr zu. Mit Mühe erfaßte ihr Blick Matteos Gesicht.

Er kniete vor Tzigone, hatte sie an den Schultern gepackt und schüttelte sie heftig. Sein Gesicht war angespannt und blaß.

„Ich bin zurück", sagte sie schwach. „Du kannst aufhören, mein Rückgrat umzuformen."

Matteo ließ los, wich aber nicht zurück. „Was sahst du?"

Tzigone wich seinem Blick aus. „Habe ich etwas gesagt?"

„Nichts, was ich hätte verstehen können. Hier und da ein Wort. Ich habe irgend etwas von Jasmin verstanden."

„Das Zeug habe ich schon immer gehaßt. Jetzt weiß ich, warum. Ich gehe zurück", sagte sie mit festerer Stimme.

Matteo preßte die Lippen aufeinander. „Tzigone, das wäre äußerst dumm. Es gibt viele Schichten der Erinnerung, und was du hier tust geht weit über das hinaus, was die meisten Jordaini in ihren kühnsten Träumen zu erreichen hoffen. Ich habe schon zweimal jemanden in Erinnerungstrance fallen sehen. Es wirkte auf mich anstrengender als ein Wettlauf oder ein Nachmittag voller Waffenübungen. Du solltest dich ausruhen."

„Ich habe meine Mutter gesehen!" sagte sie. „Ich habe mich an die Nacht erinnert, in der wir getrennt wurden. Ich entkam, sie aber nicht. Du hast mich zurückgeholt, ehe ich sehen konnte, wer sie wegbrachte. Ich muß es wissen! Nur so werde ich sie je finden."

Matteo zögerte, während seine Augen ihr Gesicht absuchten. „Ist das so wichtig?"

„Ich kann nicht von dir erwarten, daß du es verstehst. Außer den Jordaini hattest du nie eine Familie. Aber ich muß sie finden!"

Er nickte langsam, dann stand er auf und ging zu einem polierten Tisch. Er zog den Korken aus einer vollen Karaffe Wein und schenkte ein wenig davon in einen Kelch. „Beruhige dich. Dann versuchen wir es noch einmal."

Tzigone trank und setzte den Kelch ab. Wieder beruhigte sie ihren Geist und versank in die dunklen verborgenen Tiefen.

Plötzlich tauchte ein Bild vor ihr auf, das lebendiger wirkte als ein Traum.

Sie war in einem Wald, üppig und dicht wie ein Dschungel. Noch nie hatte sie solche Bäume gesehen. Sie erschienen ihr wachsam und irgendwie weise. Neben ihnen wirkten die Bilboabäume Halruaas wie leblose Möbel. Die Bäume waren gewaltig, groß genug, um in ihren Ästen einem kleinen Vogel- und Insektenkönigreich Platz zu bieten. Insekten und fliegende Geschöpfe, die eindeutig keine Insekten waren, schwirrten leise summend umher, winzige Kröten in kräftigen Rot-, Blau-, Grün- und Schwarztönen sonnten sich auf den Ästen, ohne die Vögel zu fürchten, die über ihnen hin- und herflogen und zwitscherten.

Plötzlich verstummte der Wald. Die Stille kam so schnell und war so absolut, daß es sie wie ein Pfeil ins Herz traf. Ein durchdringender Schrei hätte sie weniger betäubt. Tzigone machte ein zweites Mal einen Satz, als eine unsichtbare Hand in ihren Geist eindrang und sich um die Stränge legte, die sie mit dem Leben, der Magie und diesem Ort verbanden.

Nein, nicht *ihren* Geist. Tzigone war mit einem Mal davon überzeugt, daß sie Erinnerungen erlebte, die nicht ihr gehörten, sondern einem anderen. Der Gefährte an ihrer Seite war ganz entschieden niemand, der ihr schon einmal begegnet war. Es war ein vierbeiniger Vogel mit einem geschwungenen, geteilten Schnabel und mit Augen, die von einer strahlenden Intelligenz erfüllt waren, fremdartiger noch als die der Elfen. Er entfaltete mir einem Knall die Flügel, bereit, einem Feind entgegenzutreten, den sie nicht sehen konnte.

Tzigone wollte die Quelle dieser Gefahr auf gar keinen Fall sehen. Sie riß sich brutaler zurück durch die Finsternis über ihr, als Matteo es getan hatte. Sie rang nach Luft und öffnete die Augen, während sie die Erinnerung – *die* Erinnerung, nicht *ihre* Erinnerung – an jenen Ort zurückdrängte, von dem vergessene Alpträume entflohen.

Doch das Bild stand ihr so deutlich vor Augen, wie es während der Erinnerungstrance der Fall gewesen war. Der Wald und das Wachtier hingen wie eine geisterhafte Vision in der Mitte des Raums. Die Farbe war fast so lebendig, wie Tzigone sie in ihrem Geist gesehen hatte, wurde aber rasch blasser. Sie konnte durch die Erinnerung hindurchsehen wie durch einen tiefhängenden Regenbogen, doch so schön sie auch zu sein schien, änderte das nichts daran, wie fürchterlich sie war.

Tzigone eilte fort von der schrecklichen Vision, kroch panisch rückwärts über den Boden, bis sie gegen die gegenüberliegende Wand prallte. Matteo zog sich auch zurück, doch er ging um die Vision herum und betrachtete gedankenvoll den geisterhaften Vogel.

Plötzlich zuckte eine riesige, klauenbewehrte Hand aus dem Nichts in das Bild und schoß auf den Vogelwächter zu, zu schnell, um ihr auszuweichen und zu mächtig, um sie aufzuhalten. Der Vogel explodierte in einem Ball aus Federn und Blut.

Und dann war das Bild plötzlich und gnädig verschwunden.

„Was für eine üble Zauberei war das?" fragte Matteo leise und sah Tzigone auf die gleiche entsetzte Weise an, wie sie den Traum angestarrt hatte. Offenbar konnte er Magie viel leichter ertragen als Magier.

„Das war nicht mein Werk", sagte sie verzweifelt. „Nicht meine Magie, nicht einmal meine Erinnerung."

„Das kann nicht deine Erinnerung gewesen sein, das ist wahr. Diese Greifen-Art ist seit fast dreihundert Jahren ausgestorben. Du kannst dich an nichts erinnern, was du nicht gesehen hast."

Er sah sie nachdenklich an, dann fragte er mit mattem, aber nachdenklichem Tonfall: „Oder kannst du das? Ein Erkenntniszauberer kann in die Zukunft sehen. Ich habe noch nie von einem Magier gehört, der in die Vergangenheit blickt, und schon gar nicht von einem, der sie so lebendig abbilden kann. Aber vielleicht ist das möglich. Du bist eine Magierin, Tzigone, ganz gleich, welche Geschichten du mir erzählst."

Zum ersten Mal hatte Tzigone keine Antwort auf Lager. Sie war zu erschüttert, um sich über so feinsinnige Unterscheidungen Gedanken zu machen, und stürmte zum Fenster. Ehe Matteo ein Wort sagen konnte, war sie in die Nacht entschwunden.

FÜNFZEHNTES KAPITEL

Das Morgenrot war noch nur eine törichte Hoffnung, als sich die kleine Gruppe aus Kriegern in den Sumpf von Kilmaruu vorwagte. Andris watete voraus durch das knietiefe Wasser, während er vorsichtig einen Pfad für die Männer auskundschaftete, die sich lautlos hinter ihm hielten. Sie waren vierzig, einige Jordaini, einige Gewöhnliche, einige von fremdem Blut. Der Bluthündin zufolge war niemand von ihnen von Mystra berührt.

Jeder Mann trug einen Rucksack aus Haihaut, dazu einen kleineren Beutel, der seitlich am Gürtel befestigt war. Darin befanden sich eiserne Rationen, da Andris weder irgendwelcher Nahrung noch dem Wasser traute, das sie in Kilmaruu vielleicht finden würden. Im Gepäck führten die Männer auch eine sonderbare Sammlung an Waffen mit sich. Da Magie im Sumpf nicht zur Anwendung kommen konnte, hatte sich Andris auf natürliche Substanzen verlagert, die in bestimmten Kombinationen einen fast magischen Effekt erzielen konnten. Daneben trug jeder der Männer mehrere kleine Flaschen bei sich, die alle mit einem Korken dicht verschlossen und zusätzlich mit einer dünnen Wachsschicht überzogen worden waren.

Während Andris behutsam einen Schritt nach dem anderen machte, versuchte er, nicht darüber nachzudenken, was seinen Füßen da Halt bot. Vor vielen Jahren hatte hier ein schrecklicher Krieg getobt. Hunderte waren in einer Schlacht gefallen, die drei Tage und Vollmondnächte gedauert hatte. Es hieß, die Kämpfe hätten ganze Dörfer menschenleer zurückgelassen. Zwei Dörfer waren vom Sumpf geschluckt worden, deren Ruinen eine Zuflucht für die Untoten waren, die das Land heimsuchten. Selbst die ruhenden Toten von Kilmaruu waren sehr präsent. Die Knochen seit langem toter Krieger bildeten eine

Art Gerüst, das dem Schlamm und Sand Halt bot und Andris und seine Leute davor bewahrte, im Morast zu versinken.

Dunst stieg aus dem Wasser auf und vermischte sich mit dem ohnehin dichten Nebel. Andris achtete genau auf mögliche Muster. Viele ihrer Gegner waren Geschöpfe, die sich im Nebel verstecken konnten und wie Dryaden mit einem Baumhain eins werden konnten. Vor ihm und zu seiner Linken hing eine besonders dicke Wolke über einem schlafenden Reiher. Der Jordain bemerkte, daß sie weder den Vogel noch das Wasser berührte.

Andris nickte einem der vorausgehenden Späher zu – Quon Lee, ein kleiner, leichter Mann, dessen Haar die Farbe von poliertem Ebenholz hatte und dessen mandelförmige Augen so scharf waren, dass sie einen Schatten fast schon bemerkten, noch bevor er entstanden war. Quon Lee war ein Sklave, der von Piraten aus seinem Heimatland verschleppt worden war. Kiva hatte ihn freigekauft, damit er sich diesem Unternehmen anschließen konnte.

Das war eine andere Sache, über die Andris nicht nachdenken wollte. Der Mann blieb freiwillig bei ihnen, da er darauf aus war, seine Freiheit zurückzuerlangen. Kiva hatte ihm versprochen, daß sie mit ihrer Magie die häßliche Narbe des Sklavenbrandzeichens auf Quon Lees Stirn entfernen würde, sobald der Kampf vorüber war. Andris hätte lieber Männer in die Schlacht geführt, die sich für den Kampf entschieden hatten, nicht solche, die nur mitkamen, weil sie keine andere Wahl hatten.

Er sah, wie der Späher sich von der Gruppe löste und ins Wasser glitt, wobei er sich mit flüssigen, langsamen Bewegungen halb schwimmend, halb kriechend der Wolke näherte und dabei alles unternahm, um so tief wie möglich im Wasser zu bleiben.

Andris nickte in lautloser Zustimmung. Er hätte an diese Vorsichtsmaßnahme nicht gedacht, aber er erkannte sofort die

Weisheit, die dahintersteckte. Quon Lee war in den Dschungeln des fernen Ostens geboren und aufgewachsen. Wenn ein Wachgeist in der Wolke auf sie lauerte, würde er auf die Wärme aufmerksam werden, die von einem lebenden Körper ausging, der sich durch die ruhige Morgenluft bewegte. Doch das Wasser war so heiß wie Blut, und es war voller lauernder Geschöpfe und unberechenbarer Strömungen. Das warme, rastlose Wasser würde die Annäherung des Spähers überdecken.

Der plötzliche schrille Ruf des Reihers erschreckte sie alle. Einige der Männer machten einen Satz, aber sie waren alle so gut ausgebildet, daß sie keinen Laut von sich gaben. Der Vogel erhob sich und flog los. Dabei geriet er in den Nebel über ihm und begann zu trudeln. Seine Flügel erstarrten, als seien sie plötzlich gefroren. Wie das Holzspielzeug eines Kindes beschrieb der Vogel eine ungelenke Flugbahn und stürzte ins Wasser. Der Aufprall schien ihn aus der Starre zu lösen, und er begann in Panik zu flattern.

Fast gleichzeitig begann das Wasser rings um ihn zu brodeln. Im nächsten Augenblick umgab den Vogel ein große rote Lache, während hektische silberne Blitze aus dem Wasser kamen und im blutigen Wasser glitzerten.

Andris bedeutete seinen Männer stehenzubleiben. Der Sumpf war mit Heerscharen silberner zierlicher Fische erfüllt, die kaum größer waren als die Hand eines Mannes, die aber besser als jeder Schlachter die Knochen eines Ochsen vom Fleisch befreien konnten. Andris mußte die Männer nicht ermahnen, sich absolut ruhig zu verhalten, bis die hektische Aktivität abgeklungen und die Fische weitergezogen waren, um anderswo nach Beute zu suchen.

Einer der Männer legte eine Hand aufs Herz, um ein Abwehrzeichen zu beschreiben – eine stumme Geste an einen fremden Gott. Auch wenn Andris in dem Glauben großgeworden war, daß es außer Mystra und Azuth keine anderen Gottheiten gab, die es wert waren, verehrt zu werden, hegte er keinen Groll gegen die Einstellung dieses Mannes. Die Jordaini wurden dazu erzogen, die Götter der Magie zu respektieren, aber mit einem erheblichen Abstand. Dennoch vermutete Andris, daß die Männer hinter ihm jeden Gott anriefen, dessen Name ihnen in den Sinn kam. Andris mutmaßte ironisch, daß eine Reise nach Kilmaruu sogar aus Matteo einen gottesfürchtigen Mann gemacht hätte.

Er verwarf rasch den Gedanken an seinen Freund und den Schmerz, der aus der Gewißheit entstand, Matteo nie wiederzusehen. In den Augen seiner Brüder war Andris tot. Wenn er nicht völlig konzentriert blieb, würde aus diesem Irrglauben Wirklichkeit werden. Dies war nicht der richtige Zeitpunkt, um darüber nachzudenken, was nach Kilmaruu kommen mochte.

Quon Lee kehrte zurück. Er erhob sich aus dem Wasser, bemerkte Andris' Blick und nickte ihm einmal finster zu. Die Lippen des Mannes waren blau, und unter dem braunen Farbton seines Gesichts sah Andris kränkliche Blässe. Selbst im Wasser und ohne die Wolke berührt zu haben hatte die geisterhafte Präsenz ihm einen eisigen Schauder beschert.

Andris bedeutete den Männern, sich von dem Nebel zu entfernen. Sie bewegten sich vorsichtig über ein schmales Stück zwischen zwei Riedfeldern und erreichten eine Lagune, die im Schatten krummer, moos- und rankenüberwucherter Bäume lag.

Andris betrachtete das Ufer und hielt Ausschau nach dem besten Weg durch das dichte und schier undurchdringliche Unterholz. Während er sich umsah, tauchte ein Würger auf, der ein wenig unbeholfen flog, da seine Krallen eine schwere Last umklammert hielten – einen länglichen, schlaffen Leib, bei dem es sich wohl um ein Wiesel handelte. Der Würger ließ seine Beute ins Unterholz fallen, wo sie sich mit ihrem eigenen Gewicht auf einen Dorn spießte, der länger war als Andris' Daumen.

Er begutachtete das Unterholz aufmerksamer und erkannte, daß der Würger in den Büschen am Rand der Lagune mehrere Mahlzeiten auf die gleiche Weise verteilt hatte. Das Ergebnis hatte unangenehme Ähnlichkeit mit einer Miniatur-Metzgerei. Andris entschied sich sofort dagegen, einen Weg an Land zu suchen. Dschungelwürger wählten für ihre Vorräte nur die sichersten Plätze aus, zu denen man nicht einfach vordringen konnte. Es war besser, sich weiter durchs Wasser vorwärts zu bewegen, anstatt nach einem Weg zwischen diesen Dornen hindurch zu suchen.

Noch während sich dieser Gedanke formte, verschwand plötzlich einer der Späher unter Wasser. Andris bückte sich und streckte beide Arme ins dunkle Wasser, bis er ein Haarbüschel zu fassen bekam. Er zog den Mann hoch, der unversehrt war und verärgert wirkte. Der Späher bedeutete ihm mit Gesten, daß er sich auf einem plötzlich steil abfallenden Riff befunden hatte. Sie bewegten sich so nah am Ufer, wie sie es wagen konnten, und hielten sich in dessen Nähe, während sie bei jedem Schritt mit den Füßen nach weiteren Riffen tasteten.

„Riff", flüsterte Andris und überlegte, was er über solche Formationen wußte. Riffe aus unter Wasser gelegenen Felsen oder Wurzeln waren ein idealer Platz für Vorratslager. Einige See-Ungeheuer waren dafür bekannt, daß sie ihre Beute ins Wasser zerrten, ertränkten und dann unter Riffen einklemmten, bis sie weich und faulig war. Andris folgerte mit Unbehagen, daß das Vorhandensein von Riffen kein gutes Omen war.

Die Krokodile tauchten so plötzlich auf, daß Andris das unangenehme Gefühl hatte, sie mit einem Gedanken selbst heraufbeschworen zu haben. Gerade eben noch hatte die Lagune so ruhig wie ein Spiegel im aufsteigenden Nebel gelegen, und im nächsten Augenblick starrte ein Halbkreis aus Reptilienaugen die Männer kalt und gleichgültig an, über ein Dutzend lange Schnauzen waren in Richtung des Aromas von lebendem Fleisch ausgerichtet.

Andris nickte Iago zu, seinem Stellvertreter. Der dünne Mann deutete rasch auf sechs der schnellsten Kämpfer, Andris wählte sieben weitere aus. Jeder der Männer nahm ein aufgewickeltes Seil vom Gürtel und prüfte die Schlaufe am einen Ende. Dann wählte jeder von ihnen wortlos einen Partner aus, und sie verteilten sich paarweise, um sich den herannahenden Krokodilen zu stellen.

Die Kämpfer machten ihre Schlingen einsatzbereit, während der jeweilige Partner die Hände so verschränkte, als wolle er dem anderen aufs Pferd helfen. Als die Krokodile nahe genug waren, wirbelten die Männer die ausgesuchten Kämpfer so durch die Luft, daß sie sich über den Kreaturen befanden und im nächsten Moment auf deren Rücken landeten.

Sofort wurde das Wasser aufs heftigste aufgewühlt. Einige Krokodile bäumten sich auf und schnappten in die Luft, dann schlugen sie hart auf der Wasseroberfläche auf. Die Männer, die auf ihnen ritten, machten sofort einen Satz nach vorn und warfen die Schlaufe ihres Seils so, daß sie sich um die Schnauze legte.

Die Krokodile tauchten instinktiv und drehten sich wie wild, da sie versuchten, die Männer entweder abzuschütteln oder zu ertränken. Doch die Männer waren gut ausgebildet und kannten ihre Gegner. Sobald ein Krokodil zugeschnappt hatte, war es den vier stärksten Männern nicht möglich, ihr Maul wieder zu öffnen. Aber die Muskeln, die diese gewaltigen Kiefer öffneten, waren nicht annähernd so kräftig. Ihr Maul zuzudrücken und mit dem Seil zuzubinden erforderte daher keinen allzu großen Kraftaufwand, sondern gutes Zusammenspiel, Geschicklichkeit und stählerne Nerven.

Augenblicke später waren die Krokodile geknebelt und zappelten, warfen den Kopf hin und her und versuchten, mit den Krallen die Seile zu durchtrennen. Die Männer beeilten sich, zum Riff zurückzukehren, um dann in der ursprünglichen Formation rasch die Lagune zu verlassen, da sie fürchteten, die durch die nunmehr hilflosen Krokodile verursachte Unruhe könnte noch viel schlimmere Kreaturen anziehen.

Sie gingen den ganzen Morgen weiter, manchmal durch das Wasser, dann wieder auf schmalen Streifen Land, die völlig vollgesogen waren und sich anfühlten, als würde man auf einem Schwamm gehen. Der Nebel löste sich auf, als die Sonne höher stieg, aber die Luft blieb stickig. Insekten, einige davon größer als Greifvögel, schossen übers Wasser oder suchten langsam die Oberfläche ab. Einmal begab sich eine riesige wespenähnliche Kreatur dicht über die Wasseroberfläche und flog mit einem großen Aal davon, der sich in der Umklammerung wand und nach dem Tier zu schnappen versuchte.

Andris hatte nicht erwartet, daß es im Sumpf von Kilmaruu so laut sein würde. Die Vögel in den Baumkronen über ihnen sangen, kreischten und lachten. Gelegentlich war das Fauchen einer jagenden Katze zu hören. Grunzlaute deuteten auf große Wildschweine hin, die durch den Dschungel zogen und schneller und tödlicher als ein Wolf waren. Insekten, die irgendwo im Farn saßen, zirpten, während andere um seinen Kopf surrten. Riesenfrösche quakten, Krokodile brüllten und Monster, deren Laute Andris noch nie gehört hatten, stimmten in die Kakophonie ein.

Trotz des Lärms sprachen die Männer kein Wort. Sie gingen schweigend weiter und nahmen jedes Rascheln und jeden Ruf des Dschungels wahr. Viele von ihnen hatten die Hand an der Waffe liegen. Ihre Gesichter wurde zunehmend erschöpfter und angespannter, die Muskeln waren gespannt und bereit wie ein Bogen.

Und doch bemerkten sie die Riesenlibelle erst, als sie sich mit der Schnelligkeit eines zuschlagenden Falken auf sie stürzte. Mit Widerhaken versehene, klebrige Beißzangen bohrten sich tief in die Schultern Salvidios, des Kleinsten aus der Gruppe. Zwei

Paare schillernder blauer Flügel schlugen wild, als die Kreatur versuchte, die Richtung zu ändern. Das Ried entlang des Uferstreifens bog sich unter dem heftigen Luftwirbel, dann wurde der kleine Mann so schnell aus dem Wasser gezerrt, daß er weder Zeit hatte, nach einer Waffe zu greifen, noch einen Fluch auszustoßen. Die Libelle flog mit ihrer Beute in Richtung des dunklen, tiefen Wassers im Westen davon.

Einen Moment lang ließ die unglaubliche Größe und Schnelligkeit der Tiers Andris völlig reglos stehen, dann riß er sich zusammen und wandte sich Danthus zu, ebenfalls ein Jordain und der beste Bogenschütze unter ihnen. „Nimm einen Pfeil mit Seil, schnell!"

Danthus nahm rasch seinen Bogen von der Schulter und legte einen Pfeil auf. Er zielte auf die Libelle und ließ die Sehne los. Das Geschoß stieg in die Höhe und zog das Seil hinter sich her. Fünf Männer gesellten sich zu dem Schützen, wickelten das Seil so, daß sie es mit beiden Händen gut packen konnten, und stellten sich breitbeinig hin, um für den kommenden heftigen Ruck gewappnet zu sein.

Der Bogenschütze hatte perfekt gezielt, denn der Pfeil zerriß die zarten Flügel und bohrte sich tief in den Leib des Insekts. Die Libelle stieß einen entsetzlichen Schrei aus, der abrupt endete, als das Seil seine volle Länge erreicht hatte und das Tier in der Luft zurückgerissen wurde.

Das Rieseninsekt stürzte ab, lockerte aber nicht den Griff, in dem es Salvidio hatte. Gemeinsam fielen sie ins Wasser, während die Flügel der Libelle unablässig schlugen.

Zu sechst packten die Männer das Seil und griffen Hand über Hand, während sie das zappelnde Insekt in flacheres Wasser zurückzogen. Dessen Bewegungen wurden allmählich langsamer, und als es zusammen mit seiner Beute unterging, beruhigte sich die Wasseroberfläche wieder. Andris watete so weit ins Wasser, wie er es für vertretbar hielt, dann zog er seinen Dolch und wartete.

Plötzlich schoß ein runder, pelziger Kopf aus dem Wasser, und Andris sah dem Insekt direkt in die Augen. Jedes von ihnen war eine große Kugel, die sich aus Tausenden kleiner Augen zusammensetzte, alle moosgrün und haßerfüllt. Ein nasses Antennenpaar nahm eine Stellung ein, die eindeutig drohend war. Das Maul der Kreatur, ein sonderbar gebogener Schnabel, öffnete sich, während sie den Kopf hob, um anzugreifen.

Andris hob den Dolch und stach direkt in das offene Maul. Wieder schrie die Libelle, ein entsetzlicher röchelnder Laut. Heißes Blut schoß aus dem Schnabel hervor, dann begann das wilde Leuchten in den unzähligen Augen zu erlöschen.

Der Jordain riß seinen Dolch heraus, atmete tief durch und tauchte. Obwohl die Kreatur tot war, hatte sie ihre Beute nicht losgelassen. Salvidios Augen traten hervor, aus seinem Mund quollen Luftblasen. Andris nahm sein Messer, um die Beißzangen aus Salvidios Schultern zu lösen. Er sah sofort, dass er damit nicht zeitig fertig sein würde, also kehrte er rasch an die Wasseroberfläche zurück.

„Ihr drei!" brüllte er und deutete auf ein Trio in seiner Nähe. „Helft mir!"

Dann tauchte er wieder. Zu viert gelang es ihnen, Salvidio aus der tödlichen Umklammerung zu lösen. Andris zog den kraftlosen Körper an Land, wo der Mann spuckte, hustete und sich schließlich von der Gruppe entfernte, um das Sumpfwasser zu erbrechen, das er geschluckt hatte.

Andris holte eine kleine Flasche aus der Tasche, eine Salbe, die half, Wunden zu verschließen und Insekten zu vertreiben. Hier im Sumpf konnte sich der kleinste Kratzer als tödliche Verletzung erweisen. Er trug die Salbe auf Salvidios Schulter auf und legte einen Verband an, wobei er die Klagen der Mannes ignorierte, der wegen der ungewollten Verzögerung ungehalten und ungeduldig war. Sobald Salvidio gehen konnte, zogen sie weiter. Mit jedem Schritt wurde die Gefahr größer, da sie der verlorenen Stadt mit ihren untoten Bewohnern immer näher kamen.

Um die Mittagszeit machte die Gruppe kurz Rast und ließ sich auf halb versunkenen Baumstämmen am Ufer nieder, um etwas von den mitgenommenen Rationen und dem Wasser zu sich zu nehmen. Wolther, ein strohblonder Krieger aus dem Norden, der beim Essen ungewöhnliche Vorlieben hatte, sammelte eine Handvoll Muscheln aus dem seichten Gewässer, öffnete sie mit seinem Messer und verzehrte den Inhalt roh. Ehe Andris ihn ermahnen und an die Gefahren erinnern konnte, die der Verzehr von allem, was in diesem sumpfigen Wasser lebte, mit sich brachte, hatte Wolther bereits ein rundliches Schneckenhaus umgedreht und forschte mit der Messerspitze nach dem Innenleben. Der Gesichtsausdruck des Mannes verwandelte sich von Verwirrung in blankes Entsetzen. Er ließ das Gehäuse ins Wasser fallen, als sei es glühend heiß.

„Seht euch die Schnecken an", flüsterte er.

Andris sah, daß sich mehrere der Schneckenhäuser entlang der vom Wasser weich gewordenen Rinde bewegten. Er nahm eine der Schnecken, bemerkte den leichten Widerstand, als er sie anhob, und entdeckte einen einzelnen fleischigen Fuß des Geschöpfs im Inneren. Er zuckte die Achseln, dann nahm er eine andere hoch. Diesmal war kein Widerstand zu spüren - das Haus war leer.

Aus irgendeinem Grund wirkte diese unbedeutende Tatsache unheilvoller als das Auftauchen eines verrottenden Ghuls. Der Sumpf war voller untoter Kreaturen, jeder von ihnen wußte das. Der wiederbelebte Tod hatte die Tiefen des Sumpfs fest im Griff. Aber Andris schwindelte, als er über eine Macht nachdachte, die so gewaltig war, daß sie auf so winzige Geschöpfe übersprang.

Er konnte gegen einen Zombie oder ein Skelett kämpfen, aber würden sie eine Macht überwältigen können, die sich im ganzen Sumpf manifestierte?

Er setzte die Gehäuse vorsichtig zurück auf den Boden und begab sich wieder ins seichte Gewässer. Den Männern bedeutete er, ihm zu folgen. Die Ruinen der untergegangenen Stadt konnten nicht mehr fern sein.

Das erste Anzeichen dafür war eine Wasserfläche, aus der Steinblöcke aufragten. Sie waren mit Moos überzogen, zum Teil geborsten und wirkten wie die Grabsteine Ertrunkener, die im Sumpf beerdigt lagen. Andris zog seine Dolche und hörte hinter sich einen leisen Chor aus metallischem Zischen, als seine Männer seinem Beispiel folgten.

Mehrere skelettierte Gestalten schossen aus dem Wasser und starrten sie grinsend an. Mit knochigen Fingern beschrieben sie seltsame zuckende Gesten. Tang lag statt Haar auf ihren Schädeln, durchweichte Fetzen einst edler Kleidung hingen lose über knochigen Körpern, und matte Medaillons baumelten vor den leeren Brustkörben.

Andris und Iago traten vor, um sich des ersten Angriffs zu erwehren. Es war denkbar, daß diesen Kreaturen, die einst Magier gewesen waren, die Verwandlung von Menschen zu Leichnamen gelungen war. Ein Leichnam konnte alle Magie anwenden, die der Magier je gelernt hatte, und er blieb vom Tag des Todes bis zu dem Augenblick, an dem er zu Staub zerfiel, ein todbringender Gegner. Keiner der Männer um Andris war magisch begabt, aber lediglich der Jordain war gegen Magie in hohem Maße unempfindlich.

Die zuckenden Skeletthände wirkten jedoch keine Zauber. Vielmehr wiederholten die Untoten Gesten, die sie zu Lebzeiten gelernt hatten. Aber Andris' geschärfte Sinne nahmen ein sonderbares Saugen in der Luft über ihm wahr, wie ein unsichtbarer, nicht greifbarer Wirbel. Er vermutete, daß durch irgend etwas in Kilmaruu seinen Männern jegliche Magie entzogen worden wäre, hätten sie auch nur ein wenig davon besessen.

Also keine Leichname, sondern etwas anderes, eine Schöpfung, die der Sumpf selbst hervorgebracht hatte.

Er führte den Angriff mit einem so plötzlichen Ansturm an, daß das Sumpfwasser in Fontänen in die Höhe schoß. Die beiden Kräfte – Lebende und Untote – prallten aufeinander. Andris wählte sein Ziel aus und bohrte seine Dolche tief in die zerfetzten Überreste der Sehnen, die die zum Leben erweckten Knochen zusammenhielten. Seine Männer hieben und schlugen auf die Skelette ein, rissen an ihnen und schleuderten alles, was sie von den makabren Körpern abreißen konnten, so weit ins Ried oder ins Unterholz, wie es nur ging.

Doch die Kreaturen nahmen den Tod nicht einfach hin. Abgetrennte Schädel rollten ins Wasser, während die Kiefer weiter heftig klapperten. Ein Arm zog sich in ihre Richtung und sah merkwürdig aus wie ein dünnes weißes Krokodil.

Plötzlich schrie Wolther etwas in seiner barbarischen Sprache. Er stampfte wie verrückt mehrmals auf, hörten dann damit auf und begann, mit seinem Schwert ins Wasser zu stechen.

Andris eilte hin, um ihm zu helfen, und fluchte bei dem Anblick, der sich ihm bot. Eine abgeschlagene Hand kroch auf Wolther zu. Knochige Finger bohrten sich durch das Leder seines Stiefel tief ins Fleisch.

„Dein Schwert!" rief Andris und legte seine Hand um das Heft.

Wolther zögerte einen Moment lang, dann nickte er und übergab ihm das Schwert. „Nimm sie weg!" schrie er immer hysterischer. „Trenn das Bein am Knie ab, wenn es nicht anders geht!"

Der Jordain schob die Klinge zwischen den Stiefel und die knöcherne Handfläche und bohrte sie so tief wie möglich in den Boden. Dann stützte er einen Fuß an Wolthers Bein ab und begann, die Knochenhand zu lösen. Es war eine mühselige Arbeit, die ihm vorkam, als würde er Nägel aus einem Holzbrett ziehen, doch nach wenigen Augenblick hatte er die Hand vom Bein getrennt. Die Finger umschlossen die Klinge und arbeiteten sich langsam empor. Andris holte mit dem Schwert aus und ließ die

Hand abgleiten, die in hohem Bogen in Richtung des farnüberwucherten Ufers flog.

Er drehte sich zu Wolther um und nahm erleichtert zur Kenntnis, daß kein Blut geflossen war und das verletzte Bein immer noch das Gewicht des Mannes tragen konnte. Keine wichtige Ader und keine Sehne war getroffen worden. Wolther würde vielleicht ein wenig humpeln, aber wenn sich die Wunde nicht entzündete, würde er überleben.

Nachdem er Wolther versorgt hatte, sah er, daß seine Leute es geschafft hatten, sich gegen die untoten Magier zur Wehr zu setzen. Andris blinzelte in die Sonne und stellte überrascht fest, daß nur wenig Zeit verstrichen war.

„Laßt uns weitergehen", sagte er. „Das dürfte ein langer Tag werden."

Der Boden unter ihren Füßen wurde allmählich fester und begann, leicht anzusteigen. Es dauerte nicht lange, und sie konnten sich auf trockenem Untergrund voranbewegen. Andris wußte aus seinen Studien, daß dies vor langer Zeit einmal ein Regenwald gewesen war, der am Hang eines sanft ansteigenden Gebirges gelegen hatte. Es hieß, ein Magiertrio habe einen Fluß umgeleitet, nur um zu sehen, ob das möglich war. Es war tatsächlich möglich, und herausgekommen war dabei der Sumpf von Kilmaruu. Doch diese Tat hatte eine Stadt in Mitleidenschaft gezogen, und die empörten Bürger hatten ihr unter Wasser gesetztes Land zurückgefordert.

Der Boden fiel plötzlich ab, offenbar, weil er die Überreste eines uralten Grabens bildete. Zum Glück war ein alter Baum so umgestürzt, daß er eine Brücke über das Wasser darstellte. Farne und bunte Pilze wuchsen auf dem verrottenden Holz, das trotz allem stabil genug aussah, um die Männer zu tragen.

„Bereitet das Salz vor", befahl Andris leise.

Jeder der Männer holte rasch zwei Gegenstände aus dem Gepäck: eine Waffe, die an ein winziges Katapult erinnerte, das auf eine Armbrust montiert war, und eine kleine Flasche, in der sich fein gemahlene grüne Kristalle befanden. Sie zogen den Mechanismus nach hinten, bis er einrastete, und gaben Salz in eine kleine Vertiefung. Sobald die absonderlichen Waffen bereit waren, gingen die Männer weiter, den Finger am Abzug.

Der Baumstamm war breit genug, um sie paarweise passieren zu lassen. Andris legte sich Wolthers Arm über die Schulter und half ihm so beim Überqueren. Sie gingen schnell, und der Stamm trug sie. Der Jordain nickte Iago zu und hielt sechs Finger hoch, um ihnen zu verstehen zu geben, daß sie nicht alle auf einmal, sondern in kleinen Gruppen losgehen sollten. Alles verlief gut, bis sich die letzte Gruppe aufmachte.

Der Angriff kam völlig unerwartet, als mit einem Mal Heerscharen von Kreaturen aus dem stehenden Gewässer geschossen kamen. Abscheuliche Gestalten, so bleich wie gestrandeter Fisch und auf die dreifache Größe angewachsen, streckten geschwollene Hände nach ihnen aus. Ein unerträglicher Gestank ging in Wellen von den Kreaturen aus und zwang einige der Kämpfer, sich zu übergeben. Die anderen blieben stehen und zielten. Plötzlich war die Luft erfüllt von den schnappenden Geräuschen der Katapulte und dem Funkeln der seltsamen fliegenden Munition.

Die Salzkristalle fielen auf die ertrunkenen Geschöpfe herab. Fauliger Dampf stieg von den verquollenen Leibern auf, als sich die Kristalle durch das käsige Fleisch brannten und sich an den darunter gefangenen Gasen entzündeten.

„Runter!" rief Andris, warf sich auf den Boden und legte die Arme über den Kopf.

Die Explosion ließ die Erde beben und bespritzte die Krieger mit einer unsäglichen Masse. Der Stamm zitterte und bewegte sich, knarrte und drohte ins Wasser zu rutschen. Andris erhob sich und begann, die Männer, die flach auf dem Baumstamm lagen, mit Rufen und Handzeichen zu sich zu holen.

Plötzlich fuhren zwei gewaltige, skelettartige Unterarme auf den Baumstamm nieder. Die riesigen Knöchel spannten sich, und aus dem Wasser tauchte ein immenser Schädel auf. Behende wie ein hünenhaftes Eichhörnchen kletterte die untote Monstrosität auf den Stamm.

Andris hatte noch nie ein solches Wesen gesehen, weder tot noch lebendig. Ein Paar langer, spitzer Hörner wuchs aus dem mit Wülsten überzogenen Schädel, und das an einen Schnabel erinnernde Maul war voller Zähne, die an die eines titanenhaften Vampirs erinnerten. Reißzähne, die so lang und so glänzend wie Dolche waren, blitzten auf, als die Kreatur auf den letzten Mann auf der Brücke zuschoß.

Der drehte sich – alarmiert von den Schreien seiner Kameraden – genau in dem Moment um, da die riesigen Kiefer auf ihn herabfuhren. So schrecklich es auch war, mitansehen zu müssen, wie einer ihrer Kameraden im Maul eines Monsters verschwand, war der Anblick noch viel grausamer, als der zerstükkelte Leib durch die skelettartige Gestalt auf den Stamm und ins Wasser darunter fiel.

Entsetzen erfaßte die Männer und ließ sie von Panik angetrieben durch das Laub den Hügel hinauf stürmen. Nach gut einer Stunde standen sie nach Atem ringend vor den zerfallenen, von Ranken überzogenen Toren der Stadt selbst.

Andris betrachtete fasziniert die Überreste dessen, was einmal eine wundervolle Stadt gewesen war – eine Stadt mit Gebäuden, die noch verspielter waren als die in den Städten Halruaas. Überbleibsel hochragender Türme wuchsen bis in die Bäume hinein, manche von ihnen waren gänzlich von Ranken überzogen. Nichts davon war aus Stein, vielmehr war alles gewachsen, nicht aber erbaut worden. Berge aus bunten Kristallen türmten sich überall wie die Schatzhügel eines Drachenhorts. Ein kleiner Wasserfall ergoß sich über eine der Ruinen, und das Wasser erzeugte bei einigen der kristallenen Scherben hohe, geisterhafte Töne.

Zu seinem großen Erstaunen erkannte Andris, daß die Ruinen den Elfen zuzurechnen waren. Die Geschichtsbücher hatten behauptet, die Stadt sei ein von Abtrünnigen und Banditen bewohnter Außenposten gewesen. Nie hatte er etwas von einer frühen Zivilisation der Elfen in diesem Teil Halruaas gehört.

Die Stadt lag unheimlich ruhig da, während sich die Gruppe auf den zerfallenen Straßen vorwärts bewegte. Das einzige Geräusch kam von den Macheten, mit denen sie sich durch das Laub kämpften, das das Gebiet überzog.

Quon Lee kam zu Andris. „Hier sollten Untote sein", sagte er leise. „Warum sind wir noch nicht angegriffen worden?"

„Wir werden ihnen schon noch begegnen", murmelte Andris. „Ich weiß nicht, warum sie warten. Vielleicht bewachen sie etwas, das ihnen zu Lebzeiten wichtig war."

„Das heißt, wenn wir jetzt gehen, ohne diesen unbekannten Schatz zu plündern, werden sie uns in Ruhe abziehen lassen?"

Andris lächelte ironisch. „Was glaubst du?"

Quon Lee zuckte nur die Achseln und hob wieder die Machete.

Nach einem kurzen Stück standen sie plötzlich in einem ausladenden Hof. Die Gebäude waren fast noch vollständig erhalten, und der Springbrunnen in der Mitte plätscherte noch. Andris bemerkte, daß vom Wasser ein schwerer, sumpfiger Geruch ausging.

Er nahm eine Phiole mit Pulver und eine Fackel aus seinem Rucksack, entzündete zuerst die Fackel und zog dann mit den Zähnen den Korken aus der Phiole. Die anderen Kämpfer folgten seinem Beispiel.

„Und nun?" flüsterte Iago.

„Wir warten", erwiderte Andris nur.

Lange mußten sie nicht warten. Plötzliches Knochengeschepper und der Gestank verfaulenden Fleischs kündigte den Angriff an. Gestalten, von denen einige nur noch ein Skelett waren, während andere noch einen Rest von Fleisch an den Knochen hängen hatten, kamen aus den Gebäuden, die den Hof umgaben. In ihren Knochenhänden hielten sie unschätzbar wertvolle Elfenwaffen, aber Andris sah, daß keine der untoten Gestalten mit einem Elfen Ähnlichkeit hatte. Sie waren alle menschlich. Bei manchen waren die Knochen extrem trocken und brüchig, während andere offenbar noch nicht lange tot waren. Das war also die Ruhestätte jener Abenteurer, die versucht hatten, den Schatz der Stadt zu plündern. Doch was war mit den Elfen?

Die Zeit reichte nicht aus, um sich mit dieser Frage zu beschäftigen. Die Männer warfen die geöffneten Phiolen ins Wasser, dann folgten die Fackeln, bis die Gruppe sich abwandte und in die Richtung rannte, aus der sie gekommen war.

Mit einem Sprung tauchten sie ins Dickicht ein, ließen sich soweit über den Boden rollen, wie es ging, und preßten die Hände auf die Ohren.

Tosender Donner rollte durch die rankenüberwucherten Straßen, der wie der Schrei eines in die Lüfte aufsteigenden Drachen klang. Ein zweiter Donner grollte, gefolgt von immenser Hitze und einer dicken schwarzen Rauchwolke, die den Männern den Atem nahm.

Nach ein paar Minuten kehrten sie zurück auf den Hof. Ein paar Knochen zuckten noch, aber die Mehrzahl der Untoten war von der Explosion vernichtet worden. Säulen aus fauligem Dampf und schwarzem Rauch stiegen auf. Die Kristallgebäude standen noch, doch einige Türen waren von der Druckwelle aus den Angeln gerissen worden.

Hinter einer der Türen bemerkte Andris ein schwaches grünliches Leuchten. Vorsichtig trat er durch die Tür und fand sich in den Ruinen eines Tempels wieder. Auf dem Altar lag eine kleine Kugel, die vielleicht halb so groß war wie der Kopf eines Mannes und die schwach pulsierte. Andris fühlte eine Anziehung, ein mächtiges Verlangen, das sich mehr nach Traurigkeit als nach Hunger anfühlte.

„Was in allen verdammten neun Höllen ist das für ein Ding?" fragte Wolther und strich sich sein strohblondes Haar aus dem Gesicht, während er die leuchtende Kugel betrachtete.

„Ich bin nicht sicher", antwortete Andris. „Ich glaube aber, daß es den Untoten Kraft gibt. Bedenke, wie sie hier zusammenkommen. Die Kugel giert nach Magie, und die untoten Kreaturen, von denen es umgeben ist, sind wie Bienen, die einer Königin Nektar geben."

Er nahm den Kristall vorsichtig hoch und verstaute ihn in seinem Rucksack.

Der Nordmann kniff seine himmelblauen Augen zusammen. „Wir nehmen das mit? Es wird alle Untoten weit und breit anlocken!"

„Der Rückweg wird nicht ereignislos sein", sagte Andris. „Aber nur so können wir unsere Aufgabe erledigen. Der Sumpf von Kilmaruu wird nie ganz frei von Untoten sein – welcher Sumpf in jedem beliebigen Land würde das schon von sich behaupten wollen –, doch die Geschöpfe, die zurückbleiben, werden nicht Magie benötigen, um sich zu ernähren."

Der große Nordmann verschränkte die Arme. „Mir kommt es vor, als würdet Ihr ein Problem verlagern, aber nicht lösen."

„Sicherlich findet sich in Halruaa ein Magier, der diese Macht bändigen oder aufheben kann", gab Andris zurück. „Wir sind hier, um das Objekt zu entfernen, das die Untoten dazu bringt, sich an Magie zu laben. Nur so können wir die Gefahren für die umliegenden Bauernhöfe und das nahegelegene Wasser ausräumen, und erst dann wirst du frei sein, um in dein Heimatland zurückzukehren", fügte er vorsorglich an.

Wolther zuckte die Achseln. „Dann sollten wir aufbrechen."

Andris fiel auf, daß keiner der Männer den Vorschlag machte, noch zu bleiben, die Elfenstadt zu erkunden und zu plündern. Sie waren alle darauf aus, Kilmaruu so schnell wie möglich hinter sich zu lassen.

Spät in der Nacht kehrten die erschöpften Überlebenden in das Lager zurück, in dem sie trainiert hatten. Kiva und ihr Wemic-Leibwächter erwartete sie bereits. Die Bluthündin hörte sich Andris' Bericht mit großer Zufriedenheit an, und ihre bernsteinfarbenen Augen leuchteten ungewohnt hell auf, als er ihr die Kugel gab.

Ein Verdacht regte sich in Andris. Irgendwie bezweifelte er, daß Kivas erklärte Absicht – die Vernichtung der Gefahr, die von den Untoten ausging – ihr wahres Ziel war.

Kiva ließ die anderen Männer zu Bett gehen, damit sie sich ausruhen konnten, aber Andris nahm sie mit in ihre Privatgemächer und schenkte ihm Wein ein, während sie ihn in allen Einzelheiten nach dem Abenteuer befragte, das er wohlbehalten überstanden hatte. Sie entwickelte andere mögliche Kampfsituationen, in die sie hätten verwickelt werden können, und ließ sich von ihm erklären, wie er dann reagiert hätte.

Andris machte es nichts aus, obwohl er erschöpft war. Seit seiner Zeit am Jordaini-Kolleg und seinen langen Diskussionen und Streitgesprächen mit Matteo war er niemandem begegnet, der so sehr seine Leidenschaft für Taktiken und Strategien teilte.

Doch der Zweifel, der einmal gesät worden war, begann Fuß zu fassen und ließ sich nicht aus der Welt schaffen. Er betrachtete die schwach leuchtende Kugel, die Kiva im Schoß liegen hatte, als handele es sich um eine geliebte Katze.

„Ihr scheint Euch für diesen Sieg nicht zu interessieren. Was ist Eure wahre Absicht? Was kommt als nun?"

Sie lächelte. „Du bist ein schneller Denker. Ich glaube, ich muß dir nicht erklären, daß Kilmaruu kaum mehr als ein Test war."

Andris lachte sarkastisch. „Als nächstes werdet Ihr mir sagen, der Kampf gegen einen roten Drachen sei auch nur eine Übung. Ich werde die Frage vielleicht bedauern, aber worauf hat Kilmaruu uns vorbereitet?"

Kiva schenkte ihm mehr Wein ein, dann fragte sie: „Was weißt du über Akhlaurs Sumpf?"

Der Jordain verschluckte sich. Er mußte husten und stellte den Kelch mit lautem Knall auf die Tischplatte. „Es handelt sich um einen uralten Sumpf mit verhältnismäßig neuem Namen. Früher kann man ihn als den Sumpf von Ghalager, aber er wurde nach Akhlaur umbenannt, dem berüchtigten Nekromanten, der dort angeblich einen Turm errichtete. Der Sumpf wächst ständig und reißt jedes Jahr rund dreihundert Meter Land an sich. Niemand scheint den Grund dafür zu wissen, und die Magier, die in den Sumpf vordringen, um nach Antworten zu suchen, kehren nie zurück."

„Die Magier", betonte sie. „Deine Männer werden das besser lösen."

Andris dachte nach. „Wir sind nach Kilmaruu gegangen, um eine Mission zu erfüllen. Ich werde das Leben meiner Männer nicht noch einmal aufs Spiel setzen, solange ich nicht weiß, daß es dafür einen gerechtfertigten Grund gibt."

Die Elfe saß eine Weile stumm da, als diskutiere sie mit sich selbst. Dann stand sie auf, hielt die leuchtende Kugel hoch und begann zu singen.

Noch nie hatte Andris etwas gehört, was diesem Elfenlied gleichkam. Es als Musik zu bezeichnen, wäre nicht gerecht gewesen, eher würde er den besten Wein als vergorenen Traubensaft bezeichnen! Kivas Lied war Magie und Sternenlicht, Wind und jedes Gefühl, das er jemals empfunden oder sich eingebildet hatte. Die Klage eines Trauermarschs steckte in diesem Lied, aber genauso die Begeisterung des Kampfgebrülls und die Süße eines ersten Kusses.

Ihre glockenhelle Stimme verzauberte die Kugel ebenso wie ihn. Das Licht wurde intensiv, und im Inneren begannen leuchtende Formen zu wirbeln. Dann ließ Kiva das Lied auf einer nachhallenden Note ausklingen. Noch ehe der Ton verstummt war, warf sie die Kugel zu Boden.

Es gab keine Explosion, auch kein Splittern eines zerbrechenden Kristalls. Plötzlich war der Raum mit sanften, durchscheinenden Schatten erfüllt, die alle Elfen waren und ihn und Kiva mit großer Freude und Dankbarkeit betrachteten.

Winzige Lichtfünkchen schimmerten in den geisterhaften Formen, die sich allmählich aufzulösen begannen. Die Lichter trieben durch das geöffnete Fenster nach draußen und stiegen in die Nacht auf. Andris hätte schwören können, daß die Sterne heller leuchteten.

Kiva sah ihnen nach, dann drehte sie sich zu Andris um. Dem verwunderten Jordain kam es vor, als sei noch etwas von dem Licht auf ihren kupfernen Gesichtszügen verblieben.

„Ich glaube nicht, daß ich dir erklären kann, was hier geschehen ist, aber da du mich zweifellos fragen wirst, will ich versuchen, dir eine Antwort zu geben."

Andris nickte, da er nicht sicher war, ob er ein Wort herausbringen konnte.

„Elfen schließen sich zusammen, um etwas Magisches zu bewirken. Ein Elf agiert als das Zentrum, das die Magie von anderen und aus dem umgebenden Land anzieht, bündelt und sie zu einem Zauber zusammenwebt. In der Stadt Kilmaruu gab es einst viele Elfen, die große Magie vollbrachten. Du kannst dir vermutlich vorstellen, was sie zu tun versuchten."

„Einen Kampf der Zauberer", sagte er. „Sie kämpften gegen die drei Magier, die den Fluß umleiteten und damit den Sumpf von Kilmaruu schufen."

„Bekämpft... und verloren", sagte sie bitter. „Der Kristall war ein Werkzeug, das ihnen helfen sollte, ihre Magie zu bündeln. Etwas ging schief, und ein Teil ihrer Essenz war gefangen, als sie starben. Aber sie waren auch mit der Magie des Landes verbunden, und diese Verbindung blieb bestehen. Ich vermute, das zog die Untoten an und gab ihnen Kraft. Sicher bin ich nicht. Ich weiß nicht, welcher schrecklicher Zauber sich die drei menschlichen Nekromanten bedienten, doch jetzt sind die Elfen frei, und das haben sie dir zu verdanken."

Andris dachte nach. „Wir dienen also nicht nur meinem Volk, sondern auch Eurem? Gilt das auch für Akhlaurs Sumpf?"

„Noch viel mehr ", sagte Kiva leise und finster. „Einer dieser drei Nekromanten hieß Akhlaur. So wie du lernte er aus seinen Erfahrungen in Kilmaruu und verschrieb sich ‚größeren Dingen'. Ich werde dich nicht mit Lügen besänftigen: Was du in Kilmaruu sahst, ist nur die Vorbereitung. Da du das weißt, wirst mir weiter folgen?"

Der Jordain sah durch das offene Fenster nach draußen. Der Himmel am Horizont nahm allmählich eine silberne Farbe an, doch die Sterne leuchteten kraftvoller und fröhlicher, als er es je erlebt hatte.

Er wandte sich wieder Kiva zu, und eine Leidenschaft, die nichts mit der Schönheit der Bluthündin zu tun hatte, brannte in seinen braunen Augen.

„Ja", schwor er.

SECHZEHNTES KAPITEL

Tzigone zog sich über das Sims und ließ sich ins Zimmer fallen. Sie kauerte auf dem Boden und lauschte auf Geräusche, die auf die Anwesenheit des rechtmäßigen Benutzers der Räume hinwiesen. Es schien kein Licht, aber sie hatte nicht so lange gelebt, um nun alle Vorsicht über Bord zu werfen. Es machte ihr nichts aus, in Matteos Allerheiligstes einzudringen. Immerhin hatte er die Läden nicht geschlossen und verriegelt, was er hätte tun müssen, wenn er sie wirklich hätte fernhalten wollen.

Sie durchsuchte die Kiste am Fußende seines Betts nach einer seiner weißen Tuniken. Das Kleidungsstück war ihr zwar viel zu lang und reichte ihr fast bis zu den Knien, aber wenn sie einen Gürtel dazu trug, sah es gar nicht schlecht aus. Den Anhänger des Jordain hatte sie bereits entdeckt und legte ihn sich um. Sie trug auch schon die langen weißen Gamaschen und ein weites, langärmliges Hemd. Bei diesem Wetter ließen Jordaini die Arme üblicherweise unbedeckt, doch damit hätte sie sich verraten. Tzigone war kräftig und durchtrainiert, aber niemand hätte ihre schlanken Arme mit denen eines geübten Kämpfers verwechselt.

Ehe sie sich auf den Weg in den Palast machte, ging sie ins Bad und übte vor dem Spiegel so lange, bis sie den ruhigen, sicheren Ausdruck gefunden hatte, den sie mit einem Jordain verband. Es war wichtig, richtig auszusehen. Ein schiefes Lächeln im falschen Moment konnte Aufmerksamkeit auf sie lenken, die sie sich nicht leisten konnte.

Sie ging zielstrebig durch die langen Flure, ohne zu wissen, wohin sie sich eigentlich begab. Sobald ihr jemand begegnete, setzte sie eine sehr nachdenkliche Miene auf, so als würde sie sich mit bedeutenden Geheimnissen beschäftigen oder versuche, ein Epos auswendig zu lernen, das sich über drei Schriftrollen erstreckte. Fast eine Stunde brachte sie so herum, und sie begann allmählich zu glauben, der Weg durch den Palast werde niemals ein Ende nehmen. Schließlich hielt sie eine Küchenmagd an und fragte, wo sie wohl den neuen Ratgeber der Königin finden würde.

„Wenn Matteo im Palast ist, wird er sich sicher in der Werkstatt der Königin aufhalten", sagte sie und erschauderte, als jage der Gedanke ihr Angst ein. „Nein, wartet. Bis Sonnenuntergang wird da niemand sein. Matteo hat die Küche angewiesen, ein Picknick für die Königin und ihre Wachen zusammenzustellen."

Tzigone warf in gespielter Verärgerung die Arme hoch. „Na toll! Er bat mich, für ihn etwas zu erledigen, aber er hat mir nicht mal gesagt, wo ich hinmuß! Mein erster Tag als sein Assistent, und ich habe keine Ahnung, wo er ist!"

„Ich erkläre Euch den Weg", bot die Magd an.

Tzigone merkte sich den beschriebenen Weg und ging weiter. Zu ihrer Erleichterung war außer dem Wachmann, der schnarchend vor der Tür saß, niemand in der Werkstatt der Königin. Ein leichter Druck auf Hals und Schläfe sorgte dafür, daß er fester und länger schlafen würde als beabsichtigt. Tzigone tastete ihn nach Schlüsseln ab, fand aber nur einen kleinen Silberstab, der sehr nach dem Einbruchswerkzeug aussah, das sie von Zeit zu Zeit benutzte.

Mit einem Schulterzucken schob Tzigone den Stab ins Schloß und begann, ihn auszuprobieren. Es gab aber keinen Mechanismus, keine Zahnräder und Hebel, die man hätte bewegen können. Es war also kein Werkzeug, sondern ein Artefakt.

Sie atmete frustriert aus und trat einen Schritt zurück. Dann legte sie den Stab an die Tür und hoffte, daß kein Kommandowort gesprochen werden mußte. Zu ihrer Erleichterung verschwand dann aber erst diese und dann die nächste Tür vor ihren Augen. Die dritte Tür mußte sie tatsächlich knacken, doch erledigte sie das sehr schnell und befand sich Augenblicke später am Eingang zum Allerheiligsten der Königin.

Die mechanischen Kreaturen interessierten sie nicht. Tzigone suchte Bücher. In den Straßen machten neue Gerüchte die Runde, die besagten, die geheimen Aufzeichnungen der Kabale würden von der Königin selbst gehütet. Wenn das stimmte, würde Tzigone vielleicht endlich einen Hinweis auf ihre Vorfahren finden, durch den sie auch das Schicksal ihrer Mutter in Erfahrung bringen konnte.

Von der Werkstatt ging ein kleiner, mit Schriftrollen und Bänden vollgestellter Raum ab. Sie stieß einen leisen Freudenschrei aus und ließ sich nieder. Es handelte sich zwar nicht um Aufzeichnungen der Kabale – die Texte waren in Halruaanisch verfaßt, nicht in den einzigartigen Runen der südlichen Magie, die entwickelt worden waren, um die magischen Geheimnisse des Landes zu beschützen –, aber interessant waren sie dennoch.

Die Stunden verstrichen mit der Suche nach Vertrautem, doch keiner der Namen, die in den umfassenden Stammbäumen aufgelistet waren, weckte eine Erinnerung. Tzigone erinnerte sich nicht an ihren Namen und erst recht nicht an den ihrer Mutter. Sie zweifelte daran, daß der Name ihres Vaters in ihrer Gegenwart jemals ausgesprochen worden war. Sie fand praktisch nichts, was ihr weiterhalf, stieß aber auf einige interessante Information über Matteo und die anderen Jordaini.

„Und was macht Ihr hier?" wollte auf einmal eine kühle, entrüstete Stimme wissen.

Tzigone zuckte zusammen und sah auf. Ein Strich von einem Mann betrachtete sie herablassend. Er war nicht viel älter als sie, doch sein Haar hatte die Farbe von Staub, und sein Körper war so hager wie ein Riedhalm. Wahrscheinlich hätte sie einfach an ihm vorbeistürmen können, doch die Chancen, auch aus dem Palast zu gelangen, ohne aufgehalten zu werden, standen deutlich schlechter.

„Oh, gut", sagte sie mit gespielter Erleichterung. „Ich hatte gehofft, daß ein Schreiber vorbeischauen würde. Du bist doch Schreiber?"

Der Mann runzelte die Stirn. „Ja. Aber warum sollte ein Jordain meine Dienste in Anspruch nehmen? Ihr verschickt und befördert keine geschriebenen Botschaften."

Tzigone erkannte ihren Fehler. „Ich weiß nicht", sagte sie langsam. „Matteo sagte, ich solle einige Zauber kopieren lassen, und er wollte eine Einkaufsliste der erforderlichen Komponenten. Ich nehme an, sie sind für die Königin."

Der Gesichtsausdruck des Schreibers wurde noch mißtrauischer. „Es ist schon Jahre her, seit die Königin zum letzten Mal Zauber oder Zauberkomponenten angefordert hat."

„Ja, aber ist auch Jahre her, seit sie zum letzten Mal ein Picknick gemacht hat, oder?" konterte Tzigone.

Diese Logik brachte den Schreiber einige Augenblicke lang zum Schweigen. „Ihr seht nicht vertraut aus", sagte er und betrachtete sie eindringlich. „Ich führe die Haushaltsbücher. Ihr seid nicht aus diesem Haus."

„Nein", gab Tzigone zu. „Ich bin ein Freund Matteos, er hat mich sozusagen hierher eingeladen."

„Wie unerfreulich für ihn", kam eine volltönende Altstimme aus Richtung Tür.

Der Schreiber wirbelte herum und sah die Ratgeberin des Königs. „Herrin Cassia! Es ist eine höchst unerwartete Ehre, Euch hier zu sehen!"

Etwas im Tonfall des Schreibers ließ Tzigone erahnen, daß die Jordain nicht nur unerwartet, sondern auch unerwünscht war. Offenbar war Tzigone nicht die einzige, die sich Beatrix' Abwesenheit zu Nutze machte.

Aber Cassia ließ sich nichts anmerken. „Es wurde ein Eindringling in den Fluren gemeldet. Ich bin selbst gekommen, um zu sehen, wie nachlässig die Diener der Königin die Angelegenheiten ihrer Herrin behandeln." Cassia sah Tzigone an. „Um ehrlich zu sein, ich bin nicht beeindruckt."

Der Schreiber wurde blaß. „Ich war soeben im Begriff, die Wache zu rufen und den Jungen fortbringen zu lassen."

„Gute Idee", sagte Cassia. „Laß dich nicht aufhalten. Wenn es dich nicht stört, werde ich warten, bis die Wache eintrifft."

Er eilte in den Nebenraum, und im nächsten Augenblick ertönte ein helles Glockenspiel. Tzigone hörte das Getrappel näherkommender Schritte und zwang sich, nicht in Panik zu geraten. Ihr Instinkt riet ihr loszurennen, doch sie konnte nirgendwo hin. Der Raum hatte keine Fenster, es gab nur eine Tür, und die wurde von erdrückenden Gestalt der Ratgeberin des Königs ausgefüllt.

Tzigone wagte nicht, sich mit ihr anzulegen. Sie war schnell und konnte einen guten Haken landen, wenn es darauf ankam, aber Cassia war eine geübte, bewaffnete Kämpferin.

Die Frau sah sich um, als die ersten zwei Wachen herbeieilten. „Bringt diesen ‚Jungen' in den Turm und holt dann Matteo."

Die beiden Wachen tauschten unbehagliche Blicke aus. „Aber Matteo kümmert sich um die Königin. Wir können ihn nicht von ihr fortholen, Herrin, nicht einmal auf Euer Geheiß."

„Ihr könnt, wenn ihre Sicherheit durch seine Anwesenheit in Gefahr gebracht wird", gab Cassia kühl zurück. „Ich habe Grund, an Matteos Aufrichtigkeit und seiner Treue zu seinem Orden zu zweifeln. Diese Diebin trägt die Kleidung eines Jordain und Matteos Anhänger. Sich als Jordain auszugeben ist ein schweres Vergehen – ein tödliches, wenn sich herausstellt, daß sie magisch veranlagt ist. Jeder Mann, der sich mit solchem Straßengesindel abgibt, ist verdächtig, aber wie es aussieht, hat Matteo die Diebin sogar in den Palast gebracht. Vielleicht irre ich mich, ich hoffe es sogar. Doch eine Bluthündin wird beide untersuchen und in der Sache entscheiden. Veranlaßt das!"

Die Wachen nahmen Tzigone in die Mitte und zerrten sie vom Stuhl. Ihr erster Gedanke war, sie mit einem Feuerball zu blenden und dann wie ein Ratte wegzulaufen. Doch der Einsatz von Magie würde ihren Tod bedeuten, wenn man sie faßte. Sie ließ sich widerstandslos abführen, während sich ihre Gedanken überschlugen, da sie versuchte, einen Ausweg aus dieser Bescherung zu finden.

Zwei Stunden waren vergangen, als die Zellentür geöffnet wurde und Matteo eintrat. Sein Blick erfaßte ihre Aufmachung und nahm dann eine resignierten Ausdruck an.

„Mein Medaillon, nehme ich an?"

Sie zog es über den Kopf und gab es ihm. „Du kannst es haben. Es hat mir nur Schwierigkeiten gemacht."

Matteo seufzte und legte es um. „Was hast du angestellt, Tzigone?"

„Oh, das gefällt mir ja ", gab sie zurück. „Was habe ich nicht alles für dich getan! Und das ist der Dank?"

„Die Geschichte", sagte er nur. „Und ohne Ausschmückungen."

Sie holte tief Luft. „Ich bin heimlich Mitglied der Jordaini-Rats. In der Verkleidung einer gerissenen Stadtstreicherin beschütze ich die Rechte eines jeden Jordain, der das Ziel von Verrat oder Eifersucht geworden ist. Derzeit folge ich dir, um sicherzustellen, daß Frando nicht versucht, dich in Unannehmlichkeiten zu stürzen."

Matteo verschränkte die Arme. „So, so."

„Und das ist gut so! Ist dir klar, daß genau in diesem Augenblick ein Paar heiratsfähiger amnischer Zwillinge in dein Schlafzimmer geschmuggelt wird und daß die beiden die Kleidung der Königin tragen, dazu Perücke und Schminke, damit beide aussehen wie Beatrix? Frando will dir nicht nur Sittenlosigkeit vorwerfen, sondern auch den Diebstahl von Eigentum der Königin und Verrat am König. Ich nehme an, daß es sich um einen indirekten Verrat handeln soll, da die Zwillinge nicht wirklich Beatrix sind", sagte sie nachdenklich. „Die Feinheiten der halruaanischen Gesetze sind mir unverständlich."

„Wahrhaftig", sagte der Jordain bissig, „ein sehr ausgeklügelter Plan, vor allem, wenn man bedenkt, wie wenig Zeit Frando dafür hatte. Er muß begabter sein, als du oder ich ihm zugestehen würden."

„Tja, wer weiß?" fragte sie.

Matteo seufzte. „Tzigone, warum mußt du eigentlich immer so überzogene Geschichten erzählen?"

„Dadurch bleibe ich in Übung", sagte sie achselzuckend, dann klopfte sie mit der flachen Hand auf die Bank. „Du kannst dich ruhig setzen. Kann sein, daß wir hier noch einige Zeit zubringen."

„Bis Kiva herbestellt worden ist", sagte er finster. „Ist dir klar, wie ernst die Lage ist?"

Sie sah ihm in die Augen. „Mein Leben lang bin ich von Magiern und Bluthunden verfolgt worden", erwiderte sie leise. „Einmal wurde ich geschnappt, aber ich konnte entkommen. Allerdings erst, als ich genau wußte, wie ernst die Lage sein kann. Hier mal eine großartige Geschichte, die du glauben kannst: Wenn ich nicht hier rauskomme, bin ich tot."

Matteo nickte. „Dann bist du doch Magierin."

„Mußt du das immer sagen?" gab sie mißmutig zurück. „Ich habe dir gesagt, daß ich keine Magierin bin. Ich wurde nie ausgebildet. Ich habe nie eine Schule besucht, ich bin nicht mal auf meine Begabungen getestet worden."

Matteo vermutete, daß sie die Wahrheit sprach, und setzte sich zu ihr. „Ich glaube, daß man dich töten wird, wenn du dem Gesetz in die Fänge gerätst. Aber ich vermute, Diebstahl ist das harmloseste deiner Verbrechen."

„Vergleiche meine Situation mit deiner", gab sie zu bedenken. „Ich war eine Gauklerin, ich habe mir meinen Lebensunterhalt mit Tricks verdient, die angeblich nichts mit Magie zu tun hatten. Wenn Betrug bewiesen wird, muß dafür bezahlt werden. Wie bei den Jordaini."

Er dachte an Andris und daran, was er hatte bezahlen müssen. Er konnte nicht zusehen, wenn sich das gleiche noch einmal abspielte. Nach einem kurzen Moment blickte er auf und sah Tzigone an, damit die seine Entschlossenheit an seinen Augen ablesen konnte.

Die junge Frau nickte und begann, einen Plan zu schmieden. Matteo konnte förmlich sehen, wie es hinter ihren Augen zu arbeiten begann, fast als sei sie einer der Automaten der Königin.

„Ich will, daß du dich in die gegenüberliegende Ecke stellst, da wo die Schatten am dunkelsten sind. Leg dir den weißen Umhang um und dreh dich mit dem Rücken zur Tür. So ist das Erste, was jemand sieht, ein gesichtsloser Jordain. Du bist nicht größer als Cassia. Es könnte klappen."

Er folgte mühelos ihrem Gedankengang. Doch einen Jordain zu imitieren war ein schweres Vergehen, sogar wenn ein Jordain selbst es tat. „Ist das wirklich nötig?"

„Kommt darauf an. Wie sehr hängst du an deinem Leben? Ich persönlich hänge sehr daran."

Matteo nickte. Er stand auf und nahm die beschriebene Position ein. Seine Dolche waren einsatzbereit.

Tzigone erhob sich und ging zur Tür.

„Wachen!" rief sie in gebieterischem Tonfall. Es war Cassias Stimme, die kraftvoll und befehlsgewohnt aus ihrer Kehle kam. „Öffnet sofort die Tür!"

Der Wachmann kam zur Tür geeilt, sah den Jordain im Halbdunkel und kam zu dem Schluß, den Tzigone erwartet hatte. Er zückte den Schlüssel und beugte sich vor, um aufzuschließen.

Tzigone packte sein Haar mit beiden Händen und riß seinen Kopf nach vorne gegen die Gitterstäbe. Er verlor sofort das Bewußtsein, während der Schlüssel noch im Schloß steckte und bis zur Hälfte herumgedreht worden war.

Geschickt streckte sie den Arm durch das Gitter und schloß ganz auf. Sie bedeutete Matteo, ihr zu folgen, dann lief sie auf die schmale Wendeltreppe zu, die sich an der Innenmauer des Turms entlangschlängelte.

Als Matteo ihr auf die steile Treppe folgte, wußte er ganz genau, was er hinter sich zurückließ. Tzigones Leben zu retten hatte nur eines zur Folge: Er würde nie wieder in das Leben zurückkehren können, das er kannte.

Er kam zu der Erkenntnis, daß diese Entscheidung so neu nicht war. Er hatte nur einen weiteren Schritt auf dem Weg getan, den er an dem Tag beschritten hatte, als er zwischen Tzigone und den tödlichen Wemic getreten war. Der Tag, an dem Andris gestorben war. Der Tag – diese Erkenntnis kam ihm mit einem Mal –, an dem sein unerschütterlicher Glaube an den Jordaini-Orden einen Riß bekommen hatte, der nie wieder verheilen konnte.

Eine seltsame Einsamkeit ergriff von ihm Besitz, während er Tzigone folgte. Er war ein Jordain, er hatte geschworen, der Wahrheit, Halruaa und den Magiern des Landes zu dienen. Das war sein ganzer Lebensinhalt gewesen, das war alles, was er wußte und konnte. Er konnte sich nichts vorstellen, was diesen Platz einnehmen konnte.

Doch zunächst war Überleben vorrangig. Sie rannten zur Spitze des Turms, zwängten sich dort durch ein Fenster und kletterten an den Ranken hinunter, die es geschafft hatten, an der glatten Marmormauer Halt zu finden. Von dort ging es weiter zu den Verbindungsmauern und dann zu den Ästen des Baums, der ihnen am nächsten war. Erst als sie sich in der sicheren Umgebung von Tzigones Bilboabaum befanden, sprachen sie wieder.

Matteo beobachtete, wie Tzigone aus einem verborgenen Versteck Rationen mit Trockennahrung und eine Wasserflasche hervorholte. „Kennst du im ganzen Land jeden Baum dieser Art?"

„Ein oder zwei in jeder Stadt und jedem größeren Dorf", sagte sie. „Ich komme viel herum. Aber ich glaube, ich muß dir den Grund dafür nicht erklären."

„Um ehrlich zu sein, eine Erklärung wäre angebracht", sagte Matteo. „Was suchst du? Was ist es wert, diese Risiken einzugehen?"

Tzigone gab ihm eine ehrliche, einfache Antwort. „Ich suche meine Herkunft."

Matteo hob erstaunt die Brauen. „Das ist so wichtig?"

„Ich kann verstehen, daß du dir das nicht vorstellen kannst. Du hattest nie eine Familie."

„Alle Jordaini kommen kurz nach der Geburt in die Schule ", bestätigte er. „Das ist die Tradition."

„Hast du dich nie gefragt, wer deine Familie ist?"

Er dachte gründlich über die Frage nach. „Von Zeit zu Zeit habe ich mich gefragt, wer mich wohl zur Welt gebracht hat. Aber die Jordaini sind meine Brüder, mir mangelt es an nichts. Bei dir verhält es sich anders, nehme ich an?"

„Ja", erwiderte sie. „Ich hatte eine Mutter, und ich werde nicht ruhen, bis ich sie gefunden habe. Hast du dich wirklich noch nie gefragt, was mit deiner Mutter ist?"

„Sie war eine erwachsene Frau, als sie mich gebar. Soweit ich weiß, werden Jordaini-Geburten üblicherweise von den Ehestiftern vorhergesagt. Darum wußte sie von Anfang an, daß sie ein Kind austragen würde, nur um es dann wegzugeben. Das geschieht zum Wohl des Landes. Die Eltern werden dafür entschädigt, da sie keine Kinder haben, die für sie im Alter sorgen können, und für ihr Opfer werden sie außerdem besonders geehrt."

Tzigone sah ihn lange an. „Komm ", sagte sie abrupt und ließ sich vom Baum herab.

Keine zwei Stunden später standen sie im Eingang einer Hütte mit nur einem Raum, einer von vielen dieser Art, die alle gleich aussahen und um einen einfachen Garten zusammenstanden, der von einer hohen, dicken Mauer umgeben war.

„Was ist das für ein Ort?" fragte Matteo im Flüsterton. Der Ort hatte etwas Angenehmes, das aber auch den Geist hemmte.

„Tritt ein", sagte Tzigone.

Matteo blieb an der Tür stehen und sprach die traditionelle Formel, die von jedem Halruaaner verlangt wurde, und schwor damit, in diesem Haus keine Magie anzuwenden.

„Mach dich nicht über mich lustig", erwiderte eine leise, gequälte Stimme.

Er trat ein und spähte in die Schatten, die sich um den erloschenen Kamin ballten. Eine Frau saß zusammengekauert auf einem Stuhl, die Beine angezogen wie ein weinendes Kind.

„Das war nicht meine Absicht, Mutter", sagte er sanft und verwendete die Anrede, die die angemessene Höflichkeitsform für unbekannte Frauen in ihrem Alter war. „Meine Worte waren eine Begrüßung wie jede andere auch. Sie verkünden außerdem die Wahrheit, denn ich bin Jordain."

Das Wort traf sie wie ein Pfeil. Sie sah ihn mit großen Augen an. „Jordain!"

Matteo verstand die Aufregung nicht, aber er wollte sie nicht steigern. „Verzeiht, Mutter", sagte er und verbeugte sich. „Wir gehen."

Das verrückte Leuchten verschwand aus ihren Augen und ließ ihr Gesicht matt aussehen. „Geh oder bleib, es ist egal."

Tzigone schubste ihn von hinten, damit er weiter ins Zimmer ging. Während Matteo dastand und sich unwohl und hilflos fühlte, machte sie sich daran, die Fensterläden zu öffnen, um die Sonne hereinzulassen, schüttelte die Kissen auf, fachte das Feuer an und stellte einen Kessel mit Wasser und einer Handvoll Kräuter auf. Dann brachte sie der Frau eine Tasse Tee und legte ihre Hände um die Tasse, führte sie ihr an den Mund, bis die Erinnerung einsetzte und die Frau aus eigenem Willen trank. Die ganze Zeit redete Tzigone mit der Frau, erzählte amüsante Geschichten aus dem Leben der Stadt jenseits dieser Mauern, die wahrscheinlich keine wahren Begebenheiten beschrieben.

Matteo hörte nur beiläufig zu, während er zusah, wie Tzigone sich um die unbekannte Frau kümmerte. Ohne den Grund zu verstehen, wußte er, daß er an diesem Tag die richtige Entscheidung getroffen hatte.

Schließlich schlief die Frau ein. Tzigone legte ihr eine Decke über und sah Matteo mit mattem Blick an.

„Du bist sehr nett", sagte er leise.

Sie tat die Bemerkung mit einem ungeduldigen Achselzucken ab. „Außer nett zu ihr zu sein kann man wenig für sie tun."

Daß die Frau wahnsinnig war, hatte Matteo längst erkannt. „Was ist geschehen, daß sie so gebrochen ist?"

„Magie", sagte Tzigone wütend und betrachtete das blasse, ausgemergelte Gesicht. „Diese Frau war einst eine mächtige Magierin, die mit einem anderen Magier eine arrangierte Ehe eingehen sollte. Es wurde vorhergesagt, daß ein Kind von ihrem Blut wahrscheinlich ein Jordain werden würde. Die Frau wollte eigene Kinder, die sie behalten und lieben konnte, doch ihr wurde versichert, daß es in jeder Familie nur einen Jordain als Nachwuchs geben würde. Also kam sie ihrer Pflicht nach und willigte in die arrangierte Ehe ein. Die Zeit verging, aber sie bekam kein Kind. Sie und ihr Mann machten sich Sorgen, und er bot an, ihr Tränke zu geben, die ihre Gesundheit verbessern und die Empfängnis fördern sollten. So ging es fast fünf Jahre. Was sie Frau nicht wußte, war, daß sie Mittel trank, die den natürlichen Verlauf ihrer Magie und derer des Kindes veränderten, das sie zur Welt bringen sollte. All ihre Kraft, die zu Magie hätte werden können, wurde umgeleitet, damit ihr Kind herausragende geistige und körperliche Talente bekam."

Die Worte erschienen ihm zu phantastisch, um wahr zu sein. „Ist das eine von deinen Geschichten?" fragte er zaghaft.

Tzigone sah ihm fest in die Augen und ließ ihn entscheiden, was er darin sah.

„Die Magie wurde nicht dem potentiellen Kind genommen, sondern der Mutter. Nach und nach schwand ihre Begabung und zog sich an einen Ort zurück, der so tief in ihr lag, daß sie ihn nicht erreichen konnte. Als das Kind geboren wurde, war der Prozeß abgeschlossen. Es war eine schwere Geburt, wie es in solchen Fällen immer ist. Die Hebamme erklärte, die Frau würde danach nie wieder ein Kind bekommen können. Auf einen Schlag verlor die Frau ihr Kind, ihren Traum von eigenen

Kindern und alles, was mit ihrer Magie zusammenhing. Das ist für die meisten Frauen unerträglich, und so wird aus ihnen eine Frau, wie du sie jetzt vor dir siehst."

Matteo nahm das schweigend auf. Er zweifelte nicht an Tzigones Worten. So finster diese Erklärung auch war, machte sie doch klar, warum Jordaini üblicherweise körperlich und geistig kräftiger waren und warum sie eine so hohe Widerstandskraft gegen Magie besaßen. Doch daß ein solcher Preis dafür zu bezahlen war...

Er versuchte, sich die Frau vorzustellen, die für ihn diesen Preis bezahlt hatte, und den Mann, der ihr das zugemutet hatte. Aber es war ein Bild, das für ihn zu fremd und unwirklich war.

„Hast du nichts zu sagen?" wollte Tzigone wissen. „Verstehst du jetzt, warum ich mich frage, was in diesem Land der Magie und Magier aus meiner Mutter geworden ist?"

Die letzten Worte spie sie förmlich aus. Matteo war großgezogen worden, um Magiern zu dienen, trotzdem empfand er ihre Reaktion nicht als übertrieben.

„Mein Leben lang", sagte er leise, „ist es meine Aufgabe gewesen, die Kräfte des Geistes und des Körpers zu entwickeln. Leidenschaft wurde als strategische Größe studiert, aber wir wurden nicht angehalten, sie zu erkunden oder zu erfahren."

Tzigone sah ihn seltsam an. „Du hattest doch sicher Freunde."

„Aber selbst die engsten von ihnen besaaßen eine unvoreingenommene Natürlichkeit – jedenfalls dachte ich das", sagte er und verzog das Gesicht. „Mein bester Freund, ein Jordain namens Andris, wurde von Kiva verurteilt und von dem Wemic getötet, der dir an dem Tag gefolgt war, als wir uns trafen."

„Aha", machte Tzigone und nickte, als hätte sie die Antwort auf eine lange zurückgehaltene Frage bekommen.

„Die Trauer und Schuld, die Andris' Tod folgten, waren mein Verderben. Ich benahm mich auf eine Weise, die meine gesamte Ausbildung verleugnete. Wie es scheint, haben Gefühle große Macht."

Er verstummte kurz, dann fügte er an: „Das ist alles neu für mich, und ich weiß nicht, wohin es führt. Ich sollte außer mir sein, aber ich bin es nicht. Ich kann nicht um die Frau trauern, die ich nie kannte. Ich kann nicht den Mann hassen, dem ich nie begegnet bin. Vielleicht wird sich alles ändern. Wenn das der Fall ist, dann weiß ich nicht, was ich tun werde."

„Sogar da bist du ehrlich", sagte sie leise, während ihre Augen sein Gesicht absuchten. „Vielleicht ist das nicht immer schlecht."

Sie verließen wortlos die Hütte und hingen ihren Gedanken nach. Tzigone war hergekommen, weil sie Matteo die Wahrheit hatte sagen wollen: Das war die Frau, die ihn zur Welt gebracht hatte. Aber wie Matteo selbst gesagt hatte, war nicht abzusehen, wie er reagieren würde, wenn er Emotionen in seinem Leben zuließ. Wahrscheinlich würde er schwören, an dem Mann Rache zu üben, der ihn gezeugt hatte. Das konnte kein gutes Ende nehmen.

Matteo sprach als erster. „Darum haben Jordaini keine Familien, nicht?"

„Magie ist Gift", sagte Tzigone finster. „Offenbar ist es nicht so leicht, Magie aus einem Menschen herauszuzüchten, und man kann nicht absehen, was das Ergebnis dieser Bemühungen sein wird."

„Vorsicht ist die Enkelin der Katastrophe", zitierte Matteo ein altes Sprichwort. „Wenn solche Maßnahmen ergriffen werden, muß etwas entsetzlich schief gelaufen sein."

„Fehler kommen vor", pflichtete Tzigone ihm bei. Sie holte tief Luft, um wieder ruhig zu werden. „Ich schätze, das ist die einzig mögliche Erklärung für mein Dasein."

SIEBZEHNTES KAPITEL

Tzigone machte sich auf die Fragen des Jordain gefaßt. Zu ihrer Überraschung bemerkte sie, daß sie bereit war, ihm alles zu erzählen, was sie über sich und ihre Vergangenheit wußte – Geheimnisse, über die sie noch mit niemandem gesprochen hatte. Matteo war immer ehrlich zu ihr gewesen. Diese Ehrlichkeit zog eine Schuld nach sich, und sie beglich ihre Schulden immer.

Aber Matteo reagierte nicht sofort auf ihre düstere Äußerung. Statt dessen zog er eine kleine Schriftrolle hervor und gab sie ihr.

Sie nahm die Rolle und glättete sie. Die Nachricht war kurz und knapp, und als Tzigone sie gelesen hatte, sah sie ihn fassungslos an. „Das liest sich wie ein Todesurteil", sagte sie in halb scherzhaftem Ton.

„Das war mein Auftrag", erklärte er.

So sehr sie es auch gewollt hätte, Tzigone konnte nichts dagegen vorbringen. Cassia, die Oberste Ratgeberin König Zalathorms und zugleich eine der mächtigsten Jordaini im Land, hatte die Hilfe aller Jordaini angefordert, um Informationen über den Aufenthaltsort und das Umfeld einer Diebin namens Tzigone zusammenzutragen.

Die junge Frau fühlte, wie sich ihre Kehle zuschnürte. Matteo hatte ihr zur Flucht verholfen und damit gegen eine Anweisung seines Ordens verstoßen. Einen Augenblick war sogar Tzigones sonst so lockere Zunge schwer wie Blei, als ihr die Bedeutung der Enthüllung bewußt wurde.

„Ich dachte, Jordaini schreiben und befördern keine Botschaften", brachte sie schließlich raus.

Matteos schwaches Lächeln bestätigte, was sie nicht gesagt, aber gedacht hatte. „Es sieht so aus, als habe Cassia in diesem Fall eine Ausnahme gemacht. Ich möchte behaupten, die Jordaini waren nicht die einzigen in der Stadt, die ihre Anweisung erhalten haben. Ohne Zweifel erging sie auch an die Wachen, Herolde und Senatoren."

„Auf diesem Exemplar befindet sich noch eine persönliche Botschaft", sagte sie und wies auf ein paar Zeilen am unteren Rand, die in einer anderen Handschrift und mit Smaragdtinte geschrieben waren, die sich nur wenige hauptberufliche Schreiber leisten konnten.

Sie las den Text mit Cassias Stimme laut vor. „Ich gebe dir eine Warnung mit auf den Weg, Matteo, daß diese junge Frau äußerst gefährlich ist. Du bist in ihrer Begleitung gesehen worden, aber in Zukunft mußt du ihr um jeden Preis aus dem Weg gehen. Sie wurde als Kind getestet, und es wurde festgestellt, daß sie großes magisches Talent besitzt. Sie hat diese Macht mißbraucht und eine Vielzahl von Verbrechen begangen. Wenn du willst, komm zu mir, sobald sie gefaßt ist. Du wirst es sofort verstehen, denn die Geheimnisse ihrer Geburt erklären alles. Ein Jordain kann dem anderen nichts befehlen, aber deine Unterstützung in dieser Angelegenheit ist von äußerster Dringlichkeit und wird als großer Dienst für Halruaa angesehen werden."

Tzigone wechselte zu ihrer eigenen Stimme und klang irritiert. „Die Geheimnisse meiner Geburt. Glaubst du, sie weiß etwas darüber?"

Matteo schaute zweifelnd. „Das Wort eines Jordain ist heilig. In diesem Glauben wurde ich erzogen."

„Aber?"

Er seufzte und fuhr sich mit der Hand durchs Haar. „Ich habe gelernt, daß es möglich ist, andere zu täuschen, ohne ein einziges gelogenes Wort zu sagen. Du hast vielleicht bemerkt, daß Cassia nicht ausdrücklich sagt, sie besitze diese Informationen. Sie sagt lediglich, daß sie alles beantworten werden. Es ist möglich, daß Cassia diese Nachricht geschickt hat, weil sie hoffte, ich würde sie an dich weiterleiten."

„Ein Köder", folgerte Tzigone.

„Vielleicht", sagte er matt. Er sah Tzigone an. „Und nun, da du diese Information hast... was wirst du damit anfangen?"

Tzigone schwieg lange. „Einiges von dem, was Cassia sagt, stimmt. Ich scheine eine gewisse angeborene Magie zu besitzen. Wilde Begabung, wie man so sagt. Aber ich bin keine Magierin", betonte sie und sah ihn herausfordernd an.

„Das sagtest du schon", erwiderte er mit neutraler Stimme.

„Du weißt, daß ich eine Diebin bin." Sie lachte auf. „Damit kann man wirklich nicht angeben, aber wir beide denken gleich darüber, nämlich daß das immer noch besser ist, als ein halruaanischer Magier zu sein."

„Du haßt sie", stellte Matteo fest. „Ich würde gern den Grund dafür verstehen."

„Du kannst mich das fragen, nachdem du gesehen hast, was die Magie mit dieser armen Frau gemacht hat?"

Er antwortete nicht sofort, und als er endlich sprach, sah er sie nicht an. „Dieser Prozeß... ist er bei allen Frauen gleich, die einen Jordain gebären?"

Tzigone verstand, was in diesem Moment in seinem Kopf vorgehen mußte. Er fragte sich, ob seine eigene Mutter ein ähnliches Schicksal erlitten hatte, und stellte sie sich in dieser Situation vor – eine Gefangene in ihrem eigenen verkümmerten Geist. Tzigone überlegte, ob sie ihm sagen sollte, daß er seine Phantasie nicht anstrengen mußte, da er das Schlimmste schon wußte.

„Ich weiß nicht", sagte sie dann. „Vielleicht gebären manche Frauen einen Jordain auch ohne Zauber."

„Vielleicht." Er sah sie frustriert an. „Ich wünschte, ich könnte etwas für die arme Frau tun. Kein Jordain bringt es je zu Reichtum. Unsere Patrone bezahlen all unsere Ausgaben, auch wenn wir von Zeit zu Zeit vielleicht einmal ein kleines persönliches Geschenk erhalten. Wenn ich meine Mutter je in einem solchen Zustand anträfe, wie sollte ich für sie sorgen?"

„Du hast die Hütten und die Gärten gesehen. Halruaa sorgt dafür, daß die Magierinnen bekommen, was sie brauchen. Deine Mutter ist gut versorgt."

Einen Augenblick lang dachte sie, sie hätte zuviel gesagt, doch in Matteos dunklen Augen blitzte keine Erkenntnis auf. Er nickte nur, als er diese Information aufnahm.

Es schien nichts weiter zu geben, was dazu zu sagen war. Diese Erkenntnis ließ Tzigones Laune sinken.

„Dann muß ich annehmen, daß du dich jetzt, wo du weißt, was du weißt, nicht mehr mit mir blicken lassen kannst", sagte sie.

„In Anbetracht all dessen, was wir wissen, kannst du dir nicht erlauben, dich *irgendwo* blicken zu lassen", gab er zurück. „Versprich mir, die Stadt sofort zu verlassen. Ich werde herausfinden, was Cassia weiß, und dir die Information irgendwie zukommen lassen." Er lächelte. „Das Einzige, was ich von dir erwarte, ist das Zugeständnis, daß die Schuld zwischen uns in vollem Umfang beglichen ist. Sogar ein Jordain weiß ein paar Dinge über die Ehre."

Es war ein großzügiges Angebot, weit mehr, als Tzigone hätte erwarten können. Was Matteo sagte, tat er auch. Es würde ihn vielleicht ein wenig Mühe kosten, ihre Flucht zu erklären, aber sie war sicher, daß er sich etwas Überzeugendes einfallen lassen würde, wenn er mußte. Dennoch beunruhigte es sie, ihm die Angelegenheit vollständig zu überlassen, und das hatte nicht nur damit zu tun, daß sie nicht von anderen abhängig sein wollte. Tzigone genoß die Gesellschaft anderer, sie schloß recht schnell Freundschaften und nahm es gelassen hin, wenn sich die Wege wieder trennten, aber nicht in diesem Augenblick.

Dennoch zwang sie sich zu einem Lächeln und streckte ihm die Hand hin. „Einverstanden."

Aus Matteos Sicht war das Lächeln der jungen Frau ein mutiges Zeichen, wie bei einem kleinen Jungen, der Rüstung und Waffen seines Vaters angelegt hatte. Er nahm ihre Hand und drückte sie kameradschaftlich.

Tzigone murmelte eine Erklärung und ließ seine Hand los. Sie beugte sich vor und umarmte ihn kurz, aber fest. Dann war sie fort, kletterte geschickt wie ein Eichhörnchen vom Baum.

Matteo seufzte. In der plötzlichen Leere, die ihr Abschied hinterlassen hatte, spürte er, wie sein Kopf pochte und sein Herz heftig schlug. Er preßte die Hände erst gegen seine Schläfen, um den Schmerz zu verdrängen, dann auf die Druckpunkte am Hals. Seine Finger fuhren durch sein volles dunkles Haar und hielten abrupt inne – nicht, weil sie etwas gefunden hatten, sondern weil sie etwas *nicht* gefunden hatten. Keine Silberkette, kein Emblem seines Ordens.

Sein Jordain-Anhänger war schon wieder verschwunden!

Die Mundwinkel des jungen Mannes zuckten, dann mußte er lachen. Das war kein Diebstahl, es war eine Botschaft. Tzigones Methode, um sicherzustellen, daß sie sich wiedersehen würden.

Auch wenn es seinen Jordaini-Meistern nicht gefallen würde, empfand Matteo diese Vorstellung nicht im geringsten als unangenehm.

* * *

Matteo brauchte fast eine Stunde, um aus dem Bilboabaum zu klettern. Seine erste Handlung bestand darin, ein Mitglied der Stadtwache zu finden und sich diesem zu ergeben. Immerhin hatte man ihn für eine Inquisition festgehalten, und gegenwärtig war er ein Flüchtling, der sich der Obersten Ratgeberin des Königs entzogen hatte. Man brachte ihn zum Palast und schickte nach Cassia. Die Jordain kam persönlich zum Wachhaus und nahm den Gefangenen in Gewahrsam. Sie versicherte den Wachen, sie sei durchaus in der Lage, mit Matteo klarzukommen, und bestand darauf, daß sie solange nichts unternahmen, bis sie es anordnete.

Matteo ging schweigend neben ihr her durch die Gärten des Palastes. Schließlich blieb Cassia unter einem riesigen Rebstock stehen, der voller reifer Trauben hing.

„Die Sache muß nicht vor einen Inquisitor gebracht werden. Laß uns offen und ehrlich reden. Ich mag dich nicht, und ich wünsche dir nichts Gutes, aber es mißfällt mir, wenn ein Jordain der Rechtsprechung eines der verdammten Bluthunde in die Hände fällt. Sag mir, was du über das Mädchen weißt. Erspare dir die Entwürdigung durch eine Inquisition und erspare deinem Orden die Unannehmlichkeit, sich mit deinem jüngsten Fehltritt zu befassen."

Matteo spreizte die Hände. „Es gibt wenig zu sagen. Vor kurzem habe ich in einer Taverne eine junge Frau vor einem Angriff beschützt. Erst später erfuhr ich, daß sie eine Diebin auf der Flucht ist."

„Aber du kanntest die Identität ihres Angreifers?"

„Nur zu gut", sagte er bitter. „Ich hatte an jenem Morgen miterlebt, wie Mbatu meinen besten Freund tötete. Ich will nicht bestreiten, daß dieses Erlebnis mein Handeln beeinflußte."

„Unklug, aber nachvollziehbar", erwiderte Cassia. „Und doch bist du dem Mädchen von Zeit zu Zeit wieder begegnet."

„Ich hatte darauf keinen Einfluß", sagte er ruhig. „Tzigone war der Ansicht, in meiner Schuld zu stehen, und dementsprechend verhielt sie sich. Sie tauchte immer dann auf, wenn sie der Ansicht war, sie könnte mir behilflich sein, wobei sie aber jedes Mal die Schuld nur noch erhöhte."

„Du hast nie versucht, die Behörden zu alarmieren?"

Er zuckte die Achseln. „Unsere Begegnungen erfolgten immer auf ihr Betreiben und waren sowohl unertwartet als auch kurz. Ich konnte die Behörden nicht auf etwas hinweisen, das ich nicht absehen konnte."

„Dieses Mädchen hat jedes Treffen unversehrt verlassen. Wie erklärt du das?"

„Wie erklären es die Wachen von einem Dutzend oder mehr Städte? Oder Mbatu, der Wemic, der als Leibwache der Bluthündin Kiva agiert? Tzigone ist schwieriger zu fassen als das

Licht der Sterne. Ich bin nur ein bescheidener Ratgeber", sagte Matteo ohne eine Spur von Ironie. „Es wäre anmaßend, wenn ich behauptete, ich könnte vollbringen, was so viele andere vergeblich versucht haben."

„Bescheiden!" Die Ratgeberin des Königs rümpfte die Nase. „Das dürfte wohl das erste Mal sein, daß jemand dies als eine deiner vielen Tugenden aufgezählt hat."

„Trotzdem ist es so, daß ich meinen gegenwärtigen Posten meinen vielen Schwächen zu verdanken habe", sagte Matteo ironisch.

Cassia hob die Hand in der Geste eines Fechters, der einen Treffer anerkennt. „Ich irre mich selten. Möchtest du von mir das Eingeständnis hören, daß ich dich falsch eingeschätzt habe? Hilf mir in dieser Sache, und ich werde meinen Irrtum als Glücksgriff betrachten."

Er suchte im blassen, ruhigen Gesicht der Frau nach Anzeichen für Verschlagenheit. „Ich wurde in derselben Zelle wie Tzigone festgehalten. Auf Euer Geheiß?"

„Aber ja. Die Diebin hatte behauptet, du hättest sie eingelassen."

„Ich habe die Fensterläden nicht verriegelt", gab er kühl zurück. „Tzigone deutete das ohne Zweifel als Einladung. Laßt mich meine Frage umformulieren. Würdet Ihr gern hören, daß Tzigone mein Amtsmedaillon gestohlen hat?"

Ihre intelligenten schwarzen Augen verengten sich, als sie versuchte, die Absicht in seinen Worten zu finden. „Nicht unbedingt. Sprich offen!"

Matteo zog die Nachricht aus seiner Tasche und gab sie ihr. Während Cassia sie überflog, preßte sie die Lippen aufeinander, wobei ihr blasses Gesicht eine fast graue Farbe annahm.

„Du dachtest, ich hätte dir diese Nachricht in der Hoffnung geschickt, das Mädchen würde sie stehlen?"

„Eine nachvollziehbare Vermutung", sagte Matteo.

„Vollkommen", stimmte sie zu. „Sag mir, wo sie ist."

„Ich weiß nicht. Sie sagte, sie wolle die Stadt verlassen."

Cassia lächelte spöttisch, aber spröde. „Und du hast ihr geglaubt? Als Jordain bist du gezwungen, die Wahrheit zu sprechen. Aber sicher bist du kein solcher Narr, zu glauben, daß jeder den gleichen Kodex befolgt."

Er hielt ihrem spöttischen Blick stand und gab nichts von dem preis, was in seinem Herzen vor sich ging. „Nein, meine Dame, ein solcher Narr bin ich nicht."

* * *

Cassias zweite Nachricht erreichte ihn spät am Abend und war keine so große Überraschung wie die erste. Matteo dankte dem Boten und glättete das aufgerollte Stück Pergament. Es war nichts weiter als eine kurze Anweisung in der smaragdfarbenen Tinte der Ratgeberin, sofort in ihre Gemächer zu kommen.

Eine Anweisung. Matteo nahm diesen Wandel besorgt zur Kenntnis. In ihrer ersten Nachricht hatte Cassia noch zugegeben, daß sie ihm keine Anweisungen erteilen konnte. Anscheinend dachte sie jetzt anders. Sie mußte nur ein Wort sagen, und sein Leben als Jordain war vorüber. Er konnte ein ehrbarer Diener der Wahrheit bleiben, solange er bereit war, Cassias Forderungen über seine persönliche Integrität zu stellen. Aber was war mit dem Versprechen, das er Tzigone gegeben hatte? Wie sollte er etwas über die Geheimnisse erfahren, die Cassia wahrte, wenn er nicht wenigstens eine Zeit lang ihre Spiel mitspielte?

Es war ein komplexes Problem, das sich völlig von all den Wissenschaften unterschied, deren Studium er sein Leben gewidmet hatte. Seufzend schob Matteo die Nachricht in seine Tunika und machte sich auf den Weg durch den Palast, um sich ins luxuriöse Quartier der Ratgeberin des Königs zu begeben.

Er klopfte an ihre Tür, die ein Stück aufging. Das war für ihn nicht überraschend, schließlich erwartete Cassia ihn. Er rief leise den Namen der Jordain und trat ein.

Der Anblick, der sich ihm bot, ließ ihn in mitten in der Bewegung erstarren. Cassia lag am Boden, ihr blasses Gesicht hatte eine kränkliche, bläulich-graue Farbe angenommen, und ihre schwarzen Augen waren hervorgetreten.

Matteo kniete neben ihr nieder. Ihre Haut war eiskalt, und er vermutete, daß sie schon seit einigen Stunden tot war. Die Todesursache war nicht zu übersehen: Eine silberne Kette war um ihren Hals gelegt und so fest zugezogen worden, daß sie sich tief in das Fleisch gebohrt hatte.

Einen schrecklichen Moment lang dachte er, es könnte sein Anhänger sein, doch als er die kleine silberne Scheibe umdrehte, zeigte sie das Emblem Cassias, der Jordain im Dienste von König Zalathorm.

Matteo seufzte vor Erleichterung und Selbsttadel. Wieso hatte er zuerst an Tzigone gedacht? Sie hatte gesagt, sie würde die Stadt verlassen. Sie war einverstanden gewesen, von ihm die Informationen zu erhalten, die Cassia besaß. Und sie hatte ihm nie Anlaß zu dem Gedanken gegeben, sie könnte eine Mörderin sein.

Aber was war mit den Verbrechen, die Cassia angedeutet hatte? Tzigone war eine Diebin, das hatte sie zugegeben. Aber was war sie möglicherweise sonst noch?

Der Drang, das zu erfahren, brachte ihn dazu, sich zu erheben und ins Arbeitszimmer der Ratgeberin zu gehen. Matteo sah sich ausgiebig Cassias Schreibtisch an, dann suchte er Buch für Buch die Regale ab. Er hielt Ausschau nach verborgenen Schubladen, Wandsafes und Geheimfächern. Die Ratgeberin des Königs brachte es auf bemerkenswerte acht Verstecke. Sie waren alle leer, bis auf eine verborgene Schublade, in der er eine große welke Blume, einen kleinen Beutel voller Skie und eine silberne Haarbürste fand. Der „vernichtende Beweis", über den Cassia angeblich verfügt hatte, war weg.

Matteo holte tief Luft und sah sich weiter um. Er betrachtete aufmerksam den Stuhl der Jordain, der aus Teakholz geschnitzt war und dessen Polsterung der neuesten Mode entsprach – abnehmbare Kissen, die mit Daunen gefüllt waren und aufgeschüttelt werden konnten. Der Abdruck, den Cassia auf dem Kissen hinterlassen hatte, war noch zu sehen, doch er hatte das Gefühl, noch einen kleineren, tieferen Abdruck zu erkennen. Cassia war eine große Frau, und auch wenn sie nicht wirklich schwergewichtig war, konnte sie man kaum als schlank bezeichnen. Der zweite Abdruck stammte von jemandem, der sehr schlank war, jemandem mit schmalen Hüften wie ein Knabe. Jemandem wie Tzigone.

Dann war da noch die silberne Bürste. Er wußte genau, was Tzigone gesagt hatte, als er ihr geholfen hatte, sich zu erinnern. Sie hatte sich erinnern können, wie ihre Mutter ihr Haar gebürstet hatte. Das war für sie sehr wichtig gewesen, also hätte diese Bürste für sie auch von Bedeutung sein müssen. Wenn dem so war, warum hatte sie sie dann zurückgelassen?

Matteo suchte den Raum noch einmal ab, diesmal gründlicher. Unter dem Schreibtisch fand er einen kleinen Korb, in dem ein einzelnes Pergament lag. Er glättete es und las eine Botschaft Cassias an die Magierin Sinestra Belajoon. Auf dem Pergament fand sich das Siegel König Zalathorms. Offenbar hatte sich Cassia, die ansonsten wenig Verwendung für Schreibutensilien hatte, sich ein Blatt aus dem Bestand ihres Patrons genommen.

Er holte rasch die Mitteilungen aus der Tasche, die er von Cassia erhalten hatte, und verglich die Handschriften, die eindeutig nicht von ein und derselben Person stammten. Da Cassia wie alle Jordaini keine Briefe verschickte, konnte man von niemandem erwarten, daß er ihre Handschrift kannte. Von niemandem, außer von Cassia.

Plötzlich verstand er Cassias Gesichtsausdruck, als sie die Mitteilung gelesen hatte. Ein anderer hatte diese Nachrichten verfaßt, jemand, der zuerst Tzigone in die Falle locken wollte und dann ihn. Jemand, der Hinweise hinterlassen hatte, so wie Waldläufer für die, die ihnen folgen sollten, ihren Weg durch Markierungen an den Bäumen kennzeichneten.

Matteo studierte die Mitteilungen. Der Brief an Sinestra Belajoon war in tiefem Indigo gehalten, während die Nachrichten, die an ihn gegangen waren, mit seltener grüner Tinte verfaßt worden waren. Aber von wem?

Ein neuer Federkiel lag auf Cassias Tintenlöscher. Die Spitze wies die Färbung flüssigen Smaragds auf. Vermutlich war der Kiel nur einmal benutzt worden, da die Tinte die Spitze ansonsten viel dunkler verfärbt hätte. Er probierte den Kiel aus und stellte fest, daß die Tinte trocken war. Daraufhin nahm er einen neuen Kiel und tauchte ihn in das Tintenfäßchen. Er würde ihn in bestimmten Intervallen testen, um herauszufinden, wann die Tinte vollständig trocken war. Das würde ihm einen Hinweis darauf geben, wie lange es her war, daß die Nachricht geschrieben worden war.

Matteo wandte seine Aufmerksamkeit der Blume zu. Es war eine Gentiola, eine seltene grüne Blüte, zweimal so groß wie seine Handfläche. Außer auf Zeichnungen, die die exotischen Pflanzen Halruaas zeigten, hatte er diese Blume noch nie gesehen, da sie in den innersten Regionen von Sümpfen wuchs.

Er drehte sie um und betrachtete den Stiel. Ein Tropfen getrockneten Safts versiegelte den Schnitt, so daß die Feuchtigkeit zurückgehalten wurde und die Blüte sich einige Tage hielt. Er entdeckte aber eine neue Narbe an der Stelle, an der vor kurzem ein Blatt abgerissen worden war. Ein Tropfen Flüssigkeit in Form einer Träne trat dort aus und verbreitete einen süßen Duft. Er wischte den Tropfen ab und sah das winzige Muster, das in den Stiel geschnitten worden war: ein Kreis, der von einem Blitz gespalten wurde – das Symbol auf seinem gestohlenen Jordaini-Medaillon. Das gleiche Symbol hatte man auch ins Leder des abgenutzten, preiswerten Geldbeutels geschabt.

Matteo las die Nachricht mit gemischten Gefühlen. Tzigone hatte diesen Ort gefunden. Sie ging davon aus, daß er dahinterkam, was sie herausgefunden hatte.

Aber sie hatte nicht darauf vertraut, daß er tun würde, was er versprochen hatte. Sie hatte sich trotz allem auf den Köder gestürzt und war gekommen, um mit eigenen Augen zu sehen, was Cassia über ihre Vergangenheit wußte.

Dabei hatte sie sich selbst verdammt. Wenn die gefälschten Nachrichten überall in der Stadt verschickt worden waren, würde Cassias Tod alle mit dem Finger auf Tzigone zeigen lassen. Wenn Matteo nun befragt würde, dann könnte er nicht seine Überzeugung leugnen, daß Tzigone sich in Cassias Räumen aufgehalten hatte. Der Geldbeutel gehörte ihr. Sie hatte ihn hier für ihn in der Hoffnung zurückgelassen, daß er verstehen und ihr folgen würde.

Aber was hatte Tzigone gefunden - und wohin war sie gegangen?

Er seufzte frustriert und betrachtete die Bürste. Griff und Rückseite waren aus fein gearbeitetem Silber, die Borsten stammten von einem Wildschwein. Er nahm einen seiner Dolche und ließ die Spitze durch die Borsten gleiten. Die Klinge stieß auf ein einzelnes langes Haar, ein Haar, das das Licht erfaßte und wie polierte Jade leuchtete. Sein Herz raste, als er es herauszog. Kein Zweifel, das Haar war grün.

„Kiva", knurrte er.

ACHTZEHNTES KAPITEL

Matteo verließ leise Cassias Gemächer und begab sich in die Stallungen des Palastes. Die Nacht war finster, und die Stallburschen schnarchten in einem süß duftenden Heuhaufen. Niemand hielt ihn auf, als er leise an der langen Reihe von Ställen entlangging und nach einem Pferd suchte, das schnell und lange laufen konnte. Er entschied sich für einen schwarzen Hengst, der ihn an Cyric erinnerte. Das Pferd schnappte nach ihm, als er ihm das Zaumzeug anlegte. Matteo wertete das als gutes Zeichen. Er ließ genug Skie zurück, um die Miete für das Pferd zu bezahlen, dann führte er Cyric den Zweiten aus dem Stall.

Er ritt durch die schlafende Stadt und erreichte noch vor Sonnenaufgang die Docks. Zwei kleine Tempel standen in einer Ecke des weitläufigen öffentlichen Platzes, Orte, wohin sich Seeleute und Reisende begeben konnten, um Mystra oder Azuth um einen Segen zu bitten. Matteo trat in den Azuth-Tempel ein und überredete den diensthabenden Altardiener, den Aufenthaltsort von Inquisitorin Kiva herauszufinden. Murrend ging der Junge ins Hinterzimmer und kehrte mit einem dicken Buch zurück. Er blätterte darin, bis er den Namen der Elfe gefunden hatte.

„Der letzte Auftrag führte sie nach Zalasuu", sagte der Junge. „Sie ist nach Khaerbaal abgereist. Mehr habe ich nicht."

„Danke", erwiderte Matteo und gab ihm einen Skie. „Für Azuths gute Werke."

Die Augen des Jungen leuchteten auf, und er steckte die Münze in seinen Beutel. „Nun, welches Werk, glaubt ihr, vollbringe ich?" fragte er abweisend, als er Matteos Blick bemerkte.

Der Jordain wollte nicht mit ihm streiten. Er eilte auf den Markt. Die Buden hatten noch nicht geöffnet, und viele Kaufleute schliefen auf ihrer Ware. Er fand einen Kleidungsstand und kaufte dem schläfrigen Händler Tunika und lange Gamaschen aus grobem braunen Leinen ab.

In dieser Kleidung und mit der Behauptung, er sei Mitglied der Mannschaft von Procopios Himmelsschiff gewesen, war es ihm möglich, einen Platz als Matrose auf einem Schiff zu finden, dessen Ziel Khaerbaal war. Seine Behauptung war beeindrukkend genug, um nicht nur ihn anzuheuern, sondern auch sein geliehenes Pferd an Bord zu nehmen.

Nachdem Matteo Khaerbaal erreicht hatte, trat er wieder in seiner Jordain-Kleidung auf, da nur wenige sich weigern würden, dem Ratgeber eines Magiers eine Auskunft zu verweigern. Er brauchte nicht lange, um Informationen über Kiva zusammenzutragen. Sie war sehr aktiv gewesen. Eine große Zahl von Klerikern, die zu Besuch hier waren, hatte sie brandmarken und für eine Inquisition abführen lassen. Das war nicht ungewöhnlich, doch für ein paar Münzen mehr erfuhr Matteo, daß nur sehr wenige von ihnen als bekennende Mitglieder der Geistlichkeit bekannt waren und einige von ihnen das sogar vehement geleugnet hatten.

Kiva hatte außerdem weitere Wachen in der Hafenstadt postiert, wohl als Helfer, die die angeklagten Geistlichen zur Untersuchung in den Tempel von Azuth bringen sollten.

Das alles machte Matteo Sorgen. Ihre Maßnahmen waren zu forsch, selbst für eine Bluthündin. Auch wenn das Wort einer Inquisitorin als Gesetz akzeptiert wurde, war Kiva nicht unverwundbar. Die Azuth-Kirche nahm sich jedes Bluthunds an, der einen persönlichen Nutzen im Auge hatte oder auf Geheiß einer bestimmten Gruppe oder Person handelte. Offenbar war die Sache, hinter der die Elfe her war, dieses Risiko wert.

Matteo ritt zum Nordtor und ließ sich von den Wachen bestätigen, daß die Elfe dieses passiert hatte. Es überraschte Matteo nicht, daß ihr Ziel in nordwestlicher Richtung lag, denn dort befand sich Akhlaurs Sumpf.

Kein anderes Ziel konnte in Frage kommen, da es nur zwei Orte gab, an denen die Gentiola wuchs: im Sumpf von Kilmaruu nahe Zalasuu und in Akhlaurs Sumpf. Kiva hatte die Blume zweifellos als zusätzlichen Lockvogel für Tzigone hinterlassen. Er wäre nicht überrascht gewesen, wenn die silberne Bürste der Hinweis war, der Tzigone verriet, wie sie sich entscheiden mußte.

Er ritt, bis Cyrics Flanken schäumten und der Atem des großen Pferdes in tiefen Zügen kam. Kurz vor Sonnenuntergang machte er einen Weg aus, der von der Handelsstraße abzweigte und zu einem kleinen Bauerndorf führte, das gut sichtbar am Fuß eines Bergs lag.

Matteo fand ein Gasthaus und fragte nach Kiva und ihrer Bande. Niemand hatte sie gesehen, aber seine weiße Kleidung lenkte einige ungewöhnlich mißtrauische Blicke auf ihn.

Schließlich kam einer der Bauern zu ihm. Der Mann war riesig und von der Arbeit des Tages mit Erde verschmiert. Er machte keinen erfreuten Eindruck, nahm ein Salzfäßchen und schüttete den Inhalt auf den Tisch. Mit einem breiten, schmutzigen Finger zeichnete er einen Kreis ins Salz und teilte den mit einem Blitz in zwei Hälften – das Symbol des Jordaini-Ordens.

„Kommt dir das bekannt vor?" wollte er wissen.

Matteo unterdrückte ein erfreutes, erleichtertes Lächeln. Nach dem feindseligen Gesichtsausdruck des Mannes zu urteilen war Tzigone hier gewesen.

„In der Tat. Eine junge Frau oder vielleicht ein Junge, ein Straßenbalg, hat meinen Anhänger gestohlen. Ich bin auf der Suche nach der Person."

„Eine Frau oder ein Junge?" Der Mann sah ihn irritiert an.

„Eine Frau", entschied Matteo. „Sie war möglicherweise wie ein Jordain gekleidet, ist aber keiner. Ihre Finger sind ein wenig zu flink."

Der Bauer schnaubte. „Habe keine Ahnung."

Matteo beugte sich interessiert vor. „Sagt mir, was Ihr wißt. Und sagt mir, was Ihr durch sie verloren habt, dann werde ich dafür sorgen, daß Ihr entschädigt werdet."

„So? Werdet Ihr das?"

Der Gesichtsausdruck des Mannes irritierte Matteo. Es war weder Erleichterung noch Dankbarkeit, kein Unglaube, auch keine Habgier oder Verschlagenheit. Egal, wie er darüber nachdachte, Matteo wußte nicht, wie er den Blick des Mannes bezeichnen sollte.

„So gut es mir möglich ist", fügte er mit plötzlicher Vorsicht an.

Nach kurzem Zögern nickte der Mann und stieß sich vom Tisch ab. „Folge mir."

Matteo holte Cyric den Zweiten aus dem Stall und folgte dem Mann aus dem Dorf in die nahen Hügel. Sein Zuhause war ein kleines Steingebäude, das so in den Fels überging, daß es mehr eine Art Höhle als eine Hütte war. Ein eigener Eingang führte in einen Pferch hinaus, was den Gedanken nahelegte, daß er sich die Unterkunft mit Vieh teilte.

Der Bauer wies mit einer Kopfbewegung in den leeren Stall. „Sie hat mich beim Würfeln geschlagen. Als ich nicht schnell genug die Münze auf den Tisch legte, um sie zu bezahlen, willigte sie ein, herzukommen und ein Schwein mitzunehmen."

Matteo hatte eine Ahnung, was kommen würde. „Ich nehme an, sie hat mehr als ein Schwein genommen."

„Könnte man so sagen." Der Mann schüttelte angewidert den Kopf. „Ich habe sowas noch nie gesehen. Die Schweine flogen hinter ihr her wie ein Schwarm Schwäne."

Der sonderbare Vergleich ließ Matteo blinzeln, während er sich die Szene bildlich vorstellte. „Eure Schweine sind geflogen?" wiederholte er. „Wie Schwäne?"

„Klingt komisch, nicht? Glaube kaum, daß ich damit zum Magistrat gehen kann oder daß Ihr das beim Jordaini-Orden vortragen könnt."

„Ich nehme an, sie wurde im Gasthaus auf Magie getestet, oder?"

„Von der Hebamme", sagte der Mann knapp. „„Großmütterchen Frost ist fast so gut wie ein Bluthund. Ich habe geschworen, daß das Weib meine Würfel verhext habe. Großmütterchen Frost hat sie getestet. Keinen Tropfen Magie soll sie im Blut gehabt haben, hat sie gesagt. Wenn ich sag, daß das Weib meine Schweine verhext hat, stelle ich mich gegen Großmütterchen Frost. Das sollte kein unverheirateter Mann tun. Lieber heirate ich einen meiner eigenen Söhne, bevor ich das nehme, was Großmütterchen dann für mich aussucht."

„Verstehe", sagte Matteo nachdenklich. „Wie kann ich Euch helfen?"

„Wenn Ihr Münzen habt, nehme ich die als Bezahlung. Wenn nicht, nehme ich das Weib." Der Bauer grinste dreckig. „Ihr werdet sie früher oder später finden, und da ihr Jordain seid, könnt ihr mit ihr nichts anfangen. Dann könnt Ihr sie zu mir bringen. Ich mag's nicht, wenn irgendeine Sache offen ist."

Zorn wallte in Matteo auf, als ihm klar wurde, daß das, was Tzigone hier getan hatte, wahrscheinlich weniger mit Diebstahl als mit einem Zeitvertreib zu tun hatte, bei dem noch ein wenig Rache ins Spiel kam. Er wußte, daß Tzigone eine Abneigung gegen Sprichwörter und Redewendungen hatte. Es hätte ihn nicht verwundert, wenn die Redensart „wenn Schweine fliegen könnten" ins Spiel gekommen war. Nun, die Schweine waren geflogen, und Tzigone war entkommen, während der Bauer noch eine Rechnung mit ihr offen hatte. Matteo war darüber erleichtert.

„Ich werde bezahlen", sagte er. „Wie viele Schweine gehörten zu Eurem... Schwarm?"

Der Bauer sah ihn angesichts dieser Bemerkung mit zusammengekniffenen Augen an und nannte eine Zahl, die weit über der Anzahl Schweine lag, die in dem Stall hätten Platz finden können.

Matteo sah den Bauern an und zog eine Augenbraue hoch, dann holte er die letzten der Münzen heraus, die Tzigone für ihn zurückgelassen hatte. Für seine Verhältnisse war es eine großzügige Summe.

„Dafür kriege ich keine zwanzig neuen Schweine", protestierte der Bauer.

„Das mag sein. Aber das ist alles, was ich noch habe, und es ist mehr, als Ihr auf dem Markt für eine Anzahl Schweine bekommen würdet, die Ihr hier gar nicht unterbringen könnt."

Das Gesicht des Mannes lief vor Wut rot an, und im nächsten Moment schlug er nach Matteo. Der Jordain beugte sich nach links und machte auf dem linken Fuß eine halbe Drehung. Mit zwei raschen Schritten war er hinter dem Bauern, der nach dem ersten Hieb noch nicht das Gleichgewicht wiedergefunden hatte. Er verpaßte dem Mann einen harten Nackenschlag.

Der hätte jeden von Matteos Übungspartnern zu Boden geschickt, doch der Bauer steckte ihn einfach weg. Er stürmte auf eine Heugabel zu, die an der vorderen Wand lehnte, packte sie und machte kehrt, um mit erhobener Waffen auf Matteo zuzulaufen.

Der ließ seinen Gegner kommen. Erst einen Bruchteil vor dem tödlichen Treffer ließ er sich fallen, drehte sich und griff nach der langen Holzstange. Die Waffe neigte sich nach unten, bis die Spitzen sich in den festgetretenen Matsch des Stallbodens bohrten. Matteo ließ los und überließ den Rest der Vorwärtsbewegung des Bauern.

Der Mann stieß einen gellenden Schrei aus, als er sich für einen kurzen Flug in die Lüfte erhob, über den Zaun des Schweinestalls flog und im Mist landete.

Matteo erhob sich, verschränkte die Arme und betrachtete bewundernd das Ergebnis. Es war eine Geschichte, die Tzigone gefallen würde und die nicht einmal sie mit ihren geschickten Ausschmückungen noch besser machen konnte.

Er beglückwünschte sich noch immer zu seinem Triumph, als ihn ein Schlag in den Rücken traf, der so heftig war, daß er nach vorn auf die Knie sank, während der Schmerz in Wellen durch seinen Körper schoß.

Schwere Schritte dröhnten rings um ihn. Nur mit Mühe konnte sich Matteo auf ein Gesicht konzentrieren, das dem des Bauern sehr ähnlich war, nur war es nicht mit Mist verschmiert.

„Ihr seht euch verblüffend ähnlich", murmelte Matteo benommen.

Der zweite Mann lachte laut. „Das mag ich doch. Schlag ihn nieder, und er klopft einen dummen Spruch. Mal sehen, was das kluge Bürschchen sagt, wenn ich ihm auf den Schädel haue."

„So klug ist das Bürschchen nicht", gab eine nörgelnde Stimme zurück, die irgendwo von oben kam. „Nur ein Narr untersucht einen Hund nicht auf Zecken und fragt nicht, ob ein Bastard Brüder hat."

Matteo bekam allmählich wieder einen klaren Kopf und überlegte sich sowohl die Quelle der Ablenkung als auch die wahrscheinliche Reaktion des Mannes.

„Großmütterchen Frost?" rief der zweite Mann und sah nach oben in die Baumkronen.

Doch sein Bruder erwiderte aus dem Stall: „Das ist kein Geist, du Narr! Das Weib hat mehr Stimmen als eine Dorfversammlung. Sie ist wieder da."

Matteo ignorierte den Schmerz, kam hoch und warf sich gegen die Knie des zweiten Mannes. Sie schlugen hart auf dem Boden auf, rollten weiter und schlugen aufeinander ein, so gut sie konnten. Darin steckte keine Strategie und nur wenig Geschick, aber in seiner Verfassung konnte Matteo nicht mehr leisten. Zu seiner Verärgerung gelang es dem Mann, ihn festzunageln. Er hob die Faust und war im Begriff, sie mit voller Wucht in Matteos Gesicht sausen zu lassen.

Plötzlich fuhr der Mann hoch und schrie wie eine Todesfee.

Über ihm stand finster blickende Tzigone, die die Heugabel wie einen Dreizack hielt.

„Er wird eine Weile nicht sitzen können", sagte sie.

Matteo rief: „Hinter dir!"

Sie wirbelte herum, um sich dem ersten Mann zu stellen, der eine kleine Axt so erhoben hielt, daß er jeden Moment einen tödlichen Schlag führen konnte.

Tzigone ließ die Heugabel fallen und machte eine rasche Geste. Der Griff der Axt ging in Flammen auf – zumindest sah es so aus. Matteo erkannte den Zauber als einfache Lichtkugel, allerdings waren die aufsteigenden roten „Flammen" weit beeindruckender als jenes Kinderspiel, das gut die Hälfte aller Halruaaner beherrschte.

Der Bauer ließ die Waffe fallen und ging rückwärts. Tzigone bückte sich und nahm die Axt. Das Zauberfeuer sprang auf ihren Arm über und hüllte sie nach und nach ein. Ihr Haar explodierte in karmesinroten Flammen, die sich wanden wie die Schlangen auf dem Haupt einer gequälten Medusa.

Mit einem Geräusch, das sich anhörte, als schlucke ein Ertrinkender Wasser, wandte sich der Bauer um und floh vor der entsetzlichen Gestalt.

Tzigones Feuer verschwand, als würde man eine Kerze ausblasen, und von einem winzigen Rußfleck auf der Nase abgesehen war sie völlig unversehrt. Sie bemerkte Matteos Blick und zuckte selbstbewußt.

„Schläger sind Feiglinge", sagte sie und ging über das hinweg, was sie getan hatte.

„Wohl wahr, aber das macht deine Vorstellung nicht weniger beeindruckend. Wenn ich mich bewegen könnte, wäre ich wohl auch schon über alle Berge", sagte Matteo trocken. Unter Schmerzen setzte er sich auf.

„Du bist kein Feigling", sagte Tzigone nachdrücklich. „Und auch kein Narr. Du mußt bloß daran denken, nach Zecken zu suchen, sozusagen."

Sie trat hinter ihn und zog den Saum seiner Tunika hoch. Sie stieß einen langgezogenen, tiefen Pfiff aus. „Bis morgen wirst du eine ganze Palette von Blau- und Lilatönen dein Eigen nennen können, aber nach bleibenden Schäden sieht es nicht aus." Sie strich mit den Fingern behutsam über seinen Rücken. „Der Knüppel hat dich hier getroffen, links von der Wirbelsäule. Das ist gut. Er hat eine Niere getroffen, das ist nicht so gut. Schmerzt so wie die Neun Höllen."

Sie zog die Tunika wieder nach unten und beugte sich vor, um ihm ins Gesicht zu sehen. „Scheint, als würde ich immer hinter dir aufräumen", sagte sie. Sie bedeutete Matteo mit erhobener Hand, auf eine Erwiderung zu verzichten. Ihr mit einem Mal verlegener Gesichtsausdruck sagte ihm, daß sie wußte, daß sie ihm mehr Schwierigkeiten bereitet hatte als beabsichtigt.

„Danke, daß du mir gefolgt bist. Ich schulde... "

Er unterbrach sie, indem er seine Hand auf ihren Mund legte. „Ich will nichts mehr von einer Schuld zwischen uns hören", sagte er entschlossen. „Keine Ablenkungen mehr. Wir müssen alles tun, um Kiva zu finden und aufzuhalten." Tzigone nickte und schob Matteos Hand weg.

„Sie zu finden ist nicht das Problem. Kommt es dir nicht vor, als wäre Kiva etwas zu leicht aufzuspüren?"

„Sie will gefunden werden", sinnierte Matteo. „Sie ködert uns. Wenn sie nur ihre Pflicht täte, könnte ich verstehen, warum sie dich ergreifen will. Aber hier läuft noch etwas anderes. Ich habe das Gefühl, daß sie mit uns beiden etwas vorhat. Warum sonst sollte sie mich aus dem Gefängnis holen oder eine Nachricht schicken, die mich in Cassias Gemächer führt?"

„Du bist ein guter Kämpfer, vielleicht will sie dich für ihre Armee."

Matteo riß den Kopf hoch. „Ihre Armee? Welche Armee bitte?"

„Ich werde es dir zeigen." Sie hielt ihm die Hand hin und half ihm beim Aufstehen. Beide nahmen auf dem Rücken Cyrics des Zweiten Platz und ritten bis zu den Ausläufern des Sumpfs. Inzwischen fühlte sich Matteo wieder in der Lage, ohne allzu große Schmerzen zu gehen, und er folgte Tzigone, die sich zwischen den mit Moos behangenen Bäumen vorwärtsbewegte.

Mit einer wortlosen Geste bedeutete sie ihm, stehenzubleiben, dann teilte sie vorsichtig den Rankenvorhang.

Vor ihnen lag ein Übungsfeld, das ihn an seine Zeit am Jordaini-Kolleg erinnerte. Über hundert Mann übten dort mit Waffen aus Stahl, Holz und Knochen, doch es gab keinen Laut, wenn die Waffen aufeinandertrafen, und es war auch kein Laut von den Kämpfenden zu vernehmen.

Matteo wunderte sich, Jordaini-Routinen unter einem magischen Schild der Stille praktiziert zu sehen. Eher hätte er Schnee im Sommer erwartet.

Sein Blick wanderte über die Menge und blieb an einem großen, dunklen Mann hängen. Seine ungläubigen Augen weiteten sich, und er schaffte es nicht, ein Japsen zu unterdrücken.

Tzigone warf ihm einen fragenden Blick zu.

„Der große Mann dort", sagte er und deutete auf ihn. „Er gleicht meinem Freund Andris." Ein schrecklicher Gedanke kam ihm. „Oder er ist ein untotes Geschöpf, das einmal Andris war? Ich habe an dem Tag, an wir uns begegneten, gesehen, wie der Wemic ihn getötet hat."

Er sprach im Flüsterton, dann verstummte er wieder. Doch eine magische Abwehr fing seine Worte auf und verstärkte sie, bis sie durch den Wald schallten.

Die Kämpfer hielten inne und drehten sich mit erhobenen Waffen zum Versteck der beiden um.

Im nächsten Moment verzog Andris das Gesicht zu einem fröhlichen Grinsen. Er machte eine rasche, ungeduldige Geste, als wische er ein Spinnennetz weg. „Traue deinen Augen, mein Freund", sagte er mit klarer, schallender Stimme. „Ich lebe und ich bin glücklicher denn je! Komm ins Lager, dann erzähle ich dir alles."

NEUNZEHNTES KAPITEL

„Das ist eine Falle", sagte Tzigone knapp.

Matteo zögerte, da er nicht sicher war, ob er glauben sollte, was er mit eigenen Augen sah. „Andris war mein bester Freund. Ich kann nicht einfach wortlos fortgehen. Ich kann verstehen, wenn du mir nicht folgen möchtest, aber ich muß gehen."

Sie dachte nach, dann zuckte sie die Achseln. Matteo trat auf die Lichtung. Kurz darauf hörte er Tzigone dicht hinter sich.

Andris kam auf ihn zu, und einen Moment später lagen die beiden einander in den Armen. Schließlich löste sich Matteo aus der Umarmung und sah Andris an. Er hatte durch die Zeit, die er in der Sonne verbracht hatte, Farbe im Gesicht bekommen, und er war auch etwas muskulöser geworden.

„Für einen Toten siehst du bemerkenswert gut aus."

Bedauern prägte den Gesichtsausdruck des Mannes. „Mein ‚Tod' war eine Täuschung, um mich hierher zu holen. Ich habe mir oft gewünscht, ich könnte dir eine Nachricht zukommen lassen. Aber das hätte die Schlacht gefährdet."

„Eine Schlacht?" fragte Matteo ungläubig. „Hier in diesem Sumpf? Andris, was denkst du dir? Wie viele Leben hat Akhlaur auf dem Gewissen? Hast du eine Ahnung, wogegen du antrittst?"

„Gegen einen Laraken", sagte der Mann beiläufig. „Ein Geschöpf, das Magie aufsaugt. Aber keiner dieser Männer besitzt irgendeine magische Fähigkeit, und niemand führt eine magische Waffe. Wir kämpfen wie Jordaini gegen Magier– mit Verstand und Waffen."

„Verstand und Waffen?" wiederholte Tzigone. Sie kam herüber zu Andris und betrachtete die Dolche, die er an der Seite trug. „Hmmm. Waffen. Sieht aus, als hättest du zur Hälfte Recht."

Andris hob eine Augenbraue und sah Matteo fragend an.

„Das ist Tzigone", sagte der schlicht. „Sie wurde von Kiva hergelockt. Glaub mir, der Laraken ist nicht dein einziger Feind."

„Kiva ist keine Feindin", sagte Andris ruhig. „Ich führe diese Männer, aber ich folge der Elfe."

„Andris, es gibt Dinge, die Kiva dir nicht erzählt hat. Es gibt Dinge, die du nicht über sie weißt."

„Zweifellos. Kannst du von dir behaupten, jedes Geheimnis jedes Magiers zu kennen, dem du schon gedient hast?"

„Ich bin ziemlich sicher, das von denen keiner Cassia umgebracht hat", sagte Matteo mit schneidendem Tonfall.

Andris wurde ernst. „Cassia ist tot. Von Kiva ermordet? Bist du sicher? Ohne jeden Zweifel? Ist Kiva magisch getestet worden?"

„Noch nicht."

„Dann warte, ehe du Anschuldigungen aussprichst. Kiva reist seit vielen Tagen mit uns. Wir waren nie in Halarahh. Sie kann Cassia nicht umgebracht haben."

Tzigone rollte mit den Augen. „Kiva ist Magierin, richtig? Glaubst du, ein gutes Pferd oder ein schnelles Schiff sind für sie die schnellsten Transportmittel, die es gibt?"

Andris dachte darüber nach, zuckte dann aber die Achseln und wandte sich wieder an Matteo. „Laß mich dir erzählen, was wir vorhaben. Hör dir an, was Kiva getan hat, was sie plant, ehe du über sie urteilst."

„Ich kann mir nicht viel vorstellen, was es rechtfertigen würde, mit diesen Männern nach Akhlaur zu gehen! Diesen Kampf kannst du nicht gewinnen!"

„Wir haben in Kilmaruu gewonnen", erwiderte Andris. „Wir haben das Kilmaruu-Paradox gelöst, wie ich es dir gesagt habe."

Matteo starrte ihn an. „Darum hat Kiva dich also mitgenommen. Aber wie konnte sie von deiner Beschäftigung mit Kilmaruu wissen? Hast du außer mit mir und den Jordaini-Meistern sonst noch mit jemandem darüber gesprochen?"

„Mit niemandem."

„Woher wußte sie es dann?"

Beide dachten schweigend über dieses beunruhigende Rätsel nach.

„Ich kann das beantworten", sagte Tzigone widerwillig. „Du hast es den Jordaini-Meistern gesagt, ja? Dann ist es doch klar. Einer von ihnen gab die Information an Kiva weiter."

„Unmöglich", erklärte Andris.

„Vor einem Jahr hätte ich dir bedenkenlos zugestimmt", sagte Matteo mit sorgenvoller Miene und sah zu Tzigone. „Gibst du hier eine Möglichkeit zu bedenken oder weißt du, daß es wirklich so ist?"

Tzigone wand sich. „Sagen wir, einer der Magier hat vielleicht ein Geheimnis, das nicht ausgesprochen werden soll. Kiva kennt dieses Geheimnis und tauscht ihr Schweigen gegen Informationen. Sie wollte einen Schlachtenspezialisten, richtig? Wer war dafür die beste Wahl?"

„Andris und ich waren in den meisten Fächern fast ebenbürtig", sagte Matteo.

„Nun, das erklärt, warum Kiva Andris wählte. Ich vermute, der Meister stimmte ohne ein Wort des Protests zu. Wahrscheinlich war es ihm lieber, wenn sie Andris nahm, nicht dich."

„Was ist sein Geheimnis?" fragte Matteo ruhig.

Sie schwieg einen Moment. „Angesicht aller Dinge, die du weißt... wie würdest du reagieren, wenn man dir sagen würde, daß einer der Jordaini-Meister dein leiblicher Vater war? Wie lange würde es dauern, bis du die Geheimnisse der Jordaini-Klasse herausgefunden hast, bis du deine Mutter findest? Und wie lange würde es dauern, bis alle deine Brüder eine ähnliche Suche beginnen? Der gesamte Orden würde ins Chaos gestürzt."

Matteo dachte nach. „Einer meiner Meister hat mich gezeugt. Und die Frau, die du mir gezeigt hast... sie war meine Mutter?"

„Ja."

Er nickte. Seine Miene war düster. „Dann hatte der Magier Grund, sein Geheimnis zu wahren. Für das, was er ihr antat, hätte ich ihn getötet. Vielleicht werde ich das noch tun. Du kennst seinen Namen, nicht?"

Tzigone zögerte, dann schüttelte sie den Kopf. „Ich habe immer nur nach meiner Mutter gesucht. Als ich deine Abstammung sah, fiel mein Blick sofort auf den Namen deiner Mutter. Ich las alles, was da über sie geschrieben stand, aber ich habe kaum auf die Informationen zum Vater geachtet. Ich weiß nur mit Sicherheit, daß er ein Magier am Jordaini-Kolleg ist."

Andris verfolgte diesen Wortwechsel mit zunehmend ungläubigem Gesichtsausdruck. „Matteo, das ist absurd! Du wirst doch nicht die Lügengeschichten dieses Jungen glauben! Es steht schlecht um den Orden, wenn sich die Männer auf offensichtliche Falschheit einlassen."

„Paß auf, wen du hier einen Jordain nennst", zischte Tzigone und pochte mit ihrem Zeigefinger auf Andris' Brust. „Leg dich nicht mit mir an, sonst hörst du ein paar Dinge über dich, die du lieber nicht wüßtest."

Der Mann wirkte ungewollt fasziniert. „Die Herkunft eines Jordain ist egal."

„Du siehst aus, als seiest du davon sehr überzeugt", sagte sie sarkastisch. „Belassen wir's dabei: Du hast Elfenblut. Es reicht zwar ein paar Generationen zurück, aber du kannst mir glauben, daß es vorhanden ist."

Andris sah sie an, als hätte sie ihm ein Schwert durch den Leib gejagt. Matteo seufzte und sah Tzigone an, die offenbar vergessen hatte, daß sie die „ausgeliehene" Kleidung des Jordaini-Ordens trug. „Mußte das sein?"

„Ich war in diesem Sumpf ", sagte sie düster. „Nicht weit, aber weit genug. Glaub mir, es mußte sein. Niemand, der auch nur einen Tropfen Elfenblut im Leib hat, sollte sich dem Sumpf nähern."

„Im Gegenteil", gab Andris zurück. „Ich habe nun noch mehr Grund als vorher."

Tzigone schnaubte und warf die Hände in die Luft. „Da versucht man, jemandem zu helfen, und wer hört einem zu?"

Andris legte einen Arm um die Schultern seines Freundes. „Wir tun hier etwas Großartiges. Ich hoffe, du wirst dich entscheiden, dich uns anzuschließen."

Sie drehten sich um, um die Kämpfer zu beobachten, die ihr Training wiederaufgenommen hatten. Während Matteo die Gruppe betrachtete, erkannte er einige Männer von seiner Schule wieder, Studenten, die in jungen Jahren für das Leben als Jordain als ungeeignet eingestuft und entlassen worden waren. Er entdeckte auch zwei oder drei Männer, die von der Bluthündin als mit Magie befleckt verurteilt worden waren. Und trotzdem hatten sie voller Leidenschaft und Stolz gekämpft und sich darauf vorbereitet, der Elfe zu dienen, die ihr Leben zerstört hatte.

„Wir sind Jordaini", sagte Andris ruhig. „Ausgesucht wegen unserer Begabungen, geschult, den Magiern Halruaas zu dienen. Kein Magier kann Akhlaurs Sumpf hindern, sich immer weiter auszudehnen. Wir schon."

Matteo war interessiert. „Du kennst das Geheimnis des Sumpfs?"

„Akhlaur öffnete ein Tor zur Ebene des Wassers. Ein Rinnsal ist verblieben, und der Laraken ernährt sich von der Magie, die von der Elementarebene überläuft. Es ist unsere Aufgabe, uns bis zum Tor vorzukämpfen und Kiva den Weg zu ebnen. Während wir gegen den Laraken kämpfen, wird sie in den Sumpf vordringen und das Tor schließen."

„Aber das ist ja noch schlimmer als das Kilmaruu-Paradox", warf Matteo ein. „Wenn das Tor geschlossen wird, wird der Laraken auf das Land losgelassen. Viele Magier werden ihm zum Opfer fallen."

Tzigone schniefte. „Nun, an Kiva ist offenbar doch mehr dran, als ich immer dachte! Ich war immer der Ansicht, ich sei die einzige mit diesem Traum."

Andris betrachtete sie interessiert. „Du hast keine Achtung vor Magiern. Eine seltsame Einstellung für einen Jordain-Knaben."

„Ich bin weder ein Knabe noch ein Jordain", sagte sie nachdrücklich. „Ich bin randvoll mit Magie. Der Laraken ernährt sich von Magie. Da kann ich mir nur einen Grund denken, warum Kiva mich hierhaben will: als Köder."

Das Gesicht des Jordain hellte sich auf. „Du bist die junge Frau, von der Kiva sprach! Die den Laraken rufen kann!"

Tzigone kniff die Augen zusammen. „Wie kommst du auf die Idee, daß es diesen Laraken interessiert, wenn ich ihn rufe?"

„Du hast die Begabung. Kiva sagt, daß es so ist – ein Erbe deiner Mutter, der Magierin Keturah."

Tzigone wurde kreidebleich. „Keturah", wiederholte sie den Namen, der plötzlich vertraut klang. „Natürlich. Alle Kreaturen kamen, wenn Mutter rief."

„Du besitzt Magie und zugleich Widerstandskraft dagegen. Der Laraken wird sich von deiner Stimme angezogen fühlen. Du wirst ihn von dem magischen Tor fortlocken, dann kann Kiva den Spalt für immer verschließen. Aber wenn Kiva Recht hat, dann wird der Laraken die Magie nicht antasten können, die in dir steckt."

„Und wenn Kiva sich irrt?" fragte Tzigone und imitierte den ehrerbietigen Tonfall des Jordain.

„Ich würde sie darum nicht bitten", sagte Matteo leise. „Sie mag das Talent ihrer Mutter haben, aber ich vermute, sie hat auch etwas Talent als Erkenntniszauberin. Sie blickt nicht in die Zukunft, sondern in die Vergangenheit. Ich habe es erlebt. Diese Gabe ist in ihr neu erwacht. Ich weiß nicht, ob der Laraken sie wahrnehmen kann oder nicht."

Andris überlegte. „Wenn das stimmt, wäre der Kampf nicht nur für sie gefährlich, sondern auch für uns. Nur wer ganz frei von Magie ist, kann sich dem Laraken entziehen."

„Das Risiko ist zu groß", entschied Matteo. „Tzigone, du mußt gehen, sofort."

Seine Worte weckten Erinnerungen, die erst durch die Erwähnung des Namens ihrer Mutter wieder in greifbare Nähe gerückt waren. *Lauf, Kind,* hatte sie gesagt. Ihre schöne Stimme war vor Angst schrill geworden. *Bleib nie stehen! Nie!*

Die Worten hallten in Tzigones Geist und legten sich eisig um ihr Herz, wie sie es vor fast zwanzig Jahren schon einmal getan hatten. Sie reagierte instinktiv, wie das Kind, das sie gewesen war, drehte sich auf der Stelle um und rannte los.

Am nächsten großen Baum blieb sie stehen und suchte Zuflucht in seinen tröstenden, belaubten Armen. Sie ballte die Fäuste und preßte sie auf ihre Augen, um mit Gewalt die Dunkelheit zu schaffen, die sie in die Erinnerungstrance führen sollte.

Tzigone glitt zurück, immer weiter zurück, bis sie wieder das kleine Mädchen war, das zusammen mit seiner Mutter floh. Sie befanden sich im Palast der Rätsel, dem magischen Labyrinth, das einen weitläufigen Hof erfüllte. Schritte donnerten durch die Villa auf sie zu.

Tzigone wandte sich um, wollte zurück zum wahnsinnigen Hof. Statt etwas zu sagen und so entdeckt zu werden, zog sie am Rock ihrer Mutter, um ihr ihre Absicht klarzumachen. Doch diese löste die kleinen Finger.

„Geh", sagte sie. „Meine Magie ist fast verbraucht. Das Amulett ist zerbrochen. Sie werden mich bald finden, ob ich fortlaufe oder hierbleibe."

„Ich lasse dich nicht allein", sagte Tzigone.

„Du mußt. Sie suchen dich."

Sie nickte. Irgendwie hatte sie das schon immer gewußt. Aber etwas zu wissen war nicht das gleiche wie etwas zu tun, und sie brachte es nicht übers Herz fortzugehen.

Eine Gestalt tauchte in der offenstehenden Tür auf, obwohl die Schritte noch viel weiter entfernt zu sein schienen. Tzigone starrte voller Ehrfurcht und Angst das hübscheste Wesen an, das sie je zu Gesicht bekommen hatte.

In der Türöffnung stand eine Elfe von seltener, exotischer Schönheit. Ihre Haut hatte den kupfernen Farbton eines Sonnenuntergangs in der Wüste, und ihr kunstvoll gelocktes, geflochtenes Haar war vom dunklen Grün des Mooses in einem Dschungel. Gold, Smaragde und Malachite glitzerten an ihrem Hals und an ihren Händen. Über ihrem gelben Seidenkleid trug sie einen dunkelgrünen Überwurf, der mit Goldfäden durchwirkt war. Ihre geschminkten Lippen deuteten ein Lächeln an, das sich aber nicht in ihren Augen widerspiegelte, die golden und unerbittlich waren wie die einer jagenden Katze. Sie war schön und schrecklich zugleich.

„Sei gegrüßt, Keturah", sagte die Elfe zur Mutter des Kindes. „Du hast uns ganz schön durch die Gegend gehetzt. Und das ist dein verfluchter kleiner Bastard."

Ihre Stimme war angenehm klar wie eine Tempelglocke, doch Tzigone ließ sich nicht täuschen. „Bastard" war die übelste Beschimpfung, die ein Halruaaner kannte. Tzigone war bewußt, daß es nicht nur eine Beleidigung, sondern auch wahr war.

Das Crescendo aus Schritten kam gleich hinter der Tür zum Stillstand, die Elfe sah über die Schulter zurück. „Ergreift sie ", sagte sie kühl und zufrieden.

Doch Keturah machte einen Satz nach vorn und legte ihre Hände zu beiden Seiten an den Türrahmen. Sie warf ihrer Tochter einen verzweifelten Blick zu. „Lauf", flehte Keturah. „Bleib nie stehen! Nie!"

Tzigone zögerte. Ein grüner Lichtschein begann um ihre Mutter zu kreisen und legte sich um sie wie Ranken, die sie erstikken wollten. Keturah taumelte und ging in die Knie, während sie die Hände voller Panik an den Hals legte.

Entsetzen drängte das Kind zur Flucht, aber Schuldgefühle hielten es zurück. Sie hatte ihre Mutter angebettelt, ein böses Geschöpf zu beschwören. Wurde so ihr Wunsch Wirklichkeit?

Die Elfe drängte sich an der zusammenbrechenden Magierin vorbei und griff nach ihrer Beute. Doch das Mädchen ließ sich fallen, und durch die plötzlich Gewichtsverlagerung glitt sie wie ein Fisch durch die schlanken kupferfarbenen Hände. Sie rollte sich zur Seite und rannte auf den Hof.

Die Stimme ihrer Mutter folgte ihr, drängte zur Flucht. Sie lief zum zersplitterten Wasserfall und tauchte, ohne zu wissen, ob sie sich den Kopf an den Kacheln stoßen oder in die Scherben geraten würde, die Selune durch den Nachthimmel folgten. Doch sie fiel sanft durch den Wasserfall und landete im Teich. Ihre wild rudernden Hände entdeckten eine Tunnelöffnung in der gekachelten Wand. Die letzten Worte ihrer Mutter folgten ihr ins Wasser und jagten ihr nach, während sie schwamm.

„Vergiß mich!"

Tzigone erwachte schlagartig aus ihrer Erinnerungstrance, rang nach Luft und schluchzte. Kiva war es gewesen, die ihre Mutter mitgenommen hatte! Sie hatte sie schon damals gejagt! Sie schrie laut und ließ Verlust, Furcht und Zorn freien Lauf, die sich in einem ganzen Leben angesammelt hatten.

„Ich werde dich nicht vergessen", sagte sie, während sie die Tränen wegwischte. „Ich habe dich nie vergessen."

Und doch hatte sie sie vergessen. Plötzlich verstand sie auch den Grund dafür. Die letzten Worte waren nicht einfach nur ein Lebewohl gewesen, sondern ein Zauber. Offenbar war Tzigone nicht ganz gegen Magie unempfindlich. Wenngleich es vielleicht niemand sonst schaffte, hatte zumindest ihre Mutter einen Weg durch ihre Immunität gefunden.

Doch der Zauber war gebrochen, und die Erinnerungen kehrten zurück. Lange saß Tzigone im Baum und ließ die Bilder und Klänge auf sich einstürmen, um sie alle zu genießen. Es hatte schlechte Zeiten gegeben, aber auch die gehörten zu ihrer Vergangenheit. Die längste Zeit befaßte sie sich mit der Erinnerung, die ihr am meisten bedeutete – wenn sie hörte, wie Keturah in den Wind der Nacht sang und dann wartete, welche Geschöpfe dem Ruf der wunderschönen Magierin folgten.

Nach einer Weile begann Tzigone, eine Melodie zu singen, an die sie sich schwach erinnerte, zuerst zögerlich, dann aber mit immer mehr Selbstvertrauen. Der Klang ihrer Stimme verblüffte sie. Sie war sonor und echt, voller Magie, aber von ganz eigener Schönheit. Die Stimme ihrer Mutter entstieg ihrer Kehle, ungeschliffen, aber doch unverkennbar.

Ein funkelndes Licht erschien neben ihr, wirbelte in einem winzigen Strudel, der langsamer wurde, während er an Farbe und Substanz gewann. Als er anhielt, trat ein winziger geflügelter Kerl vor ihr in die Luft und kam näher, um sie verwundert anzusehen.

„Keturah? Was hast du mit all deinem Haar gemacht?"

„Ich bin nicht Keturah", sagte sie leise und erkannte plötzlich, daß sie keinen Namen wußte, mit dem sie ihn ansprechen konnte. Hoffnung keimte in ihr auf. Sicher würde ihr ältester Freund ihren Namen wissen. „Ich bin Keturahs Tochter. Erinnerst du dich an mich?"

Auf dem winzigen Gesicht zeichnete sich ein Lächeln ab. „Kind? Bist du es?"

Eine düstere Vorahnung ergriff von Tzigone Besitz. „Warum nennst du mich ‚Kind'?"

„Warum nennst du mich ‚Feengeist'?" gab das Geschöpf zurück. „Du konntest meinen Namen nicht sagen, und ich konnte deinen nicht sagen."

„Wie lautete mein Name?" fragte Tzigone voller Eifer. „Sag ihn mir, so gut du kannst."

Der Feengeist zuckte die Achseln. „Wenn du ihn nicht kennst, warum erwartest du dann, daß ich ihn weiß? Keturah sagte, er solle nicht genannt werden, also habe ich nicht gefragt."

Tzigone empfand große Enttäuschung, aber sie verstand, was ihre Mutter getan hatte. Namen bedeuteten Macht, und das Wissen um ihren wirklichen Namen konnte in den Händen derer, die sie suchten, zum Werkzeug werden.

Sie schüttelte den Gedanken ab und fuhr fort: „Du kamst, als ich dich rief", sagte sie zu dem Feengeist.

Der kleine Kerl zuckte wieder die Achseln. „Mußte."

Tzigone nickte. Offenbar war der rothaarige Jordain nicht so dumm, wie er schien. Darum hatte Kiva sie gesucht - und sobald sie ihren Zweck erfüllt hatte, würde Kiva ihr mit dem nächstbesten Messer die Kehle durchschneiden.

Zorn stieg in ihr auf, als sie daran dachte, was Kiva sie gekostet hatte. „Nicht nochmal", flüsterte Tzigone. „Diesmal wirst du nicht siegen."

„Siegen?" Der Kobold sah sie fragend an. „Du willst spielen?" Er schoß zur Seite und beschwor mehrere winzige Lichtkugeln, die er mit unglaublichem Geschick jonglierte.

Tzigone griff nach dem leuchtenden Spielzeug und zerdrückte es in der Hand. „Keine Magie", sagte sie nachdrücklich. „Was sie anlocken könnte, würde dir nicht gefallen."

Der Feengeist flatterte herab, um sich auf dem Ast neben ihr niederzulassen, und legte die Flügel wie einen Umhang um sich. „Mir gefällt es hier schon jetzt nicht. Es ist kalt."

Tzigone sah ihn verwundert an. Der Sumpf war heiß wie eine Badehaus, und mit einem Mal wurde ihr klar, in welche Gefahr sie den Feengeist gebracht hatte, indem sie ihn an diesen Ort gerufen hatte.

„Geh", drängte sie ihn. „Entfern sich so weit vom Sumpf, wie du kannst. Wir werden bald spielen."

Der winzige Kerl zuckte die Achseln und verschwand. Tzigone atmete tief durch und beruhigte sich. Als sie wieder zur Ruhe gekommen war, tastete sie sich mit ihren Sinnen vor, die schon immer sehr leicht auf die Präsenz von Magie angesprochen hatten.

Sie nahm einen vagen magischen Schatten an der Stelle wahr, wo sich der Kobold befunden hatte. Davon abgesehen war der Sumpf sonderbar frei von jeglicher Magie. Da war so gut nichts zu fühlen, von einem sanften, ungenauen Strahlen abgesehen, das vom Lager ausging.

Aber es war nicht die Magie des Stillezaubers, sondern eine persönliche Magie, ein „Gefühl", das bei jedem Individuum anders war. Jemand im Lager hatte magische Fähigkeiten und war sich dessen höchstwahrscheinlich nicht bewußt. Aber Kiva wußte es. Eine Bluthündin wußte, wer magische Kräfte besaß und wer nicht. Wahrscheinlich hatte die Elfe jemanden als Köder für den Laraken ins Lager geholt. Vielleicht Matteo. Kiva glaubte, sie könne alles tun und immer ungeschoren davonkommen.

„Das glaube ich aber nicht", sagte Tzigone, während sie den Baum mit einer Entschlossenheit verließ, die sie noch nie empfunden hatte. Die Erinnerungen, die zurückgekehrt waren, hatten ihr klargemacht, wie schwierig es für sie gewesen war zu überleben. Zu überleben war eine besondere Leistung, doch jetzt war die Zeit gekommen, mehr als das zu tun.

Sie drang tiefer in den Sumpf ein, angetrieben von Zorn und dem Entschluß, Kiva davon abzuhalten, noch mehr Leben zu vernichten.

Als sie die Arme ausstreckte, um den Vorhang aus Ranken zu teilen, der sich zwischen zwei Bäumen erstreckte, fiel Farbe auf ihre Hand, ein verirrter Teil eines Regenbogens, wo es keinen hätte geben sollen. Sie blieb stehen und wirbelte nach rechts. Keine fünf Schritte von ihr entfernt stand eine gläserne, geisterhafte Gestalt.

Doch der Geist bewegte sich nicht, und nach einem Augenblick erkannte Tzigone, daß es kein Geist war – zumindest kein Geist im herkömmlichen Sinn.

Neben einer alten Mooreiche stand eine durchscheinende Statue einer schönen Frau, die viel zu hübsch war, um menschlich zu sein. Eine schmale Hand verschwand im Stamm eines großen Baums, und das erstarrte Gesicht war nach oben gewandt und hatte den Ausdruck von Hoffnung, den jemand zur Schau stellte, der eine sichere Zuflucht zu finden erwartet. Dies, erkannte Tzigone, war eine Dryade gewesen. Sie holte tief Luft und ging weiter.

Als sie weiter vordrang, entdeckte sie immer mehr dieser gläsernen Gestalten jener Kreaturen, die ihrer Magie und damit ihres Lebens beraubt worden waren. Sie sah weitere Dryaden, und zwischen den Blättern bemerkte sie die winzigen gefallenen Körper von Feengeistern und Pixies, von denen viele in zahllose Scherben zersplittert waren. Sie stieß auf einen einzelnen Faun, der mitten in der Bewegung erstarrt war, und mehr Elfen, als ihr auf all ihren Reisen durch Halruaa begegnet waren.

Sie hatte schon früher einen dieser kristallenen Schatten gesehen und gedacht, nur Elfen könnte ein solches Schicksal ereilen. Aber das stimmte nicht. Alle magischen Geschöpfe fielen dem Sumpf zum Opfer. Da war es kein Wunder, daß nur selten ein Magier aus dem Akhlaur zurückkehrte.

Eine Stimme in ihrem Kopf warnte und lockte sie zugleich. *Das könntest du sein.*

Tzigone verdrängte das Phantombild ihres eigenen gläsernen Schattens und drang tiefer in den Sumpf vor.

ZWANZIGSTES KAPITEL

Matteo und Andris gingen Seite an Seite, erzählten einander leise alles, was sie getan hatten, seit sich ihre Wege getrennt hatten, und redeten über die Aufgabe, die vor ihnen lag. So sehr er sich auch bemühte, es war Matteo nicht gelungen, Andris dazu zu bewegen, den Sumpf zu verlassen. Er konnte nicht fortgehen und seinen Freund den Kampf allein austragen lassen.

Doch seine Entscheidung zu bleiben hatte noch tiefergehende Gründe. Matteo war mit einem festen Empfinden für sein eigenes Schicksal aufgezogen worden, ein Empfinden, das in seinen Grundfesten erschüttert worden war. Da es ihm an einer eigenen Vision mangelte, akzeptierte er die, die in den Augen seines Freundes glomm. Er würde für Andris gegen den Laraken kämpfen, nicht für Kiva. Wenn der Kampf hinter ihnen lag, würde er einen Weg finden, um mit ihr abzurechnen.

Ein auf- und abschwellender Schrei schallte durch den Sumpf, ein schreckliches Geräusch wie ein tiefes, markerschütterndes Grollen und der Schrei eines Raubtiers. Es war weit entfernt, aber laut und erinnerte Matteo an die Winde, die von der Bucht von Taertal wehten, bevor ein Monsun einsetzte.

Matteo und Andris zogen instinktiv ihre Dolche und bewegten sich in völligem Gleichklang.

„Es ist noch ein Stück weg", flüsterte Andris.

Matteo nickte. Während er die Dolche wieder wegsteckte, hörte er über sich ein Wimmern. Instinktiv schlug er danach, erkannte aber im gleichen Moment seinen Fehler, warf sich zu Boden und rief den anderen zu, ebenfalls in Deckung zu gehen.

Eine dunkle, wirbelnde Wolke stieß in einer tödlichen Formation auf sie herab. Die Wolke teilte sich und schoß im letzten Augenblick in einem steilen Bogen wieder nach oben, ehe sie auf dem Boden auftreffen konnte.

„Ein Blutmückenschwarm", murmelte Andris. „Was kommt als nächstes?"

Wütend und um die Beute betrogen lösten die moskitoartigen Wesen ihre Formation und begann kleine Kreise zu ziehen, während sie ihre Beute auswählten.

Matteo griff nach dem Riemen, der den einen Meter zwanzig langen Spieß auf seinem Rücken festhielt. Er löste ihn und richtete sich auf, um ihn auf die Blutmücke zu richten, die auf ihn zugeschossen kam.

Das große Insekt rutschte fast ohne Widerstand auf die schlanke Klinge und hinterließ eine Spur aus Blut, das es aus irgendeinem unglücklichen Waldbewohner gesaugt hatte. Die Blutmücke kam erst am Querblatt des Spießes zum Stillstand und lag schon längst im Todeskampf, suchte aber mit seinem Stachel immer noch nach einem Opfer.

Matteo duckte sich und stach wieder um sich, bis sich die durchbohrten Körper der Riesenmoskitos auf der halben Länge seines Spießes angesammelt hatten und seine Bewegungen langsamer werden ließen. Er warf die Waffe weg und zog seine Dolche, um mit ihnen nach jedem der Wesen zu schlagen, das sich ihm näherte.

Die Männer kämpften wild, und bald fanden sie unerwartete Verbündete - die Blutmücken selbst. Sie waren verzweifelt auf der Suche nach Nahrung und fielen über ihre gefallenen Artgenossen her, denen sie die schwertartigen Rüssel in den Leib stießen. Das makabre Lied, das die Blutmücken summten, die sich labten, erfüllte die Luft, während die Kreaturen das zweimal geraubte Blut tranken.

Ihr verräterisches Verhalten widerte Matteo an. Er stürzte sich auf die Kannibalen und hieb und stach so lange auf sie ein, bis das Summen verstummte und die toten Tiere den Boden bedeckten.

Andris watete über den düsteren Bodenbelag zu ihm. „Ein großer Schwarm. Aber sie müssen schon verzweifelt gewesen sein, daß sie eine bewaffnete Gruppe angriffen."

Matteo nickte. Er beugte sich über einen der Männer, einen jungen Jordain, den er wiedererkannte, dessen Namen er aber nie gekannt hatte. Der Mann war zwei- oder dreimal gestochen worden und war so blaß wie jemand, den Vampire ausgesaugt hatten. In seiner Nähe lag eine Pike, auf der zahlreiche Blutmücken aufgespießt waren. Eine weitere Blutmücke lag tot neben ihm. Schleim strömte aus dem klaffenden Loch, an dessen Stelle sich zuvor noch der Kopf mit dem langen Stachel befunden hatte. Der ragte jetzt aus der Brust des Mannes hervor und war abgerissen, als er versucht hatte, sich von dem Tier zu befreien. Aber er war nicht schnell genug gewesen. Aus der Wunde war viel Blut ausgetreten, doch der rote Strom war versiegt.

Andris beugte sich hinab und schloß die Augen des Mannes. Er erhob sich und bedeutete den anderen, ihm zu folgen. Der Boden unter ihren Füßen begann allmählich, weicher zu werden, und bald wateten sie in flachem Wasser. Sie gingen weiter und drangen in die tiefen Schatten vor, die von den moosüberwucherten Bäumen geworfen wurden.

Matteo stieß gegen jemanden und blieb abrupt stehen, wobei er instinktiv die Hand ausstreckte, um den zu stützen, den er angerempelt hatte. Er fühlte eine tödliche Kälte und riß die Hand zurück. Er blinzelte in das schwache Licht und erkannte den gläsernen Schemen eines Elfen. Hinter der kristallartigen Gestalt machte er einen weiteren Elfen aus, und als sich seine Augen an das Licht gewöhnt hatten, entdeckte er noch weitere. Matteo hätte sie für kunstvolle Statuen gehalten, wäre da nicht die unglaubliche Kälte gewesen.

„Allmählich verstehe ich, warum Tzigone dich vor dem Sumpf gewarnt hat", sagte er zu Andris und schüttelte fassungslos den Kopf.

„Bei den Göttern! Dieser Laraken ist kein gewöhnliches Monster."

„Wann hat es je gewöhnliche Monster gegeben?" erwiderte Andris und versuchte, unbeschwert zu klingen. Seine Augen zeigten aber seinen Schmerz, als er die geisterhaften Schatten sah. „Laß uns weiterziehen."

Der Sumpf wurde immer tiefer, die seichten Gewässer gingen in gefährliche Senken und Untiefen über. Sie wichen gerade einer solchen Untiefe aus, als Matteo meinte, die Zinnen eines riesigen versunkenen Turms zu erkennen, doch konnte er sich kein Tal vorstellen, das tief genug war, um ein solches Bauwerk zu schlucken.

Während er die an einen Turm erinnernde Form betrachtete, geriet das Wasser in Bewegung. Ehe er Atem holen konnte, um eine Warnung auszugeben, hatte sich bereits eine Gestalt aus dem Wasser erhoben, die mehr an einen riesigen Bär als an einen Menschen erinnerte; sie war dunkel und brackig, und kleine, wilde Fische eilten hektisch in dem wässrigen Körper umher.

Matteo stieß einen Warnruf aus und wies auf die magische Kreatur. „Wasserelementar!"

Einen Moment lang hielten die Kämpfer inne. Solche Kreaturen bekämpfte man mit Zaubern und magischen Waffen, und sie hatten nichts dergleichen.

Andris zog eine kleine Flasche hervor und rief einen Befehl. Matteo entzündete eine Fackel und wartete, bis Andris und einige andere den Inhalt ihrer Flaschen in den übelriechenden Sumpf gekippt hatten.

Dann ließ er die Fackel los, und im gleichen Moment explodierte das Sumpfgas und loderte in einem Kreis aus grellen Flammen, die das Wasserelementar einkreisten. Mit einem Brüllen, das an eine wütende See erinnerte, versuchte die Kreatur, durch die Flammen hindurch zu kämpfen. Sein Leib begann sich mit einem sengenden Zischen aufzulösen. Dampf stieg auf, und schließlich konnte die Kreatur nichts mehr aufbieten und zog sich ins Wasser zurück.

Matteo und Andris sahen einander düster an. „Ein mächtiger Magier könnte ein Elementar rufen, aber eine solche Person würde hier nicht lange überleben. Und doch ist hier Magie ", stellte Matteo fest.

„Das Wasserelementar war ein Geschöpf von der Ebene des Wassers", erwiderte Andris, der Matteos Gedankengang folgte. „Das Tor muß sich ganz in der Nähe befinden."

„Und damit auch der Laraken. Ohne Tzigone werden wir ihn hier vernichten müssen", überlegte Matteo. „Dann kann Kiva das Tor schließen... wenn das ihre wahre Absicht ist."

Andris warf ihm einen seltsamen Blick zu. „Wir sollten die Männer in zwei Gruppen teilen. Wenn wir ausschwärmen, können wir den Laraken mit einem Angriff auf breiter Front flankieren. Du nimmst den zweiten Trupp."

Sie verteilten sich im Sumpf, krochen durch die Untiefen und zwängten sich durch Lücken zwischen den Ranken. Das Wasser machte allmählich einen saubereren Eindruck, bis es schließlich so rein und klar war, als hätten sie einen Gebirgsbach vor sich. Einer der Männer tauchte die Hände ein, als wolle er einen Schluck nehmen, doch Matteo versetzte ihm einen leichten Stoß mit dem stumpfen Ende seines Spießes und schüttelte nachdrücklich den Kopf.

Die Ablenkung dauerte nur einen kurzen Augenblick. Doch Matteo sah dadurch nicht die riesigen grün-schwarzen Hände, die sich mehrere Schritte vor ihm durch den Vorhang aus Ranken bewegten. Aufmerksam wurde er wieder, als ein lautes, reißendes Geräusch den Sumpf erschütterte und ein Echo warf, das ihm wie eine Kombination aus Blitz und Donner vorkam - und dann tauchte der Laraken auf, der sich durch die Öffnung in der dichten Dschungelvegetation schob.

„Bei der Mutter Mystra!" flüsterte Matteo.

Das Monster war mehr als doppelt so groß wie ein erwachsener Mann und so abscheulich, daß es jeder Beschreibung spottete. Aale wanden sich auf dem Schädel wie Schlangen auf dem Kopf einer Medusa. Ohren, spitzer als die eines Elfen, erstreckten sich zu beiden Seiten der dämonischen Fratze. Von langen Reißzähnen, die spitz wie Nadeln waren, troff etwas leuchtend Grünes. Der breite Rücken des Laraken war gebeugt, was ihm ein verschlagenes Erscheinungsbild verlieh. Doch an seinen Bewegung war nichts Vorsichtiges. Er kam mit weiten Sätzen rasch auf sie zu, bewegte sich in einem Zickzackmuster wie eine aufgeregte Echse.

Nicht wie eine aufgeregte, sondern wie eine jagende Echse, berichtigte sich Matteo. Doch was der Laraken suchte, konnte keiner von ihnen bieten.

Andris gab das Zeichen zum ersten Angriff. Zehn seiner Männer legten Pfeile an und ließen sie pfeifend auf den Kopf der Kreatur zuschießen, doch der Laraken wischte sie beiseite, wie man es mit einem Schwarm Mücken tat. Die Bogenschützen ließen dennoch eine Salve nach der anderen folgen, um die Aufmerksamkeit des Laraken abzulenken. Zehn weitere Männer traten vor und begannen, mit Spießen in den Leib des Geschöpfs zu stechen. Wieder und wieder stachen sie zu, doch keine der Spitzen konnte die dicke grüne Haut durchdringen.

Der Laraken hob einen riesigen, klauenartigen Fuß und trat nach einem der störenden Speere. Die Waffe zersplitterte, und der Fuß des Laraken drückte ihren Träger zu Boden. Das Geschöpf verlagerte sein Gewicht und zerdrückte den Mann, was die anderen als entsetzliches, nasses Platzgeräusch wahrnahmen. Der andere Fuß schoß geschickt wie die Hand eines Affen vor und erwischte einen anderen Kämpfer. Das Monster trat aus und wirbelte den Mann durch die Luft, bis er in einer tiefen Senke landete. Sofort begann das Wasser zu brodeln, als die Fische des Dschungels angeschossen kamen und sich auf ihre Beute stürzten. Andris rief die Überlebenden zurück, als der

Laraken den Kopf in den Nacken legte und schnupperte. Dann riß er den Kopf zu Andris herum und stieß einen Triumphschrei aus.

Er kam unaufhaltsam näher und fegte Spießträger und Bogenschützen aus dem Weg, während er auf Andris zuging. Seine hagere Gestalt begann sich zu füllen, als er durch das Wasser schritt.

Matteo bedeutete den Männern, mit ihm das Geschöpf von den Flanken her anzugreifen. Als er auf den Laraken zueilte, bemerkte er, daß sein Freund blaß wurde – nein, nicht blaß, durchsichtig! Er konnte durch die Gestalt seines Freundes schon die Bäume hinter ihm erkennen.

Matteo verstand. Kiva hatte die Wahrheit gesprochen, als sie Andris aus dem Jordaini-Kolleg geholt hatte. Er besaß tatsächlich eine gewisse innere Magie, nämlich die, die in seinem Elfenblut schlief. Doch das war bereits gefährlich genug, und Kiva wußte das sehr gut. Sie opferte Andris dem Laraken, nachdem sie sein Kampfgeschick solange genutzt hatte, wie es ging.

In Panik nahm Matteo einen Pfeil und schoß. Seinen Leuten rief er zu, es ihm nachzutun. Der Laraken ignorierte die Geschosse, und auch als sie ihre Speere und Spieße warfen, prallten diese einfach an der zähen Haut ab.

Matteo erhöhte sein Tempo und rannte über das zertretene Laub, das der Laraken hinter sich zurückließ. Er sprang auf den Greifschwanz der Kreatur und stürmte an deren Rücken entlang nach oben, wobei er die Wülste des Rückgrats nutzte, um mit den Füßen Halt zu finden. Er legte die Finger der rechten Hand über das hervortretende Schulterblatt, während er mit der linken Hand einen seiner Dolche zog und immer wieder zustach.

Er hätte ebenso gut eine Blutmücke sein können, die versuchte, einen Steinturm zu stechen. Nicht einmal dieser Angriff konnte den Laraken von Matteos Freund ablenken.

Das Monster kam rasch näher. Andris zog das Schwert, bereit, sich dem Monster zu stellen. Er erschrak, als sein Blick auf seine durchscheinende Faust fiel.

Matteo zog sich hoch, um über die Schulter des Laraken zu sehen. „Rette dich! Kiva hat dich verraten", schrie er verzweifelt.

Andris erwiderte seinen Blick und schüttelte den Kopf, aber die Wahrheit in Matteos Worten bestritt er nicht. Wie konnte er, wenn er fast durchsichtig war?

„Narren", murmelte Tzigone den Begriff, der der alten Bedeutung des Wortes Jordain so seltsam nahe war. „Ich will verdammt sein, wenn die Kerle ihren Namen nicht zu Recht tragen."

Zorn unterstützte ihre Entschlossenheit. Sie begann zu singen und rief den Laraken mit einer Stimme, die sich durch den Sumpf ausbreitete und die kristallinen Geister um sie herum erbeben ließ. Ein unheimliches Wehklagen erfüllte den Sumpf, als stimmten die Stimmen der Toten harmonisch in den Gesang ein. Tzigone sang weiter mit voller, fester Stimme.

Der Laraken drehte sich unsicher um. Dann begann er sich in die Richtung zu begeben, aus der der lockende Gesang kam, und achtete nicht stärker auf den Menschen auf seinem Rükken und die auf dem Boden, die ihn mit ihren Waffen traktierten, als hätte es sich um einen Schwarm lästiger Fliegen gehandelt.

Matteo ließ los und rutschte über den Rücken der Kreatur zu Boden, rollte sich ab und sprang auf. Er begann zu laufen und überholte den Laraken. Schließlich blieb er stehen, fuhr herum und zog das ungewohnt lange Schwert, das Andris ihm geliehen hatte.

Die Kreatur lief unbeeindruckt über ihn hinweg. Matteo fiel und sprang wieder auf, während er alle Kraft in die Hand legte, mit der er das Schwert hielt.

Die Klinge traf genau in die empfindliche Stelle, an der das Bein des Laraken mit dem Rumpf verbunden war. Mit einem Schrei, der dem eines Riesenadlers glich, drehte sich der Laraken von seinem neuen Angreifer weg.

Es war das denkbar Schlechteste, was er hätte tun können, und genau das, worauf Matteo gehofft hatte. Er umklammerte das Schwert und hielt es fest, während die erschrockene Reaktion des Geschöpfs dafür sorgte, daß die Klinge das Fleisch in seinem Inneren zerschnitt.

Die Wucht der Bewegung des Laraken riß Matteo das Schwert aus der Hand, aber erst, als dessen Ziel erreicht war. Matteo rollte sich zur Seite und zog seine Dolche, entschlossen, das Geschöpf um jeden Preis von seinen Freunden fernzuhalten.

Tzigone sah in Matteos dunklen Augen ein Spiegelbild ihrer eigenen Entschlossenheit. Sie schlug frustriert auf den Ast, sang aber weiter. Wäre es nach ihr gegangen, hätte sie an diesem Tag zwei finstere, schreckliche Geschöpfe beschworen.

* * *

In einer Turmkammer in einem Dorf am Rand des Sumpfs beugte sich Kiva über ihre Kristallkugel und beobachtete den Kampf. Als Matteo einen fast tödlichen Treffer landete, schnappte sie nach Luft, als sei ihr eigenes Fleisch durchbohrt worden.

Sie sah verärgert zu Mbatu. „Sie könnten es schaffen. Sie könnten den Laraken töten."

„Das wäre vielleicht am besten", sagte Mbatu.

Die Elfe schüttelte den Kopf. Ihre geschminkten Lippen waren fest zusammengepreßt. „Gib mir das Portal", sagte sie und streckte die Hand aus.

Mbatu legte die gefaltete Seide in ihre Hand, verzog aber besorgt das Löwengesicht. „Ist es auch nicht gefährlich, wenn du so früh gehst?"

Sie stand auf und streichelte seine Mähne. „Welcher Ort ist nicht sicher, wenn du bei mir bist?"

Die Schmeichelei war nicht zu überhören, aber dennoch machte Mbatu ein mißbilligendes Gesicht. Doch er blieb an ihrer Seite, als sie die Seide hob, so daß sie sie beide einhüllte.

Mit einem Mal war die Luft schwer und heiß, erfüllt vom Geruch von Kampf und Tod. Ungeduldig riß Kiva das seidene Portal fort und griff nach dem Zauber, den sie so sorgfältig vorbereitet hatte – ein mächtiger Zauber, der das Portal schließen und den Laraken befreien würde, damit er das Land verwüsten und sie die Schätze Akhlaurs für sich beanspruchen konnte.

Ein wütendes Brüllen ließ sie herumwirbeln, ein Schrei, der Magie trug, wie der Wind eine Saat verbreitet. Die Kämpfer hatten von Matteos mutigem Angriff gelernt und konzentrierten ihre Angriffe nun auf das weiche Gewebe unterhalb der Arme des Geschöpfs, auf die Innenseite seiner Oberseite und unterhalb des Schwanzes. Der Laraken lief im Zickzack hin und her, gespickt mit Pfeilen und Speeren, die ihn wie einen riesigen, ekelhaften Igel aussehen ließen. Aber er lebte noch und holte mit seinen krallenbewehrten Händen nach den Männer aus.

Instinktiv faßte sich Kiva ans Bein. Das Geschöpf hatte sie dort mit seinen Krallen verletzt, denn auch wenn sie kurz nach seiner Geburt noch winzig gewesen waren, konnten sie schon bis zum Knochen durch Fleisch bohren. Die Narben waren immer noch zu sehen, sie waren zurückgeblieben wie andere, tiefere Wunden an Leib und Seele.

Aber es war kein Mutterinstinkt gewesen, der sie an die Seite des Laraken gerufen hatte. Kiva wußte nur, daß der Laraken dem Tode nah war und damit alles auf dem Spiel stand, worauf sie hingearbeitet hatte.

Mit einem schrecklichen, wehklagenden Schrei setzte die Bluthündin ihre Magie frei und machte sich bereit, ihre eigene Armee zu vernichten.

EINUNDZWANZIGSTES KAPITEL

Tzigone hörte Kivas Schrei und wußte sofort, daß die Bluthündin erneut Verrat plante.

Ihr Blick wanderte über das Schlachtfeld. Mehr als die Hälfte der Kämpfer war gefallen, aber die Überlebenden brachten den Laraken langsam zu Fall. Er bewegte sich weiter auf ihren Baum zu, nach wie vor angezogen von der Magie ihres Lieds, während er sich zugleich immer weiter von seiner Energiequelle entfernte.

Ein Schimmer aus silbernen Teilchen tauchte über der sprudelnden Quelle auf und breitete sich allmählich zu einer großen, silbernen Form aus. Tzigone erkannte, daß es sich um einen Eimer handelte, und hatte eine genaue Vorstellung, was die Bluthündin damit anfangen wollte.

Kiva schnappte sich den Eimer in der Luft und tauchte ihn in das magiereiche Wasser ein. Dann eilte sie los, bereit, den Inhalt über den schwächer werdenden Laraken zu kippen.

Tzigone unterbrach ihr Lied, da es unmöglich war, gleichzeitig zu singen und zu fluchen. Sie straffte ihre Schultern, während sie ein paar geheimnisvolle Worte murmelte und dann eine Hand vorstoßen ließ, um einen der wenigen Zauber loszuschleudern, die sie kannte.

Ein gewaltiger Feuerball schoß auf die Elfe zu, beschrieb einen hohen Bogen über den Kopf des Laraken und zog eine Spur hinter sich her, die an die eines Kometen erinnerte. Wie Tzigone es erwartet hatte, wurde ein Großteil der Energie des Feuerballs von dem Monster aufgesogen. Als er auf Kiva zustürzte, war er blaß und nur noch so groß wie eine Orange.

Aber für das, was Tzigone vorhatte, genügte das. Der geschrumpfte Feuerball fiel in den Eimer und erlosch zischend. Dampf stieg auf, das Wasser quoll über den Rand.

Die Elfe schrie, ließ den Eimer fallen und schüttelte die verbrannten Hände. Sie wirbelte herum und suchte mit wildem Blick nach dem Angreifer. Mbatu trat an ihre Seite, bereit, jeden Befehl auszuführen, den sie ihm erteilte.

Tzigone sang weiter und rief Sumpfkreaturen um Hilfe. Zwanzig oder mehr Blutmücken antworteten auf den Ruf und stürzten mit wütendem Summen, das eine düstere Harmonie zu Tzigones Lied darstellte, auf die Elfe herab.

Kiva stellte sich breitbeinig hin und schickte ihnen eine Reihe von Feuerkugeln entgegen, die sich während des Flugs immer weiter teilten und sich auf die Suche nach den herbeieilenden Blutmücken machten. Riesige Moskitos zischten und zerplatzten, als die Feuerkugeln ihre Ziele fanden. Die überlebenden Blutmücken verstreuten sich in Hektik, dicht gefolgt von Kugeln, die todbringend brannten.

Kiva konterte mit einer schnellen, wütenden Geste. Ein rotglühender Pfeil kam auf Tzigone zugeschossen, der aber nicht treffen konnte. Es handelte sich nicht um einen richtigen Pfeil, sondern um magische Energie, die in diese Form gebracht worden war. Kurz vor seinem Ziel blieb er so plötzlich in der Luft hängen, daß man hätte meinen können, er sei in eine unsichtbare Wand gerast. Er hatte jetzt mehr von der Form eines Tellers, als er zu Boden fiel und die Erde versengte, während er abkühlte.

Tzigone sang weiter. Ein Zentaurenpaar, dessen donnernde Hufe den Kampfesflärm übertönten, reagierte auf ihren Ruf,. Sie verzog das Gesicht. Diese Geschöpfe hatten mit Menschen kaum etwas zu tun und würden sich eher auf die Seite der bedrängten Elfe stellen. Aber die Zentauren sahen, daß die Männer gegen den Laraken kämpften und kamen zum Schluß, daß sie am sinnvollsten die unterstützten, die Feinde ihrer eigenen Feinde waren. Sie nahmen Holzstangen, richteten sie auf die Elfe und ihre Wemic-Wache und stürmten vor wie Ritter, die eine Lanze hielten.

Mbatu griff über seine Schulter, um sein Breitschwert zu pakken. Er schob Kiva aus dem Weg und trat vor. Mit Gebrüll riß er sein Schwert heraus und ließ es kreisend nach oben fahren. Dabei erwischte er die nahende Stange und zwang sie empor. Er bäumte sich auf und schlug mit den Vorderpfoten nach der Brust des Zentauren.

Doch auch der bäumte sich auf und griff den Wemic mit seinen Hufen an. Beide Kämpfer ließen die Waffen fallen und gingen mit ihren menschenartigen Armen wie Ringer aufeinander los, während sie sich gleichzeitig mit den Waffen von Löwe und Pferd bekämpften.

Mbatu sprang hoch und bohrte seine hinteren Krallen tief in den Bauch des Zentauren, gleichzeitig zog er das massige Wesen mit sich nach unten. Das Geräusch, als ein Bein des Zentauren brach, erfüllte ihn schlagartig mit Siegesgewißheit, was ihn den harten Aufprall völlig ignorieren ließ. Er rollte sich seitlich weg und griff nach dem Schwert, das er fortgeschleudert hatte. Er erhob sich neben dem Zentaur, der sich aufzurichten versuchte, und zerfetzte mit der Vorderpfote die Kehle seines Widersachers. Vier breite Schlitze klafften am Hals des Zentauren, aus denen Blut strömte.

Ein heftiger Hieb traf Mbatu. Er erinnerte sich schwach daran, daß dies nicht der erste Schlag dieser Art gewesen war. Er wirbelte herum und sah den zweiten Zentauren. Er hob sein Schwert zum Angriff, hatte aber keine Kraft, um zuzuschlagen.

Mbatu fühlte sich unerklärlich schwach. Er versuchte, seine schmerzende Brust mit Luft zu füllen. Der Zentaur holte erneut mit der Stange aus und traf Mbatu voll in die Flanke. Der Wemic spuckte trotzig auf die Hufe des Zentauren und bemerkte, dass sein Speichel blutrot und dicklich war.

Der Wemic hob eine Hand und stellte fest, daß seine Mähne blutgetränkt war. Die Hufe des Zentauren hatten an der linken Seite seines Kopfs eine klaffende Wunde verursacht und ihm fast ein Ohr abgerissen. In seinem Kampfrausch hatte Mbatu davon nichts mitbekommen.

Aber sein Körper wies noch andere Wunden auf, die er jetzt zu spüren begann, während er und der Zentaur einander umkreisten. Mehrere Rippen waren gebrochen, eine von ihnen hatte die Lunge durchbohrt. Während er kämpfte, hatte er begonnen, an seinem eigenen Blut zu ersticken.

Aber er kämpfte weiter, so gut er konnte, während Kiva der zierlichen Frau im Baum einen Zauber nach dem anderen entgegenschleuderte.

Angst huschte über das Gesicht des Wemic, als ihm durch den Kopf ging, welche Folge dieser Kampf mit Zaubern wohl haben würde. Wie er befürchtet hatte, richtete sich der Laraken plötzlich auf und schnupperte wie ein müder Wolf, der eine leichte Mahlzeit gewittert hatte. Die Kreatur wandte sich von den Kämpfern ab und kam auf Kiva zu.

Mbatu schrie seinen Protest heraus und sprang dem Laraken an die Kehle. Er hielt sich mit Reißzähnen und Krallen fest, ohne jemals zu glauben, er könne dem Geschöpf den Todesstoß versetzen. Er hoffte nur, daß er es lange genug aufhalten konnte, damit Kiva entkam.

Aber der Laraken riß sich Mbatu vom Hals und schüttelte ihn so heftig, daß sein Genick laut hörbar brach. Dann schleuderte er ihn zur Seite und ging weiter auf die Elfe zu, deren Magie so nahrhaft war. Je näher er kam, desto mehr seiner Wunden begannen zu heilen. Speere fielen zu Boden, da sich das Gewebe wieder schloß und sie abstieß.

Kivas Feuerball ging in Rauch auf, als die Kreatur immer näher kam. Ihre Hände zitterten, und ihr kupfernes Gesicht wurde bleich, als der Laraken ihre Magie trank. Innerhalb eines Herzschlags stand sie schwankend da, die Augen starr auf das näher kommende Monster gerichtet, so wie eine Maus den Blick nicht von dem nahenden, den Tod bringenden Falken reißen konnte.

Matteo sah, daß der Kampf vor seinen Augen kippte. Wenn der Laraken wieder an Kraft gewann, konnten sie ihn nicht besiegen. Wieder stieg er an der Wirbelsäule des Laraken empor. Voller Verzweiflung legte er einen Arm um den Hals der Kreatur, zog seinen Dolch, griff um den Laraken herum und riß den Dolch zurück, auf das Gesicht des Monsters zu. Er machte sich darauf gefaßt, mit der Klinge nur die todbringenden Reißzähne zu treffen, doch er hatte gut gezielt.

Der Dolch schoß ins Auge des Laraken, begleitet von einem abscheulichen platzenden Geräusch und dem Austreten einer heißen Flüssigkeit.

Der Laraken schrie auf, zuckte und riß die Arme hoch an sein Gesicht. Krallen glitten über Matteos Arm, schnitten durch Sehnen und schabten über den Knochen. Der Schmerz war so unerträglich, daß er seinen Arm zurückriß und zu Boden fiel. Nur indem er sich sofort abrollte, entging er den trampelnden Füßen des von Schmerzen erschütterten Laraken.

Die Kreatur eilte auf die Quelle zu, raste achtlos an Kiva vorbei, weil Nahrung und Heilung jetzt das einzige waren, was zählte. Die Elfe wurde wie ein Blatt im Wind zur Seite gewirbelt. Sie landete auf Händen und Knien und begann mit monotoner Stimme zu singen.

Sofort begann der Bach zu kochen, mannshohe Blasen stiegen aus dem Wasser auf. Der Laraken tauchte in eine dieser Blasen und verschwand.

Kiva war bleich wie der Tod, als sie sich mühsam erhob und auf die Quelle zutaumelte, wobei sie ein quadratisches Tuch aus dunkler Seide schwenkte. Sie warf es über das sprudelnde Wasser, das das Tuch dunkel verfärbte, das daraufhin versank. Wasser und Seide verschwanden, zurück blieb das leere, trockene Bachbett, in dem ein paar Fische zappelten, da sie ihres Lebensraums beraubt worden waren. Kiva ging in die Knie, wankte, dann fiel sie auf ihr Gesicht.

Tzigone kam vom Baum herunter und rannte zu Matteo. Er bemühte sich, in eine sitzende Position zu gelangen, als sie sich neben ihn kniete und einen gründlichen Blick auf die tiefen Schnitte warf, die vom Handgelenk bis zum Ellbogen reichten.

„Das sieht ziemlich häßlich aus", erklärte sie.

Matteo lachte matt. „Hol Andris. Er weiß, wie man Wunden säubert und näht."

Sie stand auf und sah sich nach dem Jordain um. Andris hatte sich über einen anderen Verwundeten gebeugt, den er schnell und geschickt verband. Auch er hatte den Angriff nicht unbeschadet überstanden. Seine Gestalt wies zwar noch die vertrauten Farben auf, aber sie war durchscheinend. Ihn anzusehen war, als betrachte man einen lebenden Regenbogen.

Tzigone eilte hinüber und packte ihn am Ellbogen, erleichtert, daß er sich noch fest anfühlte. „Matteo braucht dich."

Andris behandelte noch rasch den Mann zuende, dann lief er zu seinem Freund. Seine Miene war ernst, als er die Wunde begutachtete. Er holte Nadel und Faden heraus und begann, die Wunde zu nähen. Während er arbeitete, ging Tzigone auf und ab.

„Und?" fragte sie schließlich.

„Tief, aber sauber. Der Muskel ist nur wenig verletzt. Zum Glück waren die Krallen dieses Geschöpfs scharf wie Messerklingen."

„Kann ein Mann mehr Glück haben?" murmelte sie. „Wird er wieder gesund? Ich weiß, wie schnell sich eine Wunde im Sumpf entzünden kann."

„Er wird schon wieder", versicherte Andris mit beruhigendem Tonfall.

Tzigone blieb stehen und versetzte dem durchsichtigen Jordain einen leichten Tritt. „Lüg mich nicht an", warnte sie. „Ich durchschaue dich."

„Tzigone", sagte Matteo matt. „Sieh nach Kiva."

Das hielt sie für eine gute Idee. Sie ging hinüber zu der Elfe, packte eine der schlaffen kupfernen Hände und drehte sie auf den Rücken. Sie beugte sich über sie und legte zwei Finger an ihren Hals.

„Sie lebt ", sagte sie tonlos, dann zog sie ein Messer aus ihrem Stiefel und holte weit aus.

Andris machte einen Satz nach vorn und umschloß mit seiner durchsichtigen Hand ihr Handgelenk. „Nein", flüsterte er. „Ich will nicht behaupten, sie verdiene es zu überleben, aber denk an das Wohl des Landes."

„Er hat Recht", stimmte Matteo zu. Er erhob sich unter Schmerzen und bahnte sich vorsichtig einen Weg zwischen den gefallenen Männern hindurch. „Kiva hat das Tor nicht geschlossen. Sie hat es nur verschoben. Wir müssen herausfinden, wo es jetzt ist. Laß sie unter der Aufsicht der Azuth-Kirche leben, bis sie sich ausreichend erholt hat, um sich einer Inquisition zu stellen. Wenn du Rache willst, dann laß dir gesagt sein, daß ihre eigenen Kollegen mit ihr übler umspringen werden, als du es je könntest."

Tzigone sah ihn traurig an. „Stimmt das?"

„Ich schwöre es. Bluthunde lassen selten Gnade walten, nicht einmal gegenüber Ihresgleichen."

„Hm", machte sie nachdenklich, dann nickte sie. „Vielleicht werden mir die Bluthunde doch noch sympathisch."

Matteo sah aber, daß sie ihr Messer immer noch in der Hand hielt, und der Zorn in ihren Augen ging weit über Haß hinaus. Er faßte sanft ihr Handgelenk und nahm ihr das Messer aus den Fingern.

„Unsere Aufgabe ist vollbracht", sagte er ruhig. „Der Sumpf ist aufgehalten, der Laraken fort. Darin besteht ein Gleichgewicht. Halruaa wurde gut gedient."

„Aber was ist mit uns?" warf Tzigone voller Leidenschaft ein. „Wem von uns wurde gut gedient?"

Matteo sah seine Freunde und die Männer an, die Kiva mit einem Trick oder einer Rekrutierung in ihren Dienst gelockt hatte. Selbst der mutige Wemic, der gestorben war, um sie zu beschützen, war zweifellos als Jungtier irgendwo geraubt und von Kiva ausgebildet worden. Er dachte darüber nach, was ihnen allen genommen worden war. Dennoch konnte er nicht Kiva allein die Schuld geben.

„Ich will nicht sagen, Kiva habe richtig oder aus gutem Grund gehandelt ", sprach er. „Aber wer weiß, welches Unrecht sie wiedergutmachen wollte? Wenn so unerfreuliche Dinge geschehen, um die Jordaini zu schaffen, was haben die Magier von Halruaa dann möglicherweise noch getan? Welche Übel hat das hervorgebracht, was wir heute bekämpften? Das ist es, was wir herausfinden müssen."

Andris nahm Kiva auf die durchscheinenden Arme. Die zierliche Elfe schien fast zu schweben. „Das ist keine Aufgabe für einen Jordain", sagte er. „Unsere Pflicht ist es, den Magiern Halruaas zu dienen."

„Unsere Pflicht ist es, die Wahrheit zu suchen", entgegnete Matteo entschlossen. „Von heute an werde ich keinem anderen Herrn mehr dienen."

ZWEIUNDZWANZIGSTES KAPITEL

Kiva erwachte vom Gesang der Morgengebete. Augenblicke vergingen, ehe sie erkannte, daß sie sich in der Obhut des Azuth-Tempels befand. Die Erinnerung stürzte auf sie ein und betäubte den Schmerz, der in jedem Knochen, jeder Sehne pochte. Schlimmer noch war aber die entsetzliche Leere in ihrem Geist und ihrer Seele.

Sie war ihrer Magie beraubt. Nicht völlig – keine Elfe würde je ganz frei von Magie sein –, aber ihre magischen Kräfte waren soweit geschwunden, daß sie sie kaum noch wahrnehmen konnte. Sie hätte sich nicht halb so elend gefühlt, wenn sie ihr Augenlicht oder ihr Gehör verloren hätte. Die Elfe lag auf ihren Kissen und kämpfte gegen ihre wachsende Verzweiflung an.

Vielleicht war da doch noch etwas, das sie tun konnte. Genau genommen machte der Verlust ihrer Magie ihre Suche nach den Schätzen Akhlaurs noch dringlicher.

Aber sie besaß nun nur noch wenige Möglichkeiten, um sich zu verteidigen, und noch weniger Verbündete. Wer würde sich der Sache einer magisch toten Bluthündin anschließen? Mbatu war tot – Mbatu, der ihr immer zur Seite gestanden hätte, ganz gleich, was ihr geschah. Wenigstens hatte sie Mbatu nicht hintergangen. Mbatu war ehrenhaft in den Kampf gezogen, er hatte die Risiken gekannt und aus Liebe zu ihr akzeptiert. Für Kiva war das ein gewisser Trost, insbesondere mit Blick auf das, was sie tun mußte.

Unter großen Anstrengungen gelang es ihr, die silberne Glokke in die Hand zu nehmen, die auf dem Nachttisch stand. Ein Kleriker Azuths reagierte auf ihr Klingeln, ein großer Mann, der eine safranfarbene Tunika trug und einen eisigen Gesichtsausdruck hatte.

„Du bist wach. Gut. Ich werde Diener rufen, die dir Suppe und Brot bringen. Du wirst all deine Kraft brauchen, um dich der Inquisition zu stellen."

Kiva stützte sich auf einen Ellbogen. „Was ich getan habe, geschah auf Geheiß der Königin", sagte sie, weil sie wußte, daß diese Behauptung die Inquisition so lange verschieben würde, bis der Beweis oder Gegenbeweis erbracht war.

„Königin Beatrix soll dich gebeten haben, die Jordaini zu unterwandern? Das ist kaum zu glauben."

„Die Königin hegt einen Verdacht gegen den Orden", fuhr Kiva fort. „Ich tötete auf ihren Befehl hin Cassia. Es war mein Recht, da Cassia von der Berührung durch Magie befleckt worden war. Und sie ist nicht die einzige, die in den Verrat verwikkelt ist. Zephyr, der Ratgeber Procopio Septus', ist ein weiterer Maulwurf. Er muß vernichtet werden."

Der Kleriker sah sie lange an. „Viele Magier in Halruaa wären vernichtet worden, wenn man dir in Akhlaurs Sumpf freie Hand gelassen hätte."

Sie wischte dies ungeduldig beiseite. „Die ganze Geschichte ist ja noch gar nicht erzählt. Wenn Ihr Zephyr befragt, wird er sagen, er habe den Tod des Laraken gewollt. Aber fragt ihn, wer den Laraken schuf! Er kann seine Beteiligung daran nicht leugnen. Er ist ein sanftmütiger alter Narr, der niemandem etwas zuleide tun kann. Das wird er abstreiten, doch ich schwöre bei Azuth, Zephyr hat mir gesagt, er wolle den Laraken am Leben lassen. Er wollte, daß Halruaa unter dem Laraken leidet."

„Aber wenn er Magier ist, würde er dann ebenfalls sterben."

„Zephyr ist über sechshundert Jahre alt", sagte sie tonlos. „Das ist für einen Elf zwar kein Alter, aber er alterte sehr stark durch die Magie, die Akhlaur bei ihm wirkte. Fragt ihn nach Akhlaur. Fragt ihn, was man mit ihm gemacht hat, und sagt mir dann, daß Zephyr an dieser Vergeltungsmaßnahme nicht beteiligt war."

Sie hielt kurz inne, dann sprach sie weiter und brachte die Wahrheit ins Spiel: „Er will sterben. Aber erst, wenn ein großes Unrecht gerächt worden ist. Testet mich. Ich werde diese Worte wiederholen, und Ihr werdet sehen, daß sie wahr sind."

Der Kleriker zögerte, doch Kiva nickte nachdrücklich. Er verließ den Raum und kam mit einem Inquisitor zurück. Als der Silberstab ihre Stirn berührte, wiederholte sie ihre Worte. Die Wahrheit ihres Vorwurfs – zumindest die vernichtende Teilwahrheit – hallte in ihren Worten wie Tempelglocken.

Als der Mann wieder gegangen war, um zu veranlassen, daß Zephyr auf der Stelle getötet wurde, sank Kiva erschöpft zurück in die Kissen. Sie bedauerte den Verrat nicht, da er notwendig gewesen war. Zephyr mißtraute ihr, das hatte sie gespürt. Wenn er erfahren hätte, daß sie vorgehabt hatte, den Laraken auf die Magier von Halruaa loszulassen, hätte er nicht geruht, ehe er auch ihre übrigen Pläne zu Tage gefördert hätte.

Sie nahm die Schale mit der Suppe, die der Diener ihr hingestellt hatte, und zwang sich, ein paar Schlucke zu trinken. Als sie sich wieder kräftiger fühlte, verließ sie das Bett und ging hinüber zum Fenster.

Man hatte keinen Gedanken daran verschwendet, es mit einem Gitter zu sichern, da sie ohne ihre magischen Fähigkeiten für hilflos gehalten wurde. Doch einige Bäume wuchsen bis dicht an ihr Fenster heran, und Kiva war vor langer, langer Zeit im Dschungel aufgewachsen.

Mit vorsichtigen Bewegungen und ständig bemüht, die Schwäche in ihren Gliedmaßen und die Leere in ihrem Kopf unter Kontrolle zu halten, schaffte sie es, vom Fenstersims zu den Ästen zu gelangen. Mit jedem Schritt, den sie machte, fühlte sie, wie sie kräftiger wurde. Es war fast, als würde die Kraft von dem lebenden Baum in ihren Körper überwechseln. Sie war eine Elfe, und solange sie lebte, würde sie die Magie des Waldes zu sich rufen können.

So entkam sie und floh in die Bäume, wie ihre Vorfahren es gemacht hatten, und so wie sie selbst es vor so vielen Jahren gemacht hatte, als der verfluchte Magier Akhlaur ihr Volk um deren Leben und deren Magie beraubt hatte.

* * *

Matteo und Tzigone spazierten auf der Promenade entlang und genossen das schöne sommerliche Abendrot, während unter ihnen in der Stadt magische Lichter blinkten. Viel hatte sich ereignet seit der Schlacht in Akhlaurs Sumpf. Nachdem sie Kiva zum Azuth-Tempel gebracht hatten, waren sie zum Haus Jordain gegangen, um sich vor dem Runden Tisch zu verantworten. Dimidis hatte zuerst Matteos Geschichte nicht geglaubt, doch sie wurde gestützt von den Aussagen der Überlebenden, von denen die meisten Jordaini waren. Auch gab es keinen Zweifel, daß Andris, der vor ihrer aller Augen „getötet" worden war, lebte, wenngleich sein Aussehen fremdartig war. Männer, die zuvor von Kiva getestet und verurteilt worden waren, unterzogen sich der Prüfung durch einen anderen Bluthund, der feststellte, daß sie nicht das mindeste magische Talent besaßen.

Magier waren bereits in Akhlaurs Sumpf von vorgedrungen und mit Geschichten zurückgekehrt, die Matteos Aussagen stützten. Der Laraken existierte nicht mehr, und die Ausdehnung des Sumpfs schien aufgehalten. Damit war Halruaa und seinen Magiern ein großer Dienst erwiesen worden.

Alle Überlebenden wurden von sämtlichen Vorwürfen freigesprochen und mit Ehren überhäuft. Die Jordaini wechselten sofort in den Dienst einiger der bedeutendsten Magier Halruaas über, während Tzigone kaum etwas über ihre Pläne verlauten ließ. Doch Matteo hatte ihre abwesende Miene schon bemerkt und vermutet, sie würde früher oder später doch noch etwas sagen.

„Ich werde Halarahh bald verlassen", sagte sie abrupt.

Matteo sah sie fragend an. „Die Straße ruft? Du weißt noch nichts über das Schicksal deiner Mutter. Ich nehme an, du willst sie suchen."

„Auch." Sie zögerte und sah ihn verlegen an. „Um ehrlich zu sein, habe ich mir überlegt, ich sollte erst einmal ein paar Dinge lernen. Ich will mir sozusagen erst ein paar Waffen aneignen, ehe ich ins Gefecht ziehe. Ich habe eine Ausbildung bei Basel Indoulur begonnen."

Matteo mußte unwillkürlich lachen und zog sich damit einen finsteren Blick von Tzigone zu. „Sprich mir nach: Ich bin keine Magierin. Das solltest du dir so oft vorsagen, wie du kannst."

„Sehr witzig", gab sie grimmig zurück. „Ich habe die Magie in mir, ob ich will oder nicht. Wenn ich herausfinde, welches meine Begabungen sind, werde ich vielleicht meine Eltern finden. Wenn ich sie jetzt suche, ist das wie die Suche nach einer Nadel in einem Heuhaufen. Und du? Wirst du wieder den Dienst bei der Königin aufnehmen?"

Er dachte lange nach. „Mein ganzes Leben lang wurde ich dazu erzogen, Magiern zu dienen. Aber ich habe geschworen, der Wahrheit aus eigener Kraft zu dienen, und das werde ich ungeachtet aller Umstände auch tun. Von heute an ist mein Gewissen mein einziger Herr."

„Beatrix dürfte das nicht gefallen."

„Beatrix könnte ein Teil des Problems sein", sagte Matteo leise.

Tzigone dachte darüber nach. „Du wirst also in Halarahh bleiben und die Wahrheit inmitten in all jener suchen, die sie nach ihrem Bilde formen." Sie lächelte ironisch. „Wir tauschen den Platz, weißt du das?"

„Wieso?"

„Ja. Ich werde legal, wenn auch widerwillig. Du wirst abtrünnig. Von uns beiden scheinst du glücklicher zu sein über den Weg, der vor dir liegt."

„Glücklich?" Matteo wies die Formulierung mit einem Kopfschütteln zurück. „Ich hatte nicht vor, ein Leben der Ausflüchte und der Geheimnistuerei zu führen. Das erscheint mir ein seltsamer Weg, der Wahrheit zu dienen. Aber es muß nicht jede Wahrheit laut ausgesprochen werden."

Tzigone zwinkerte ihm zu. „Und manch eine Wahrheit kann gut etwas Farbe und Ausschmückung gebrauchen. Komm zu mir, wenn du Nachhilfe darin brauchst, die Wirklichkeit zu veredeln."

Sie hob rasch beide Arme und machte eine Geste, dann entstand an ihrer Stelle eine kleine Flamme, die in den Farben des Regenbogens schillerte. Sie verschwand so schnell, wie sie aufgetaucht war, und dann war Tzigone fort. Mit Pomp, wie es sich gehörte.

Matteo schüttelte ironisch lächelnd den Kopf. Basel Indoulur hatte eine gute Entscheidung gefällt. Tzigone besaß enormes Talent - sie würde sicher Basels Musterschülerin werden, und es würde nicht lange dauern, dann wäre sie Magierin.

Plötzlich verschwand sein Lächeln. Jetzt, da sie im Begriff war, Magierin zu werden, bedeutete dies das Ende ihrer sonderbaren Freundschaft. Er würde mit ihr nur noch als Gegnerin zu tun haben. Oder...

„Als meine Patronin", stöhnte er auf.

Ehe er länger darüber nachdenken konnte, ertönten die Glocken des Palastes und riefen die Diener zurück, bevor die Tore für die Nacht verschlossen wurden.

Er ging direkt in Beatrix' Räume, um zu sehen, ob seine Dienste für den Abend benötigt wurden. Er trat leise ein und bemerkte, daß die Königin allein in ihrer Werkstatt war. Eine prunkvolle Musiktruhe stand auf dem Tisch neben ihr, und auf dem Schoß saß eine mechanische Katze und schnurrte. Die Truhe war so gestaltet, daß sie einem goldenen Käfig ähnelte, in dem ein mechanischer, mit winzigen schillernden Metallfedern geschmückter Vogel auf einer Schaukel saß.

Beatrix streichelte beiläufig die Katze und starrte in weite Ferne, während sie zu singen begann. Zunächst war ihre Stimme leise, flach und tonlos wie die Stimme, mit der sie sprach. Aber dann wurde sie kräftiger, voller. Die Melodie, die nicht von Worten begleitet wurde, sprach stärker von Traurigkeit und Verlust, als es jeder meisterliche Barde bei einer Beerdigung geschafft hätte.

Matteo erstarrte. Er hatte diese Stimme schon einmal gehört. Es war kein Irrtum, er kannte den dunklen Alt und die Magie, die in jeder Note lag. Es war die Stimme, mit der es Tzigone gelungen war, den Laraken anzulocken. Einen Moment lang kehrten alle Erinnerungen an den Kampf zurück.

Dann verblaßte die Erinnerung, und der Augenblick der Gewißheit verschwand wie das Licht einer Kerze, die man ausblies. Sollte er mit Tzigone darüber reden? Oder war dies eine der Wahrheiten, die am besten nicht unausgesprochen blieben?

War es überhaupt wahr?

Die Königin verstummte hinter der ausdruckslosen, unmenschlichen Maske, zu der sich ihr Gesicht verändert hatte. Sie legte die Katze weg und nahm die Musiktruhe hoch, um sich das Wunderwerk aus Mechanismen und Juwelen anzusehen. Winzige Glocken begannen zu erklingen, als der mechanische Vogel die herzzerreißende Melodie fortführte.

Über die Autorin

Elaine Cunningham bereist als Chronistin phantastischer Abenteuer die Nebenstraßen und Seitengassen Faerûns. Doch am Ende eines Tages kehrt sie gern in ihr Heim in Neuengland zurück, das sie mit ihrem Mann, ihren beiden Söhnen, diversen Computern und einer Unmenge Büchern teilt.

Und ab Mai 2002...

Die Avatar-Trilogie

Band 1: Schattental